DIE BILDHAUER

Jane Urquhart

DIE BILDHAUER

Roman
Aus dem Englischen
von Barbara Schaden

Berlin Verlag

Die Originalausgabe erschien 2001
unter dem Titel *The Stone Carvers*
McClelland & Stewart Ltd., Toronto.

Umschlaggestaltung:
Nina Rothfos und Patrick Gabler, Hamburg
Gesetzt aus der Scala und Penumbra
durch psb, Berlin
Druck & Bindung: Friedrich Pustet, Regensburg
Printed in Germany 2002
ISBN 3-8270-0082-3

Für G. P.
und im Andenken an Sandra Gwyn

»So lange habe ich Stein gegessen
und auf Stein geschlafen,
dass er mir zur fixen Idee geworden ist.
Und nebenbei auch zum Albtraum.«

Walter Allward

Im Juni 1934 stehen zwei Männer im Schatten des großen unvollendeten Monuments und reden. Hinter ihnen erhebt sich ein wuchtiger Marmorsockel, flankiert von klassisch gestalteten Figurengruppen und überragt von einer riesigen steinernen Frau in einem Umhang mit Kapuze, wie eine mittelalterliche Trauernde. Hinter ihr füllt eine Art Schuppen den Raum zwischen zwei obeliskenförmigen Pylonen aus, an denen sich in großer Höhe jeweils ein hölzerner Verschlag befindet.

Der größere der beiden Männer trägt einen dunklen Überrock mit Hut und hält einen Stab von der Größe eines Spazierstocks, den er gelegentlich vor sich hin und her schwenkt, wie um seine Worte zu unterstreichen. Der andere, weniger förmlich in eine Ölhaut gekleidet, die sich stramm um seinen runden Bauch spannt, scheint sich an dem Gespräch mit größerer Leidenschaft zu beteiligen, denn er lässt sein Gegenüber nicht aus den Augen, und wenn er spricht, stellt er sich auf die Zehenspitzen und breitet die Arme aus. Rings um sie und das Monument erstreckt sich ein Meer aus Menschen und Morast, bis hin zu den dunklen Bergen der Kohlenhalden von Lens im Nordosten und den weißen Grabsteinen der Soldatenfriedhöfe, von denen manche erst teilweise mit Gras bewachsen sind, im Süden und im Westen.

Zwar ist es Juni und der Boden, auf dem die Männer stehen, französisch, doch es ist kein warmer Tag; der Himmel ist wolkenverhangen, und der Wind fegt in immer heftigeren Böen über die Kohlenhalden auf das Monument zu, so dass der größere Mann gezwungen ist, seinen Hut festzuhalten. Irgendwann verstummen die beiden Männer und heben den Blick zu einem großen hölzernen Schuppen, der auf einem Wald aus Pfählen steht und mit dicken Tauen am höheren der beiden Pylonen gesichert ist. Sie lauschen dem merkwürdigen Geräusch der scheuernden Taue: einem Laut, der in den Ohren des größeren Mannes bemerkenswert ähnlich klingt wie zwei Kiefern, die sich in einem windigen Wald in Kanada aneinander reiben. Neben dem Wind und dem Knarzen der Taue ist das Stakkato der Hämmer und Beitel zu hören, mit denen mehrere Steinmetze in Overalls Buchstaben in die hohe Steinwand meißeln. Über Marmorsplitter und tief gefurchten Morast geht der größere Mann zu ihnen hinüber, um nachzusehen, wie die Arbeit vorangeht. Er sagt ein paar Worte zu einem Steinmetz, dann kehrt er zu seinem Begleiter zurück.

Es fängt an zu regnen.

TEIL 1

NADEL UND EISEN

Es gab eine Geschichte, eine wahre, wenn auch ein wenig geschönte Geschichte über die Art und Weise, wie das Dorf in Ontario zu seinem Namen, seiner Kirche, seiner Brauerei, seinem Gasthaus, seinen Gärten, seinen Grotten, seinen prachtvollen Altären, den tragbaren und fest installierten, zu seinem Hotel, seiner Schmiede, seinen Straßen und Gassen, seiner Gerberei, seinem Friedhof, seinem Gemischtwarenladen gekommen war. Es war eine Legende, die in der Wirtschaftskrise Anfang der dreißiger Jahre freilich immer weniger Anklang fand. In diesen schweren Zeiten brachten viele Dorfbewohner schon nicht mehr die Energie für die Gegenwart auf, geschweige denn für die Vergangenheit – die ramponierten Eisenbahnzäune und ausgetretenen Veranden aus dem vorigen Jahrhundert waren nur zwei Posten auf einer langen Liste überfälliger Reparaturen. Die Gerberei und die Schmiede gab es schon seit Jahren nicht mehr, und die Gemischtwarenhandlung war zwar noch eine feste Einrichtung, doch die Ladentheke war derart verzogen und zerschrammt, dass sie aussah, als hätte sie einst als Schlachtbank gedient.

In jenen Tagen, als sich die älteren Teile des Dorfes in einem Zustand des Verfalls befanden, wie er normalerweise mit dem Niedergang einer ganzen Zivilisation in Verbindung gebracht wird, und die neueren Viertel halbherzige, halbfertige Versuche waren, eine des zwanzigsten Jahrhunderts würdige Industrie zu Wege zu bringen, war kaum vorstellbar, dass es hundert Jahre früher in dieser Gegend noch keine Spur westeuropäischer Kultur gegeben hatte. Kaum vorstellbar auch, dass es nur hundert Jahre gedauert hatte, bis diese Kultur unter dem Gewicht des wirtschaftlichen Abstiegs wieder zusammengebrochen war.

Doch der achtunddreißigjährigen Jungfer, die eine halbe Meile vor dem Dorf am so genannten Becker's Corner lebte, und den guten Schwestern im kleinen Kloster der Unbefleckten Empfängnis auf dem einzigen Hügel des Dorfes war die Geschichte nach wie vor lieb und teuer. Die Frauen erblickten darin eine Verbindung mit dem Ursprung des Orts, die über die Reihe der Ahnen, über Arbeit und Gebet und ihre Berufung führte. Sie sahen auch eine Verbindung mit der großen Kirche, in deren Schatten ihre Vorfahren auf dem selten besuchten Friedhof ruhten, bewacht von eisernen Kreuzen, die sich schräg zueinander neigten, als versuchten sie nach einer langen Phase der Einsamkeit und Vernachlässigung wieder in Kontakt zu treten.

Die Nonnen und jene Jungfer hingen an der Geschichte, als könnten sie durch das Erzählen der komplizierten Herstellung von Materie, der schwierigen Architektur einer neuen Welt beiwohnen, sich vielleicht gar daran beteiligen.

Der Pfarrer mit dem schönen Namen Archangelus Gstir, der um die Mitte des neunzehnten Jahrhunderts in dem kleinen bayrischen Dorf Inzell lebte, hatte keine Meinung zu schwieriger Architektur. Tatsächlich war Pfarrer Gstir ein derart zufriedener junger Mann, erfüllt von so vielen glücklichen Gewissheiten, dass er abgesehen von seinem Glauben und dem brennenden Wunsch nach einer geeigneten Glocke als Zierde für den romanischen Kirchturm der kleinen Pfarrkirche Sankt Michael, wo er Pfarrer war, nur wenige starke Überzeugungen hegte. Seinen Seelenfrieden störten weder Frauen noch Mode, noch finanzielle Nöte – die üblichen Kümmernisse junger Männer. In seiner Kirche war er umringt von der frommen und ergebenen Schar der Gemeindemitglieder, und wenn er hinaustrat, bot sich ihm die Aussicht auf eine der schönsten Gebirgslandschaften Bayerns, eine noch heute und damals erst recht an hinreißenden Ausblicken gewiss nicht armen Gegend. Unter der Woche, nach der Frühmesse, brachte er seine Tage damit zu, fröhlich die Knaben aus seiner Gemeinde zum Studium der klassischen Sprachen, der Geschichte, Naturwissenschaften und der Liturgie zu ermuntern. Er speiste gut, freute sich am heimischen Bier und seiner Auswahl europäischer Weine zum Essen, und nach den Mahlzeiten unternahm er ausgiebige Spaziergänge entlang dem atemberaubend malerischen Knappensteig, von dem aus er die umliegenden Gipfel bewundern konnte, den Watzmann, den Hochkalter, die Hocheisspitze und die Reiteralpe. Auf diesen Wanderungen pflegte er an den zahlreichen Wegkreuzen und Bildstöcken zum Schöpfer zu beten und ihm für all die Schönheiten zu danken. Bei einer solchen Einkehr, als eben eine seltene Gebirgsblume – blau mit schwarzen Tupfen, anders als alles, was er bislang in seinem Album gepresst hatte – seine Aufmerksamkeit ablenken wollte, schreckte ihn der Herr selbst, mit dem er häufig Unterredungen im Geist führte, mit einer Ankündigung auf. »Geh nach Kanada«, wies Er ihn an. »Dort ist viel für dich zu tun.«

Pfarrer Gstir war sprachlos. Soweit er wusste, war Kanada bis zu diesem Augenblick nicht einmal in seinen Gedanken vorgekommen. Schnee, sinnierte er, und Wilde. »Engländer«, flüsterte er dann vor sich hin, »auch ein paar Franzosen, glaube ich.« Er bückte sich und pflückte die Blume, legte sie in sein Brevier und klemmte das kleine Buch fest unter den Ellenbogen. »Da muss ein Irrtum vorliegen«, sagte er zum Schöpfer, ging weiter den Bergpfad entlang und vergaß Kanada.

Der Jungfer war dieser Augenblick der Geschichte besonders lieb, denn er brachte einem anschaulich die schiere Zufälligkeit des eigenen Daseins auf Erden zu Bewusstsein. Wo wäre sie, hätte Pfarrer Gstir beschlossen, den Ruf Gottes zu überhören? Ja, wo wären sie überhaupt alle, wäre irgendein Detail im Chaos der Umstände, die zu einer Geburt führen, ausgeblieben? Die Vergangenheit braucht nichts weiter zu tun als die Achseln zu zucken oder die Brauen zu heben, und wir hören auf zu existieren. Doch das Wunderbare an den Heiligen, pflegte die Jungfer gegenüber den Nonnen zu bemerken – denn sie war überzeugt, dass Pfarrer Gstir ein Heiliger gewesen war, ob kanonisiert oder nicht –, das Wunderbare ist, dass Heilige keine Wahl haben.

Gott vergaß weder Pfarrer Gstir noch Kanada, sondern ging daran, dem bayrischen Priester Seine Wünsche auf direktem und letztlich schicksalhaftem Weg klarzumachen. An einem Mittwoch im Frühling, als Pfarrer Gstir nach dem Frühgottesdienst sein Messgewand ablegte und im Geist schon die Sonntagspredigt vorbereitete, in der er jede Tugend mit einer bestimmten Gebirgsblume vergleichen wollte, klopfte der Postbote an die Tür der Sakristei.

Pfarrer Gstir zog den Riegel zurück und bat den Mann herein. »Du warst nicht in der Messe, Johann«, sagte er.

Das war ein alter Scherz zwischen den beiden. Johann Heipel, der Postbote von Inzell und ein sehr frommer Mann, konnte wegen seiner Pflicht des Briefeaustragens wochentags nie die Frühmesse besuchen, was ihm arg zu schaffen machte und häufig Anlass zur Beichte gab – sehr zur Erheiterung des Pfarrers Gstir.

An diesem Tag aber gab der Postbote nicht die übliche Erklärung zu seiner Rechtfertigung ab, sondern berichtete aufgeregt, es sei ein Brief vom Bischof eingetroffen.

Pfarrer Gstir hatte noch nie einen Brief vom Bischof erhalten, obgleich er Hochwürden regelmäßig schrieb und um Geld für eine neue Glocke bat, in mutigeren Augenblicken auch für einen Lindenholzaltar, den er in einer Seitenkapelle der Kirche aufstellen wollte. Und so vernahm er im Geist bereits ein erhebendes Glockengeläute, während er den Umschlag aufriss.

Der Brief, der weder Glocke noch Altar erwähnte und doch keinen Zweifel ließ, dass der Bischof die Bittschriften des Pfarrers Gstir erhalten hatte, lautete folgendermaßen:

30. Mai 1866

Unser hoch geschätzter König Ludwig, Wohltäter des Ludwigs-Missionsvereins, hat jüngst sein Interesse an einer kleinen Gruppe von Angehörigen unseres Volkes bekundet, die sich in der Wildnis Kanadas niedergelassen haben, wo kein Priester ihnen die Messe liest und ihre Kinder in den Lehren der Heiligen Römischen Kirche unterweist. Aus Ihren vielen Briefen weiß ich, dass Sie in einer Berggegend leben, wo das Klima notwendig kühler und rauer ist und daher dem kanadischen Wetter ähnlicher. Deshalb und wegen Ihres weithin bekannten guten Gemüts wurden Sie von mir auserwählt, dieses Heilige Amt zu versehen & etc. …

Die Schwestern im Kloster der Unbefleckten Empfängnis kannten den Inhalt des Briefs ebenso auswendig wie die Jungfer, die ihn sich in der Jugend eingeprägt hatte. Sie wussten auch, dass der Brief den Pfarrer Gstir zweifellos an seine stumme Unterredung auf dem Knappensteig und zugleich an das Gewicht seines heiligen Gelübdes gemahnte. Manche Nonnen fragten sich, weshalb die Jungfer nicht selbst Profess abgelegt hatte, denn sie hatte ja keinen Mann, und dass sich in ihrem Alter noch eine Gelegenheit ergäbe, war unwahrscheinlich. Die Mehrzahl der Schwestern hingegen fand sie für das Klosterleben völlig ungeeignet und war einfach froh darüber, dass sie die Kirchenbänke abstaubte und polierte, die Altartücher und Messgewänder wusch und nähte und sommers den Altar mit Blumen schmückte.

Sehr dankbar waren sie auch für die kleinen Madonnen, die sie vor vielen Jahren für die Klosterzellen geschnitzt hatte, und die Krippe, die aus ihrer Hand stammte, vollständig bis zum letzten Tier im Stall, und in der Weihnachtszeit vor der Kirche aufgestellt wurde, obwohl alle der Ansicht waren, das Schnitzen sei Männersache. Es war diese Vorliebe für Männerarbeit – das Schnitzen, das Schneidern, die Landwirtschaft –, deretwegen sie die Jungfer ungeeignet für das Klosterleben fanden; diese Vorliebe und ihre Geschicklichkeit.

Wie jeder Mann, jede Frau und jedes Kind in Bayern wusste auch Pfarrer Gstir, dass König Ludwig recht verschroben und menschenscheu war, und er wusste, dass ein Interesse an Kanada genau die Art von Beschäftigung war, die dem Wesen des Königs entsprach. Aber war auch der Bischof verschroben? Waren die angeblichen bayrischen Siedler vom Wahnsinn befallen? Sollten sie nicht vielmehr ermuntert werden, in die Zivilisation zurückzukehren, statt in der Wildnis geistlichen Beistand zu erwarten? Diese letzte Frage stellte er dem Bischof in einem beredten Brief so feinfühlig wie möglich und fügte eine Liste von Gründen hinzu, weshalb er, Pfarrer Archangelus Gstir, für die Aufgabe durchaus ungeeignet sei; und er schloss mit einer hoffnungsvollen Erinnerung an die Glocke. Die Glocke, schrieb er seinem Vorgesetzten, werde von dem schönen romanischen Turm mit seiner barocken Doppelzwiebel herabklingen, dem letzten Überrest der vom Erzbischof Albrecht II. von Salzburg 1190 gegründeten und 1724 bedauerlicherweise niedergebrannten ursprünglichen Pfarrkirche. Dass das Feuer den Kirchturm verschont habe, sei zweifellos ein Wunder und müsse mit einer vollendeten Glocke von vollendetem Klang geehrt werden – denn die gegenwärtige Glocke sei gesprungen, und ihre blechernen Töne kämen ihm vor wie ein Bach-Choral aus dem Mund eines unmusikalischen Chorknaben; ob der Bischof dem nicht zustimme?

Der Bischof gab darauf keine Antwort, sondern schickte die nötigen Unterlagen für die Reise.

Bis Pfarrer Archangelus Gstir nach Kanada kam, war er am Rand des Lebens entlanggewandert, nicht viel anders als auf dem Berghang, entlang dem schönen Knappensteig. Er war ein Beobachter gewesen, wenn auch durchaus mit Sachverstand. Die Wege in den Bergen, auf denen er wanderte, waren von Gebirgsblumen gesäumt; die Ausblicke waren großartig und fern. Er liebte es, in die Höhe zu steigen, noch mehr aber liebte er den Blick in die Tiefe. Nach dem Gebet an einem Wegkreuz wandte er sich um und spähte hinab in tiefgrüne Täler. Er stand am Altar und lächelte auf seine Gemeinde hinunter. Manchmal stieg er auf den wundersam geretteten Kirchturm, um die gesprungene Glocke zu inspizieren, und konnte von dieser Warte aus das ganze Dorf und das rege Treiben dort unten beobachten. Dies alles würde sich ändern, sobald er nach Kanada ging. Infolge geologischer, geographischer und meteorologischer Zwänge würde er zum Teilnehmer werden.

Fast auf den Tag genau, ein Jahr nach dem Brief des Bischofs – ein Jahr, das eine höllische Reise einschloss, sechs Monate lang, zu Wasser und zu Land an einen Ort, der damals Upper Canada hieß –, fand sich Pfarrer Gstir in einem Kiefernwald wieder, wo er über gnadenlos flaches Gelände trottete, verfolgt von einer Wolke teuflischer Mücken – »schwarze Fliegen«, wie die Engländer sie nannten –, die seinen und den Kopf seines Pferdes umschwirrten. Sein Territorium – seine Gemeinde – umfasste annähernd zweitausend Quadratmeilen unerschlossenen, praktisch unbesiedelten Wald, ein Gebiet voller Vögel, wilder Tiere und mörderischer Insekten. Sein Amt bestand darin, unter Umgehung der Ansiedlungen von Protestanten – die in jener Gegend Orangemen genannt wurden –, von einer schäbigen Hütte zur nächsten zu reiten und den deutschen Katholiken, die sich auf diesem Land niedergelassen hatten, Freude, Trost und geistlichen Beistand zu bringen. Die meisten Siedler waren so sehr damit beschäftigt, Bäume zu fällen, dass sie nicht mehr an die Heilige Jungfrau dachten. Sofern sie überhaupt je an sie gedacht hatten. Die Frauen hatten sich über seine Ankunft gefreut, denn das bedeutete, dass es vielleicht jemanden – irgendjemanden – gab, der ihnen die Sterbesakramente erteilen würde, wenn sie, wie es so häufig vorkam, im Kindbett starben. Die älteren Männer waren höflich, aber kaum jemand konnte ausreichend lesen oder hatte auch nur die Zeit, um den Katechismus zu studieren. Die jungen Männer waren mürrisch, manchmal fast abweisend, denn sie waren die eigentlichen Herrscher in dieser Gegend, in der körperliche Kraft die Voraussetzung für das Überleben war. Dennoch war es einer von ihnen, der dem guten Pfarrer nahe legte, zehn Meilen nach Norden zu reiten, wo sich eine Gruppe Elsässer und ein paar Bayern rund um ein Sägewerk angesiedelt hatten.

»Uns lassen Sie in Ruhe«, sagte der eine von zwei Brüdern, beunruhigend vierschrötigen jungen Waldburschen, zu Pfarrer Gstir, als er versuchte, sie auf dem schlammigen Grund vor ihrer Hütte abzufangen. »Gehen Sie weg, Alter, für die Erlösung haben wir keine Zeit.«

Dass sie ihn »Alter« nannten, nahm ihnen Pfarrer Gstir übel, denn er war alles andere als alt, eigentlich kaum älter als die beiden Brüder.

»Gehen Sie lieber zu der Siedlung zehn Meilen im Norden«, empfahlen sie ihm. »Ladenbesitzer und Müller führen ein Leben, das bequem genug ist für die Religion.«

Der Priester verzichtete auf die Richtigstellung hinsichtlich seines Alters. »*Eure* Seelen werde ich nicht aufgeben«, sagte er. »Aber wie heißt denn dieses Dorf?«

»Hat keinen Namen«, sagte der eine Bruder. »Zehn Meilen im Norden, Sägewerk, Getreidemühle.«

Pfarrer Gstir machte sich auf den Weg in die Richtung, die ihm die Brüder genannt hatten, und die schwarze Mückenplage begleitete ihn. In seinen Vorstellungen von Kanada und seinem Aufenthalt hier hatte er vor allem die Kälte und die endlose schneebedeckte Ödnis gefürchtet. Jetzt sehnte er sich nach dem Winter, betete geradezu darum, denn im Winter gab es wenigstens keine Mücken, Morast und Flüsse wären zugefroren und würden ihm das Fortkommen erleichtern, den Weg verkürzen. Doch während er Meile um Meile in der Hitze und Feuchtigkeit dieses Frühsommernachmittags hinter sich brachte, merkte er auf einmal, dass die Sümpfe spärlicher wurden, dass der Boden unter den Hufen härter war und das Gelände leicht anstieg. Zu seinem Entzücken entdeckte er hier und dort vollkommen runde Teiche, geologische Besonderheiten, die, wie er später erfuhr, von den Einheimischen »Kessel« genannt wurden; weshalb, wusste niemand. Kurz nachdem er einen solchen Weiher umrundet hatte, lichtete sich der Wald, und er stand auf einer freien Anhöhe.

Tief unter ihm lag sein allererstes kanadisches Tal mit einem funkelnden Bach und den Anzeichen einer Siedlung am Ufer des Wassers, und er verliebte sich augenblicklich. Freilich musste er trotz seiner jähen Verzückung zugeben, dass der Ort ein einziger Aufruhr war, denn offensichtlich war vor nicht allzu langer Zeit alle Vegetation herausgerissen oder gefällt worden, und der viele Hektar große schlammige Grund war übersät von entwurzelten und verrottenden Baumstümpfen. Jedes Bauwerk, das die Menschen hier zu errichten versucht hatten – selbst die Säge- und die Getreidemühle –, wirkte provisorisch, planlos und gefährlich anfällig, die Bretter, aus denen die Gebäude gezimmert waren, bleich und unbehauen im Nachmittagslicht, und Männer, Ochsen und Pferde bewegten sich schwerfällig dazwischen hin und her. Die sommerliche Feuchtigkeit hatte sich auf das Tal herabgesenkt, und alles Lebendige schien in einer trägen Trance durch trübes Wasser zu treiben. Nur der kleine Fluss, der das Licht der am milchigen Himmel kaum sichtbaren Sonne einfing und zurückwarf und den der Pfarrer Gstir schon von weitem plätschern hörte, schien voller Leben.

Dies alles sah er, aber zugleich sah er auch, wie es später sein würde, mit Feldern und Obstgärten auf den gerodeten Flächen, mit bunten Häusern und Scheunen und Gärten voller Blumen. Er betrachtete alles, was da vor ihm lag, und alles, was er für die Zukunft voraussah, und wusste, dass er am Ziel war.

Pfarrer Gstir war sich durchaus bewusst, dass die meisten Landschaften von der Höhe herab – und aus dem Abstand – besser aussehen, als wenn man unmittelbar vor ihren banalen Details steht. Trotzdem sprang er vom Pferd und lief mit flatternder Kutte und schwingenden Armen den Weg ins Tal hinunter. Während er rannte, veränderte sich der normale Ablauf der Zeit, fiel entweder in sich zusammen oder dehnte sich in die Länge (wie es wirklich war, konnte er nie genau sagen), so dass sich die betörend schönen Einzelheiten des Geländes, das er durchquerte, seinem Gedächtnis einprägten, als hätte er sie schon seit Urzeiten betrachtet. Felsen und flache Höhlen, geeignet für Heiligenstatuen, sprudelnde Quellen, die sicherlich heilige Orte waren, turmhohe Laubbäume, die auf wundersame Weise der Axt entgangen waren – bedeutende Bäume: Eichen und Kastanien –, zarte grüne Farne und eine Ansammlung bunter Wiesenblumen im leuchtend smaragdgrünen Gras: Nichts übersah er, während er an ihnen vorüberlief. Als er in das schlammige und jetzt ziemlich aufgeschreckte Reich der Müller einbrach, die sich an dem Flüsschen angesiedelt hatten, japste er vor Freude nach Luft. »Ihr lebt hier in diesem großartigen Tal, diesem Schöntal«, sagte er zu zwei Männern, die vom Mehl so weiß waren, dass er sie beinahe für Engel hielt. »Gott sei gelobt!«

Der Jüngere der beiden lächelte und streckte ihm die Hand entgegen. Er hatte lange Gliedmaßen, helle Haare und ein fein gemeißeltes, ebenmäßiges Gesicht. Seine Haut wirkte durchscheinend von der weißen Bestäubung, und die Falten seiner Kleider schimmerten. Während er auf den Priester zuging, hob sich eine kreidige Wolke in die sonnendurchflutete Luft.

In diesem Augenblick betritt die Jungfer selbst still und heimlich die Geschichte, denn der bemehlte junge Mann, der lächelnd dastand und die Hand ausstreckte, stellte sich als Joseph Becker vor, und aus Joseph Becker wurde schließlich ihr Großvater.

Im Alter von zwanzig Jahren hatten seine Leidenschaft für Holz sowie die Gerüchte von grenzenlosen Holzvorräten in den Wäldern der Neuen Welt Joseph Becker, Sohn eines bayrischen Müllers, nach Kanada gelockt. Nach seiner anfänglichen Bestürzung, als er in den südlichen Landstrichen Kanadas nichts fand als gerodete Flächen, wanderte er immer weiter nach Norden, bis er den Busch erreicht hatte, den nach ihm bald auch Pfarrer Gstir durchquerte. Doch selbst hier schienen die Bäume zu verschwinden, ehe er sich an ihnen erfreuen konnte, denn die Holzfällerei war zu jener Zeit die wichtigste kapitalistische Unternehmung. Er suchte nach perfekten Blöcken Lindenholz – von der in Kanada heimischen Schwarzlinde –, das zum Schnitzen geeignet war. In seiner Fantasie hatte er aus den Stämmen der massiven Bäume, von denen er vor seinem Aufbruch aus Bayern gehört hatte, bereits die schönsten Altäre geschnitzt. Vom vierzehnten bis zum neunzehnten Lebensjahr war er in seinem Heimatort Ottobeuren bei einem gestrengen alten Holzschnitzer in die Lehre gegangen, aber mit neunzehn verlor er angesichts der Weigerung seines Meisters, ihm irgendeinen größeren Schnitzauftrag als Putten zu erteilen, allmählich die Geduld. Trotzdem musste Joseph zugeben, dass er unter seiner Anweisung das Handwerk gut gelernt hatte und den Umgang mit den verschiedenen Eisen und die Kombination von sanften und kräftigen Schlägen mit seinem Hammer, dem Knüppel, derart beherrschte, dass er aus Holz Fleisch hervorzaubern konnte. Er war außerdem ein Meister der Vielfarbigkeit geworden und konnte mit Gold oder einem Aufgebot bunter Farben arbeiten.

Doch in Kanada hatte er praktisch keine Gelegenheit, sein Können anders einzusetzen als während seiner Muße, und Zeit zur Muße gab es kaum. Eine Zeit lang arbeitete er sogar in den Holzfällerlagern, wo die vielgeliebten Bäume vernichtet wurden. Aber eine Anstellung in den Sägewerken anzunehmen, wo er einmal, und nur ein Mal, das Massaker an einem Baumstamm miterlebt hatte, der groß genug gewesen wäre für eine schöne Figur von Gottvater persönlich, das brachte er nicht übers Herz. Bald verbündeten sich seine Enttäuschung und sein beinahe körperlicher Schmerz mit dem Gefühl, dass die Heiligen und Engel, die er hätte schnitzen können, leibhaftig hingemetzelt wurden, und mit seinem Wissen um die schreckliche Gewöhnlichkeit von Planken und Bohlen; alles zusammen sorgte dafür, dass es ihm unmöglich war, je wieder eine Axt gegen einen Baum zu erheben. Er kehrte der Holzfällerei den Rücken und nahm in der nächstgelegenen Stadt das alte Gewerbe seines Vaters auf, das Mahlen von Getreide. Nach Norden ging er erst wieder, als ihm der Bau einer Getreidemühle in einem Tal inmitten von neuem, noch brachliegendem deutschem Siedlungsland die Möglichkeit dazu eröffnete.

Rot und schwer atmend und voller Staunen stand Pfarrer Gstir nach seinem abrupten Halt vor dem großen jungen Mann, dessen bleiche, bemehlte Erscheinung den Priester für einen verwirrenden Augenblick glauben machte, er habe tatsächlich den Erzengel Gabriel vor sich.

Doch das göttliche Wesen sprach ihn mit menschlicher Stimme an. »Grüß Gott, Hochwürden«, sagte er und musterte ihn mit freundlicher Neugier. »Brauchen Sie vielleicht Mehl?«

»Dieses Dorf«, keuchte Pfarrer Gstir und breitete die Arme aus, als wollte er das Tal umarmen, »deswegen bin ich hier. Auf einmal verstehe ich, wieso Gott mit mir gesprochen hat, wieso ich hierher geschickt wurde.«

Joseph Becker blickte hinüber zur Sägemühle, zur Kornmühle, zu der aus Baumstämmen gezimmerten Schlafbaracke und den wenigen Hütten in der Nähe. »Als Gemeinde sind wir nichts Besonderes«, sagte er zu dem Priester. »Obwohl zurzeit Familien aus dem Waterloo County herkommen. Und«, fügte er hinzu, »es gibt keine Kirche.«

Der Priester starrte unverwandt auf den Bach. »So ein schönes Wasser!«, begeisterte er sich. »Welcher wundersamen Quelle entspringt es?«

»Hier sind überall Quellen.« Joseph deutete auf die Kalkfelsen jenseits des Lehmpfads. »Überall ist Wasser. Man findet kaum einen trockenen Fleck, um einen Schuppen zu bauen. Es quillt hervor, wenn man es am wenigsten erwartet, direkt unter dem Boden.«

»Heiliges Wasser«, sagte Pfarrer Gstir; dann dachte er an den goldenen Saft seiner Heimat und fügte hinzu: »Perfekt für eine Bierbrauerei.« Er wandte sich um und blickte zu der Anhöhe hinauf, von der aus er das Tal entdeckt hatte, dem Hügel, auf dem zwei Jahrzehnte später die Sonne durch die farbigen Fenster eines Klosters scheinen würde.

»Eine Kirche dort oben«, sagte der Pfarrer und deutete hinauf, »erst aus Holz und später, mit der Zeit, eine steinerne Kathedrale.« Ohne den Blick von dem Hügel zu wenden, setzte er hinzu: »Jedenfalls eine große Steinkirche. Mit einer schönen Glocke.«

Joseph war belustigt, auch neugierig, aber ganz und gar nicht überzeugt. »Die Leute hier interessieren sich nicht sehr für die Religion. Die meisten schlagen Bäume im Wald«, sagte er.

»Dann müssen wir sie eben interessieren.« Pfarrer Gstir hielt inne und legte nachdenklich die Hand an die Stirn. »Wir fangen mit einer Fronleichnamsprozession an«, sagte er bedächtig und wandte sich kurz von Joseph ab, während er seine Gedanken sammelte. »Farbe, ein prachtvoller Umzug, vielleicht Gesang. Wir ziehen durch das ganze Tal und scheuchen sie aus dem Wald. Ja, ein Umzug ... eine Prozession könnte an diesem Ort eine Lösung sein.« Er trat einen Schritt auf Joseph zu. »Was meinst du, wie viele Gemeindemitglieder leben im Umkreis von einem Tagesmarsch?«

»Hundert, vielleicht zweihundert, aber ...«

Der Priester fiel ihm ins Wort. »Weißt du denn irgendeinen hier, der imstande wäre, ein Kruzifix und eine Madonnenfigur zu schnitzen?«

Später erzählte Joseph Becker seiner Enkelin, in diesem Augenblick habe er sich der Überzeugung des Pfarrers angeschlossen, dass es ihn in dieses abgelegene Tal verschlagen hatte, sei Teil eines großen Plans gewesen, eine Fügung des Schicksals.

»Ja, Hochwürden«, sagte er. »Mich.«

Pfarrer Gstir verlangte und erhielt vom Bischof der traurig vernachlässigten Diözese von Hamilton, Upper Canada, die Erlaubnis, sich unter den nahezu ausschließlich deutschen Siedlern an dem Ort – den er Schöntal nannte, woraus alsbald Shoneval wurde – mit dem bis dahin unpassenden Namen Carrick Township niederzulassen. (Die einzige irische Familie in der Gegend hatte mit Erfolg geltend gemacht, da die Engländer praktisch jede Stadt, jedes Dorf, jeden Weiler in ihrer irischen Heimat umbenannt hätten, stehe ihr nun umgekehrt das Recht zu, dem Land unter der Herrschaft der britischen Krone diesen keltischen Namen zu verleihen.) Anfangs übernachtete der Priester mit Joseph Becker und den anderen Mühlenarbeitern in der Schlafbaracke, doch die Männer fühlten sich durch seine Anwesenheit bei ihren gewohnten Prahlereien über Frauen und ihrem ständigen Konsum von selbst gebranntem Whisky derart gestört, dass sie ihm kurze Zeit später eine gar nicht unbehagliche Blockhütte bauten.

Es waren dankbare Männer. Sie wussten, dass sie Gott viel zu danken hatten. Wären sie beispielsweise in Deutschland geblieben, hätten sie inzwischen wohl Soldaten werden und eine Reihe kleiner, aber tödlicher Kriege austragen müssen – was wiederum erklärte, weshalb niemand dort imstande war, bei klarem Verstand zu bleiben. Zwar bedauerten sie, dass es nicht auch entsprechend viele Frauen gab, doch waren sie froh, am Leben zu sein und nicht hungern zu müssen. Sie spürten, dass Gott sie einigermaßen gut behandelt hatte, und brachten dem Priester den gebührenden Respekt entgegen.

Kurz nachdem Pfarrer Gstir sein neues Quartier bezogen hatte, erhielt er vom Bischof die Mitteilung, seine Bitte, in dem Tal bleiben zu dürfen, decke sich auf wundersame Weise mit der Ankunft von sechs Missionspriestern aus Europa in Guelph und Hamilton, die nun den Katholiken im übrigen Territorium geistlichen Beistand leisten könnten. Er müsse jedoch mit drei oder vier nahe gelegenen deutschen Dörfern in Verbindung bleiben, über die dem Bischof unheilvolle Gerüchte über geplante Bierbrauereien zu Ohren gekommen seien. An dieser Stelle warf Pfarrer Gstir, der Joseph Becker den Brief vorlas, einen liebevollen Blick auf den kristallklaren Bach.

»Prozession, Kirche, Glocke, Brauerei«, verkündete er. »In dieser Reihenfolge gehen wir vor.«

Joseph meinte, von den vier Projekten seien die Männer

lediglich an dem letzten interessiert. »Wir haben nur eine Sägemühle und eine Getreidemühle«, setzte er auseinander. »Sie, Hochwürden, haben keine Gemeinde. Was täten wir mit einer Kirche?«

»Die Prozession wird uns schon eine Gemeinde bringen«, versicherte ihm der Pfarrer. »Du musst mit dem Kruzifix anfangen.«

Und so begann Joseph Becker im dämmrigen Morgen- und Abendlicht des Hochsommers, vor und nach seiner Arbeit in der Getreidemühle, aus einem riesigen Baumstamm, den der Sägewerksbesitzer widerwillig gespendet hatte, um sich den nervenzermürbenden Priester vom Hals zu schaffen, den Leib Christi zu schnitzen. Seine liebsten Eisen hatte er sich aus Bayern mitgebracht, einen Knüppel schnitzte er sich selbst aus Holzresten von der Sägemühle. Aber es war eine Axt, mit der er sich seinem Holz zum allerersten Mal näherte, und es behagte ihm sehr, dass er das Werkzeug zu schöpferischen Zwecken statt zur Zerstörung benutzen konnte. Nackt bis zur Taille, die Muskeln glänzend vom Schweiß, arbeitete er geschickt die Gestalt eines schlanken Mannes heraus, dessen Arme leicht erhoben und ausgebreitet waren, als wollte er die Welt umarmen. Das war harte Arbeit, und als solche schätzte er sie, während sein Herz klopfte und das Blut ihm durch die Muskeln des Rückens und der Schultern strömte. In der folgenden Woche, als aus dem Baumstamm Gesicht und Füße und Rippen zum Vorschein kamen, erinnerte er sich mit freudigem Wiedererkennen an das Handwerk des Schnitzers, der auf wundersame Weise Holz in Fleisch verwandeln kann. Als er mit der Gestaltung der Feinheiten begann – der Gesichtszüge, der Handfurchen, der Nägel, der Dornen –, fand er sein Werk so ergreifend, dass ihm beinahe die Tränen kamen. Im Endstadium nahmen selbst die hartgesottensten Sägewerksarbeiter die Mütze ab, bevor sie in die Hütte traten, die er als Werkstatt benutzte.

In der Getreidemühle war er sich jeden Tag bewusst gewesen, dass im nahen Sägewerk riesengroße, unberührte Bäume, das Material für Hunderte wunderschöner Skulpturen, den Zähnen der Sägen vorgeworfen wurden. Jetzt durfte sich Joseph spätnachmittags das Mehl aus den Kleidern schütteln und sich seiner Arbeit widmen, der Holzmaserung Muskeln und Knochen und Sehnen entlocken. Nachts, im weichen Licht der Baracke, streifte er sich gekräuselte Späne von den Ärmeln, ließ die Hose auf die Holzbohlen fallen und legte sich neben den Männern, deren Lungen voll Sägemehl waren, in einer Koje aus Bauholz und Rinde zum Schlafen.

Allmählich hatte er den Eindruck, als bestünde sein ganzes Leben aus Holz.

Jahre später erlebte seine Enkelin Klara Becker als sehr junge Frau ähnliche Empfindungen in ihrer eigenen Werkstatt, die einst die Schmiede ihres Vaters gewesen war, ehe er vor der Hitze und der mühseligen Arbeit die Waffen streckte und seine Pferde in der Stadt beschlagen ließ. Sie begann zu verstehen, wie viel Freude und wie viel Not mit dem erforderlichen Material verbunden ist – freilich nur in den Augenblicken, in denen sie sich den Luxus des Schnitzens erlauben konnte, wenn sie nichts herstellen musste, damit jemand anderes es trug. Als junge Erwachsene, ehe der Verlust sie veränderte, schien ihr das Leben ein kleiner Krieg, ausgetragen mit Eisen und Nadel: Beide Werkzeuge forderten ihre Zeit und ihre Aufmerksamkeit, und die Kürze ihrer ausgefüllten

Tage legte ihr nahe, dass sie sich vielleicht entscheiden und sich entweder auf das eine oder das andere Metier verlegen sollte. Aber wie nebensächlich erschien ihr schließlich ihr privater Krieg angesichts der beiden realen Kriege, die folgten: der Krieg mit Eros und dann der Große Krieg selbst.

Als die Tage kürzer wurden und die Tauben und Gänse auf ihrem Weg nach Süden in riesigen Schwärmen geräuschvoll über das Dach seiner Hütte hinwegflogen, begann Pfarrer Gstir mit einer Reihe leidenschaftlicher Briefe an die Zentraldirektion des Ludwigs-Missionsvereins in München. Aus der Überlegung heraus, dass er sein Ziel vielleicht rascher erreichte, wenn er seine Episteln möglichst lebhaft und unterhaltsam gestaltete, und da er überdies wusste, wie fasziniert seine Landsleute von der unberührten Wildnis im Norden der Neuen Welt waren, gelangte er zu der Überzeugung, dass der Herr ihm seine Übertreibung verzeihen werde, sofern die Übertreibung zum Bau einer neuen Kirche führte. Also schilderte er Furcht erregende Begegnungen mit wilden Tieren, insbesondere Bären, »die in so gewaltiger Zahl näher kamen, dass sie die mächtigen Bäume auf ihrem Weg einfach niedertraten«, und mit Wölfen von der Größe eines Pferds, »deren Heulen die Nacht mit solchem Lärm erfüllte, dass sich zwei Männer nicht mehr miteinander verständigen konnten«. Er berichtete von Bäumen mit so ausladenden Stämmen, dass ein gesunder Mann zehn Minuten brauchte, um sie zu umrunden. Die Sägewerksarbeiter beschrieb er als fleißige, fromme Bayern, deren Wunsch nach einem Haus der Andacht ein wahrhaft herzerwärmender Anblick sei. »Natürlich werden sie alle Arbeiten umsonst verrichten«, sagte er voller Zuversicht voraus. »Woher aber«, fragte er, »sollen wir das Geld für Steine und«, fügte er hinzu, »für eine Glocke nehmen?« Er trug sich auch mit dem Gedanken an ein ansehnliches Pfarrhaus, doch hielt er es für unklug, schon von vornherein zu viel zu fordern.

Im November, als der Frost den Boden gefrieren ließ, sattelte Pfarrer Gstir sein Pferd, schnallte sich den Tragaltar auf den Rücken und machte sich auf den Weg über unsichere Pfade zu den abgelegenen Höfen, um die Nachricht von einer prachtvollen Fronleichnamsprozession zu verbreiten; sie werde im folgenden Juni in dem schönen Tal stattfinden, das dem Ort Shoneval den Namen gegeben habe. Die meisten Siedler, die er besuchte, hatten lediglich dumpfe Erinnerungen an feierliche Prozessionen, und vielen fehlte überhaupt jedes Wissen um die kirchlichen Feiertage. Doch die meisten hatten so lange in Einsamkeit gelebt, dass die Ankündigung gemeinschaftlicher Erlebnisse jeglicher Art auf breites Interesse stieß; alle versprachen zu kommen.

Während Pfarrer Gstir müde über den gefrorenen Schlamm stapfte und sein Pferd, das eine Scheu vor dem Eis auf den zahlreichen Weihern entwickelt hatte, am Zügel führte, zerbrach er sich den Kopf über die Einzelheiten. Er war sicher, dass Joseph das große Kruzifix und die Madonnenstatue für die Prozession rechtzeitig fertig stellen würde, so dass er sich in dieser Hinsicht keine Sorgen zu machen brauchte. Doch einer, der in der Prozession mitging, musste ein prunkvolles Gewand tragen, und das war er selbst. Nachdem er sich unterwegs mehrfach erkundigt hatte, berichtete ihm eine Frau inmitten einer quengelnden Kinderschar von der zwanzigjährigen Tochter eines Siedlers in der Nähe des

Dorfes, die in einer der Städte im Süden bei einem Schneider als Näherin gearbeitet hatte. Interessanterweise hatte auch sie, wie Joseph Becker, ihr liebstes Werkzeug in die Wildnis mitgebracht, in ihrem Fall Näh- und Sticknadeln und Schere. (An diesem Punkt der Geschichte empfand die Jungfer stets einen leisen Schauder des Wiedererkennens, denn die hübsche junge Frau, die sich bereit erklärte, das Reservegewand des Pfarrers zu besticken, und überdies versprach, sich mit ihrem früheren Meister in Verbindung zu setzen und um eine Spende von purpurnem und scharlachrotem Tuch zu bitten, war ihre Großmutter. »Eine Fronleichnamsprozession im hintersten Wald«, erzählte Joseph Becker seiner Enkelin, »führte Eisen und Nadel zusammen.«)

Wie jung sie damals waren, der Holzschnitzer und die Näherin und der Pfarrer, die um 1930, als Klara und ihre Freundinnen im Kloster einander die Geschichte erzählten und in Ehren hielten, alle schon gestorben waren. Sie waren jünger als Klara und jünger als sämtliche Nonnen. In den Wäldern war nur Platz für die Jungen, denn jeder war zwangsläufig damit beschäftigt, eine Sache in eine andere zu verwandeln, eine Beschäftigung, die athletische Kraft verlangte und nie endete. Der Holzschnitzer verwandelte Gerste in Mehl und Holz in Statuen; die Näherin arbeitete Bettlaken zu Altartüchern um; die Männer von der Sägemühle schufen aus Wäldern Ödland, während die Bauern versuchten, aus dem Ödland Felder zu machen. Der Pfarrer hatte den Plan, einen brachliegenden Hügel in eine Wallfahrtsstätte zu verwandeln und dort eine Kirche zu errichten, von der die Glocke zu einem blühenden Dorf hinüberklingen und der Gesang der Gemeinde über schön bestellte Felder hinwegtönen würde. Sie alle versuchten, ihre abendländische Kultur einem Ort aufzuzwingen, an dem sie ohne Zweifel nichts verloren hatte. Das war in der Tat harte Arbeit.

Als der Winter voranschritt, gerieten immer mehr hölzerne Schiffe aus Europa – Schiffe, die ein paar Postsäcke und eine Fracht Menschen in Richtung Westen beförderten und ein paar Postsäcke und eine Fracht Bauholz nach Osten mitnahmen – in unfreundliche Seen. Erst im März erhielt Pfarrer Gstir die lang erwartete Antwort von der Münchner Zentraldirektion des Ludwigs-Missionsvereins. Hingerissen von den Schilderungen des Lebens in der Wildnis, die ihnen der bayrische Priester schickte, hatten die Herren eine Menge Fragen zur Jagd und Präparation wilder Tiere. Von der Kirche und der Glocke war keine Rede, erwähnt wurde hingegen ihr Wohltäter, König Ludwig von Bayern, der »ein großes Interesse an den wilden Tieren der Nordhalbkugel« habe und nach der Lektüre des Berichts von Pfarrer Gstir nun den »guten arktischen Priester« bitte, drei oder vier Eisbären, schneeweiß und von höchster Qualität, einzufangen und auf die Landgüter Seiner Majestät zu schicken, wo sie gezähmt würden und dann nach Belieben auf dem Säuling und in der Ebene rund um den Berg umherstreifen dürften.

Pfarrer Gstir ließ sich davon nicht aus der Fassung bringen. Er hatte eine Verbindung mit dem Monarchen angeknüpft, dem großen König mit der Bauleidenschaft, dem Schirmherrn diffiziler Projekte an abwegigen Orten. Gewiss würde der Wunsch Seiner Majestät nach Eisbären nachlassen, wenn er von der großartigen Steinkirche erfuhr, die Pfarrer Archangelus Gstir in der Wildnis plante. Sollte Schloss Neuschwanstein nicht auf einer unzugänglichen Felszinne in wilder Gebirgsumgebung nahe der Pöllatschlucht erbaut werden? Und gab es nicht Entwürfe für ein Jagdschloss an einem anderen unwegsamen Ort? Pfarrer Gstir nahm sich vor, in seinem nächsten Brief vorsichtig und mit Demut und größtem Respekt anzudeuten, dass Gott der Herr – anders als das bayrische Finanzministerium – allen architektonischen Plänen Ludwigs hold wäre, falls der König freundlicherweise zum Bau einer Kirche für die Söhne und Töchter Bayerns im Exil sowie, natürlich, zu einer Glocke für besagte Kirche beisteuern wollte.

Die Erwähnung der Eisbären hatte ihn auf einige Ideen für die Fronleichnamsprozession gebracht, bis zu der es nur noch drei Monate waren. »Ein Inventar muss erstellt werden«, sagte er zu Joseph, »von allen Tieren unserer Umgebung.«

Er war in die Schnitzwerkstatt gekommen, als Joseph soeben mit der Arbeit an der Jungfrau Maria beginnen wollte – da der Frühling vor der Tür stand, gab es vor und nach seiner Schicht in der Mühle wieder eine Weile Tageslicht. Das große Kruzifix war fertig und lehnte an der Wand. Joseph wusste noch nicht, ob er es bemalen sollte, und falls ja, woher er das Blattgold für den Heiligenschein bekäme.

»Alle Haustiere meine ich«, fuhr der Priester fort. »Pferde, Schweine, Kühe, einen Esel. Wir brauchen einen Esel bei der Prozession. Jesus hat auf einem Esel in Jerusalem Einzug gehalten. Hast du eine Idee, woher wir einen Esel bekommen, Joseph?«

»Nein«, antwortete Joseph und fuhr sich mit einem langen Finger über die Kante des Unterkiefers, während er auf den Holzblock starrte, aus dem die Muttergottes hervortreten würde. »Soll ich meine Figuren bemalen?«, fragte er.

»Ja«, sagte Pfarrer Gstir, »bunte Farben, das freut die Leute. Und wie halten wir's mit der Musik?«

Joseph sagte, der Ire, der für den keltischen Namen des Bezirks verantwortlich sei, spiele eine Art Geige, auf ziemlich hektische Weise. »Es klingt ein bisschen nach Bach«, sagte er, »aber er spielt viel zu schnell.« Er setzte seinen Hut ab und fegte die Sägespäne von der Krempe.

»Gibt es auch Sänger?«

Joseph dachte an das eine oder andere Zechgelage in der Schlafbaracke. »Manche Männer singen«, antwortete er zögernd. Die Lieder, die sie kannten, waren völlig unpassend, ließen sich jedoch abwandeln. »Einer hat eine Ziehharmonika.«

»Großartig!«, rief Pfarrer Gstir aus. »Und wie heißt dieser Ire?«

»O'Sullivan ... Brendan. Ein Bauer und Zimmermann.«

Die Erwähnung des Schreinerhandwerks erinnerte den viel beschäftigten Priester wieder an den Ort der Anbetung, wie er ihm vorschwebte. Er berichtete von seinem Vorhaben, König Ludwig für die Kirche zu begeistern. Joseph aber war skeptisch. »Er wird sie doch nie zu Gesicht bekommen, diese Kirche«, sagte er. »Er wird sich nicht dafür interessieren, weil er nie erfährt, wie sie aussieht.«

»Doch, das wird er«, widersprach der Priester. »Selbstverständlich wird er die Kirche sehen, denn du wirst für die Prozession ein kleines Modell schnitzen, und das schicken wir dann nach München.« Er lächelte wohlwollend. »Das Modell musst du nicht bemalen. Und bevor wir es verschicken«, fügte er hinzu, »sollen es die Kinder, die eines Tages in der Kirche beten werden, an der Spitze der Prozession tragen.«

»Es sind doch nur noch drei Monate!« Joseph rang verzweifelt die Hände. »Wie soll ich jeden Tag in der Mühle arbeiten und nebenher die ganzen Schnitzereien für Sie erledigen?« Er ahnte noch nicht, dass er damit die Zweiteilung beschrieb, die den Rest seines Lebens bestimmen würde, dass er fortan zumindest die Hälfte der Zeit für seinen Lebensunterhalt arbeiten würde, während er seine Hände nie – nicht für einen einzigen Tag – allzu weit von seinen Schnitzeisen abirren ließ.

»Du schnitzt nicht für mich«, erwiderte Pfarrer Gstir. »Du schnitzt für den Herrgott.«

Die Jungfer war eine Frau namens Klara und auf den Vorschlag ihres Großvaters hin nach der Heiligen benannt worden, die sich an Franziskus gebunden hatte. Obwohl zu Beginn der dreißiger Jahre schon eine reife Frau, hatte sie nichts dagegen, als »Jungfer« bezeichnet zu werden: Sie mochte den Klang des Wortes, es gefiel ihr, wie es dem Mund entschwebte und in den Tag davonflog. Sie war exzentrisch, wie alte Jungfern nun einmal sein sollen, doch wegen einiger unglücklicher Ereignisse in ihrer Jugend hatten die Klosterfrauen und die meisten Dorfbewohner Nachsicht mit ihrer Verschrobenheit. Wenn sie in eine Sitzung des Dorfrats hineinplatzte und ein Kriegerdenkmal forderte, warteten die geachteten Dorfräte besonnen ab, bis der Sturm sich gelegt hatte und die Tür geräuschvoll hinter ihr ins Schloss gefallen war, und erwähnten dann das Leid, das sie schon früh im Leben heimgesucht habe. Sie sprachen darüber, wie sie ganz allein dort oben in Becker's Corners lebe, auf dem Hof hinter der Kirche, und nur hin und wieder einen Jungen anstelle, damit er ihr mit dem Vieh oder dem Brennholz für den Winter oder den vier oder fünf Eimern Wasser half, die jeden Tag von der Pumpe in die Sommerküche geschleppt werden müssten. Die Vermutung, sie sei mit fast vierzig alt genug, um von Geistern heimgesucht zu werden, war nicht ganz falsch; was die Männer freilich nicht wussten, war, dass diese

Heimsuchung Klara ausreichend geistige Gesellschaft verschaffte, so dass ihr Leben einigermaßen ausgefüllt war. Und damit ihr die Arbeit nicht ausging, hatte die Jungfer eigenhändig die prächtigen Jacken geschneidert, die jeder im Ort trug.

Klara hatte ihre Erinnerungen, einen Friedhof voller toter Familienangehöriger, ein Dorf, aus dem fast alle ihre einstigen Schulkameraden geflohen waren, einen verschwundenen Bruder, eine an Geschichten reiche alte Religion, das Wissen um die Mythologie des Dorfs, zwei komplizierte Fähigkeiten, die sie von zwei Meistern auf ihrem Gebiet gelernt hatte (ihrer Mutter und ihrem Großvater), sie hatte Freundinnen im Kloster und eine vernünftige Methode, trotz der ständigen Einsamkeit bei klarem Verstand zu bleiben. Außerdem besaß sie etwas, das sonst kaum eine alte Jungfer besitzt: Unabhängigkeit und eine Vergangenheit.

Sie war sich darüber im Klaren, dass die meisten unverheirateten Frauen in ihrem Dorf und den Dörfern der Umgebung traditionell ein Aushilfsleben führten, schon immer geführt hatten. Herbeigerufen, um einen Haushalt zu besorgen, wenn eine ihrer glücklicheren Schwestern im Kindbett lag, oder um am Kranken- und Sterbebett älterer Verwandter zu sitzen, bestand die berufliche Laufbahn einer allein stehenden Frau häufig aus Dienstleistungen für jene, die von der Natur besser bedacht worden waren. Sie hatte keine besondere Vergangenheit, weil kein Mann sich je gedrängt gefühlt hatte, sie als Ziel eines Liebesabenteuers oder, in Ermangelung von Liebe, als nützliche Verrichterin häuslicher Arbeiten im Rahmen einer Ehe in Erwägung zu ziehen. Klara hingegen diente keinem Herrn; sie entschied allein über die Arbeiten, die sie sich täglich vornahm. Und als sie sehr jung gewesen war, hatte die Liebe ihr Leben erhellt und aus der Bahn gebracht, hatte einen leidenschaftlichen, verwirrenden Sommer lang ihr Licht und ihren Schatten auf sie geworfen.

Klara tat ihr Bestes, um sich davon zu lösen, weil sie ahnte, dass es einer Frau ihres Alters schlecht bekommt, sich von einer privaten Vergangenheit romantischer Natur ausfüllen zu lassen. Besser draußen die weißen Kühe hüten oder drinnen ein Jackett schneidern, die Fenster putzen, das Haus fegen. Oder in der Kirche die Bänke polieren oder auf dem Friedhof die Pflanzen auf dem Familiengrab versorgen.

In ihren Zwanzigern war es ein tiefes, unausgesprochenes Leid gewesen, diese Vergangenheit, die sie, wenn sie während des Tages einmal nicht auf der Hut war, derart überrumpelte, dass sich ihr die Nägel in die Handflächen bohrten; oder die sie aus heiterem Himmel in eine Erinnerung von solcher Zärtlichkeit zurückriss, dass sie unendlich lange darin gefangen bleiben, in völliger Reglosigkeit verharren und die Arbeit, die ihre Hände beschäftigt hatten, vollkommen vergessen konnte. Das erschreckte und entsetzte sie so sehr, dass sie sich in der Kunst stoischer Selbstzucht zu üben begann und lernte, sich von ihrem früheren Ich zu distanzieren. Sie war eine gute Schülerin in dieser Disziplin und begann endlich, sich wie eine normale Jungfer zu benehmen und sich das Gewesene vom Leib zu halten, außerhalb des Zauns, außerhalb ihrer Haut.

Erst in den letzten Jahren hatte die Beherrschung nachgelassen, und das führte dazu, dass sie an einem feuchten und für die Jahreszeit untypisch nebligen Sommertag einmal etwas recht Merkwürdiges tat. Die ganze Woche hindurch hatte sie unerklärlicherweise zugelassen, dass Szenen der Vergangenheit von ihrem Kopf Besitz ergriffen, bis der Samstag kam und sie zu glauben begann, dass sie – wie der Nebel, der überall war, außer im Haus – nicht wirklich im Haus ihres Geistes war. Oder auch umgekehrt: dass sie, anders als der Nebel, innerhalb des Hauses war und nirgendwo sonst. So kam sie auf die Idee, die äußere Atmosphäre in ihre Räume zu lassen, riss jedes Fenster und jede Tür auf und sah zu, wie der geruchlose weiße Dunst über Schwelle und Sims wallte, sich um Stuhlbeine kräuselte und über Tische und Betten breitete. Sie öffnete Geschirr- und Kleiderschränke und zog die Schubladen verschiedener Kommoden heraus, so dass der Nebel selbst ihre intimste Unterwäsche berührte und über das gute Porzellan ihrer toten Mutter kroch. Als das ganze Haus undurchsichtig geworden war, erkannte sie mit einem Mal, dass ihr Tun weit über die Grenze der Schrulligkeit hinausging, die einer alten Jungfer gestattet war. Rasch warf sie Fenster und Türen zu, schloss Schränke und Schubladen, wusch sich mit kaltem Wasser das Gesicht – denn sie merkte auf einmal, dass sie geweint hatte – und nahm sich vor, derlei nie wieder vorkommen zu lassen. Nie mehr würde sie sich ein ungeplantes Eintauchen in ihre privaten Erinnerungen gestatten. Dabei wusste sie natürlich, dass das Unsinn war, dass es Erinnerungen gibt, die man nicht vergessen kann, gegen die man vollkommen machtlos ist. Je mehr man sie von sich schiebt, desto hartnäckiger krallen sie sich in den fruchtbaren Boden der Geschichte eines Lebens. Vielleicht schlafend, aber bereit, beim geringsten Anlass zu voller Pracht aufzublühen.

Trotz eines radikalen Wetterumschwungs hielt sich die Feuchtigkeit in Klaras leerem Haus mehrere Tage.

Es war nicht immer leer gewesen, dieses Haus, in dem Klara aufgewachsen war. Einst hatte es einen Vater und eine Mutter gegeben und auch einen Bruder. Alle hatten im einen oder anderen Raum eine Spur hinterlassen: eine Pfeife, Hosenträger, ein Schmuckkästchen, einen Handspiegel, ein zierliches Paar Sonntagsschuhe. Und in Klara selbst hatten alle etwas Unerledigtes hinterlassen, Gesagtes oder Ungesagtes oder im Zorn Gesagtes. Alle hatten einen leeren Stuhl am Tisch hinterlassen.

Helga Becker, ihre Mutter, hatte fünf Jahre gebraucht, um zu sterben. Als sich in den letzten sechs Monaten ihres Lebens die eigentliche körperliche Krankheit bemerkbar machte, hatte Klara begriffen, dass sie schon mit zehn Jahren in der Frau, die sie zur Welt gebracht hatte, etwas Dunkles, Unheimliches langsam heranwachsen gespürt hatte. Als sie dann mit fünfzehn von dem Krebs hörte und erfuhr, dass ihre Mutter bald daran sterben werde, hatte Klara das Gefühl, als hätte sich dieser Tumor nach und nach im Schädel ihrer Mutter ausgebreitet und im Wachsen das Licht und das Leben aus dem Haus verdrängt – genau so wie die Abwesenheit ihres Bruders mit jedem neuen Tag immer übermächtiger geworden war.

Nachdem Klaras Bruder ein volles Jahr fort gewesen war und die Weinkrämpfe und Furcht erregenden Ausbrüche nachgelassen hatten, schien sich eine neue, pragmatische Knappheit ihrer Mutter zu bemächtigen. Nun wirkte sie ständig erbost über die Oberflächlichkeit einer Welt, die es fertig brachte, sich angesichts der totalen Entmaterialisierung ihres Sohnes weiter ihren Geschäften nachzugehen. In diesem Stadium begann sie Klara in der Kunst des Schneiderns zu unterweisen, freilich ohne jede Zärtlichkeit, als hätte sie das Gefühl, dass ihre Tochter, das jüngere Kind, an dieser Verschwörung des Banalen beteiligt sei und wenigstens irgendein Handwerk lernen müsse, von dem sie leben konnte. Auf diese Phase folgte ein immer größerer Rückzug in sich selbst, unterbrochen lediglich von knappen Bemerkungen – Dieter, ihr Mann, sei schuld am Verschwinden des Jungen und infolgedessen auch für ihr eigenes Unglück verantwortlich; außer in solchen Behauptungen erwähnte sie Tilman nie mehr. Als Klara die subtilen Anschuldigungen mitbekam, erschrak sie zu Tode, denn auch wenn sie es nie zugab, fühlte sie sich als die eigentlich Schuldige, weshalb jeder Vorwurf ihr zu gelten habe. Obwohl sie die Schule abbrach und ihre Mutter bis zum Augenblick des Todes treu pflegte, liebte Klara sie am Ende nicht mehr, aber sie konnte kein Argument gegen sie vorbringen, das sich nicht umkehrte und gegen ihre eigene Tat richtete.

Doch es war weder dies noch die damit verbundene Trauer, woran Klara dachte, als sie den Nebel ins Haus ließ.

Nachdem Mitte des neunzehnten Jahrhunderts Holzfäller, Mühlenarbeiter und Bauern das Land rund um Shoneval von Bäumen und Strünken und Steinen befreit hatten, setzte eine Reihe von Ereignissen ein. Aus Strünken und Ästen entstanden Zäune, von denen manche in der Nähe von Klaras Farm noch erhalten waren. Die Steine wurden gesammelt und für das Fundament von Häusern und Scheunen und verschiedenen anderen Gebäuden verwendet; sie überdauerten als Andenken an das Balkenwerk, das sich einst auf dem steinernen Sockel erhoben hatte. Die Bäume, falls sie nicht direkt als Bauholz Verwendung fanden, wurden zur Sägemühle transportiert und dort dem Verstümmelungsprozess unterworfen, der Joseph Becker so empörte. Der überschüssige Regen, den früher die großen Wälder durstig aufgesogen hatten, wusste nicht mehr, wohin, und floss also abwärts, um sich in den Senken zwischen sanften Hügeln zu sammeln. Mit der Zeit erzeugte die ungenutzte Feuchtigkeit neue Sumpfgebiete, wo zunächst Weidenbäume gediehen, bis auch sie an der übermäßigen Nässe, die ihr Wachstum ursprünglich begünstigt hatte, zu Grunde gingen.

An den Morast gleich bei der Farm hatte sich Klara erinnert, den winterlich gefrorenen Tümpel und die abgestorbenen Weiden darin, glitzernd vom Reif. Eine Szene nicht unähnlich jenen, wie sie bei den medizinischen Wanderausstellungen entrollt wurden. Und nicht unähnlich jenen, die, wie sie gehört hatte, die Wände des Schwanenzimmers in einem der bayrischen Schlösser des Königs Ludwig zierten: erfüllt von der Reglosigkeit und der Vorfreude vor einem Tanz.

Ließe sie es zu, sie könnte die Szene aus der Erinnerung malen, detailgetreu, jeden einzelnen funkelnden Zweig. Und das vollkommene, dunkle Eis unter einem Himmel von gleißender Helligkeit, den jungen Mann und die junge Frau, die hier Schlittschuh liefen. Sie glitten nicht als Partner dahin, sondern machten ein Spiel daraus, zu laufen wie kleine Kinder und eine wahllose, ergebnislose Verfolgungsjagd zu veranstalten; sie waren ja noch nicht viele Jahre entfernt von der

Kindheit, und es war das Echo der Kindheit, das mit ihnen über das Eis hin und her flitzte.

Es war am späten Nachmittag. Die untergehende Sonne schwebte über einem Hügel hinter ihnen und schien sich im Gewirr eines Zauns aus Ästen und Strünken gefangen zu haben; das Sonnenlicht ließ den Dampf ihres Atems in weichem Orange leuchten. Obwohl sie sich fast zeit ihres Lebens kannten, waren sie auf einmal voreinander verlegen und verwirrt von dem plötzlichen Impuls, gemeinsam Eis laufen zu gehen, an diesem abgelegenen Ort und allein, während die anderen jungen Leute aus dem Dorf auf dem Weiher Schlittschuh liefen und ihn mit ihrem Gelächter erfüllten. Einmal vollführte Klara eine jähe Wende, so dass sie gegeneinander prallten und fielen, wie im Kampf gefällt. Dann lagen sie nahezu reglos auf dem Eis, unerklärlicherweise, und wussten etwas, wovon sie beide nicht sprechen konnten.

Klara erinnerte sich an die Wärme seines Halses in der Kälte, an seine Berührung auf dem Zentimeter nackter Haut zwischen ihrem Handschuh und dem Mantelärmel. Mit seinem Gesicht ging eine Veränderung vor, seine Miene wurde auf einmal ernst, und die dunklen Brauen zogen sich zusammen, als wäre er verwirrt oder ärgerlich. Im Rückblick glaubte sie, dass auch ihr Gesicht sich verändert hatte, obwohl sie das damals nicht wissen konnte.

Nach diesem Nachmittag kam er jeden Abend zur Farm herauf und saß in der Küche auf einem Stuhl, die Beine gespreizt, die Arme auf den Knien und den Blick starr auf den Boden zwischen seinen Füßen geheftet. Den »Stummen Iren« nannte ihn ihr Vater, obwohl sie wussten, dass er Eamon hieß, denn der junge Mann stammte aus einer der allerersten irischen Familien, die aus Glaubensgründen in die rund um Shoneval entstehende katholische Siedlung gezogen waren. Während der ersten paar Monate sagte Eamon nie ein Wort, und auch Klara war eher schweigsam. Aber sie hätte gern geredet, wollte irgendeine Stellungnahme oder Interpretation hören, vielleicht eine Erklärung für die Wellen von Furcht, die ihre Neigung zu ihm begleiteten, für den leisen Ärger, den seine allabendlichen Besuche in ihm offensichtlich ebenso erregten wie in ihr; sie wollte wissen, weshalb er die Stunden in ihrer Nähe zu ertragen schien, als wären sie eine Strafe.

Nachts kniete sie neben ihrem Bett und betete, dass er einmal mit ihr spräche. »*Ein* Wort«, flüsterte sie, »*einen* Satz.« Noch nie in ihrem kurzen Leben hatte ein anderer Mensch sie derart aus der Fassung gebracht. Und sie hatte es nie gebeichtet. Was hätte sie auch sagen sollen? »Wir sind gemeinsam auf dem Eis hingefallen, Herr Pfarrer, und seitdem sind wir wütend aufeinander.« Das war keine Sünde – abgesehen von der Wut –, und deshalb konnte er ihr auch keine Lösung vorschlagen, außer vielleicht den Rat geben, dass einer von ihnen um Entschuldigung bitten sollte. Wofür allerdings, das wusste Klara nicht.

Während er Abend für Abend stumm in der großen Bauernküche saß, verrichtete Klara geräuschvoll ihre häuslichen Pflichten, schlug mit den Herdklappen, ließ die Teller im Spülbecken klirren, knallte die Schubladen der Kredenz zu. Die Küche gehörte ja ihr, hatte ihr gehört, seitdem sie fünfzehn geworden war, seitdem ihre Mutter gestorben war. Vielleicht war es das Eindringen eines Fremden in ihr ureigenes Territorium, das sie so übel nahm. Bis dahin hatte es nur sie und ihren Vater gegeben, Abend für Abend, und ihre Gewohnheiten und Gespräche waren eine Hymne auf die Vorhersehbarkeit.

Manchmal kamen sonntags die Großeltern von ihrer Farm zum Essen herüber. Ein oder zwei Mal im Jahr besuchte sie der neue irische Pfarrer, und ein paar Klosterfrauen waren zum Tee gekommen. Seit in ihrer Kindheit ihr Bruder verschwunden war, hatte in diesem Raum keine rohe Kraft mehr geherrscht. Und sie hatte sich daran gewöhnt, die einzige Bewahrerin der Jugend in diesem Haus zu sein.

Die Wochen vergingen, und Klara konnte noch immer nicht erklären, weshalb mit Eamon diese erdrückende Spannung durch die Tür hereinzukommen schien, weshalb seine Gegenwart die Uhren immer lauter ticken ließ, während die Stille ringsum wuchs wie ein länger werdender Schatten. Ihr Vater saß am Ofen und las die Zeitung oder ein Buch, und gelegentlich verkündete er irgendeine erstaunliche Neuigkeit, die er gelesen, oder eine Neuerung in der Landwirtschaft, von der er in der Stadt gehört hatte. Der junge Mann antwortete ihm einsilbig. Das Rascheln der Zeitung, das Knarzen des Schaukelstuhls ging Klara durch Mark und Bein.

Sie war neunzehn Jahre alt. Bis zu dem zufälligen Zustandekommen ihrer peinlichen und unerklärlichen Verbindung mit diesem jungen Mann hatte sie ihre Tage zufrieden aufgeteilt zwischen den beiden von der Mutter geerbten Berufen Haushalt und Schneiderei und dem Zeitvertreib, den sie von ihrem Großvater gelernt hatte, der Holzbildnerei. Die ersten beiden Tätigkeiten stellten ihr das gesamte Haus zur freien Verfügung; das Zuschneiden und Nähen fanden in dem Sonnenzimmer über der Veranda statt, und die meisten häuslichen Pflichten, abgesehen vom Staubwischen und Wachsen des Fußbodens in der guten Stube, spielten sich in der großen Küche ab. Sie schätzte die Augenblicke der Einsamkeit mit Schere, Nadel, Schnitzeisen und Schöpfkelle – alles heiß geliebte Werkzeuge – ebenso wie die Gesellschaft, die ihre Arbeit ihr mühelos verschaffte: Anproben und Modebesprechungen, Einkaufen und Mahlzeiten. Die eine Beschäftigung nährte die andere, und beide ließen ihr Leben nahtlos werden – eine Ironie bei einer Schneiderin. Der Umgang mit Haushaltsgeräten verschaffte ihr eine genauere Vorstellung von Formen und Gewichten, und aus dem Ausmessen und Anpassen von Kleidungsstücken bezog sie viele Kenntnisse über die Beschaffenheit der menschlichen Anatomie, die sie wiederum beim Schnitzen von Heiligenfiguren gut gebrauchen konnte. Und die Heiligen selbst, glaubte sie, segneten alle Arbeit, die sie in Angriff nahm.

Sie schnitzte die Figuren in einem kleinen Holzschuppen, der früher die hofeigene Schmiede gewesen war. Die alte Esse diente ihr jetzt als Heizung im Winter und als Herd, auf dem sie den Hufleim erhitzte, mit dem sie manchmal, wenn sie sich eine größere Figur vornahm, die Arme befestigte. Auch bei geschlossener Tür ließ das eine Südfenster so viel Licht herein, dass sie dabei gut arbeiten konnte. Dass ihre Werkstatt so klein war und überdies vom Haus getrennt, verlieh dem ganzen Unterfangen eine spielerische Atmosphäre; Schnitzen war die Belohnung, die sie sich zugestand, nachdem sie alle übrigen Aufgaben erfüllt hatte. Es war reines Vergnügen, denn ihre hölzernen Figuren hatten weder mit den Erfordernissen des Lebensunterhalts zu tun noch mit der Notwendigkeit, Bargeld ins Haus zu bringen.

Als Kind hatte der Großvater ihr an kleinen Holzstücken das Schnitzen beigebracht, obwohl er ursprünglich ihren Bruder Tilman im Auge gehabt hatte – in der Hoffnung, der Junge werde es wenigstens so weit bringen, dass er die Altäre in der Kirche ausbessern konnte, wenn er schon nicht ganz den Beruf des Holzschnitzers ergriff. Doch Tilman konnte sich nie sehr lange konzentrieren, wenn er unter einem Dach still sitzen musste; Klara hingegen tobte und stampfte so lange durch die Werkstatt, bis der Großvater ihr widerstrebend ein Stück Holz und ein Messer gab und ihr zeigte, wie man richtig schneidet, nämlich vom Körper fort, um sich nicht zu verletzen.

Am Anfang schnitzte Klara Spielzeugtiere: Pferde, Schweine, Kühe. Dann begann sie mit exotischeren Spezies, Tieren, die sie nur auf Reklamebildern, nie mit eigenen Augen gesehen hatte: Leoparden, Giraffen mit übertriebenen Hälsen und Flecken, Nashörner. Puppen waren die nächste logische Stufe, und da ihre Mutter sie das Schneiderhandwerk lehrte, nähte sie aus Stoffresten, die sie im Sonnenzimmer einsammelte, kunstvolle Puppengarderoben. In diesem frühen Stadium neigte sie dazu, ihre Schätze zu horten. Einmal schnitzte sie zwar eine komplette Arche Noah als Weihnachtsgeschenk für ihren Bruder, doch zu dem Zeitpunkt war er bereits verschwunden und kam nie in sein einstiges Zimmer, um damit zu spielen. Die Arche blieb, wo Klara sie hingestellt hatte, ganz hinten im Schrank, und außer ihr selbst, die sich gelegentlich vergewisserte, ob ihr Bruder vielleicht heimlich zurückgekehrt war und nachts damit gespielt hatte, warf praktisch niemand einen Blick darauf. Mit knapp dreizehn wurde sie schließlich von einer Empörung erfasst, die sie erst gar nicht zu deuten versuchte, trug die verstaubten Tiere mitsamt ihrem Hausboot zum Küchenofen und warf sie paarweise ins Feuer.

Die Phase der Heiligen begann, nachdem Klara in der Kirche gefirmt worden war. Kurz nach dem Tod ihrer Mutter entwickelte sie die Idee der lebensgroßen Statue einer mittelalterlichen Äbtissin, vielleicht einer Heiligen, mit üppig gefälteltem Habit. Dazu wollte sie das Wissen über Textilien einsetzen, das sie von ihrer Mutter gelernt und sich zu einem geringeren Teil auch durch ihre eigenen Schneiderarbeiten erworben hatte. Von ihrem Großvater wollte sie alles lernen, was er über das Schnitzen von Faltenwürfen wusste, und ihr Vater sollte ihr das Holz besorgen, wenn er Baumstämme zersägte und als Brennmaterial für den nächsten Winter über Eis und Schnee mit dem Schlitten nach Hause brachte.

Zwischen siebzehn und neunzehn erlebte Klara eine Zufriedenheit wie später nie mehr – obwohl sie, da sie zu der Zeit die Rastlosigkeit des Verlangens noch nicht kannte, die Zufriedenheit erst im Rückblick als solche erkennen konnte. Jetzt, wenn sie im Schneidersitz auf dem Tisch im Sonnenzimmer saß und Stoff zuschnitt oder wenn das Eisen in ihrer Hand ins Holz eindrang, war sie im Zustand einer vollkommenen, animalischen Selbstvergessenheit, und es ging ein Gefühl tiefsten Wohlbehagens von ihr aus. Nie wäre es ihr in den Sinn gekommen, ihr Leben zu ändern. Sie war jung, leidlich ausgebildet und geschickt und war sich sicher, ihre Umgebung zu kennen und im Griff zu haben. Als Eamon in ihre Welt einbrach und mit seiner Unverrückbarkeit und seinem Schweigen einen Platz für sich beanspruchte, empfand ein Teil von ihr dies als Akt des Vandalismus. Sie verzieh ihm nie ganz, wie er widerrechtlich in ihre Seelenruhe eingedrungen war, ebenso wie sie ihm später sein mutwilliges Verschwinden niemals verzieh.

Die Tage wurden länger, der Schnee begann zu schmelzen und legte in ungleichmäßigen Flecken die nach der Ernte im vergangenen Herbst gepflügte Erde bloß, und noch immer kam der »Stumme Ire« jeden Abend den Hügel herauf in Klaras Küche.

Mittlerweile empfand Klara einen knisternden, kaum noch verhaltenen Zorn, wann immer er in ihrer Gegenwart war, und meist auch in seiner Abwesenheit.

»Er macht dir den Hof«, sagte ihr wortkarger, nüchterner Vater mit einem untypischen Zwinkern.

»Es interessiert mich nicht, ob mir einer wie er den Hof macht«, fuhr Klara auf, und eine Röte überzog ihr Gesicht. »Es interessiert mich nicht, ob mir überhaupt irgendwer den Hof macht.«

Dieter Becker zuckte die Achseln, als wäre es ihm völlig egal. Doch am nächsten, hellen Abend, kurz nach Eamons Erscheinen und noch ehe der Junge sich auf seinen gewohnten Platz gesetzt hatte, stand Klaras Vater auf und ging unter irgendeinem Vorwand in die Scheune.

Klara stand mit dem Rücken zur Tür und versenkte einen Stapel Teller in der warmen Seifenlauge im Spülbecken, als sie spürte, wie die Stimmung sich allein durch den Umstand, dass sie miteinander allein waren, komplett veränderte. Sie starrte unverwandt auf die zwei mageren Fliederbüsche im Garten, die sie im vergangenen Herbst gepflanzt hatte. Sie wusste, dass sie nie imstande wäre, sich umzudrehen, und empfand Eamons Blick wie die Berührung einer warmen Hand zwischen ihren Schulterblättern. Kein Laut war zu hören, bis sie schließlich seine Schritte auf dem Boden hörte, dann das Geräusch, das ein Stuhl von sich gibt, wenn ein Mensch sich darauf setzt.

Falls sie es schaffte, sich umzudrehen, sagte sie sich, falls sie nur das zu Wege brachte, dann wäre sie in der Lage, die Dinge zu sehen, wie sie waren, alles in ihrer Küche am rechten Ort: eine Matte vor der Tür, ein feuchtes Handtuch über einer Stuhllehne, all das tröstliche Zubehör ihres Lebens, das sich durch seine Anwesenheit in ihrer Welt nicht stören ließ. In einem plötzlichen Abendwind bogen sich die dünnen Fliederzweige zur Seite. Die niedrige Sonne stand gleißend in der Mitte der Fensterscheibe und trieb ihr die Tränen in die Augen. Allmählich wurde es nahezu unmöglich, noch länger in den Hof hinauszustarren.

Schließlich drehte sie sich um. Ihre Hände glänzten nass, an den Fingerspitzen hingen Wassertropfen. Im Vergleich zu der Helligkeit im Fenster war der Raum dunkel, Eamon nichts als eine gesichtslose Gestalt auf einem Stuhl am Ofen. Klara hatte die Absicht gehabt, den Raum zu durchqueren und durch die Tür zum Holzschuppen zu verschwinden, ihn in der Küche sitzen zu lassen, allein mit seinem Schweigen und seiner Sturheit, doch sie zögerte einen Moment, während ihre Augen sich an die Schatten in dem halbdunklen Raum gewöhnten. Nachdem sie zwei oder drei Schritte gegangen war, beugte Eamon sich vor und packte ihr feuchtes Handgelenk.

Diese eine, schlichte Berührung setzte den Sturm der Rede frei, der sich über Wochen in ihrem Geist zusammengebraut hatte und nun in einem erbitterten Verhör hervorbrach. Sie schleuderte die Worte in die Luft, beinahe hysterisch. »Was willst du? Welches Recht hast du, was ... was hast du hier zu suchen, und wieso redest du nie? Wieso glaubst du, dass dich irgendwer hier haben will?«

Er hielt ihr Handgelenk fest. Er sagte nichts.

Klara sah seine Hand an, wie sie unbeholfen mit groben Knöcheln um ihren schmalen Arm lag, und vollführte eine scharfe Bewegung, wie um sich zu entziehen. Dann ballte sie die Faust und stieß den Arm nach vorn, so dass es jetzt aussah, als hielte er sie von sich fern. »Wieso redest du nie?«, flehte sie. »Sag was!«

In dieser Stellung verharrten sie mehrere Sekunden lang, verstockt, feindselig, bis Eamon errötete und Klaras Arm von sich warf wie einen abgebrochenen Ast, der ihm im Weg lag. Im nächsten Moment war er aufgesprungen.

»Was willst du von mir hören?«, fragte er, die Stimme beinahe gebrochen vor Wut und Schmerz. »Was kann ich denn zu dir sagen?« Er wandte sich der Tür zu, durch die sie die Flucht hatte ergreifen wollen, blieb kurz stehen, als wollte er seiner Frage noch etwas hinzufügen, dann stürmte er durch den Holzschuppen und hinaus durch den feuchten Schnee im Hof, mit gesenktem Kopf, die Hände tief in den Taschen.

Der Strahl der untergehenden Sonne, der Klaras Augen derart verwirrt hatte, fiel jetzt auf den Stuhl, auf dem Eamon gesessen hatte. Er hatte seine Jacke vergessen. Klaras Arm verharrte vor ihrem Magen, wo er gelandet war, nachdem Eamon ihn losgelassen hatte. Er kam ihr vor wie ein fremder Gegenstand, der weder jetzt noch je zuvor mit ihrem Körper verbunden gewesen war. Mit einigem Interesse sah sie zu, wie in die weißen Markierungen, die seine Finger auf ihrer Haut hinterlassen hatten, nach und nach die Farbe zurückkehrte.

Am nächsten Abend kam er gar nicht den Hügel herauf.

Und sie wartete auf ihn.

»Was ist bloß aus dem Stummen geworden?«, fragte ihr Vater und musterte sie über den Rand der Brille hinweg, die er abends zum Lesen trug.

»Das weiß ich doch nicht«, antwortete Klara. »Ich bin jedenfalls froh, dass wir wieder für uns sind.«

»Mich hat er nicht gestört, wie er so still in der Küche saß.« Dieter sah seine Tochter voller Zuneigung an, belustigt über ihre Bockigkeit. »Es ist doch eine nette Abwechslung, einmal einen jungen Mann im Haus zu haben.«

Klara gab keine Antwort. Sie hatte durch die Glasscheibe in der oberen Hälfte der Tür zur Seitenveranda hinausgestarrt und sich durch das Auftauchen einer Gestalt weit unten auf der Straße ablenken lassen. Doch wer immer die Gestalt war, sie hatte bereits den Weg zum Dorf eingeschlagen, ehe Klara feststellen konnte, ob es Eamon war.

Klara hatte einiges von ihrem Temperament von ihrem Großvater geerbt. Wenn sie sein heiteres Gesicht betrachtete, konnte sie sich nicht vorstellen, dass ihn einmal Leidenschaften bewegt hatten. Allerdings hatte er als junger Mann in Bayern, wie er erzählte, als besonders fromm gegolten, weil es des Öfteren vorkam, dass er vor einem Altarbild, vor einer Madonna oder Heiligenfigur die Fassung verlor und in Tränen ausbrach. Dabei war es nicht der Heilige Geist, der ihn berührte, sondern im Gegenteil die Schönheit der plastischen Darstellung, das geschnitzte Bild, die hölzerne Haut. Manchmal, besonders wenn er wie in Trance vor einem Werk Tilman Riemenschneiders stand, des großen Bildhauers und Bildschnitzers aus dem sechzehnten Jahrhundert, weinte er Tränen der Freude und der Trauer. Denn er bewunderte die Figuren als solche, die langen Schenkel, das Geflecht der Adern an der Innenseite der Arme, und geriet bei dem Gedanken, dass er selbst niemals imstande wäre, dem Holz eine so große Lebendigkeit zu entlocken, beinahe in Verzweiflung.

Als Pfarrer Archangelus Gstir in sein Leben trat, war Joseph Becker ein Handwerker von großer Kunstfertigkeit – der Pfarrer hielt ihn für wunderbar begabt –, doch er selbst war sich seiner Grenzen sehr bewusst, und oft, wenn er mit dem Werk, das er für die Prozession schuf, allein war, spürte er Tränen in seinen Augen brennen, und mehrere qualvolle Minuten lang verfluchte er den Gott, der ihm gerade genügend Talent mitgegeben hatte, die eigenen Unzulänglichkeiten einzusehen, den Gott, der ihn als Holzschnitzer an den Rand der Welt unter Menschen gestellt hatte, die weder seine Fähigkeiten noch seine Grenzen erkennen konnten. Er war dazu verurteilt, für den Rest des Lebens ein Perfektionist zu sein, der nicht imstande ist, die Qualität, die er in der Arbeit des großen Meisters verehrte, selbst zu erreichen. Und seine Enkelin hatte von ihm das Bedürfnis nach Ordnung übernommen, die in gewisser Weise eine logische Folge der Perfektion ist.

Darüber hinaus hatte Klara aber auch eine Neigung zu jener Art von Zorn geerbt, wie sie ihn bei ihrer Mutter nach Tilmans Verschwinden von Tag zu Tag hatte wachsen sehen, und hatte ihn ihrer eigenen Persönlichkeit ebenso wie ihrer Arbeit einverleibt; es war jenes Gefühl von Überlegenheit, mit dem ihre Mutter sich durch die unwürdige Welt bewegte, die ihr den Sohn genommen hatte.

Helga Becker hatte stets betont, sie übe die Kunst des Schneiderns aus, die von der Näherei so verschieden sei, wie sich die Webteppiche des Mittelalters von bestickten Kissenüberzügen unterschieden. »Kleider machen kann jeder Narr«, sagte sie zu Klara, »jeder, der in der Lage ist, nach dem Schnittmuster in irgendeiner Frauenzeitschrift zwei Stücke Stoff zusammenzunähen.« Aber das eigentliche Schneidern, beharrte sie, erfordere Begabung, Geschick und Geduld. »Und es geht nicht nur darum, dass du irgendwas verhüllst«, sagte sie. »Du konstruierst etwas, das Form und Gewicht und Volumen hat. Ein Kleidungsstück, das *maßgeschneidert* ist. Dass ich eine Frau bin, bedeutet nicht, dass ich den Beruf nicht ausüben könnte. Nenn mich nie eine Näherin. Nähen kann jede, die eine Nadel halten kann.«

Als Waise war Helga von der Frau ausgebildet worden, die schließlich ihre Schwiegermutter wurde, und sie protestierte stets heftig gegen deren Bescheidenheit. »Stell dir vor«, sagte sie zu Klara. »Bis zu ihrem Tod bezeichnete sich deine Großmutter als Näherin, dabei konnte sie entwerfen und zuschneiden und nähen, dass die Männer in Goderich, die sich Schneider nannten, ihr nicht das Wasser reichen konnten. Und wie viel sie für die Kirche getan hat! Meiner Ansicht nach war Pfarrer Gstir in seinen letzten Jahren besser gekleidet als der Papst.«

Klaras Mutter hatte fast allen Dorfbewohnern gute Mäntel und Jacken geschneidert, und Reisekostüme für die Frauen, obwohl kaum jemand die Reisen unternahm, für die solche Kleider gedacht waren. Nur von Männerhosen nahm sie Abstand, der Anständigkeit halber, was allerdings kein Schaden sei, fand sie, denn die Männer konnten ja die Konfektionskleidung unten in Hafemans Laden kaufen. »Sie würden auch ihre Anzugjacken dort kaufen«, vertraute sie Klara an, »wenn sie sich dann nicht in ihrem armseligen Aufzug von mir begutachten lassen müssten. Von mir, die mit maßgeschneiderten Jacketts noch aus der traurigsten Gestalt eine gute Figur machen kann. Ich war das Glück der meisten Männer in diesem Dorf«, versicherte sie, »und auch ziemlich vieler Frauen.«

Die Bewohner von Shoneval bildeten in der Tat eine so gut gekleidete Gemeinde, wie sie nirgendwo sonst in einer katholischen Kirche in Ontario anzutreffen war, zumal im Vergleich mit der zerlumpten Versammlung, die damals noch in der Holzkirche vor Kälte gezittert hatte und weder die Zeit noch das Geld gehabt hatte, um überhaupt darüber nachzudenken, ob sie Westen und Reiseanzüge wollte oder brauchte. Nun aber war es ein wirklich hübscher Anblick, wie derart festlich gekleidete Menschen hügelaufwärts zur Messe strömten und danach denselben Hügel wieder hinab, um dem »Archangelus« den traditionellen Sonntagsbesuch abzustatten. In der Anfangszeit hatte der gute Pfarrer persönlich seine kleine Herde zum Frühschoppen nach der Messe zur Brauerei hinuntergeführt. Als das Wirtshaus kurz nach der Weihe der großen Steinkirche im Jahr 1881 eröffnet wurde, war Pfarrer Gstir über die Geste des Wirts, der sein neues Lokal nach seinem Beichtvater »Zum Erzengel« nannte, äußerst gerührt.

Klara, die seit ihrer Kindheit mit der Nadel umzugehen verstand und von Jugend an mit der Schere wahre Wunder bewirkte, hatte mit sechzehn, etwa ein halbes Jahr nach Helgas Tod, das mütterliche Geschäft übernommen. Die Männer hatten anfangs Scheu vor ihr, dem jungen Mädchen mit den glänzenden goldenen Haaren, doch bei ihrer geschäftsmäßigen, formellen, beinahe hochmütigen Art verloren sie nach und nach ihre Nervosität.

»Männer sind die eitelsten Geschöpfe auf Gottes Erdboden«, hatte ihre Mutter gesagt, »und die Bauern sind da keine Ausnahme. Sie behaupten, sie legen keinen Wert auf Sonntagsstaat, aber kaum zieht man ihnen einen schönen Mantel an, stolzieren sie herum wie die Pfauen. Näht man ihnen dann noch eine seidene Borte daran, sind sie überhaupt nicht mehr zu halten.«

»Und denk daran«, fügte sie hinzu, »dass sich alle Männer gern einreden, sie hätten eine gute Figur ... auch wenn das für praktisch keinen zutrifft. Schneider ... gute Schneider können eine magische Verwandlung stattfinden lassen. Eine gute Anzugjacke schafft eine beneidenswerte Illusion, und deshalb ist der Schneider unverzichtbar – vor allem wegen der männlichen Eitelkeit. Aus eigener Kraft könnten die Bauern diese Illusion ebenso wenig hervorrufen, wie sie in der Lage wären, auf ihren Winterfeldern Palmen zu ziehen. Darum wirst du unverzichtbar sein.«

Unverzichtbar oder nicht, widmete Klara im Winter täglich zwei Stunden der Schneiderei und im Sommer, wenn es bis in den Abend hinein hell war und sie nach dem Essen noch arbeiten konnte, manchmal bis zu vier Stunden. Infolgedessen verfügte sie über eine ansehnliche Kollektion von »Vorführstücken«, über die Fähigkeit, Aufträge gut und pünktlich auszuführen, und ein hoch geschätztes eigenes Bankkonto. Keine der übrigen jungen Frauen ihrer Bekanntschaft, mit Ausnahme von zwei oder drei Klosterfrauen, waren so unabhängig wie sie, und dieses Wissen trug erheblich zu ihrer noch unerkannten Zufriedenheit bei.

Eamon kam auch am nächsten Abend nicht zur Farm herauf. Ebenso wenig am Abend danach. Oder in den folgenden Wochen. Zum Glück hatte ihr Vater nun, da die Tage länger wurden, auch nach dem Essen noch zu viel auf den Feldern zu tun, um nach dem Jungen zu fragen. Und Klara hatte sich um ihre Schneiderei zu kümmern. Doch inzwischen war es, als wartete sie auf etwas oder, schlimmer, als suchte sie nach etwas, woran sie sich kaum erinnern konnte. Alle, die aus ihrem Leben verschwunden waren, verfolgten sie jetzt, undeutlich allerdings, ohne je wirklich die Gestalt des Bruders, der Mutter, der verlorenen Freundin anzunehmen. Es war, als hätte ihr Geist gegen ihren Willen beschlossen, ein eigenes System der Abwesenheiten zu entwickeln, so dass aus dem Baum, der fünf Jahre früher im Garten gefällt worden war, oder dem gesprungenen Tablett, das sie im vergangenen Sommer zum Müll geworfen hatte, auf einmal schwer wiegende Verluste wurden, obwohl sie sich keinen Ast, keinen Stamm, kein Blatt oder die Details eines Porzellanmusters in Erinnerung rufen konnte. Tagelang stürmte sie durchs Haus auf der Suche nach einem Paar Glacéhandschuhe, die ihrer Mutter gehört hatten, und fand sie schließlich auf dem Speicher, vertrocknet und vergilbt von der Hitze mehrerer Sommer.

Ich habe nicht genügend Acht gegeben, dachte sie und betrachtete die zwei runzligen Lederteile, den Menschenhänden, die sie bedecken sollten, so verstörend ähnlich. Als sie die Handschuhe aufhob, schmiegten sich die Lederfinger so weich um ihre eigenen, als versuchte jemand, ihr die Hand zu drücken. Die Handflächen und die Spitzen der Daumen waren ein wenig schmutzig, fiel ihr auf.

Klara stand im Zwielicht des Dachbodens, das ernste Gesicht zur Hälfte beleuchtet von dem einen niedrigen Fenster. »Nie«, flüsterte sie und ballte die Faust um die Handschuhe, »nie habe ich genügend Acht gegeben.«

Manchmal, in den heulenden Winternächten des ersten Jahres, das Pfarrer Gstir bei der Getreidemühle und der Sägemühle verbrachte, die später zum Zentrum von Shoneval wurden, verlor er zu seiner eigenen Verblüffung den Mut. Nie hatte er ein derartiges Wetter erlebt und war sich ganz und gar nicht sicher, ob der Auftritt der Elemente selbst in dieser nördlichen Gegend, wohin bis dahin kein Christenmensch freiwillig gezogen war, noch natürlich war. An den Wänden seiner Hütte kletterten Schneewehen empor und schoben sich unter der Holztür hindurch. Flocken wirbelten um die Glasscheibe seines einzigen Fensters, bis es vollständig von einer dicken Frostschicht bedeckt war, die nie mehr taute, sondern sich nur noch abhacken ließ. Seine Bibel war am Tisch festgefroren, der Tisch am Boden. Waschen – seine Kleider oder sich selbst – war undenkbar, und obwohl von Schweiß keine Rede sein konnte, war er sich seines Körpergeruchs durchaus bewusst, ebenso wie er Joseph riechen konnte, wenn er zu Besuch kam: ein Geruch, der ihm in der Kälte noch widerwärtiger erschien als bei normalen Temperaturen.

Wenn er in diesen Nächten allein war, tröstete er sich, indem er sich die Schlösser seines königlichen Wohltäters vorstellte. Zwar wusste er sehr wenig darüber, doch in seiner Fantasie malte er sich ihre Architektur aus, diese märchenhaften Bauten, die Zimmer in Fuchsia und Türkis, die Musik darin, das Gepränge. Er sah Burgen, die sich gegen jede Wahrscheinlichkeit auf Felszinnen derart außergewöhnlicher Berge erhoben, dass er, in nüchterneren Momenten, zweifelte, ob solche Landschaften überhaupt existierten – in Bayern oder anderswo. Er sah wohl, dass Ludwigs steinerne Gespinste aus Türmen und Bögen in keiner Weise zu Gott strebten, sondern nahezu sämtliche Todsünden verherrlichten, und liebte sie umso mehr, weil sie so unverdrossen auf dem Profanen beharrten.

Wie er so dasaß und den eisernen Ofen, dem trotz seines unersättlichen Hungers nach Holz nur wenig Wärme entströmte, praktisch umarmte, tauchte in seinem Geist ein Schloss nach dem anderen auf und verblasste wieder, wie der Schall einer großen Glocke sich ausdehnt, für einen glorreichen Moment lang Volumen und Ton hält und wieder verklingt, oder wie jemand, der auf einen zukommt, vorübergeht und sich entfernt. Linderhof, Neuschwanstein, die riesigen Prachtbauten des Königs, von seiner Liebe zur deutschen Mythologie und seiner Fantasie zuerst im Geist, dann in der Wirklichkeit von seinem Willen und seinen Bauern auf Bergesgipfeln errichtet. Vor seiner Abreise aus Bayern hatte Pfarrer Gstir lediglich Gerüchte von Plänen zu den neuen Palästen gehört; sie konnten unmöglich in der kurzen Zeit bereits fertig gestellt sein. Doch im Geist eines kältestarren Priesters, der sich tief in einem kanadischen Wald zusammenkauerte, prangten sie in vollem Schmuck, drapiert und ausgemalt.

Er sprach mit Joseph über die Schlösser, als sie eines Februarabends nebeneinander auf der groben Holzbank saßen, die Stiefel gegen das Ofenblech gestützt. »Was hieltest du von einem großartigen Werk der Architektur in so großer Höhe, dass keine Straße je hinführen kann?«

Joseph, praktischer gesinnt, wies darauf hin, dass ein solches Werk der Architektur ohne Straße, auf der Männer und Material herbeizuschaffen seien, nicht gebaut werden könne. Während er sprach, schienen seine langen Hände die Straße zu formen, Männer und Material zu schnitzen.

»Vielleicht wird die Straße ... diese unmögliche Straße ... hinterher wieder zugeschüttet«, spann Pfarrer Gstir seine Idee weiter, »so dass einem nichts anderes übrig bleibt, als das Wunder aus der Ferne zu bestaunen.«

»Aber der König wird wenigstens eine Zeit lang in seinen Schlössern wohnen wollen.« Joseph witterte den Geruch von angesengtem Leder und nahm die Stiefel vom Ofenblech. Jeden Abend bewegten die Männer ihre Füße in der Nähe des Ofens vor und zurück und hatten die Wahl zwischen tauben Zehen und verbranntem Schuhwerk.

»Ja«, sagte der Pfarrer und stellte ebenfalls seine Füße auf den Boden, »er wird darin wohnen, und es wird Straßen geben, damit er kommen und gehen kann, damit Vorräte hergeschafft werden können. Schokolade. Seine Majestät hegt eine große Liebe zu Schokolade, die natürlich von irgendwoher gebracht werden muss.« Pfarrer Gstir verstummte und beugte sich vor, um eine Stiefelsohle zu mustern, dann fügte er traurig hinzu: »Hier haben wir keine Schokolade, das ist eine Schande. Kein einziges Stück Schokolade, Joseph.«

»Kein einziges Stück Schokolade«, stimmte Joseph zu.

»Was ich aber im Sinn habe«, fuhr Pfarrer Gstir fort, während er in den bullernden Ofen ein Scheit nachlegte, »ist ein

Werk der Architektur, das keine Funktion hat, eine Skulptur mit Räumen, wenn du so willst. Die, wenn sie fertig ist, nicht mehr angerührt wird. Sondern allein auf ihrem Berggipfel hockt, sich den Elementen aussetzt und nur Sonne und Schatten in ihre Zimmer lässt. Vielleicht kommt hin und wieder eine Maus zu Besuch. Oder Vögel, wenn die Scheiben zu zerbrechen beginnen.«

»Keine Reparaturen?«

»Keine Reparaturen. Als einer, der Jahr für Jahr im Tal steht und hinaufschaut, würde ich gern sehen, wie der Bau verwittert, wie lange es dauert, bis er zur Ruine geworden ist. Was, meinst du, verfällt als Erstes? Die Fensterscheiben natürlich, weil die Gebirgsstürme sie aus dem Rahmen reißen. Und dann wohl die Türen. Danach bricht das Dach ein, und dann ist keine Hoffnung mehr. Regen und Schnee zersetzen den Putz, die Balken, das Haus wird zur Ruine und ist verloren. So ergeht es fast allem, was verlassen wird. Freunden, geliebten Menschen, Orten, Häusern, der Heimat und diesem Schloss in meiner Vorstellung. Nach einer Weile stürzt das Dach ein, und der Verfall lässt sich nicht mehr aufhalten. Trotzdem muss man herausfinden, was für eine Sorte Ruine übrig bleibt, denn ich behaupte, dass nur die größten Kunstwerke schöne Ruinen ergeben.«

»Da mögen Sie Recht haben.« Joseph stand auf, ging zum Tisch hinüber und entkorkte die Flasche Whisky, die er mitgebracht hatte. Er schenkte ein Glas für sich ein und eines für seinen Freund, der, wie üblich, zuerst ablehnte, doch irgendwann später der Versuchung erlag. »Sie mögen Recht haben, aber kein Mensch wird alt genug, um das zu erleben.«

»Gott würde es erleben«, sagte der Pfarrer, »und es würde

ihm lieb und teuer werden. Für mich keinen Whisky.« Er wehrte das Glas mit einer Handbewegung ab. »Ich trinke keinen Whisky.«

Joseph lächelte. »Doch«, sagte er, »aber wenn Sie ihn lieber ein Weilchen am Ofen anwärmen, meinetwegen.«

»Schöne Ruinen sind die Skelette guter Architektur, würde ich sagen. Sie zeigen uns, dass das Bauwerk von Anfang an ein gutes Knochengerüst hatte.«

»Diese Auflösung, dieser Zerfallsprozess ist hoffentlich nicht das, was Sie für Ihre Kirche im Sinn haben?«

Pfarrer Gstir lachte. »Ganz und gar nicht. Jedenfalls nicht am Anfang. Aber ich will, dass sie mit starken Knochen gebaut wird, damit aus ihr, falls sie in Hunderten von Jahren ... falls sie je aufgegeben wird ... eine wunderschöne Ruine auf dem Hügel dort wird.«

»Denk immer an die Knochen«, sagte Joseph Becker zu seiner Enkelin, nachdem er ihr die Geschichte erzählt hatte. »Sie überdauern am längsten und verraten die Lebensgeschichte von Menschen, Monumenten, plastischen Figuren. Ohne Knochengerüst fällt alles andere auseinander. Mit Knochen überlebt das innere Geheimnis jeder Struktur. So viele Skulpturen haben keine Knochen und können von Termiten und Holzwürmern vollkommen zu Grunde gerichtet werden ... auch vom Wetter oder vom Krieg. Denk bei der Arbeit immer daran, dass deine Äbtissin einen starken Brustkorb braucht, denk an die langen Knochen in ihren Schenkeln. Wenn du das innere Gerüst aus den Augen verlierst, fehlt es, und dann ist die Figur nicht mehr als ein Balg mit dekorativem Behang, schön in Kräuselung und Faltenwurf, aber immer am Rand des Zusammenbruchs. Wenn das Knochengerüst perfekt ist, legen sich Haut und Tuch darüber, wie Gras und Bäume und Bäche einen Berg umhüllen und ihn unverwechselbar machen. Aber wenn wir ihn betrachten, sehen wir einen Berg ... nicht eine Alm oder einen Wasserfall. Und genauso sind es die Knochen, die uns in Erinnerung bleiben.«

Klara wandte ein, sie habe nie einen Berg gesehen, woraufhin der Großvater seine Scheune und Werkstatt verließ und vom nächsten Feld einen Stein holte. »Dann soll das dein Berg sein«, sagte er. »Nimm ihn mit nach Hause und leg ihn neben deine Schnitzhand.«

Als Klara später den Klosterfrauen die Geschichte von Pfarrer Gstirs Glauben an Ruinen erzählte, zeigte sie ihren Freundinnen den Stein, den ihr Großvater ihr gegeben hatte. Eine Nonne meinte, man solle den Stein mit Weihwasser besprengen. Sie setzte ihr Vorhaben in die Tat um, und während Klara zusah, wie das Wasser über die Oberfläche des Steins rann, hatte sie das Gefühl, als könnte sie die europäischen Almen und Wasserfälle sehen, die ihr Großvater im Geist mitgebracht hatte.

Von den Umständen seiner Geburt oder, genauer gesagt, den Umständen seiner Zeugung hatte Klaras Bruder Tilman nie etwas erfahren. Das war natürlich auch nichts, worüber man mit einem Kind spricht, aber hätten sie ihm die Geschichte erzählt, wenn er nach seinem zwölften Lebensjahr noch mit seiner Mutter oder seinem Vater in Kontakt gestanden hätte? Das ist zweifelhaft – das Liebesleben der Eltern ist ein Thema, das die Eltern ebenso vermeiden wie die Kinder. Außerdem dachten sie an das Ereignis mit einem Anflug von Scham zurück, weil es das erste Mal war, dass der junge Mann und die junge Frau, die Tilmans (und später Klaras) Eltern wurden, einander etwas von der krummen und scharfkantigen Seite ihres Wesens offenbarten.

Dieter Becker war nie ein Jäger gewesen, doch als ihn im November 1892 ein paar junge Männer aus der Gemeinde einluden, auf die Jagd mitzukommen, war er einverstanden, und sie verabredeten einen Treffpunkt am folgenden Samstag am Rand des Sumpfgebiets, das Pfarrer Archangelus Gstir ein knappes Vierteljahrhundert zuvor durchquert hatte.

Der vereinbarte Tag begann für Dieter in tiefblauer Nacht; im Fensterausschnitt stand eine Gruppe stecknadelkopfgroßer Sterne am dunklen Morgenhimmel, vom Mond aber war nichts zu sehen. Nach dem Frühstücksspeck im Licht der Petroleumlampe schulterte er seine selten benutzte Schrotflinte und verließ seine junge Frau Helga, die sich anschickte, die letzte späte Tomatenernte aus ihrem Garten einzuwecken. Der Mülleimer füllte sich bereits mit den Schalen, die sie von den überbrühten reifen Früchten abgezogen hatte, und durch die Küche waberte ein süßsaurer Geruch.

Als das helle Licht der niedrigen Sonne am intensivsten war, hatte Dieter seinen Gefährten bewiesen, dass er im Umgang mit dem Gewehr, das er erst wenige Stunden zuvor richtig zu gebrauchen gelernt hatte, ein phänomenales Naturtalent war. Er war imstande, den Winkel einer Flugbahn unter Einwirkung von Panik oder die Bewegungen eines von einem Köder getäuschten Schwimmvogels exakt vorherzusagen, und die Jagd fiel ihm derart leicht, dass er am Nachmittag ihrer überdrüssig geworden war, ein halbes Dutzend oder mehr erlegte Vögel einpackte, sich von den anderen verabschiedete und auf den Heimweg machte. Er hatte genug von der Jagd, aber nicht von den Wogen der Erregung, die der Erfolg des Jägers durch seine Adern pumpte, und mit großem Vergnügen stellte er sich vor, wie er seiner Frau die blutigen Trophäen übergab.

Er trat in die Küche, deren Fenster nach stundenlangem Kochen beschlagen waren; der Raum war feucht und erfüllt vom gedämpften roten Licht des frühen Sonnenuntergangs. Die erweiterten Pupillen ließen seine sonst blauen Augen schwarz erscheinen, und er roch nach Blut. Helga, peinlich berührt, erkannte sein Verlangen, und zum ersten Mal in ihrer Ehe spürte sie selbst das Begehren erwachen. Er warf die Vögel auf einen Holzstuhl, und dann standen Mann und Frau im schwindenden Licht einander gegenüber wie stumme Feinde. Gleich darauf fielen sie stöhnend neben dem Herd zu

Boden und rangen darum, dem anderen diese neue, schreckliche Lust zu entreißen. Während sie gegeneinander kämpften, sah Helga den Flügel eines nicht ganz toten Vogels regelmäßig auf die Kiefernholzdielen schlagen; als sie fertig waren, rührte sich auch keine Feder mehr. Sie sprach nie über den Anblick, doch das Bild ging ihr während der ganzen Schwangerschaft nicht mehr aus dem Kopf.

Innerhalb von vierundzwanzig Stunden behandelten die Eheleute einander wieder mit derselben höflichen Zuneigung, die ihre Ehe bestimmte. Dieter ging nie wieder auf die Jagd, dennoch träumte er manchmal, in einer Herbstnacht, von Hunden, die nicht seine waren, aber ihm eine Beute nach der anderen vor die Füße legten.

Tilman wusste von Wegmeistern, hatte Männer gesehen, die Straßen bauten, und von seinem Vater Geschichten aus früherer Zeit gehört, als Bäume gefällt und die Stümpfe ausgegraben worden waren, und doch war er eher geneigt, Straßen für natürliche Erscheinungen zu halten, wie Flüsse oder Wälder. Landkarten konnten seine Aufmerksamkeit nicht sehr lange fesseln, doch das Geäst eines Baumes vor dem Fenster, ein Spinnennetz, selbst die geflochtenen Zöpfe seiner Schwester waren »Wanderkarten« für ihn, in der eine Linie das Auge zur nächsten und von dort zu einer dritten führte. Das riesige Muster, gebildet aus Konzessionswegen und den Landstraßen des Königs, war nur eine logische Erweiterung davon, so dass sich nach seiner Vorstellung der Pfad von der Scheune zur Grenze der Farm seiner Eltern nicht eigentlich als Versuchung dort befand, sondern eher als eine Aufforderung, der man auf der Stelle zu folgen hatte.

Er fürchtete, Straßen könnten auf Grund von mangelndem Gebrauch verschwinden, sah sie schon überwuchert von Unkraut und bald darauf für immer im Gefüge der Wälder und Wiesen verloren. Dass so etwas geschehen konnte, hatte er in seiner frühen Kindheit erlebt, als nämlich wilde Blumen den Pfad, den er vom Haus zum Bach getreten hatte, innerhalb einer Woche im Spätfrühling vollständig angefüllt hatten, nachdem seine Eltern ihn zum Schulbesuch hatten überreden können. Das hatte ihm ein derartiges Entsetzen eingejagt, dass seine Nachtruhe darunter litt und er jeden Morgen viel zu früh aus dem Schlaf fuhr und den Rest der Familie mit der schrillen, erleichterten Ankündigung aufschreckte, der Pfad vom Hof zur Grundstücksgrenze sei noch da und nicht über Nacht ausgemerzt worden.

Der Schulbesuch war ihm unmöglich. Die Straße, auf der er dorthin gelangt war, führte unter den drei großen Fenstern des Schulhauses vorüber, und die Pferdegespanne und gelegentlich vorbeifahrenden Fuhrwerke verursachten ihm das Gefühl, er bewege sich rückwärts, während sie vorankamen. Er konnte nicht lesen und schreiben lernen, konnte nicht einmal auf seinem Stuhl sitzen bleiben. Die weißen Zeichen an der Tafel erschreckten ihn ebenso wie die Erkenntnis, dass die Schülerpulte am Boden festgeschraubt waren. Nichts und niemand konnte ihn zum Bleiben überreden, weder die Rute des Lehrers noch die strengen Worte seines Vaters, obwohl der Junge sich immer wieder bemühte, zur Schule zu gehen, und manchmal schon den halben Weg zurückgelegt hatte, ehe er kehrtmachte und zur Farm zurückrannte. Schließlich erlaubte man ihm, zu Hause auf der Farm zu bleiben, wo er den Trampelpfaden folgte, die das Vieh kreuz und quer durch den Wald oder die Arbeitspferde zu den Feldern getreten hatten. Seine Eltern meinten, das Auftauchen eines Vertreters der Schulbehörde, der ihn zurückholen wollte, sei die Ursache eines ersten echten Ausbruchs gewesen. In Wahrheit hatten ihn der Anblick eines Zugvogelschwarms am Himmel und der niedrige Einfallswinkel des silbrigen Oktoberlichts fortgetrieben; das konnte freilich niemand außer ihm mit Sicherheit wissen.

Jenes erste Mal war er nach Süden gewandert, als gehorchte er einem Instinkt, hatte vor Kälte zitternd in Scheunen geschlafen, am Rand von Städten der Provinz Ontario, die nach großen europäischen Metropolen benannt waren – London, Brüssel, Paris –, und schließlich am Rand von Dörfern mit den Namen von Kurorten oder Palästen wie Leamington und Blenheim. Manchmal verschlief er zwei oder drei Tage, wie ein Tier kurz vor dem endgültigen Winterschlaf, doch schließlich weckte ihn der Hunger und trieb ihn in die größeren Industriestädte wie Woodstock und Chatham und zu den Mülltonnen hinter den großen Ziegelbauten, die Hotels voller Handelsreisender waren. Dort wurde er sich seiner magischen Anziehungskraft bewusst, einer Eigenschaft, die ihm selbst früher nie aufgefallen war, die aber den Erwachsenen auf den Straßen der Stadt nicht entging, so dass sie das Bedürfnis empfanden, ihm etwas zu schenken: einen Krapfen vielleicht oder eine Zuckerstange. Einmal reagierte eine Frau auf sein Engelsgesicht, seine zerlumpten Kleider, seine beinahe ätherische Magerkeit, indem sie spontan über die Straße auf ihn zukam und ihm wortlos einen Korb mit Lebensmitteln in die Hand drückte. Er schlemmte tagelang, begeistert von seinem Glück. Doch wenn jemand ihn fragte, woher er komme, wohin er wolle oder was er so treibe, war er verschwunden, bevor der Frager zu Ende gesprochen hatte, bog um eine Ecke oder schlüpfte in ein Wäldchen und war allen Blicken entzogen.

Trost und Wärme erhielt er von den Pferden und Kühen, bei denen er häufig schlief. Die großen Vogelversammlungen, die immer zahlreicher wurden, je tiefer er in den Süden der Provinz vordrang, dienten ihm als eine Art Kompass. Ihre lauten Schreie, das keuchende Geräusch schlagender Flügel hatten ihn auf den flachen, staubigen Straßen von Essex County südwärts gelockt, bis ihn die Vögel im Marschland am Ufer des Eriesees stehen ließen. Dort blieb er weinend zwischen Binsen zurück, die so groß waren wie er selbst, während ein Schwarm nach dem anderen sich erhob, um eine Wasserfläche zu überqueren, die bis zum Horizont reichte. Er hatte das Gefühl, er sei am Rand und Ende der Welt angelangt.

Egal, wie weit er kam, Tilman verirrte sich nie. Solange er auf einer Straße oder neben einem Bach oder Fluss entlangwanderte, wusste er, dass er sich früher oder später in einer erkennbaren Situation wiederfinden würde. *Bleib in der Nähe von etwas, das irgendwohin führt,* lautete sein Motto, und er handelte stets nach dem Credo: Immer die Ausfallstraßen einer Stadt kennen. Später behauptete er, wenn er seine Richtung nicht am Sonnenstand ablesen könne, bestimme er auf Grund besonderer Gerüche die Windrichtung. Doch diese gewaltige, unüberwindliche Wassermasse bedeutete Chaos, das Ende des Straßenmusters, den Keim der Erkenntnis, dass er nirgendwo mehr hinkonnte. Voller Abscheu vor der überwältigenden Menge Wasser wandte er sich ab und wanderte in Richtung Nordosten.

Am Ende seiner ersten Wanderschaft kehrte Tilman in ein Zuhause zurück, das unter der Last der Trauer in Trübsinn verfallen war, nachdem die Suchtrupps zwei Wochen zuvor ratlos aufgegeben hatten; die Mutter, der Vater und die Schwester trugen Schwarz. Sein Vater gab ihm, zum ersten und letzten Mal, die Peitsche, allerdings eher halbherzig: Eigentlich war die Strafmaßnahme ein Ausdruck der Erleichterung.

In diesem Winter lernte Tilman lesen, wozu er sich der Bilder und Bildunterschriften in Butlers *Leben der Heiligen* bediente, das ihm der irische Pfarrer Gallagher, Pfarrer Gstirs Nachfolger, geliehen hatte, nachdem Tilman an den Seereisen des heiligen Brendan, die in einer Predigt vorgekommen waren, Interesse bekundet hatte. Und jeden Tag ging er zum Hof seines Großvaters hinüber und besuchte den alten Mann in seiner Werkstatt, wo er sich gelegentlich überreden ließ, sich einige grundlegende Schnitztechniken anzueignen. Seine Eltern sahen in seinen autodidaktischen Bemühungen die ersten Anzeichen einer beginnenden Sesshaftigkeit. Doch als im Frühjahr wiederum die Vogelscharen über das Haus hinwegzogen, brach er zu einer Wanderung nach Norden auf. Diesmal hielt ihn kein unüberwindliches Wasser auf – obwohl es eine Unmenge von Seen in der Gegend gab –, sondern ein Wald wie eine undurchdringliche Wand. Es waren die Straßen, die ihn weitertrieben, jenseits der Stadt Lakefield aber verschwanden die Straßen im Gestrüpp. Das war eine Enttäuschung, doch zumindest stand der Wald auf festem Boden, was darauf schließen ließ, dass man sich irgendeinen Weg durch das Dickicht bahnen konnte. Und die Frühjahrswanderung hatte nicht dieselbe Getriebenheit wie der Ausbruch im Herbst, war nicht von dem Gefühl bestimmt, dass ein wichtiger, lebensspendender Teil von ihm abstürbe, falls er dem Drang nicht nachgab.

Danach waren seine Fluchten sporadisch und kurz und führten ihn nicht weit fort. Oft wanderte er nur in eine benachbarte Stadt, wo er sich ein paar Tage herumtrieb und von wo die Milchwagen oder die ländliche Post Kunde von ihm zur Farm seines Vaters mitbrachten. Wenn er zurückkehrte, meist zur Essenszeit, setzte er sich ohne viel Federlesen auf seinen Platz am Küchentisch. Mit der Zeit begriff seine Familie, dass es sinnlos war, ihn zu fragen, wo er gewesen sei.

Seine Mutter aber ahnte, dass er eines Tages für immer gehen und sein endgültiges Verschwinden im Herbst stattfinden werde, wieder während der Jagdsaison, in der er gezeugt worden war. Sie wusste, dass sie den Verlust nicht ertragen würde. Wenn er zu Hause war, stand sie nachts sechs, sieben Mal auf, um in sein Zimmer zu spähen. Beim Mittag- und Abendessen, das Gesicht gezeichnet von Erschöpfung, drohte sie ihm häufig mit nicht näher bezeichneten Strafen, falls er je wieder die Flucht ergriff. Wenn der Sommer voranschritt, verbot sie ihm erst, den Hof zu verlassen, dann das Haus, und schließlich versuchte sie ihn in dem Zimmer festzuhalten, in dem sie sich jeweils befand. Tilman reagierte weder auf ihre Fragen noch auf ihre Versuche, ihn einzusperren und einzuschüchtern, sondern sah sie nur an, einen Ausdruck der Verwirrung in seinem ebenmäßigen Gesicht, und einmal versetzte er sie in blanken Zorn, als er sie aufforderte, ihn bei seinem nächsten »Gang« zu begleiten, was sie ihm als reine Unverschämtheit auslegte. Dieter lehnte es ab, ihn nach diesem Vorfall neuerlich zu verprügeln, obwohl seine Frau darauf bestand; stattdessen schickte er ihn zur Strafe in sein Zimmer, dann wandte er sich an sie und sagte: »Du könntest es mit Freundlichkeit probieren, Helga. Mit ein bisschen Freundlichkeit bleibt er vielleicht freiwillig hier.« Später schlich Klara zu ihrem Bruder ins Zimmer und bot ihm an, ihn zu begleiten, da ihre Mutter ja nicht wollte, doch Tilman lehnte ab. »Du bist zu klein«, sagte er, »außerdem würdest du deine Kleider schmutzig machen.«

Obwohl sie über die Unterstellung, sie sei die Ursache von Tilmans Fluchten, zutiefst verbittert war und deshalb tagelang kaum ein Wort an ihren Mann richtete, unternahm Helga Becker einige Versuche, sich einzuschmeicheln. Als wollte sie den Charakter ihres Sohnes umarbeiten oder seinen Körper an Ort und Stelle fixieren, nähte sie ihm immer strenger geschnittene, förmlichere Kleidungsstücke und ging sogar so weit, Goldknöpfe und Paspeln anzubringen, einmal sogar einen Samtkragen. Tilman trug diese Anzüge nur an dem Tag, an dem sie ihm überreicht wurden, ging steif im Haus herum, und am folgenden Morgen erschien er wieder in seiner alten Latzhose und einem mehrfach geflickten Flanellhemd. Anfang September nahm Helga ihre Verhöre wieder auf, befragte den Jungen gnadenlos nach seinen Gedanken und Plänen, und wenn er keine Antwort gab, weinte sie unverhohlen in seiner Gegenwart. Am Ende des Monats, in dem er zwölf geworden war, und nach einer oder zwei weiteren kurzen Abwesenheiten gelangte seine Mutter zu der Überzeugung, dass er bald für immer aus ihrem Leben verschwinden werde und dieses Ereignis unmittelbar bevorstehe. Sie flehte ihn an zu bleiben. Anfang Oktober war die Spannung im Haus unerträglich geworden.

Als Dieter mit dem herbstlichen Pflügen begann, forderte er den Jungen auf, ihn auf die Felder zu begleiten. Das tat Tilman eine Zeit lang und ging neben der langsamen, würdevollen Prozession der mächtigen, majestätischen Arbeitspferde einher. Seine verzweifelte Mutter sah ihm vom Küchenfenster aus nach und hatte die Vorahnung, dass der Junge fort wäre, sobald die letzte Furche gezogen war. Seinem Großvater war es nicht gelungen, ihn für die Holzschnitzerei zu interessieren. Bei Tisch war er noch schweigsamer geworden und hatte begonnen, frühmorgens durch das Südfenster der selten genutzten Stube Ausschau zu halten, als wäre dort etwas, das ihn rief und das außer ihm niemand sehen konnte.

Die Vögel kamen unvermittelt und in gewaltiger, lärmender Zahl. Wie ein dunkler Regen fielen sie über die fernen Seen und Weiher her oder segelten geräuschvoll über das Haus hinweg wie Gewitterwolken im Sturm. Helga geriet in Panik und sperrte eines Morgens, als Tilman noch schlief, seine Zimmertür ab, doch er entkam durchs Fenster – wie er das anstellte, blieb sein Geheimnis – und erschien wie üblich zum Frühstück, ohne ein Wort über das Vorgefallene zu verlieren. Im Lauf des Tages ging sie mit den Maßen des Jungen zum Schmied und kehrte mit einem eisernen Brustharnisch an einer langen Eisenkette zurück. Sie weinte und flehte so lange, bis ihr Mann ein Feldbett in den Holzschuppen stellte, dann stand sie neben ihm und sah zu, wie er die Kette an den Türpfosten nagelte.

»Nicht lange«, sagte sie. »Nur bis zum Winter.«

»Der Junge wird sich nicht fügen«, sagte Dieter. »Er wird das Ding niemals anziehen.«

»Ich *kann* ihn nicht verlieren.« Helga wandte sich von

ihrem Mann ab und fuhr beinahe zärtlich über die Kettenglieder. »Das lasse ich nicht zu.« Und als er keine Antwort gab, fügte sie leise hinzu, immer noch ohne ihn anzusehen: »So kann er wenigstens draußen sein. Dann muss er sich nicht als Gefangener fühlen.«

»Bist du verrückt? Ein Mensch in Ketten ist immer ein Gefangener.« Zornig ging Dieter zur Tür.

Sie klammerte sich an seinen Arm. »Du musst dafür sorgen, dass er ihn trägt«, sagte sie verzweifelt, am Rand der Hysterie. »Du musst ihn zwingen, ihn anzuziehen.«

»Und wie soll ich das schaffen?«

Dieter und Helga standen einander gegenüber: er rasch atmend und im Geist schon auf der Flucht hinaus auf die Felder, sie mit dem Blick an seiner Schulter vorbei zum Horizont, der ihren Sohn so oft angelockt hatte. Sie hassten einander und sich selbst wegen ihrer Schuld an Tilmans Gefangenschaft. »Du bist stärker als er«, sagte Helga schließlich.

Als Klara nach einem Abendessen in tiefster Stille, die ihr wie eine fünfte Person am Tisch in Erinnerung blieb, zu Bett geschickt worden war, lockte Dieter seinen Sohn mit schmeichelnden Worten in den Holzschuppen. Durch die Verbindungstür fiel goldenes Licht von den Küchenlampen, und durch ein trübes Fenster im Schuppen schien das silbrige Licht des Halbmonds.

»Du musst jetzt eine Weile hier schlafen«, sagte er zu dem Jungen. In dem Lichtkeil, der von der Küche kam, war nur das untere Ende des Feldbetts zu sehen. »Du wirst unser Wächter sein«, erklärte er, »und die Hühner vor Füchsen schützen.«

»Muss ich sie erschießen?«, fragte Tilman, der mit dem Auskleiden begonnen hatte. Er mochte Füchse sehr.

»Nein, nicht erschießen.« Dieter legte seinem Sohn die Hand auf die Schulter. »Nur anschreien. Und deswegen bleib lieber angezogen. Vielleicht musst du mitten in der Nacht aufstehen, um sie zu verjagen.«

Der Junge schlüpfte zwischen die Flanelllaken. Dieter sah den Harnisch an einem Haken an der Wand gegenüber hängen; ein Strahl Mondlicht fiel so darauf, dass die Eisenstäbe zweigeteilt schienen.

Tilman behagte der neue Schlafplatz halb im Freien. »Es ist bestimmt schön, hier zu schlafen«, sagte er.

Sein Vater gab keine Antwort. Als er in die Küche zurückkehrte, ließ er die Verbindungstür einen Spalt offen.

Ein träumendes Kind ist wie Seegras unter Wasser, alle Gliedmaßen sind matt und schwer unter dem Gewicht des Schlafs. Ohne Tilmans Ruhe zu stören, legte Dieter den Brustharnisch um die dünnen Rippen und Schultern. Nur einmal, als das Scharnier mit einem Klicken einrastete, öffneten sich für einen Moment seine Augen, doch Tilman wachte nicht auf, die Lider waren sofort wieder geschlossen.

Am nächsten Morgen jedoch wurden alle Bewohner des Hauses von dem entsetzlichen Geheul aus dem Schlaf gerissen, mit dem sich Tilman wieder und wieder in die Kette warf. Sein Hund umrundete ihn in weiten, freien Kreisen, bellend und schnappend, als wäre der Junge bereits ein Fremder auf dem Hof.

Helga kam darüber nicht hinweg – weder über seine Gefangenschaft noch über seine Flucht.

Während der ersten zwei Tage an der Kette verweigerte das Kind jegliche Nahrung, obwohl seine Mutter seine Lieblingskuchen buk und ihm heiße Milch brachte, in die sie große Klumpen Schokolade eingerührt hatte. Am dritten Tag verlangte er mehrmals nach Essen und schlang die Nahrung gierig hinunter, wie um zu Kräften zu kommen oder Energie zu tanken. Klara versuchte im Hof mit ihm zu reden, doch er gab keine Antwort, und selbst wenn er Eintopf oder Haferbrei in sich hineinschaufelte, hielt er den Blick unverwandt auf den Horizont gerichtet.

Dieter, der den Anblick des Jungen an der Kette und sein verzweifeltes Geschrei nicht ertragen konnte, ging vor dem Morgengrauen aus dem Haus und kehrte erst in der Dunkelheit zurück, wenn er ihn schlafend zu finden hoffte. Als er in der vierten Nacht durch den Hof ging, empfing ihn ein Knurren, und er begriff, dass Tilman zum Schlafen nicht in den Schuppen zurückgekehrt war, obwohl es spät im Jahr war und nachts Raureif auf dem Boden lag.

Dieter kauerte sich neben der zusammengerollten Gestalt nieder, als die ihm sein Sohn in der Dunkelheit erschien. Er versuchte Tilmans Schulter zu berühren, doch der Junge zuckte zurück.

»Tilman«, begann er, »deine Mutter ist vor Angst um dich halb von Sinnen, und auch ich sorge mich, was aus dir werden soll, wenn du wieder fortgehst. Willst du mir dein Wort geben, dass du bleibst?«

Der Junge begann zu wimmern.

Sein Vater fuhr fort: »Wie wirst du denn für dich sorgen? Wie wirst du lernen, ein Mann zu werden?«

Tilman war verstummt, als hätte er beschlossen, zuzuhören. Sein Vater verbarg den Kopf in den Händen. Nach einer Weile sah er zu den Sternen hinauf. »Morgen holen wir Pfarrer Gallagher, und wenn er sagt, du sollst bleiben, und du ihm versprichst, dass du bleibst, dann lassen wir dich frei.«

Dieter hörte irgendwo in der Dunkelheit die Kette rasseln. Tilman hatte seine Lage verändert. Er wimmerte nicht mehr, doch sein Vater konnte ihn neben seinem Ellenbogen rasch und scharf atmen hören.

»Versteh doch«, sagte er zu dem Jungen, »wir sind alle an einen Ort gebunden.« Er hustete in die Hand. »Wir hängen an ihm fest. Was, wenn ich plötzlich alles liegen und stehen ließe? Wenn ich einfach auf und davon ginge? Wer würde sich dann um die Felder kümmern?«

»Felder gibt es überall«, sagte Tilman leise.

»Und überall«, sagte sein Vater, »gibt es einen Mann, der sie bestellt.«

Der Junge sagte nichts mehr. Irgendwo auf einer nahe gelegenen Weide voller Schatten und silbernem Licht wieherte ein Pferd.

»Wirst du bleiben, Sohn?«, fragte sein Vater. »Wirst du zu Hause bleiben? Wirst du versprechen, nicht wieder fortzulaufen, falls der Pfarrer es so wünscht?«

Tilman nahm die Kette in die Hände, dann rappelte er sich mühsam auf. In einem weiten Bogen rannte er ans andere Ende des mondbeschienenen Innenhofs und wieder zurück, bis die gespannte Kette seinem Vater in die Schienbeine schnitt. »Ich will fort«, schrie er. »Ich *will* fort!«

Am nächsten Morgen begann Tilmans Geheul im selben Moment, in dem die Vögel ihren Gesang anstimmten, beim ersten Schimmer der Dämmerung. Alle Hunde im weiten Umkreis fielen mit ein – wie ein Relais der Verzweiflung, so dass die Schläfer in zehn und fünfzehn Meilen Entfernung, ohne es zu ahnen, in Wahrheit von dem Jammer des Jungen aufgeschreckt wurden, und ihre letzten Träume des Morgens drehten sich um Gefangenschaft und versuchte Flucht.

Seine Mutter wand sich vor Qualen in ihren Laken und presste die Hände an die Ohren. Klara saß in ihrem kleinen weißen Zimmer aufrecht im Bett, dann rannte sie, noch ehe sie ganz erwacht war, den Flur entlang, die Stiege hinunter und durch die Eingangstür. Sie umrundete das Haus, bis sie im Hof Tilman fand, der mit Schaum in den Mundwinkeln an der straff gespannten Kette um sich schlug. Sein Blick war glasig. Er nahm sie nicht wahr.

»Hör auf!«, kreischte sie und warf sich ihm in den Weg, und ihre Fäuste trommelten auf seinen Körper und das Eisen darum. »Du bist böse, böse, du bist total verkehrt!«

Da hörte er auf und starrte Klara an, als erblickte er sie zum ersten Mal. Sie sah, wie der Harnisch sich unter seinem Keuchen hob und senkte. Er roch nach säuerlichem Schweiß.

Sie fuhr herum und rannte ins Haus zurück, füllte mit der Pumpe am Spülbecken einen großen Topf und, wieder zurück im Hof, schleuderte ihm das Wasser entgegen, wie um das Feuer zu löschen, das sie in seinen Knochen lodern spürte. »Hör auf!«, schrie sie noch einmal, und in ihrer Aufregung und Verwirrung warf sie den leeren Topf gegen die Hausmauer. »Du bist böse«, schluchzte sie. »Du hörst nie auf, böse zu sein.«

Tilman stand still, keuchend, und starrte seine zehnjährige Schwester an. »Ich habe aufgehört«, sagte er und dann ihren Namen: »Klara.«

Ihre Füße waren taub geworden. Das Gras war froststarr, und in der Morgenkälte schlugen ihre Zähne aufeinander.

In der plötzlichen Stille fielen oben im Haus die erschöpften Eltern in einen tiefen Brunnen des Schlafs zurück.

Er sagte noch einmal ihren Namen, Klara, als hätte er ihn noch nie ausgesprochen, als hätte sie ihn noch nie gehört.

Jede einzelne Rippe war gequetscht, die Haut seines Brustkorbs übersät von pflaumenfarbenen Blüten. Als er sein Hemd lüftete, um seiner Schwester die Flecken zu zeigen, war es, als entblößte er sein Herz.

Sie zuckte zusammen und wandte den Blick ab. In diesen wenigen Augenblicken hatte sich die Farbe des Morgens von Grau zu Gold gewandelt.

Tilman deutete zu dem Schuppen hinüber, in dem geschmiedet wurde. »Einen Hammer«, sagte er. »Hol den Klauenhammer«, und sagte noch einmal ihren Namen: »Klara.«

Sie liebte ihren Bruder, liebte sein schönes Gesicht, auch wenn es verzerrt war vor Wut, vor Angst. Sie holte den Hammer und sah zu, wie Tilman konzentriert die Augen zusammenkniff, während er die großen, krummen Nägel, die seine Kette hielten, aus dem Türstock hebelte. Er entwand sich ihr und sprang den Pfad hinunter, der zur Straße führte. Sie kehrte in ihr Zimmer zurück, und dann stand sie am Fenster und sah ihrem Bruder nach, der in der Ferne immer kleiner wurde, während er nach Westen davonging, die aufgegangene Sonne im Rücken. Sie legte den Arm mit der Innenseite an den Fensterrahmen, drückte die Stirn ans Handgelenk und zählte bis hundert, um ihn verschwinden zu lassen. Als sie wieder aufblickte, sah sie ihn immer noch: Sein Schatten, doppelt so lang wie ein ausgewachsener Mann, streckte sich vor ihm aus, und seine Kette schleifte hinter ihm her, wie eine Beschriftung auf der Straße, wie das Ende – oder der Anfang – einer Geschichte.

Aus dem Mai 1914 wurde Juni 1914, und noch immer blieb Eamon dem Hof der Beckers fern. Über seine anhaltende Abwesenheit machte Klaras Vater nur eine einzige Bemerkung – wohl in der Absicht, ihren Stolz zu retten, wie Klara vermutete.

»Auf der O'Sullivan-Farm haben die Männer zurzeit sicher genauso viel zu tun wie wir hier.«

Klara gab keine Antwort. Sie konnte es nicht leiden, wie er ständig harmlose Ausreden und beschönigende Erklärungen zu finden versuchte. Dieses Bedürfnis, alles Dunkle und Unauslotbare in etwas ganz Gewöhnliches zu verwandeln, war eine Schwäche ihres Vaters, ein Verhalten, das in scharfem Gegensatz zur Gequältheit, zu den Wutausbrüchen ihrer Mutter gestanden hatte. Allerdings war er auch ein Mann, der nach dem Verschwinden seines Sohnes alles dafür getan hätte, nur um keinen weiteren Tropfen in den Ozean seiner heimlichen Verzweiflung fallen zu lassen. Er verfolgte eine ständige, unerschütterliche Beschwichtigungspolitik.

»Bald ist es Zeit zum Heuen«, fügte er hinzu, während seine Tochter tat, als hörte sie nicht zu.

Dann trennten sich ihre Wege, er ging hinaus auf die Felder und sie nach oben, um zu nähen. Sie hatte jeden Abend, solange es hell war, an einem Hochzeitsjackett für Albert Stechley und einem Satinkleid mit Schleier für seine Braut, ihre Nachbarin Katrin Erb, gearbeitet. Mit dem Auftrag für das Brautkleid kam sie der von ihrer Mutter so sehr verachteten Näherei gefährlich nahe und hätte ihr Entsetzen erregt, zumal die derzeitige Mode von den strengen, schlichten Schnitten abgerückt war und stattdessen zu Rüschen und Spitzen neigte.

»Ein gutes Kostüm – mehr braucht eine Frau nicht, um zu heiraten«, pflegte ihre Mutter zu erklären. »Alles andere ist frivol.«

Das Brautkleid sollte eine Knopfleiste bekommen, die in gerader Linie durch die Mitte des Oberteils bis zur Taille führte; die Knöpfe dienten ausschließlich dekorativem Zweck, denn das Kleid wurde im Rücken mit Haken geschlossen. Die Braut selbst wäre mit Knöpfen zufrieden gewesen, die mit demselben Satinstoff wie das Kleid bespannt waren, doch Klara bevorzugte Schmuckknöpfe, verziert mit einem kleinen Bild oder Symbol zum Gedenken an den Tag: einer Blume vielleicht oder einer Mondsichel oder einem geöffneten Fächer. Bei aller geheimen Leidenschaft für solche Details glaubte Klara jedoch fest an die Gleichförmigkeit: Es kam nur ein Symbol oder Bild in Frage, das sich dann wiederholte. Die Wahl war nicht leicht.

An jenem Sommerabend saß Klara also im Schneidersitz auf der glatten Fläche des großen Arbeitstisches im Sonnenzimmer vor einem Halbkreis aus Perlmuttknöpfen, nach vorn gebeugt, das Kinn auf eine Hand gestützt. Mit der anderen Hand hob sie nacheinander die einzelnen Knöpfe auf und legte sie wieder zurück. Ab und zu blickte sie auf und spähte mit zusammengekniffenen Augen durch den Raum zu der Schneiderpuppe, die das unvollendete Kleid trug, dann wandte sie sich wieder den Knöpfen zu. Noch Jahre später erinnerte sie sich an jedes einzelne Bild, das sie an jenem Abend betrachtet hatte: das Profil einer Frau, ein sprungbereiter Löwe mit einem Auge aus Markasit, der Mond, ein Stern, mehrere Blumen, eine Spinne, ein Apfel, ein Kreuz, gefaltete Hände, eine Schwertlilie, ein Ahornblatt, ein Buch, ein Wappen, eine Krone, eine Turmruine, ein Vogel, ein Vogelpaar, eine Urne, eine geborstene Säule, ein Muster aus geometrischen Formen.

Die Tischplatte, auf der Klara saß, mehr als sechzig Zentimeter breit, bestand aus einem einzigen Brett und stammte von einem der Bäume aus dem Urwald, der zu Zeiten von Pfarrer Archangelus Gstir hier noch fast überall gewachsen war. Mit beunruhigender Geschwindigkeit war dieser unersetzliche Wald gefällt und auf Flüssen zu den Sägemühlen geflößt, auf Schiffe verladen und auf dem Sankt-Lorenz-Strom zum Atlantik transportiert worden. Auf Schonern wurden die Stämme zu einer Insel jenseits des Meeres gebracht, die man das Mutterland nannte. Und weil das Mutterland einen unersättlichen Hunger nach Bauholz hatte, öffneten überall im Norden von Kanada Sägemühlen, florierten und bescherten ihren Besitzern ein kleines Vermögen, stellten den Betrieb wieder ein und verfielen – dies alles im Zeitraum von dreißig Jahren. Von der riesigen Armee der Bäume waren nur noch vereinzelte Spuren übrig: das eine oder andere Möbelstück aus Pionierzeiten, hin und wieder ein übergroßes Dielenbrett in einem Landhaus.

An diesem Juniabend saß Klara auf einem Brett, das von einem außergewöhnlich mächtigen Baum stammte. Durch das Fenster fiel die Abendsonne und zeichnete an der Wand gegenüber den exakten Schattenriss ihres Kopfes und ihrer Schultern.

Sie hatte sich beinahe für den Knopf mit dem Vogelpaar entschieden, als sie draußen auf der Stiege Schritte hörte. Zuerst dachte sie, es sei ihr Vater, der sich ein Buch aus dem Stapel neben seinem Bett holte, doch es dauerte nicht lange, bis sie die Schritte als fremd und außerdem unschlüssig identifiziert hatte. Auf der sechsten Stufe zögerte der Besucher und stieg dann offenbar wieder zur vierten hinunter, die Klara an ihrem Knarzen erkannte. (In der Zukunft konnte Klaras Fuß nie mehr die Stelle betreten, ohne dass sie sich unwillkürlich erinnerte.) Mindestens eine Minute verging, bis die Person auf der Stiege sich entschloss, weiterzugehen, und nun waren die Schritte rasch und zielgerichtet.

Klara wusste, wer es war, sie *wusste, wer es war.* Und doch half ihr dieses Wissen nicht, um den Schock zu dämpfen, als sie Eamon O'Sullivan auf der Schwelle ihrer Schneiderwerkstatt stehen sah.

Wie üblich sagte er nichts.

»Sechs Wochen ist es her«, hörte sie sich aufgebracht sagen. »Sechs Wochen – und was willst du jetzt?«

Er blieb stumm und starrte sie von der Türschwelle aus an. Klara sah, dass sich an seinem Haaransatz winzige Schweißtröpfchen gebildet hatten.

Vor seinem Schweigen und seinem prüfenden Blick spürte sie den alten Zorn zurückkehren, und sie errötete und wandte sich ab. Sie bohrte ihre Fingernägel in die Handflächen und zählte bis zehn, um nicht die Beherrschung zu verlieren. Aber es war zu spät, und auf einmal stand sie mit der Schere in der Hand vor ihm. »Wenn du nichts sagst«, erklärte sie, »ersteche ich dich mit der Schere. Es ist mir Ernst, Eamon. Ich schneide dir die Kehle durch.«

Sie meinte es natürlich nicht ernst, war jedoch einigermaßen erschüttert von der Erkenntnis, wie sehr sie es beinahe ernst meinte. Sie zielte mit der Schere auf ihn wie mit einem Gewehr. »Es ist mir Ernst, Eamon«, sagte sie. »Ich schneide dir die Ohren ab ...«

»Ich komme wegen einer Jacke«, verkündete er.

Die Hand mit der Schere sank herab. »Oh«, sagte Klara. »Die Jacke. Sie hängt an einem Nagel im Holzschuppen ... rechts neben der Tür.«

»Ich habe gesprochen«, sagte Eamon. »Ich habe etwas gesagt.« Klara sah, dass eine Röte von seinem Hals aufstieg und sich über das Gesicht bis zu den Haaren ausbreitete. »Aber ich bin nicht wegen meiner Jacke gekommen. Ich möchte, dass du mir ein Jackett machst.«

»Ach so?« Sie war insgeheim erfreut, dass er ihre Fähigkeiten zur Kenntnis nahm, und war sich der zwangsläufigen Verbindung bewusst, die damit zwischen ihnen entstehen würde.

Er nickte, ohne sie anzusehen.

»Dann muss ich deine Maße nehmen«, sagte Klara langsam, während die schreckliche Erkenntnis von ihr Besitz ergriff. Sie sah ihm skeptisch ins Gesicht und fragte: »Du hast kein Geld dafür, oder?«

Er zog ein Bündel Banknoten aus der Tasche, ging durch den Raum und warf das Geld auf den Tisch. »Ich habe die letzten zwei Monate in der Brauerei gearbeitet«, sagte er.

»In der Brauerei«, wiederholte Klara.

»Ja, neben der Landwirtschaft.«

Klara konnte ihm nicht in die Augen sehen. »Was für eine Farbe willst du denn?«, fragte sie.

»Rot.«

Klara hatte ihrer Lebtage kein rotes Kleidungsstück genäht, ja, sie zweifelte, ob sie überhaupt je eines gesehen hatte: In ihrer Welt trug man fast nur Schwarz, Weiß oder Grau. »Es gibt keinen vertretbaren Grund«, hatte ihre Mutter gesagt, »für grelle Farben. Das führt zu nichts Gutem.« Und mit diesen Worten nahm sie das leuchtend rosarote Haarband, das sich Klara für ein paar vom Großvater geschenkte Pennys gekauft hatte, und warf es in den Ofen. »Wirklich? Rot?«, fragte Klara zweifelnd.

»Rot«, wiederholte Eamon überzeugt.

»Du kannst doch keine rote Jacke tragen.«

»Wieso denn nicht?«

»Es geht einfach nicht. Das führt zu nichts Gutem.« Klara war entsetzt. Sie erinnerte sich, wie sie um das brennende Satinband geweint hatte, während ihre Mutter ihr eine Predigt über Eleganz und guten Geschmack hielt.

»Ich will sie aber in Rot«, versicherte Eamon.

»Burgunderrot vielleicht ...«

Doch er blieb stur und ließ sich nicht abbringen.

Eitelkeit, dachte Klara, nach den Worten ihrer Mutter die verbreitetste Todsünde, jedenfalls die vor einer Schneiderin am häufigsten begangene.

»Meine Haare sind schwarz«, fuhr Eamon fort. »Meine Augen sind grün. Rot passt zu beidem.«

Klara war sich nicht bewusst gewesen, dass seine Augen grün waren, und war jetzt zu verlegen, um sich zu vergewissern. Wie ein Pfau, dachte sie.

»Vielleicht«, sagte Eamon sanft, »vielleicht kannst du keine rote Jacke schneidern.« Gestärkt durch den Wortwechsel, den er für gewonnen hielt, konnte er ihr jetzt mit neuem Selbstvertrauen ins Gesicht blicken.

»Natürlich kann ich das«, sagte Klara. »Was für eine Rolle soll denn die Farbe dabei spielen?«

»Überhaupt keine«, grinste Eamon. »Dann machst du sie also rot?«

Klara rümpfte die Nase und ging quer durch den Raum zu einem Regal, wo sie in einer Holzkiste kramte. Schließlich kam sie mit einem hellbraunen Maßband und einem kleinen schwarzen Notizbuch zurück. »Ich muss deine Maße nehmen«, wiederholte sie.

Eamon, offensichtlich erschöpft von der Unterredung, aber noch immer lächelnd über seinen Sieg, sackte auf einem Hocker am anderen Ende des Raums in sich zusammen.

»Steh auf«, sagte Klara.

Er stand auf.

»Halt dich aufrecht.«

Eamon rückte die Schultern gerade und reckte das Kinn nach vorn.

Klara trat auf ihn zu. »Das erste Maß«, sagte sie, »ist der Hals.«

Sie legte ihm das kühle flache Maßband um den Nacken und zog es direkt auf dem Adamsapfel zusammen. Sie spürte seinen Atem auf ihrem Wangenknochen, als er die Worte »der Hals« wiederholte.

Unter der Überschrift *Rotes (!) Jackett für Stummen Iren* schrieb Klara die gemessene Kragenweite in ihr Notizbuch. »Das nächste Maß ist die Länge bis zur Taille«, teilte sie ihm mit, während sie den Daumen in die Vertiefung zwischen seinen Schlüsselbeinen drückte und die Finger entlang dem Maßband abwärts bis zu seinem selbst gemachten Ledergürtel gleiten ließ.

»Brauchst du noch mehr Maße?«, fragte Eamon, während Klara schrieb.

»O ja, noch viele«, antwortete sie. »Das nächste ist die Schulterbreite.« Sie maß seine Schultern und trug das Ergebnis ein. »Dann die Rückenbreite unter den Armen.« Sie konnte seinen Herzschlag hören und zu ihrer Bestürzung auch ihren eigenen. »Dreh dich um«, sagte sie.

Er gehorchte.

Sie zog das Maßband über seinen Rücken, überrascht von der Breite seiner Schultern über dem sonst schmalen Rumpf. »Du kannst dich wieder umdrehen«, sagte sie, über ihr Notizbuch gebeugt. »Jetzt den Arm.«

Sie standen einander wieder gegenüber. Klara maß die Länge seines Arms.

»Weißt du«, fragte er, und seine Stimme war ein wenig heiser, »weißt du, dass deine Hände wie Tauben sind?«

Klara räusperte sich. »Die Taille«, flüsterte sie, tat, als habe sie ihn nicht gehört, und dankte Gott, dass sie niemals Hosen genäht hatte.

»Du«, sagte er, »mit deinem Schwanenhals.« Diese Bemerkung erfolgte, als Klara für einen Moment beide Arme um seine Mitte schlang und ihre Wange sich seinem schlagenden Herzen näherte. »Die mit einem Mann wie mir nichts zu tun haben wird.«

Mit zitternden Händen trug Klara das Messergebnis in ihr Buch ein. Im Geist rannte sie bereits aus dem Zimmer, die

Stiege hinunter, durch den Obstgarten und hinaus in den Zedernwald. »Ich muss auch deine Hüften ausmessen«, sagte sie unsicher und hielt den Blick zu Boden gesenkt. »Das muss ich tun, damit die Jacke richtig sitzt.«

Er schien sie nicht zu hören. »Daran werde ich sterben«, sagte er. »Diese Worte über dich, die mir nicht und nicht aus dem Kopf gehen.«

Sie beugte sich zu ihm und starrte auf die schwarzen geschriebenen Zahlen.

»Und ich immer nur stumm, monatelang, mit der Erniedrigung zu wissen, dass du verschwunden wärst wie ein verschreckter Vogel, wenn ich nur den Mund aufmache.«

Tauben, dachte Klara und betrachtete ihre Hände. *Tauben*. Sie schlang das Maßband um seinen Rücken und zog es fest um die Beckenknochen zusammen. Jetzt hatte sie das Gefühl, als bewegte sie sich in einem Traum, oder unter Wasser.

Er legte eine Hand auf ihren Kopf. »Deine Haare«, flüsterte er.

Die Panik in ihr war so heftig, dass sie sich seine frühere Stummheit, ihren früheren Ärger zurückwünschte. Dennoch richtete sie sich auf und blickte ihm ins Gesicht. Grüne Augen.

»Denkst du denn nie an mich?«, fragte er flehend.

»Nie«, flüsterte Klara. Sie war sich nicht bewusst, dass sie noch immer das Maßband straff gespannt vor seinem Körper festhielt.

»Daran werde ich sterben«, sagte er und küsste sie auf den Mund.

Klara merkte, dass sie seinen Kuss erwiderte, und die Verblüffung darüber schnürte ihr die Kehle zusammen. Sie ließ das Maßband von seinen Hüften fallen und legte die Hände ans Gesicht. »Warum, *warum* brauchst du eine rote Jacke?«, stieß sie keuchend hervor, obwohl ihr alles andere durch den Sinn ging.

Eamon wich rasch zurück und begann im Raum auf und ab zu gehen. »Ich werde auswandern«, erklärte er, »und du wirst dich keine Sekunde an mich erinnern. Wirst dein Leben weiterführen, am Feuer eines anderen Mannes sitzen, während ich als Ausgestoßener von Stadt zu Stadt ziehe und beim Gedanken an dich verzweifle. Ich werde im Wintergraben sterben wie ein Hund.«

Er kam durch das Zimmer auf sie zu und umfasste ihr Gesicht mit beiden Händen.

»Aber die Jacke ...«, begann sie.

»... ist für meine Beerdigung«, beendete er ihren Satz. »Mach sie schön.«

Dann stürzte er aus der Tür und donnerte die Stiege hinunter. Klara zitterte am ganzen Leib, während sie versuchte, seine Maße in ihr kleines schwarzes Buch einzutragen.

Die ganze Nacht lag sie wach und schwitzte unter einer Steppdecke aus feinem Wollstoff und Federn, zusammengenäht mit scharlachrotem Stickgarn. Die Decke war viel zu schwer für die Jahreszeit, und sie wollte sie von sich schieben, doch sie war gelähmt, niedergestreckt von der Ungeheuerlichkeit der Erlebnisse im Sonnenzimmer. Die Bemerkungen ihrer Mutter über die Frivolität des weiblichen Geschlechts gingen ihr durch den Sinn. *Dieses Mädchen hat nicht so viel Verstand, aus dem Regen hereinzukommen, nicht mal so viel Verstand, wie Gott einer Gans mitgegeben hat.* Die wenigen Male, die sie beinahe in den Schlaf davongetrieben wäre, erblühte Eamons Gesicht am Rand eines Traums und schwebte über ihr, bis sie es von sich stoßen wollte. Sie war sicher, dass ihr sein Geruch bis ins Schlafzimmer gefolgt war.

Der Gedanke an seine Verzweiflung trieb ihr Tränen in die Augen. Dann merkte sie, wie sie, unerklärlicherweise, mit beiden Fäusten rechts und links auf die Matratze hämmerte. Woher, um alles in der Welt, sollte sie roten Anzugstoff bekommen? Sie würde darum mindestens nach Toronto schicken müssen, vielleicht noch weiter, vielleicht gar nach Montreal. Die Franzosen – ihre Mutter hatte die Franzosen immer missbilligt – trugen häufig leuchtend bunte Kleider, grelle Farben.

Sie versuchte sich alles von ihm in Erinnerung zu rufen, was ihr noch einfiel – aus der Kirche, aus der Schule –, aber er war immer so still gewesen, dass es anscheinend nichts zu erinnern gab. Wie sie war er in der Schule immer gut und schnell von Begriff gewesen, aber da er ein paar Jahre älter war, hatten sie nicht miteinander in Konkurrenz gestanden wie mit ihren Altersgenossen. Seine Familie, wusste sie, war ein bisschen weniger ordentlich, ein bisschen weniger gut organisiert und ein bisschen ärmer als die meisten in dem vorwiegend deutschen Dorf, und Klara erinnerte sich, dass ihre Mutter die irische Herkunft dafür verantwortlich gemacht hatte. Mrs O'Sullivan, befand sie, gehe viel öfter zur Messe, als gut für sie sei, obwohl – bei fünf Kindern bestehe allerdings Anlass zum Beten. Er hatte vier Schwestern, alle jünger als er.

Er war eigentlich nie mit den anderen Jungen unterwegs gewesen, obwohl sie ihn durchaus zu mögen schienen und er sie. Er zog einsame Beschäftigungen vor und war auf seine Weise geschickt: So konnte er großartige Drachen bauen, und an windigen Tagen sah man ihn irgendwo tief in den Hügeln mit einem unförmigen Fluggerät, das wie ein zorniger Fisch an der Schnur in seinen Händen riss. Seine weniger erfolgreichen Erzeugnisse sah man häufig zerfetzt und einsam wie Gespenster in den kahlen Zweigen der winterlichen Bäume hängen. Einmal hatte Klara im Frühjahr draußen hinter ihrer Scheune einen Drachen gefunden, erdverkrustet und halb unter dem Firnschnee verborgen.

Klara drehte sich auf die Seite, und auf einmal fiel ihr etwas ein. In der Zeit, als das ganze Dorf nur über das Verschwinden ihres Bruders geredet hatte, als sie Kinder gewesen waren, hatte Eamon ihr seine Hilfe angeboten: Er könne Tilman eine Nachricht von ihr schicken, wenn sie wolle. Nach der Schule begleitete sie ihn nach Hause. Sie folgte ihm in einen schlichten braunen Schuppen und stand plötzlich mitten im nervösen Geflatter und Gepiepse von Vögeln.

»Du schreibst deine Nachricht hier auf den Zettel«, sagte er und zog ein Stück Papier aus der Tasche, »dann binde ich ihn an einem Vogel fest und schicke ihn zu Tilman.«

Die Vögel wallten um ihre Füße wie ein schmutzig grauer Fluss, und Klara empfand Abscheu und Argwohn. »Woher soll der Vogel wissen, wo Tilman ist?«, fragte sie.

»Sie sind schon überall gewesen«, versicherte Eamon, »und sie haben alles gesehen. Ich werde mit diesem hier reden.« Er deutete auf einen Vogel mit braun gemustertem Gefieder, der an seinem Stiefel pickte. »Ich rede mit ihm und sage ihm, er soll deinen Bruder suchen.«

Im trüben Licht schrieb Klara auf dem Fenstersims ihre

Nachricht. »Lieber Tilman«, schrieb sie mit einem Bleistift aus ihrer Schultasche. »Bitte schicke mir mit diesem Vogel einen Brief.« Sie hütete sich, ihn zur Rückkehr nach Hause aufzufordern. »Ich habe ein Geschenk für dich gemacht«, schrieb sie stattdessen, in der Hoffnung, seine Neugier zu wecken. »Bin gespannt, ob du's rausfindest.«

»Ich habe sie ein Jahr lang trainiert«, erzählte Eamon. »Es sind jetzt achtzehn.«

Klara reichte ihm den Zettel und sah zu, wie er ihn zusammenrollte und an das Vogelbein band. Draußen ließ er den Vogel frei, der in einen kalten Winterhimmel davonflog.

Als sie ein paar Wochen später nachfragte, sagte Eamon, der Vogel sei mit der unbeantworteten Nachricht am Bein zurückgekommen. Sie wusste nicht, welchem Jungen sie mehr misstrauen sollte: dem einen, der ständig davonlief, oder dem anderen, der Nachrichten schickte, auf die es nie eine Antwort geben konnte.

Daran werde ich sterben, dachte sie, als das erste Vogelgezwitscher in ihr Zimmer drang, und dann merkte sie verwirrt, dass es seine Stimme war, die in ihrem Kopf sprach. Beim ersten Schimmer des Morgens stand sie auf und schaute aus dem Fenster. Der Hof lag in vernünftigem Grau vor ihr, ohne eine Spur von Rot darin, doch entlang dem östlichen Horizont zog sich ein unheilvoller Streifen Scharlachrot. Ohne eine Idee, wie sie den Tag überstehen sollte, verzichtete sie darauf, sich anzuziehen, und ging barfuß, im Nachthemd die Treppe hinunter.

In der Küche kochte sie eine Kanne Kaffee und trank zwei

Tassen. Dann ging sie hinaus und beugte sich über die Regentonne, um ihre Haare zu waschen. In den Kronen der Fichten, die einander gegenüber im Hof standen, schrien sich zwei Krähen an, und Klara wusste nicht, ob sie sich zankten oder ein Spiel trieben, sich schmutzige Witze erzählten; der Ton klang jedenfalls nach Spott und Hohn.

Dein Schwanenhals. Klara hasste sich selbst, dass sie die Worte in ihr Bewusstsein dringen ließ, während sie ihre Haare von ebendiesem Hals nach vorn streifte. Sie dachte daran, dass sie Eamon gedroht hatte, ihn mit der Schere umzubringen, dann begann sie sich die Jacke vorzustellen, die sie ihm schneidern würde. Dies wiederum führte zu einem Bild seiner schwarzen Haare und ernsten grünen Augen, dem Anblick eines roten Kleidungsstücks mit einem weißen Hemd darunter und seiner blassen Kehle, die aus einem Kragen hervorragte. Sein Hals hatte selbst etwas an sich, aber sie konnte nicht genau sagen, was es war. Klara schwang den Kopf zurück, und aus ihren Haaren troff das Wasser auf ihr Nachthemd, das wie eine zweite Haut an ihrem Rücken haftete. Sie dachte daran, dass ihr Handgelenk ein paar Sekunden lang seinen Hals berührt hatte, als sie auf dem Eis hingefallen waren, und errötete bei der Erinnerung.

Den ganzen Tag war sie allein mit sich wie noch nie, blickte in sich hinein, registrierte jeden Gefühlsumschwung. Als sie sich an diesem Morgen ankleidete, starrte sie zum ersten Mal voller Befangenheit ihren Körper an, als gehörte er jemand anderem, während ihre Brustwarzen sich unter ihrem Blick verhärteten. Sie zog ein baumwollenes Sommerkleid an und einen Kittel darüber und ging aus dem Haus zur Werkstatt. Dort umrundete sie eine Zeit lang die grob herausmodellierte Gestalt der Äbtissin und empfand kein einziges Mal das Bedürfnis, zum Eisen zu greifen. Der Gedanke an Eamon haftete an ihr wie zuvor das Nachthemd an ihrem Rücken, und anscheinend war noch keine Übung erfunden, die ihr half, ihn von sich abzuschälen.

In der Mittagshitze entrollte sie endlich ihr Musterpapier auf dem Fußboden des Sonnenzimmers und begann nach Eamons Maßen die Teile der Jacke zu zeichnen. Die Erschöpfung und ihre Geistesabwesenheit ließen sie jedes Geräusch überlaut wahrnehmen: das Knistern des Papiers, das Knirschen des Bleistifts, als sie zu fest aufdrückte. Vor einiger Zeit waren Mauerlehmwespen ins Haus eingedrungen – sie waren harmlos, stachen nicht, aber sie schwirrten dreist in ihrer Nähe herum, und ihre langen Beine hingen in der Luft wie dünne Fäden. Nach der durchwachten Nacht fühlte sich Klara von der Müdigkeit wie berauscht. Sie kauerte über dem Papier auf dem Boden und dachte über geheime Taschen an der Innenseite der Jacke nach. Was würde er darin aufbewahren? Konzentriert zeichnete sie die Abnäher, mit gerunzelter Stirn rechnete sie aus, wie breit sie sein und wie sie auslaufen mussten, dann zeichnete sie in die einzelnen Teile des Musters, bis das Papier mit Kurvenlinien angefüllt war wie eine Landkarte. Schließlich lag sie auf dem Bauch, die Schultern im gezeichneten Umriss seiner breiteren Schultern, die Arme auf der Zeichnung seiner Ärmel, und schlief.

Als sie mitten am Nachmittag wieder erwachte und das große braune Papier aufrollte, stellte sie mit Verwunderung fest, dass sich das gezeichnete Muster in den Holzboden eingegraben hatte, so kräftig hatte sie den Bleistift aufgedrückt.

In dieser Nacht, als sie am Rand des Schlafs dahintrieb, hörte Klara eine Musik, so herzzerreißend traurig und dabei so erstaunlich rein und klar, dass sie die Töne mit allen Fasern ihres Körpers vernahm. Sie trat ans Fenster, vorsichtig, als fürchtete sie, fremde Geister oder ein Alter Ego aufzuwecken, und erblickte weit hinten im blühenden Obstgarten im Licht des Halbmonds eine kleine, magere Gestalt, die angewinkelten Arme wie Flügel erhoben. Es ging kein Wind, und die Geigenmusik schien das einzig Lebendige und Bewegte in der Nacht zu sein, als wäre alles Leid der Welt in diesem schmalen Rinnsal von Klängen zusammengeflossen, dessen Bestimmung ihr Fenster war. Eamons Vater spielte oft bei Hochzeiten auf, hin und wieder auch in der Schenke, und Eamon hatte selbst einmal bei einem Weihnachtsfest in der Schule »O Tannenbaum« auf der Geige vorgetragen. Das alles wusste Klara. Doch am nächsten Morgen war sie beinahe überzeugt, dass die Musik und die Gestalt im Obstgarten nur ein aufwühlender Traum gewesen waren.

Aber beim Frühstück, als ihr Vater schon vom Tisch aufgestanden war und sie noch gedankenverloren aus dem Fenster starrte, während vor ihr eine halb geleerte Schale Haferbrei langsam kalt wurde, sah Klara, wie hinter der Kuhweide ihres Vaters etwas Weißes auf und nieder zu sausen begann und gleich darauf von der Anhöhe aus in den Himmel raste – einer von Eamons Drachen. Eamon selbst sah sie nicht. Es war der merkwürdigste Drachen, den sie je gesehen hatte, aber er hielt sich gut im Morgenwind. Klara lächelte unwillkürlich, als sie erkannte, dass er anscheinend ein Bettlaken oder einen Musselinvorhang seiner Mutter entwendet hatte, um einen Vogel nachzubilden. Einen Schwan. Eine Taube.

Am nächsten Tag erwachte Klara schamerfüllt, nachdem der Schlaf sie aus dieser absurden Gegenwart in die vernünftige Vergangenheit zurückkatapultiert hatte. Sie hatte sich von Eamons Albernheiten, seiner Dramatik und seinen Possen in einen verträumten Zustand des Müßiggangs entführen lassen, fand sie und war entschlossen, die Arbeit an der Holzfigur wieder aufzunehmen und bis zum Ende des Sommers abzuschließen, in der Hoffnung, die Kombination aus Arbeit und der Entschlossenheit und Kraft, die sie in das Gesicht der Äbtissin legen wollte, werde ihren eigenen Charakter stärken. Von den Nonnen wusste sie, dass jede Äbtissin im Mittelalter notwendigerweise praktisch veranlagt gewesen sein musste. Viele hatten über ihre alltäglichen Pflichten als Vorsteherin eines Klosters hinaus auch Predigten gehalten, manche sogar Bischöfe, Kardinäle, Päpste beraten! Das Bild von scharlachroten Gewändern, das der Gedanke an diese Würdenträgerinnen in ihr hervorrief, verbannte sie augenblicklich. Was freilich nichts half, denn sie musste sich ja auch um ihre Schneiderarbeiten kümmern und vor allem die rote Jacke so rasch wie möglich fertig stellen. Es war eine Aufgabe wie jede andere, und wenn sie erledigt war, hatte sie die Sache hinter sich. Und Eamon ebenfalls.

Sie wollte ihn aus ihrem Leben hinausdrängen, wie ein Abnäher die unerwünschten Weiten aus einem Kleidungsstück drückt: Wo die Nadel hineinfährt, ist der Stoff noch geschmeidig und locker, und wenn der Abnäher ausläuft, ist er völlig gezähmt – auf der einen Seite Anpassung, auf der anderen vollständige Verkleidung und Verhüllung dessen, was unaussprechliche Körperteile waren. Eine Brust, ein Gesäß. Oder Stellen, die kaum weniger unaussprechlich waren:

der Übergang von der weiblichen Taille in die Hüfte oder die aufsteigende Linie von der Schulter zum Hals. *Schwanenhals*, dachte sie und entwand sich gleich darauf der Erinnerung.

Wie hatte er es fertig gebracht, ihre Aufmerksamkeit so wirkungsvoll umzulenken, erst auf sein Gesicht und seine langen Phasen der Stummheit und jetzt auf sein jähes Wiederauftauchen, den einen Kuss? Klara hatte von leidenschaftlichen Umarmungen gelesen, doch in ihren geliebten Büchern fand derlei immer im Freien statt, in romantischen Gärten oder stürmischen Mooren, niemals in einer Schneiderwerkstatt oder überhaupt in einem Dorf wie Shoneval. Natürlich hatte sie sich vorgestellt, dass eines Tages ein Mann zu ihr käme, der sie berühren wollte, doch in ihrer Fantasie war das ein reifer, weltgewandter Mann und ganz gewiss kein Knabe, den sie von der Schule her kannte. Nein. Er musste von anderswoher kommen, aus Europa, aus Großbritannien ... Jetzt war ihr, als hätte Eamon sie direkt aus der Reise zu jenem anderen, Unbekannten heraus entführt, hätte einen Bannzauber über ihre Gedanken geworfen, die nun wie seine gezähmten Vögel immer wieder zu ihm zurückkehrten, egal, wie weit sie flogen. Vielleicht würde das Schnitzen sie befreien. Mit Freude und Erleichterung dachte sie an die Zeiten intensiver Konzentration, in denen sie das Gefühl hatte, als wäre sie in einen hölzernen Brunnen gefallen oder hätte sich in einer Höhle im Holz verirrt, als wären die Welt und ihre komplizierten Bewohner verschwunden, und die einzige Beziehung in ihrem Leben spielte sich zwischen ihr und der Figur ab, die sie aus dem Holzblock hervortreten ließ. Wenn du im letzten Stadium einer Arbeit bist, hatte ihr Großvater zu ihr gesagt, musst du alles über eine Figur wissen, und sei sie noch so winzig: ihre Gewohnheiten, ihre Schwachstellen, was sie gestern gegessen hat, wer ihre Feinde sind, wo sie die letzte Nacht geschlafen hat. Das fand sie damals lustig, Joseph Becker aber war es Ernst. Es sei der einzige Weg, beharrte er, eine Holzfigur lebendig werden zu lassen und ihren Betrachter anzurühren.

Sie beschloss, ihren Großvater zu besuchen, sofort, denn sie wollte sich ein paar spezielle Schnitzeisen ausborgen, die sie sich noch nicht leisten konnte, die sie aber für die Feinheiten im Gesicht der mittelalterlichen Frau brauchte. Außerdem wusste er vielleicht einen Rat, wie sie ihre momentane Unkonzentriertheit überwinden konnte. Ehe sie das Haus verließ, durchblätterte sie ihre Kataloge, bis sie ein gutes rotes Kammgarn gefunden hatte, das bei einer Firma in Montreal zu beziehen war. Der Blick auf den Preis machte sie schwindlig; dennoch schrieb sie einen Brief, in dem sie die erforderliche Menge bestellte. Dann zog sie ihre Schürze aus und verließ die Küche durch den angrenzenden Holzschuppen, wo noch immer, wie seit fast zehn Jahren, das Feldbett ihres Bruders zusammengefaltet in einer dunklen Ecke an der Wand lehnte. Als sie auf dem Weg zur Straße ging, spürte sie die Sonne auf Gesicht und Händen, und ihre Stimmung hob sich ein wenig.

Wie schön der Tag war! Shoneval, endlich auf der Höhe der Pracht, die Pfarrer Gstir einst vorausgesehen hatte, strotzte von den blühenden Bäumen und Büschen des Juni. Flieder, Geißbart, Kirschen und Äpfel: Die Schönheit dieses üppigen Schauspiels konnte Klara nicht übersehen. Als sie an der Brauerei vorbeiging, spürte sie Eamons Gegenwart hinter dem dunklen Gelb der fensterlosen Ziegelmauer. Selbst der kleine Fluss, die Triebkraft der Brauerei, schien von ihm zu erzählen; mit munterem Funkeln sprang das Wasser dahin, und sein Glucksen war melodisch und voller Verheißungen. Klara rief sich zur Ordnung und ging davon – doch das Nachbild stand ihr noch hell vor den Augen, als sie an Hafemans Laden vorbei und zu Pfarrer Gstirs großartiger Kirche hinaufging. Sie nahm den Abstecher durch den Friedhof, blieb kurz am Grab ihrer Mutter stehen, um sich zu bekreuzigen, dann ging sie zwischen marmornen Grabsteinen und schmiedeeisernen Kreuzen weiter bis zum Zaun, hinter dem das Grundstück ihres Großvaters begann. Seine Felder und Weiden. Seine Apfelbäume. Und das schmucke kanadische Bauernhaus, in dem er sich nie so sehr zu Hause fühlte wie in der Scheune, die seine Werkstatt war – denn in seiner Werkstatt bewahrte er sich Europa. Wer den überfüllten Raum betrat, bekam für einen kurzen Moment einen Eindruck von allem, was er verloren hatte. Märkte und Kathedralen, mittelalterliche Städte, deren Türme in den Himmel ragten, und Flüsse mit geschwungenen Brücken von solcher Schönheit, dass dem alten Mann die Augen feucht wurden, wenn er davon erzählte.

Klara stand in der Tür zur Scheune und beobachtete ihren Großvater bei der Arbeit. Alles an ihm war gebückt und krumm geworden, nachdem er sich ein Leben lang über seine verschiedenen Arbeiten gebeugt hatte: in der Getreidemühle, in der Landwirtschaft und immer in seiner Schnitzwerkstatt. Jetzt beugte er sich mit ehrfurchtsvoller Liebe, das Eisen in der Hand, über ein Relief. Solange Klara sich entsinnen konnte, waren die Finger ihres Großvaters krumm und arthritisch gewesen, doch seine Hände waren breit und stark, und das Geflecht der Adern und Sehnen trat unter der Haut hervor wie ein Netz aus Stricken. Und seine Gesten und Bewegungen, wenn er mit Holz arbeitete oder seine Worte mit den Händen unterstrich, waren sanft und selbstsicher zugleich. Er richtete sich auf, entdeckte seine Enkelin, und sein Gesicht legte sich in unzählige Runzeln, wie ein Echo des Faltenwurfs im Gewand der vielen Heiligen, Propheten, Apostel und Evangelisten, die er im Lauf der Jahre geschnitzt hatte.

Als Klara die Werkstatt betrat, sprang ein Lamm auf, das neben dem Arbeitstisch gelegen hatte, und floh in den Hof. »Eine schöne Bescherung«, sagte der Großvater, aber nicht unfreundlich. »Den ganzen Morgen habe ich gebraucht, um den kleinen Teufel hereinzulocken.«

»War er ein Modell?«, fragte Klara.

»Das auch«, antwortete der Großvater, »aber außerdem habe ich ihn vom Geißblatt deiner Großmutter fern gehalten. Wenn er noch eine einzige Blüte frisst, wird er zum Sonntagsbraten.« Mit einem Tuch wischte er das Eisen sauber, mit dem er gearbeitet hatte. »Wie geht es deiner Äbtissin?«, fragte er. »Bist du fertig?«

Klara gab keine Antwort, sondern beugte sich vor, um das jüngste Werk ihres Großvaters zu betrachten. Er hatte mehr als die Hälfte der Strahlen fertig, die vom Körper des heiligen Lamms ausgingen. Der Boden rings um das Werkstück war übersät von papierdünnen, spiralförmigen Holzschnitzeln. »Nein«, sagte Klara schließlich, noch immer in die Betrachtung des Reliefs vertieft. »Ich hatte keine Zeit, ich musste schneidern.«

»Sich in dieser Kunst zu üben wäre eine treffliche Beschäftigung für begabte junge Männer ohne Anstellung. Sagte Dürer.«

Klara richtete sich auf und trat auf ein kleines, erst teilweise fertig gestelltes Altarbild zu. Mit dem Rocksaum wischte sie das Sägemehl ab, das sich in der Hutkrempe einer kleinen Figur gesammelt hatte. Sie fühlte sich von der Bemerkung nicht angesprochen – eine Holzbildhauerin und eine Frau. Ihr Großvater jedoch erzählte immer wieder gern, wie eine englische Universität in Tilmans Geburtsjahr eine neue Ausgabe einer von Dürers theoretischen Abhandlungen herausgegeben hatte und er bis nach Toronto gereist war, um das Buch zu erwerben. Unter anderem fand er darin die Empfehlungen des großen Meisters, wie ein Junge in der großen, weit reichenden und grenzenlosen Kunst zu unterweisen sei, um selbst ein Meister zu werden. Ihr Großvater erkannte darin ein höchst verheißungsvolles Zeichen, und als Tilman auf der Welt war, hielt er seiner Schwiegertochter gnadenlose Vorträge über das Thema. Man möge einen natürlichen Lerneifer in dem Kind wecken, ohne es damit zu quälen, und es solle in einem angenehmen Haus leben, wo es durch keinerlei Behinderung abgelenkt würde. Im Zusammenhang mit Klaras Erziehung war von Dürer keine Rede, wie ihr nicht entging. Allerdings hatte sich ihr Vater ein paar Jahre nach Tilmans Verschwinden ohnehin jede Erwähnung des Buches in seinem Haus verbeten, denn jedes Mal, wenn der Großvater daraus zitierte, wurde die Abwesenheit des Jungen greifbarer, seine Frau rachsüchtiger. Eines Tages, als das Buch wieder einmal auf dem Tisch lag, wandte sich Klaras Mutter an ihre damals zwölfjährige Tochter und fragte, flüsternd und mit irrsinnigem Blick: »Wieso bist *du* denn noch da? Wieso läufst du nicht weg?« Der Großvater hatte das Buch zugeklappt, Klaras Hand ergriffen und sie zu sich nach Hause mitgenommen, wo sie mehrere Wochen in der Obhut ihrer stillen Großmutter lebte. Sie sehnte sich inständig nach Hause zurück, weil sie überzeugt war, wenn sie bei den Großeltern lebte, sei sie tatsächlich davongelaufen und habe ihrer Mutter Recht gegeben; doch ihr Großvater ließ nicht locker, und da ihre Eltern keine Anstalten machten, sie zurückzuholen, fing sie an zu glauben, die Erwachsenen in ihrer Umgebung hätten sich verschworen und wollten sie lieber los sein.

Dennoch liebte und bewunderte sie ihren Großvater und wollte alles von ihm lernen, was er ihr beizubringen hatte, und deshalb lauschte sie ihm geduldig, wenn er sich zum Thema Tilman, zum Thema Dürer verbreitete, und wusste, dass er nirgendwo sonst über den einen und den anderen reden konnte. Heute aber schweifte er kurz ab, der Lehrer in ihm trat vor. »Beim Gesicht«, sagte er, »musst du daran denken, dass diese Äbtissin nicht zwangsläufig eine hübsche Frau ist. Stattdessen ist sie klug, stark, eine geborene Führerin. Vielleicht hätten gar Päpste und Kardinäle ihren Rat gesucht.«

Klara ging in der Scheune umher und sammelte verschiedene Werkzeuge ein. Sie wollte ihrem Großvater nicht eingestehen, dass sie nicht wusste, worum genau sie ihn bitten sollte. Die aus Bayern mitgebrachten Werkzeuge hätte er niemals aus den Augen gelassen und hatte keinem anderen als Tilman je erlaubt, sie anzufassen, obwohl der Junge sich immer nur sehr halbherzig mit dem Schnitzen befasst hatte. Mit seinen weniger wertvollen, in Kanada erstandenen Eisen war er jedoch großzügig. Er sah zu, wie seine Enkelin mit einem Knüppel prüfend gegen ihre Handfläche schlug.

»Mein Werkzeug aus der alten Heimat vermache ich deinem Bruder, wenn er zurückkommt«, sagte er, »aber du kannst alles andere haben – was du willst.«

Klara schwieg. Dass ihr Bruder noch existierte, war kaum noch zu glauben. Sie wollte nicht mehr wissen, wo er sich aufhielt. Es war nicht so, als wäre er gestorben, eher kam es ihr vor, als wäre er nie geboren. Undeutlich erinnerte sie sich, dass sie anfangs, als er nach seinen Fluchten noch zurückgekommen war, geweint und ihn bedrängt hatte, ihr zu erzählen, wo er gewesen war. Sie erinnerte sich auch an verzweifelte Versteckspiele, bei denen sie sich mit klopfendem Herzen durch das Dickicht gequält und immer wieder Tilmans Namen gerufen hatte, überzeugt, dass sie ihn nie finden werde und sie allein dadurch, dass sie sich auf das Spiel eingelassen hatte, an seinem Verschwinden gewissermaßen schuld wäre. Wenn sie jetzt daran zurückdachte, wunderte sie sich über dieses merkwürdige Kinderspiel, bei dem der Suchende in der Haltung der Verzweiflung – mit erhobenem Arm, die Stirn auf dem Handgelenk – an einem Baum lehnt und die hundert Sekunden erträgt, die dem anderen Zeit geben, sich erfolgreich in Luft aufzulösen. Sie erinnerte sich auch, wie sie ihrem Bruder durch das Dorf zur Scheune ihres Großvaters gefolgt war, wo der alte Mann geduldig und ausschließlich an Tilman gewandt die verschiedenen Schnitzeisen erklärte und anhand einer Auswahl von Schnitten und Schnörkeln ihre Verwendung vorführte.

Klara ging zur Ostseite der Scheune hinüber, wo das Meisterwerk des Großvaters stand, von dem er sich nie hatte trennen können, das er aber nach seinem Tod der Kirche vermachen wollte. Die Gnadenreiche Jungfrau stand mit leicht erhobenen Armen und gewährte unter ihrem offenen Mantel einer kleinen Schar von Gläubigen Zuflucht, darunter auch Klaras Bruder, wie man ihn zuletzt gesehen hatte, ein zwölfjähriges Kind. Wann immer sich die Gelegenheit bot, verlieh der Großvater einer Figur Tilmans Gesicht, vielleicht in der Hoffnung, dass der Gott, für den er schnitzte, seine Geste als Bitte oder Gebet auslegen werde. Er wird immer in Erinnerung bleiben, dachte Klara bitter. Wir können nicht einmal von ihm sprechen, aber sie werden ihn nie vergessen.

Zu ihrem Großvater sagte sie unvermittelt: »Tilman ist schon sehr, sehr lange fort, weißt du. Vielleicht ...«

»Du erinnerst dich doch«, fiel der alte Mann ihr ins Wort, »was sie getan hat? Seine eigene Mutter. Furchtbar. Ist es ein Wunder, dass er danach ... als ihm die Flucht gelungen war ... für lange Zeit fortging?«

»Es war nicht seine Schuld«, sagte Klara.

»Das Herz hätte es ihm gebrochen, so zu leben, angekettet wie ein Tier.« Der Großvater schüttelte traurig den Kopf. »Das Herz hätte es ihm gebrochen!«

Der Großvater war derjenige gewesen, der nach Tilmans erstem Ausbruch das Fernweh des Jungen diagnostiziert hatte. Während sämtliche Dorfbewohner die Felder durchstreiften und sich durch Wälder und Sümpfe vorwärts quälten, während sie stochernd Tümpel und Flüsse absuchten und zu den Heiligen Nikolaus und Lambert beteten, während Messen gelesen und Kerzen entzündet wurden, glaubte Joseph Becker keine Sekunde daran, dass sein Enkel für immer verloren sei. Seine Schwiegertochter verkroch sich in ihrer Verzweiflung ins Bett, sein Sohn vernachlässigte die Landwirtschaft und seine Frau zog für eine Weile zu der Familie, um sich der kleinen Klara anzunehmen, die in der Panik praktisch vergessen war. Aber der alte Mann hielt an seiner Überzeugung fest, früher oder später werde der Junge schon heimkommen. Vier Monate später, als der Sechsjährige tatsächlich zurückkehrte, bei Einbruch der Dunkelheit ins Haus spazierte, sich ohne ein Wort der Erklärung an seinen gewohnten Platz am Tisch setzte und verkündete, er habe Hunger, war Joseph Becker derjenige, der vernünftig genug war, ihn weder auszufragen noch zu schelten.

Alle anderen glaubten anfangs, der Junge sei von Kesselflickern entführt worden, die auch ohne den Anflug eines Beweises stets solcher Taten bezichtigt wurden. Doch Tilman machte diesen Vermutungen rasch ein Ende. »Ich bin spazieren gegangen«, sagte er und dann, als man ihn bedrängte: »Einfach der Nase nach.« Er bekundete wenig Interesse, seine Abenteuer näher zu erläutern, und schließlich begegnete er jedem versuchten Verhör mit den gutmütigen, aber ausweichenden Antworten, die Klara später an ihm kennen lernte. Aus gewissen französischen Redewendungen, die sich in seinen Wortschatz geschlichen hatten, und seiner neu erworbenen Fähigkeit, aus Hühnereiern Omeletts zu machen, musste die Familie den Schluss ziehen, dass er offensichtlich bis nach Québec gekommen war.

»Er ist ein Wunderkind«, pflegte der Großvater zu erklären. »Wunderkinder werden häufig von unbezähmbarem Fernweh heimgesucht.« Bei den jungen Burschen in Bayern sei die Wanderlust beinahe der Normalzustand. Diese Eigenart gelte in mancherlei Hinsicht als Fluch, meist aber werde sie geschätzt, denn sie habe sich häufig auch als Segen erwiesen, wenn es darum ging, die wandernden Viehherden auf den Sommeralmen im Gebirge zu hüten. »Sie sind großartige Kletterer«, versicherte Joseph dem besorgten Sohn und der Schwiegertochter. »Und gute Sänger. Manchmal werden sie Dichter. Wenn sie erwachsen sind, werden sie meistens sesshaft. Tilman« – der Großvater legte seine Hand auf den blonden Kopf des Jungen – »Tilman wird schon noch sesshaft werden, und dann wird er Bildhauer.«

Joseph hatte mehrfach und ohne Erfolg versucht, Tilman für das Schnitzen kleiner vollplastischer Figuren zu interessieren. Während er ihm Vorträge über die Vorzüge von Lindenholz hielt und ihm Dürers Unterweisungen über die sechs Grundstellungen des menschlichen Skeletts wiederholte, starrte der Junge gedankenverloren auf eine Relieftafel in der Ecke. In der Meinung, das Kind sei fasziniert von der S-Kurve, die der von Pfeilen gespickte Körper des heiligen Sebastian bildete, holte der Großvater das Relief und stellte es ins Sonnenlicht, das durch die Tür hereinfiel.

Tilman schenkte dem leidenden Heiligen keine Beachtung, sondern fuhr mit seinen langen, spitz zulaufenden Fingern über die Struktur der Landschaft hinter dem berühmten Märtyrer. »Das möchte ich lernen«, sagte er. »Zeig mir, wie man das macht.«

Nachdem Klara die Geschichte mehrmals gehört hatte, beschloss sie bereits in ihren jungen Jahren, sich stets nur mit Rundplastiken zu befassen. Ihr Großvater hatte ihr von der berühmten, heiligen Skulptur des Prager Jesuskinds erzählt, von der aus Dutzenden von Kleidern bestehenden »Garderobe« und den zwei juwelenbesetzten Kronen. »Es wird ungefähr so groß sein wie deine größte Puppe«, sagte er. Zwar hatte er das Wunderwerk nie mit eigenen Augen gesehen, doch er zeichnete ihr die kleine Skulptur mit Bleistift auf ein übrig gebliebenes Stück Holz. Klara entzückte die Vorstellung von einer männlichen Puppe, ob heilig oder nicht, der man Kleider anziehen konnte, und sie machte sich unverzüglich ans Werk, schnitzte den Körper aus einem Stück von einem ehemaligen Türstock und nähte Kleidungsstücke aus Stoffresten aus dem Vorrat ihrer Mutter. Faszinierend fand sie die Geschichte noch aus einem anderen Grund: Der Großvater erzählte die Legende vom Schöpfer der heiligen Figur, einem Mönch, der bei der Arbeit im Garten eine Vision des Jesuskinds hatte und die geschnitzte Figur seiner Vision nachbilden wollte, aber das Gesicht nicht beenden konnte. »Das Gesicht wollte ihm nicht gelingen«, sagte Joseph, mehr zu sich und versunken in die Erinnerung. »So lange nicht, bis er jede Einzelheit in sein Herz hereinließ. Er musste es sich nämlich noch einmal vorstellen, musste es noch einmal sehen, nicht mit den Augen, sondern mit dem Herzen.«

»Wie hat er die Figur dann zu Ende gebracht?«, fragte Klara. »Wann hat er das Gesicht gemacht?«

Joseph sah seine Enkelin überrascht an; dass er laut gesprochen hatte, war ihm nicht aufgefallen. »Nachdem er lange gehofft hatte, erhielt er eine zweite Vision, und es war eine Vision des Herzens ... in der alles klar und freudig war, zugleich aber sehr, sehr schmerzhaft. Als die Vision vorbei war, hatte er das Gesicht in zwanzig Minuten fertig.«

Seufzend kehrte er aus der bayrischen Werkstatt, in der er als Junge in die Lehre gegangen war und die Geschichte zum ersten Mal gehört hatte, in die Gegenwart zurück und wandte sich wieder seiner Arbeit zu, fort von dem kleinen Mädchen, das ihm hingerissen gelauscht, und dem stillen Jungen, der nicht zugehört hatte.

In kürzester Zeit erwies sich Tilman als begnadeter Darsteller von Fernansichten, in der Detailliertheit gewissermaßen ein Miniaturist, dessen Interesse jedoch nur den Erscheinungen galt, die perspektivisch so weit entfernt waren, dass ihre Merkmale für den ungeübten Betrachter in der Gesamtstruktur untergingen. Alle Bemühungen seines Großvaters, ihn für Geschichten oder Persönlichkeiten zu erwärmen, waren vergebens, er ließ sich nicht davon berühren. Für die Gesichtsausdrücke und Gebärden der Figuren, die sein Großvater schnitzte, interessierte er sich so wenig, als wäre es ihm peinlich, die schutzlos offen dargebotene Intimität des Ausdrucks zu betrachten. Vorbei am Geschehen, das die Figuren in den Reliefs vorführten, richtete er den Blick stets auf das sanfte Auf und Nieder der Hügel und die Wipfel der Wälder und ließ Wolkengebilde über einem blanken Horizont aufziehen. Klug, wie er war, bestärkte ihn der Großvater in dieser Richtung und ließ Tilman die kleinsten und feinsten Werkzeuge verwenden, die er aus seiner Heimat mitgebracht hatte: Geißfüße, Hohl- und Flacheisen, Feilen und winzige Kerbmesser. Er zeigte ihm, wie man hinter den Türmen einer fernen Stadt in den Hügeln einen Nadelwald andeutet und dann die Stadt selbst herausarbeitet. Er beschrieb die Türme und Mauern und das Münster der Stadt Ulm, wo er nur ein Mal in seinem Leben gewesen war, damals kaum älter als sein Enkel. Und weil er nicht aufhören konnte, erzählte er vom Lindenholz, mit dem der Namenspatron des Jungen, Tilman Riemenschneider, und die anderen berühmten Holzbildhauer während der strahlenden Blütezeit im sechzehnten Jahrhundert gearbeitet hatten. Altarbilder, erzählte er dem Jungen, mit einem so zarten und feinen Maßwerk, dass man die Künstler nicht für Menschen, sondern für Abkömmlinge von Spinnen halten musste. Figuren, schwärmte er, deren Haltung und Mimik so viel Gefühl ausdrückten, dass einem allein beim Anblick des Linienverlaufs von Gliedmaßen und Faltenwürfen vor Freude oder Trauer – manchmal auch beidem – die Tränen kamen.

Wenn der alte Mann in seinem Vortrag an dieser Stelle angelangt war, hatte sich Tilman bereits ab- und nach innen gewandt, wo ihn die Leidenschaft seines Großvaters nichts anging. Klara hingegen, die neben der Tür mit Holzabfällen spielte, Klara, an die keine begeisterten Erzählungen gerichtet waren, prägte sich die Worte ihres Großvaters für immer ein.

Sobald Tilman sein wahres Thema gefunden hatte, nämlich Landschaften, gelang ihm jedes Projekt, das er sich vornahm, und seine kleinen Tafelreliefs wurden in erstaunlich kurzer Zeit fertig. Manchmal fügte er einer Szene Viehherden und Vogelschwärme hinzu, hin und wieder auch eine Reihe von Zäunen, und wie sein Großvater bald erkannte, kündigten solche Details häufig einen bevorstehenden Ausbruch an – als deutete selbst der indirekte Hinweis auf menschliche Tätigkeiten eine Intimität an, die Tilman beim besten Willen nicht aushalten konnte.

Ihrer adretten und anständigen Erscheinung zum Trotz, wollte Klara von ihrem Großvater oder andernfalls von den

Schwestern der Unbefleckten Empfängnis alles wissen, was sie über das Leben der Heiligen, die ihr Großvater schnitzte, wussten und sich vorstellen konnten, vor allem über das Leben vor der Heiligkeit – ganz besonders faszinierten sie sündige Anwandlungen. So vermutete sie etwa, dass ihre Namenspatronin, die berühmte Chiara von Assisi, ihr behagliches Elternhaus nur aus Liebe zum heiligen Franziskus verlassen hatte, um ihm zu folgen, und dass die zahlreichen frommen Werke, die sie in ihrem verzichtreichen, kontemplativen Leben verrichtete, als Bemühung um seine Anerkennung und Zuneigung zu verstehen seien. Der Jungfrau Maria gar unterstellte sie – noch ketzerischer und unaussprechlicher – eine Liebe zum Heiligen Geist und war überzeugt, dass die Muttergottes sich den Rest ihres Lebens nach diesem Geist verzehrte und sich nichts sehnlicher wünschte als eine zweite mystische Vereinigung.

Die Klosterfrauen, die hinter Klaras heiterer Miene und ihrem guten Betragen einen untergründigen Strom der Leidenschaft und Fantasie ahnten, legten ihr nahe, bei ihren Studien das Augenmerk weniger auf Visionärinnen und Märtyrerinnen als vielmehr auf jene heiligen Frauen zu richten, die im Leben Äbtissinnen gewesen waren, in der Hoffnung, dass das Vorbild harter Arbeit und selbstloser Hingabe an die Mitmenschen die praktische Seite im Wesen des jungen Mädchens fördern und bestärken werde. Klaras müßige Hände, argwöhnten sie, könnten zum Tummelplatz des Teufels werden.

Zentimeter für Zentimeter wagte sich das Lamm scheu in die Werkstatt zurück. »Komm«, sagte Joseph und streckte ihm die Hand hin, »komm wieder herein und mach keinen Unsinn mehr. Wenn die alte Frau dich mit Blumen im Maul erwischt, wirst du am Sonntag Petersilie und Minze fressen.« Das Tier blieb in der Nähe der Tür und beäugte Klara argwöhnisch. »Musst keine Angst haben«, beruhigte der Großvater das Lamm, »sie tut dir nichts.«

»Ob meine Äbtissin je verliebt war?«, fragte Klara. »Das muss ich doch wissen, wegen ihres Gesichts.«

Joseph Becker warf ihr einen skeptischen Blick zu. »Natürlich«, sagte er trocken, »wegen des Gesichts. Vielleicht solltest du danach lieber bei den irischen Heiligen fragen.«

Klara lief rot an und schwieg. Nun wusste sie, dass ihr Vater über Eamons Besuche gesprochen hatte, und sie stellte sich das Lachen und Augenzwinkern vor, mit dem er den Jungen beschrieb.

»Nach Pfarrer Gstir waren die irischen Heiligen die leidenschaftlichsten«, sprach ihr Großvater weiter. »Leidenschaftliche Gläubige, leidenschaftliche Reisende, leidenschaftliche Gelehrte, leidenschaftliche Redner. Da könnten sie doch zu irgendeinem Zeitpunkt ihres Lebens auch leidenschaftliche Liebende gewesen sein, oder?«

Im Frühjahr 1868 arbeitete der junge Joseph Becker in den frühen Morgenstunden – erst beim Schein einer Laterne in seiner Werkstatt, dann, sobald das erste Morgenrot genügend Licht spendete, im Freien – an dem Kirchenmodell für Pfarrer Gstir. Unter anderem verwendete er Zedernschindeln, die von der Sägemühle übrig geblieben waren, und Hufleim, der während der wenigen Stunden Schlaf, die ihm vergönnt waren, auf dem Herd vor sich hin köchelte. Diese Arbeit war neu für ihn, doch schon als Junge hatte er das großartige Gefüge aus Pfeilern und Bögen, ein Netzwerk ineinander verwobener spitzenzarter Linien an den Altären des Veit Stoß bewundert und wusste die Schönheit einer durchbrochenen Struktur, die Wind hindurchwehen und Licht hereinfallen lässt, zu begreifen und zu schätzen. Die Schönheit der Linie im Wechselspiel mit reiner Luft.

Pfarrer Gstir hatte eine Fülle von Anweisungen für ihn, in erster Linie zum gotischen Baustil, den er seinem Projekt angemessen fand. Mittelschiff, Seitenschiffe, der Kranz der Kapellen um den Chor, das Maßwerk der Fenster und die bunten Scheiben darin, dargestellt mit farbigem Tuch. Und ein Tympanon! Und ob Joseph einen Christus auf dem Himmelsthron *en miniature* schnitzen könne? Und außen die Strebepfeiler – müsste es nicht auch Strebepfeiler geben? Schwebende Strebepfeiler?

Joseph, ohnehin überarbeitet, lehnte es ab, Miniaturaltäre und Miniaturmadonnen zu schnitzen.

»Aber wir brauchen auch Geld für den Innenraum«, wandte Pfarrer Gstir ein, »für die Altäre und die prachtvolle Kanzel. Und du, Joseph, wirst der Schöpfer all dieser Wunder sein. Was ist mit dem Taufbecken? Der König muss doch wissen, dass wir für all das Geld brauchen.«

»Ich bin nur ein einziger Mann«, sagte Joseph.

»Bedenke, was du alles lernen wirst«, schwärmte der Pfarrer.

»Ich wollte nur Figuren aus Lindenholz schnitzen. Nie hatte ich den Wunsch, eine Zwergenkirche zu machen.«

»Wir werden auch Reliquien brauchen«, überlegte Pfarrer Gstir weiter, ohne auf Josephs letzte Bemerkung einzugehen. »Ja, Reliquien sind unbedingt nötig. Auf der Stelle werde ich in Rom um Reliquien ansuchen.« Gleich darauf kam ihm das Klima in den Sinn, ein Umstand, den man in diesem Teil der Welt keinesfalls außer Acht lassen konnte. »Wir brauchen einen Schutz vor dem Wetter, vor Stürmen und vor allem vor Blitzschlag, wegen der exponierten Lage der Kirche. Noch heute werde ich nach Rom schreiben und um Reliquien vom heiligen Sebald und vom heiligen Vitus bitten.« Pfarrer Gstir schlug sich auf die Wange, wo er einen Stich spürte. Seine Hand hinterließ einen Blutfleck auf der Haut. Der Pfarrer schien tief in Gedanken. »Der heilige Narziss«, sagte er schließlich. »Wir brauchen auch Schutz vor Insektenstichen.«

Joseph gewann den Eindruck, dass er vor allem Schutz vor Pfarrer Gstir brauchte. »Ich werde keine Miniaturreliquien schnitzen«, verkündete er.

Der Pfarrer war entsetzt. »Reliquien *schnitzen*?«, rief er

aus. »Nein, das überlassen wir Gott und den Heiligen.« Er bekreuzigte sich.

»Vielleicht sollten Sie einen Heiligen anstellen, der Ihnen diese Zwergenkirche fabriziert«, murmelte Joseph, während er einen Topf mit brodelndem Leim vom Herd nahm.

»Ich habe dich gehört«, sagte Pfarrer Gstir und drohte seinem Freund mit dem Zeigefinger. »Vergiss nicht, dass diese Zwergenkirche ein Modell des Gotteshauses ist!«

Eine Zeit lang schwiegen sie beide. Dann ergriff der Pfarrer wieder das Wort. »Wir werden auch eine Glocke brauchen«, bemerkte er. »Eine kleine eiserne Glocke für das Modell. Der König muss begreifen, dass eine Kirche ohne Glocke nicht vollständig ist.«

»Eine Glocke!«, murrte Joseph. »In diesem ganzen Land hier habe ich nie eine einzige Glocke gesehen.«

»Erst eine kleine, dann eine große«, sagte der Pfarrer.

Mit einem dünnen Stäbchen begann Joseph die Kante des Miniaturportals mit Leim zu bestreichen.

»Eine Kuhglocke!«, sagte Pfarrer Gstir. »Das ist es!«

»Zu groß.«

»Dann eine Ziegenglocke.«

»Haben Sie hier irgendwo Ziegen gesehen? Ich nicht. Seit ich von Bayern fort bin, habe ich keine Geiß mehr gesehen.«

»Ich werde dem Bischof in Hamilton schreiben und um eine kleine Glocke bitten«, verkündete der Pfarrer unverdrossen. »Er wird sicher eine auftreiben.« Er breitete die Arme aus und hob sein lächelndes Gesicht der Morgensonne entgegen, die durch das Fenster der Werkstatt schien. Dann drehte er sich jäh um und sah Joseph an. »Verlier nicht den Mut«, sagte er. »Die kleine Kirche wird dir leicht von der

Hand gehen. Ebenso wie der letzte Schliff deiner Muttergottes und deines Gekreuzigten. Ich werde zu Sankt Olaf und Sankt Blasius beten, den Schutzheiligen der Bildhauer, und dann wird die kleine Kirche praktisch von selber fertig.«

Vier Wochen später, an einem hellen, klaren Morgen Mitte Juni, setzten sich die hundertsiebenundfünfzig Seelen, aus denen die Pfarrgemeinde der Township of Carrick bestand, in Bewegung und strömten auf verschiedenen Wegen aus den nördlichen Wäldern herbei. Manche Gemeindemitglieder hatten zwei oder drei unglücklich dreinblickende Tiere im Schlepptau, etliche Frauen trugen ihre Kleinkinder auf dem Arm. Was sie zurückgelassen hatten, waren Hütten und Katen, die kaum die Kälte abhielten, fettige Feuerstellen, Tiere, die zu krank für den langen Weg waren, begrabene Babys, Schlamm und eine Heidenangst vor den Eingeborenen, die sie beinahe vollständig aus der Gegend vertrieben hatten – obwohl sich ein oder zwei Ojibway der Menge angeschlossen hatten, um die Ursache des Aufruhrs zu erfahren.

Und was erwarteten sich all diese Menschen? Kaum jemand wusste mehr, als dass sie irgendwohin gingen, um etwas zu sehen, das jemand getan hatte, ein Vorhaben, das aus anderen Gründen als um des reinen Überlebens willen durchgeführt wurde und einem Siedler folglich als Wahnsinnstat mit wahrscheinlich tödlichem Ausgang erscheinen musste. Dass irgendjemand, und sei es ein Pfarrer, in diesem Land wertvolle Zeit für eine Parade vergeudete und bemalte Gegenstände in Begleitung einer Herde trauriger Arbeitstiere aus dem Wald herumtragen ließ, erschien ihnen derart abwegig, dass sie der Neugier nicht widerstanden und das Ereignis mit eigenen Augen sehen wollten. Keiner von ihnen war je auf einer Kirmes, einer Tanzveranstaltung, einem Erdbeerfest gewesen. Kaum jemand hatte wenigstens hin und wieder einen Nachbarn besucht. Und viele hatten noch nicht einmal ihre Mitbürger aus dem südlichen Teil der Provinz zu Gesicht bekommen, von denen manche im selben Moment im Einspänner auf der ein wenig besseren, aber immer noch recht unwegsamen Straße eintrafen, die von Goderich herkam und zu den beiden Mühlen des offiziell nicht anerkannten Dorfes Shoneval führte.

Der prachtvoll gewandete Pfarrer Gstir hatte feierlich seinen Platz an der Spitze des Häufleins eingenommen, das, hoffte er, bald einer Fronleichnamsprozession ähneln werde, und hielt an einer Stange die Modellkirche in die Höhe, die Joseph Becker fertig gestellt hatte, vollendet bis zur letzten Zedernschindel auf dem Miniaturdach. Wenn der gute Pfarrer sich umdrehte, um den versammelten Prozessionsteilnehmern Anweisungen zu erteilen, hörte er das Geklingel des Glöckchens, das der Bischof erst wenige Tage zuvor mit einem Spezialkurier aus Hamilton geschickt hatte. Hinter dem Pfarrer stand mit stolz geröteten Wangen einer der breitschultrigen Sägewerksarbeiter, der heimlich ein Modell der Bierbrauerei angefertigt hatte, während Joseph an der Kirche arbeitete. Nach einigen Diskussionen hatte Pfarrer Gstir zugestimmt, die kleine Brauerei ebenfalls an einer Stange in der Prozession mitzuführen. Schließlich hatte er selbst auf Anhieb erkannt, wie gut sich die plätschernden Bäche von Shoneval für das Bierbrauen eigneten, und freute sich zu hören, dass die Männer überhaupt um etwas beteten.

Als die Mühlenarbeiter von der Brauerei Wind bekamen,

brach eine wilde Geschäftigkeit aus, denn nun verfielen sämtliche Männer nach Feierabend in ein hastiges und erheblich weniger kunstfertiges Modellbaufieber und bauten Häuser nach, die sie entweder aus ihrer Vergangenheit in teurer Erinnerung hatten oder sich inständig für ihre Zukunft erhofften. Alle versicherten, sie hätten Gott und die Heilige Jungfrau um ebenjene Bauten angefleht – was blieb dem Pfarrer anderes übrig, als ihrer Teilnahme an der nun schon sehr farbenfrohen Fronleichnamsprozession zuzustimmen. Also trugen einige den Bauernhof aus ihrer bayrischen Kindheit, andere die Burgen und Schlösser aus ihrer Erinnerung, die sie irgendwo im fernen Europa in den Bergen gesehen hatten. Einer trug ein Taubenhaus, ein anderer ein mittelalterliches Waschhaus. Einer, den Pfarrer Gstir für den am wenigsten religiösen Mann seiner Schar gehalten hatte, trug ein Kloster, und ein anderer, der aus München stammte, hatte ein Opernhaus gebaut. Zwei Männer, die in unverkennbarer Zusammenarbeit ein Wirtshausmodell geschaffen hatten, stritten sich nun um das Recht, das Werk zu tragen, und ein dürrer, asketisch wirkender Mühlenarbeiter trug ein bunt bemaltes, mit Türmchen und Wasserspeiern bewehrtes Gebäude: dass es sich dabei um ein Bordell handelte, wussten allein er und Gott (den er um selbiges gebeten hatte).

Zu ihnen gesellte sich nun das unglückliche Weidevieh, das sich die Siedler anlässlich der Prozession ausgeliehen hatten: Viele Tiere waren bis zu fünfzehn Meilen durch den Wald getrieben worden. Auf Anregung des Pfarrers waren fast alle – mehr schlecht als recht – mit Beeren und Ranken und Wiesenblumen geschmückt. Eine Kuh war so vollständig mit Maiskolben behängt, dass sie aussah, als trüge sie eine Rüstung. Mehrere müde wirkende Pferde beschwerten sich mit heftigem Kopfschütteln und versuchten die Kränze abzuwerfen, die ihre Besitzer am Zaumzeug befestigt hatten.

Zwei bärenstarke Mühlenarbeiter stemmten Josephs Gekreuzigten in die Höhe, weitere vier trugen die Maria mit Kind auf einer Plattform, die auf ihren Schultern ruhte. Der geigende Ire hatte schon sehr früh am Morgen begonnen, verschiedene Volkstänze einzuüben, und mit der Zeit und der Hilfe eines Akkordeonspielers war er imstande, die Gemeinde zu Liedern anzuspornen, die dem Anlass nicht ganz unangemessen waren.

Nach all dem Modellbau und Gerede von Musik und Festlichkeiten und den Gerüchten von prachtvollen Altären am Wegesrand, die für »papistische und heidnische Kulte im Wald« aufgestellt worden seien, hatte sich die Nachricht von der Prozession in Windeseile verbreitet und war selbst in so zivilisierte und halbwegs industrialisierte Gegenden wie Listowel und Stratford vorgedrungen, und gerade als Pfarrer Gstir bemüht war, ein wenig Ordnung in den Ablauf zu bringen, und die Glocke seiner Kirche zornig bimmelte, fuhren etliche Kutschen vor, denen eine Abordnung grimmig dreinblickender Oranier entstieg. Zielstrebig schritten sie auf die Menge zu.

Pfarrer Gstir, der noch nie einen Angehörigen des Oranierordens erblickt hatte, war der Ansicht, falls ihm je einer über den Weg liefe, müsse der natürlich in kürbisfarbene Gewänder gekleidet und infolgedessen leicht kenntlich sein. Deshalb hieß er die Schärpen tragenden Besucher in Verkennung der Umstände herzlich willkommen und versicherte ihnen, wie sehr er sich über ihre Absicht freue, mit ihren prächtigen Trommeln zur musikalischen Bereicherung der Prozession beizutragen. Ungeachtet der Flut von Schmähungen, die ihr Erscheinen dem Mund des irischen Fiedlers entweichen ließ, wurden die Oranier irgendwo in der Mitte des Zuges eingegliedert. Nach kurzem verwirrtem Zögern schlossen sie sich der Prozession an und waren sich untereinander einig, dass ihre Teilnahme nur vorteilhaft sein könne.

Viele Jahre später unterhielt Joseph Becker seine Enkelin mit Geschichten von diesem denkwürdigen Tag: wie die Prozession von einem Altar zum nächsten gezogen war, die das für Kirche und Friedhof vorgesehene Geviert markierten; Pfarrer Gstir hatte die Altäre eigenhändig aus Zedernzweigen errichtet. Er erzählte auch, wie einer der Oranier darauf bestanden hatte, dass die weiße Stute vor seinem Fuhrwerk ausgespannt würde und im Zug mitgehe (und wie besagte Stute vor aller Augen von einem der Waldrösser, die anscheinend doch nicht so erschöpft waren wie vermutet, bestiegen worden war), und wie die ganze Versammlung auf dem Bauplatz der Kirche ein fröhliches Festmahl gehalten hatte.

Drei Monate später stand an dieser Stelle eine provisorische Kirche, aus Baumstämmen errichtet von Sägewerksarbeitern, und nahe den Quellen des Tals hatte ein tatkräftiges Paar, das die Fronleichnamsprozession nach Shoneval gelockt hatte, mit dem Bau einer Brauerei begonnen. Die Oranier hingegen, berstend vor Gemeinschaftsgefühl und gutem Essen, verkündeten vor ihrem Aufbruch, sie würden fortan jedes Jahr zu Fronleichnam kommen, und mit dem Segen des Pfarrers Archangelus Gstir bestiegen sie ihre Kutschen und fuhren davon in Richtung Süden.

Klara fand das Notizbuch auf dem Boden ihrer Werkstatt. Jemand hatte es in ihrer Abwesenheit hineingeworfen. Sie konnte beinahe den Aufprall hören, mit dem es auf den ausgetretenen Fußbodenbrettern gelandet war, vor der Äbtissin als einziger Zeugin der Übergabe.

Ein Dreieck aus gleißendem Sonnenlicht lenkte Klaras Blick darauf, als sie die Tür öffnete. Der lederne Einband war von derselben Farbe wie Eamons Gürtel – von ihm selbst gemacht. Darauf stand, mit dem Hammer getrieben, das Wort »Lieder«.

Sie hob das Buch auf, das sich in ihren Händen öffnete. Die Worte waren winzig mit Bleistift geschrieben, viele falsch. Die Zeilen, auf die ihr Blick zufällig fiel, lauteten:

Ein schwarzer Frost lässt mein Herz vergehen
Sie nahm das Licht von Cloonaughlins Hügeln
Und riss mich aus meinem Leben

Der See ist ein mahagonifarbener Schild
Die Farbe, das Gewicht ihres Haars …

Klara klappte das Buch wieder zu und starrte scharf in das strenge Gesicht der Äbtissin, das sie erst tags zuvor mit den Eisen ihres Großvaters überarbeitet hatte. Eine Mischung aus

Panik und Verzweiflung pochte in ihrem Blut, und als sie das Heft auf den Arbeitstisch legte, sah sie, dass sich vom Schweiß ihrer Hand die Form der Finger auf dem Umschlag abgedrückt hatte.

Die Fenster ihrer kleinen Werkstatt waren dick mit Spinnweben verhangen. »Lass die Spinnen in Ruhe«, hatte ihr Großvater ihr eingeschärft. »Sie sind nur so, wie sie sind, und Holz haben sie immer geliebt und ihm nie etwas zu Leide getan.« Aber Klara brauchte jetzt dringend freie Aussicht, brauchte Licht und Luft, und sie fuhr mit dem Heft über jede Fensterscheibe, so dass die alten Spinnweben daran hängen blieben, eine dünne graue Membran, überkrustet von Staub und Sägemehl. Klara schlug das Heft noch einmal auf und las: *Du hast mein Herz erschüttert, mit hoffnungsloser Verzweiflung stehe ich vor dir.* Sie war so ergriffen, dass es ihr die Kehle zuschnürte. Solche Pein auf jeder Seite. Wessen mahagonifarbenes Haar? – dieselbe satte Farbe wie der Einband des Hefts. Warum die Verlassenheit, der Verlust? Die Wildheit, mit der ihr diese gequälten Verse ins Herz schnitten! Noch nie hatte sie solche Worte gehört, noch nie solche Worte gelesen. Und ein ganzes Buch voll davon.

Sie legte das Heft auf den Tisch und starrte darauf, ganz leicht berührten ihre Finger die Kante. Dann griff sie rasch nach einem Schnitzeisen und wandte sich ihrer Skulptur zu. Sie kauerte vor der hölzernen Äbtissin nieder und begann hastig in den gebauschten Saum des Habits eine Falte zu schnitzen, und dabei brach ein Stück Holz ab. Jetzt hatte die Figur für immer einen Makel. Klara warf ihr Werkzeug hin, riss das Heft an sich und ging zur Tür hinaus.

Weit hinter dem Waldstück befand sich die Müllablage,

ein sich ausbreitender Hügel aus leeren Medizinfläschchen, zerbrochenen Wagenrädern, Tonscherben, vermoderten Zaunpfosten, rostigen Bettfedern. Klara schleuderte das Buch auf den Haufen, machte kehrt und marschierte entschlossen davon. Doch als sie wieder beim Haus angelangt war, besann sie sich, rannte quer durch Wiese und Wald zurück, holte das Buch vom Müll und steckte es ins Oberteil ihrer Arbeitsschürze. Der Ofen war eine bessere Lösung, fand sie. Was, wenn ihr Vater zur Müllhalde ging, das Buch dort fand und die anstößigen Texte las?

Die ganze Zeit, während sie das Abendessen zubereitete, blieb das Buch, wo es war, nahe ihrem Herzen. Bei Tisch fragte sie ihren Vater zum ersten Mal, wie es gewesen war, als er um ihre Mutter geworben hatte, und augenblicklich bereute sie ihre Frage, weil sie fürchtete, er könne sie als eine Art Geständnis von ihr werten.

Dieter aber war sichtlich erfreut über ihre Wissbegier. »Sie war unser Hausmädchen – wir bekamen sie von den Nonnen, als sie sechs war und ich sieben«, erzählte er seiner Tochter. »Deswegen war es, als hätte ich sie mein ganzes Leben gekannt. Von den Nonnen hatte sie bereits Nähen gelernt, was meiner Mutter gut gefiel.« Er verstummte nachdenklich und lehnte sich im Stuhl zurück. »Ich glaube, mir schien es nicht notwendig, um sie zu werben – schließlich kannten wir uns ja schon immer. Ich weiß aber noch, wie ich eines Tages überrascht feststellte, dass sie schön geworden war. Bis dahin war sie einfach wie eine Schwester gewesen.«

Klara hätte gern gefragt, wie sich ein Bruder gegenüber seiner Schwester fühlte, weil ihre eigene Erfahrung so abrupt und vorzeitig beendet worden war, doch sie wollte ihren Vater nicht unterbrechen, wenn er schon einmal zu reden angefangen hatte.

Dieter hielt seine leere Gabel in der Hand, während er nachdenklich vor sich hin starrte. »Ich habe sie zur Herbstmesse in Listowel mitgenommen. Wir sind mit dem Wagen gefahren, allein, den ganzen Weg hin und zurück. Danach war alles anders. Anscheinend erwartete sie, von mir geheiratet zu werden – dabei hatten wir nichts weiter getan, als miteinander auszufahren. Vielleicht war es aber auch umgekehrt, vielleicht rechnete ich damit, sie zu heiraten.« Er spießte den nächsten Bissen auf und aß weiter. »Jedenfalls kam es so. Wir heirateten. Und ein paar Jahre später war Tilman auf der Welt.«

Die Erwähnung des Jungen ließ die Küche unweigerlich wieder in Schweigen versinken, als hätten Klara und ihr Vater das Reden verlernt. Selbst jetzt, viele Jahre später, brachte es Dieter nicht über sich, Tilmans leeres Zimmer zu betreten, in dem noch immer die kleinen Jacken und Hosen im Schrank hingen und das Buch über die Seereisen des heiligen Brendan, das Pfarrer Gallagher nie zurückzufordern gewagt hatte, noch immer auf dem Tisch lag. Und unter dem Tisch standen nebeneinander die guten schwarzen Sonntagsstiefel, als wäre der Junge eben erst von der Messe heimgekommen.

Im Lauf des Abends erinnerte sich Klara mehrmals, dass sie eigentlich das Heft verbrennen wollte, doch so lange ihr Vater im Raum war, dachte sie, ließ sich das Vorhaben nicht ausführen. Während sie den Abwasch erledigte, Essensreste von den Tellern kratzte und das Geschirr ins Spülwasser stellte, gingen ihr die Worte durch den Sinn und wurden zu einer ständigen Begleitmusik, wie das Plätschern eines Bachs vor dem Fenster. *Und riss mich aus meinem Leben* und *Du hast mein Herz erschüttert.* Ihr Vater warf ihr vom Tisch aus einen verwunderten Blick zu. »Was ist los, Klara?«, fragte er schließlich. »Geht es dir nicht gut?« Das Heft direkt an ihrem Herzen und manchmal, zu ihrem äußersten Erstaunen, allein das Wissen, dass es dort lag, trieben ihr die Tränen in die Augen.

Sie verbrannte es natürlich nicht. Während der nächsten Tage wanderte das Heft im ganzen Haus herum, von einem Versteck zum anderen. Zuerst schob sie es hinter die Zinnbehälter in der Speisekammer, dann zwischen ihre Unterwäsche in der oberen Schublade der Kommode in ihrem Schlafzimmer. Eines Nachmittags versteckte sie es in dem Sekretär, der ihrer Mutter gehört hatte. Bei jedem Ortswechsel erlaubte sie dem Buch wider bessere Einsicht, sich irgendwo aufzuschlagen. *Kein Leben habe ich, keine Freiheit mehr,* las sie, *meine Gebieterin ist die Liebe,* und: *Sie glitt mir davon, wie ein Schwan des Abends über den See, und nur ein Stern sah zu.* Sie wusste, dass sie sich wie ein kleines panisches Tier verhielt, das mit einer erbeuteten Eichel verzweifelt von einem Ort zum nächsten rennt, und der Vergleich behagte ihr ganz und gar nicht. Sie wollte ihr unkompliziertes Leben zurückhaben. Jedes Mal, wenn sie die Tür zur Werkstatt öffnete, empfing sie einen missbilligenden Blick von der Äbtissin. In ihrem Sonnenzimmer beendete sie lustlos das Brautkleid, und die Begeisterung der jungen Frau, die kam, um das fertige Werk zu holen und zu bezahlen, bedeutete ihr nichts.

Eine Woche nachdem sie das Buch gefunden hatte, traf ein Ballen feines rotes Kammgarntuch aus Montreal ein. Darüber freute sich Klara mehr, als sie zugeben konnte, und als sie vom Postamt nach Hause ging, drückte sie das braune Paket wie ein großes Tablett an die Brust. Diese Jacke war eine Herausforderung und lohnende Aufgabe; sie würde sie schön machen – und wenn nur deshalb, um sie hinter sich zu bringen, um damit fertig zu sein. Und mit dem Auftraggeber ebenfalls.

Zwei Tage zuvor hatte sie Eamon gesehen, als sie an der Brauerei vorbeigegangen war (und noch unter dem Einfluss des Hefts gestanden hatte). *Der Ministrant ist in den Krieg gezogen,* hatte sie am Morgen gelesen, *du wirst ihn finden unter den Toten,* und weiter: *O wie falsch sind die Schwüre der Weiber, doch wie schön ihre schönen Leiber. Nie hätt ich einen Fuß nach Irland gesetzt, hätt mich nicht die Liebe gehetzt.* Die Kombination der Bruchstücke aus zwei Liedern hatte eine unheilvolle Wirkung auf ihren seelischen Zustand und vereitelte jeden Versuch, sich zu konzentrieren. Wie hypnotisiert ging sie aus dem Haus und die Straße entlang ins Dorf. *Daran werde ich sterben,* hatte Eamon gesagt. *Du wirst ihn finden unter den Toten,* dachte sie, *im Wintergraben wie einen Hund.* Die kleinen runden Weiher, die Kessel, wie die Dorfbewohner sie nannten, blitzten in den Senken am Fuß der grünen Hügel in der Ferne. An den Rändern der staubigen Straße bewegten sich Blätterschatten hin und her. Klara taumelte unter ihrer Schwermut, als hätte eine entsetzliche Krankheit sie befallen, eine unerklärliche Lähmung. Dabei hatte sie keine Ahnung, wie sie sich oder ihn trösten sollte, den Menschen, von dem sie jetzt wusste, dass er in einem Pfuhl des Leids versank. Zwanghaft musste sie sich immer wieder vorstellen, wie ihre Hand sich an Eamons trauerndes Gesicht legte.

Doch als sie ins Dorf kam, sah sie ihn mit anderen jungen Männern vor der Brauerei stehen, bestens gelaunt; sah ihn den Kopf zurückwerfen und in schallendes Gelächter ausbrechen. Er nahm sie überhaupt nicht zur Kenntnis. Er hatte sie hinters Licht geführt, dachte sie, alles, was er getan hatte, gehörte zu einem eiskalten, grausamen Spiel, über das er jetzt mit seinen Freunden lachen konnte. Da spürte sie, wie auch sie wieder erkaltete, und sie wünschte, sie hätte ihn niemals kennen gelernt.

Und nun, zwei Tage später, als sie nach Hause zurückkam, einen Ballen Stoff an die Brust gedrückt, rechnete Klara gewiss nicht damit, Eamon vor dem Holzschuppen sitzen zu sehen, doch da war er. Bei ihrem Erscheinen leuchtete seine Miene auf, sie aber dachte nur daran, wie er sie keines Blickes gewürdigt hatte, als er mit seinen Freunden zusammen gewesen war, und fegte an ihm vorüber, dass ihr Rock seine Schulter streifte. Er stand auf, dann trat er hinter ihr durch die Tür und folgte ihr in die Küche.

»Ich glaube, du hast etwas von mir«, sagte er.

»Ja«, sagte sie und legte das Paket auf den Tisch, ohne sich umzudrehen. »Ja«, sagte sie noch einmal, »das Tuch ist heute gekommen.«

Er legte seine weiße Hand auf das braune Paket. »Ich meine mein Buch.«

»Oh, dann gehört es dir? Ich hatte es mir schon gedacht.« Auf einmal sehr geschäftig, ging Klara kreuz und quer durch die Küche. »Aber wie ist es in meine Werkstatt gekommen?«

»Ich habe es dorthin gelegt.«

Klara schüttelte in dem Raum zwischen ihnen das blaue Tischtuch aus. »Warum denn nur, frage ich mich? Na ja, jetzt ist es jedenfalls weg.« Sie konnte ihn nicht ansehen. »Ich habe es verbrannt.«

»Verbrannt hast du es?« Eamon sank langsam auf dem Platz ihres Vaters am Ende des Tisches nieder.

»Es lag da einfach auf dem Boden herum. Als hätte sein Besitzer es weggeworfen.« Klara warf einen flüchtigen Blick in Eamons Richtung.

Er schien vom Donner gerührt. »Es waren die Lieder meines Vaters, die Lieder, die er aus der Heimat mitgebracht hat. Ich habe sie für ihn aufgeschrieben, weil er es nicht konnte.«

Stille. Klara sah, wie bleich er war, und bekam Mitleid. Er starrte auf den Fußboden, dann blickte er wieder zu ihr, verstört. »Die Lieder meines Vaters aus Irland«, wiederholte er. »Ich habe einen Einband für sie gemacht, aus Leder.«

»Eamon.« Klara trat auf ihn zu, legte eine Hand auf seine Schulter. »Eamon, ich habe das Buch nicht verbrannt.«

Eamon hob den Kopf und sah sie an, erleichtert, aber noch niedergeschlagen. Dann, als er den Anflug von Zärtlichkeit an ihr wahrnahm, fiel die Anspannung sichtlich von ihm ab.

»Ich habe es nicht verbrannt, aber ich konnte diese Lieder nicht lesen.«

»Warum nicht?«

»Weil –« Sie fuhr sich aufgeregt mit einer Hand durch die Haare. »Weil«, begann sie noch einmal, wandte sich abrupt von ihm ab, öffnete die Ofentür und schob ein paar Scheite hinein, ohne ersichtlichen Grund, denn zu dieser Jahreszeit brannte kein Feuer.

»Weil?«, hakte er nach.

Sie ließ die Arme seitlich herabsinken. »Eamon, wie hätte

ich sie lesen sollen, bei all dem Leiden und Sterben aus Liebe?«

Er lächelte. »Dann hast du sie also doch gelesen.«

»Nur Ausschnitte. Warum ist so viel Unglück darin?«

»Liebe«, sagte Eamon kategorisch.

»Und daran stirbt man?«

»Nur wenn sie unerwidert bleibt, und selbst dann fangen viele nur an zu trinken, statt zu sterben. Oder sie schreiben Gedichte. Oder sie singen diese Lieder und trinken gleichzeitig.«

Dann erzählte er, dass sein Vater Lieder über den Cummeragh hatte und über einen anderen, größeren Fluss namens Aoine, und in beiden zerriss es dem Sänger das Herz, weil er die Ufer dieser Flüsse, Eltern, Freunde und grüne Wiesen verlassen musste. Meist prangerten die Lieder die Tyrannei der Grundbesitzer und des britischen Empire an und verschworen sich der Befreiung des Landes, des geliebten und demnächst verlassenen Landes; immer wieder das Land und das Empire, das den Zorn seines Vaters erregt hatte. Manchmal aber stand das Exil in Verbindung mit einer leidenschaftlichen Liebe zu einer unerreichbaren Frau, so hoffnungslos, dass sie selbst zum süßen Leid wurde, eine unerwiderte Leidenschaft, deren einzige Lösung im Tod der Liebe bestand, und der war unmöglich.

Klara schwieg. Dann fragte sie sehr leise: »Hast du deswegen gesagt, du würdest im Graben sterben wie ein Hund, du würdest das Land verlassen ...«

»Manchmal fühle ich mich wie ein Hund«, erwiderte er dumpf.

»Ein lachender Hund«, sagte Klara und errötete bei der

Erinnerung. »Ich habe dich lachen sehen, Eamon, mit deinen Freunden vor der Brauerei. Ich glaube, du hattest mich völlig vergessen, das glaube ich.«

Er schlang einen Arm um ihre Taille, und der sanfte Druck und die Wärme seiner Berührung übertrugen sich auf jede Faser ihrer Haut als verwirrende Welle der Furcht und der Wonne.

So sollte es also sein, das war der Weg, den sie würde gehen müssen. Sie würde immer an ihn denken, so dass er bei ihr wäre, auch wenn er fern war, und immer, immer ihre Stimmung beherrschte, ob er sie froh machte oder unglücklich. Klara, die seit Tilmans Verschwinden und dem Zusammenbruch ihrer Mutter allein gewesen war, ein ungebundenes Wesen, war jetzt entsetzt, wie dieser eine Mensch sie so vollständig entwaffnen konnte und imstande war, ihre Gefühle in sämtliche Richtungen ausschlagen zu lassen. Und doch war es so; und sie spürte, wie sie fiel, mitten durch ihre Angst hindurch auf ihn zu.

Jahre später erzählte Klara einem Mann mittleren Alters, der aufmerksam jedem Wort von ihr lauschte, in diesem Augenblick sei Eamon mit ihr durch die Küche getanzt, so selig war er, als er die Verzweiflung in ihrer Miene erkannte, die Verzweiflung, die ihm sagte, dass sie sich in ihn verliebt hatte. In diesem Augenblick habe er ihr sein Versprechen gegeben, genau in diesem Augenblick, und mit den Worten »für immer und ewig«. Es sei ein merkwürdiger Augenblick gewesen, erklärte Klara dem breitschultrigen, grauhaarigen Mann – die Verzweiflung, die Freude, die Worte, der Walzer, die jähe Erkenntnis, dass ihre Vereinigung auch die Möglichkeit von Schmerz einschloss.

Jetzt ging sie hinüber in die Stube, nahm das Heft aus der Kommode und kehrte in die Küche zurück. Sie hielt sich das Leder ans Gesicht, fühlte die Glätte an ihrer Wange, atmete den Tiergeruch ein; dann legte sie das Buch in Eamons Hände. »Später lese ich mehr«, sagte sie, und ihre Hände zitterten wie ihre Stimme, »wenn ich kann.«

Was sie niemandem je eingestand, weder dem grauhaarigen Mann noch sich selbst, noch sonst einem Menschen: dass es keinen Tanz gegeben hatte, auch keine Erklärungen. Sondern all das Weh und die Wonne, die in ihrer Erinnerung zum Tanz verschmolzen, hatte ihr allein das Mienenspiel im unverstellten Gesicht des jungen Mannes offenbart.

Auf den Juni 1914 folgte ein Sommer der Schönheit, Wärme und Friedlichkeit – ein Sommer, der während der folgenden Jahre in der gesamten westlichen Welt zur Legende wurde. In Shoneval fiel kein einziges Blatt, kein einziger Halm der rasch heranreifenden Ernte den Insekten zum Opfer, auf den taufeuchten Weiden wurde das Vieh dick und rund, die Gemeindemitglieder gingen regelmäßig zur Messe und selten zur Beichte (weil es offensichtlich wenig Sünden zu beichten gab). Die Brauerei florierte, die Nonnen stickten, und das Wirtshaus »Zum Erzengel« bekam eine Stammkundschaft – darunter auch Eamon – aus tüchtigen Sängern, Geigern und Ziehharmonikaspielern. Es wurden etliche neue artesische Brunnen und Quellen entdeckt. Der Mesnerknabe, ein Luftikus, dessen Amt das Glockenläuten war, wurde auf einmal erstaunlich pünktlich. Hafemans Laden verlängerte seine Kreditfristen. Im Distrikt wurden drei Telefone installiert, obwohl sie vorerst nur allgemeines Misstrauen hervorriefen.

Klara arbeitete vormittags an der hölzernen Äbtissin und nachmittags an der Jacke für Eamon. Abends ging sie mit ihm spazieren, auf staubigen Straßen, durch Obstgärten, über den Friedhof. Oft schwieg er, wie es seiner Natur entsprach, doch jetzt waren sie sich körperlich nahe, weil sie einander an Händen und Schultern berührten oder er den Arm um sie legte, und das Schweigen trennte sie deshalb nicht mehr, sondern schuf eine Verbindung. Manchmal saßen sie einander gegenüber auf einem Baumstamm wie zwei kleine Kinder auf einer Wippe, die Hände flach auf die Rinde gelegt, und sahen einander verzückt an.

Eamon war ein schöner junger Mann. Klara liebte alles an seinem Gesicht, den Saum aus schwarzen Wimpern und den vollendeten Schwung der Brauen, die manche bei einem Mann für eine Verschwendung hielten. Die makellosen Edelsteine seiner grünen Augen, die zarte, blasse, von ein paar Sommersprossen besprenkelte Haut, die kleine weiße Narbe an seiner Schläfe, sein voller, ausdrucksstarker Mund. Einmal beugte sie sich vor, um sanft mit den Fingern seine Lippen zu berühren, als wären sie außergewöhnliche Blumen, die sie entdeckt hatte und deren Beschaffenheit sie prüfen und in Erinnerung behalten wollte. Er nahm ihre Hand und küsste ihre Handfläche, das Handgelenk, eine überraschend reife und zärtliche Geste bei einem so jungen, in der Praxis der Liebe so unerfahrenen Mann.

Manchmal erzählte er von der Heimat seines Vaters; die Engländer hätten seinen Lebensmut gebrochen, sagte er. Und er erzählte, wie seine Eltern sich um die verlassenen Häuser ihrer Kindheit sorgten, weil die Strohdächer inzwischen natürlich verwittert waren. »Wenn kein Strohdach mehr da ist«, sagte Eamon, »zerfallen sogar Steinmauern in Trümmer. Wie traurig diese Ruinen sein müssen, und so viele sind es. Die Leute, die auswandern müssen, öffnen dem Wind einfach die Tür und gehen fort. Bald danach treiben die Stürme den Regen ins Haus.«

Im Juli war es Klara, als hätten sich alle ihre Sinne dem

Licht der endlosen Tage geöffnet. Der Duft von frisch geschnitztem Holz in der Werkstatt und der Geruch nach Stoff in der Schneiderei, der Geschmack von Salz auf neuen Kartoffeln und morgens die Kühle eines feuchten Tuchs an ihrem Hals. In der Kirche nahm sie den Weihrauch wahr, den gelben Schimmer der Kerzen, die geometrischen Formen aus Sonnenlicht, bunt gefärbt durch die Glasfenster, die Makellosigkeit der Altardecken. Das alles erfüllte sie mit Freude. Aufgewühlt von dem Entzücken, das Eamons Berührungen in ihr hervorriefen, reagierte sie jetzt empfindlich auf Erlebnisse und Begegnungen, die ihr früher gleichgültig gewesen wären. Darunter fiel alles Mögliche – ein scharfes Wort ihres Vaters, der Anblick eines neugeborenen Kälbchens, selbst eine am Stängel welkende Blume konnte ihr die Tränen in die Augen treiben.

Unter dem Einfluss ihrer neuen Stimmung wurde das Gesicht der Äbtissin derart weich, dass Klaras Großvater in Sorge geriet.

»Diese Äbtissin«, sagte er, »ist zu jung. Und viel zu fröhlich. Sie sieht aus, als hätte sie den größten Teil ihres kurzen Lebens träumend auf einer Blumenwiese verbracht. Kein Mann würde je einen Rat von ihr annehmen. Kein Papst würde sie auch nur eine Minute anhören!«

Seine Kritik schmerzte bitter, aber nur kurz, nach wenigen Minuten waren Klaras Tränen getrocknet. Den Rest des Tages dachte sie an Eamons Arm um ihre Schulter oder an seine Hände in ihren Haaren.

An manchen Abenden nach der Arbeit zogen Eamon und Klara Schuhe und Strümpfe aus und stiegen in den klaren, rasch fließenden Bach, der die Brauerei versorgte, Eamon mit aufgekrempelten Hosenbeinen und Klara mit gerafftem Rock, den sie vor ihren Schenkeln hertrug wie eine Getreidegarbe. Sie stiegen über umgestürzte Baumstämme hinweg, bogen die in den Bach ragenden Zweige der Espen und Pappeln am Ufer zur Seite und folgten dem Wasserlauf in ein Dickicht aus Zedern und Buschwerk.

Schließlich erreichten sie eine Reihe von Staubecken, jedes ein wenig größer als das vorhergehende. Das letzte Becken, rund und tief genug zum Schwimmen, war von Weiden eingewachsen. Eamon, der von der Arbeit verschwitzt war, riss sich augenblicklich die Kleider vom Leib und stürzte sich unter vielem Gefuchtel und Geplatsche ins Wasser. Klara war schüchterner; sie zog sich auf einem Erdwall hinter einer Weide aus und betrat das tiefe Wasser im Schutz eines grünen Vorhangs aus überhängendem Laub, hinter dem Eamon sie nicht sehen konnte.

»Jetzt komme ich«, drohte Eamon zum Spaß. Dann tauchte er unter und in einer Wasserfontäne wieder auf und behauptete, er habe Klaras Beine gesehen. Sie lag auf dem Rücken und blickte in das weiche Grün hinauf, oder sie stand bis zur Taille im Wasser und ließ die Hände in den Lichtsprenkeln auf der dunklen Oberfläche treiben. Die Schatten der Blätter waren wie blaue Flecken auf ihrer Haut.

Es lag eine Gemeinschaft in diesem getrennten Taufritual, das sie da vornahmen. Sie konnten einander weder sehen noch berühren und waren doch verbunden durch den Tümpel und ihr Gelächter, das Lustgefühl von eisigem Wasser auf warmer Haut, die Schatten, den Wind. Später, als reife Erwachsene, konnte Klara aus Furcht vor der Erinnerung an diese Freude nie mehr schwimmen gehen. Jetzt aber, als sie aus dem Wasser kletterten und sich in ihrer je eigenen Welt ankleideten, war es, als bereiteten sie sich auf eine unvermeidliche, feierliche Zeremonie vor, eine Wiederherstellung ihrer Eintracht. Wie ein junger Hund schüttelte sich Eamon das Wasser aus den Haaren, beugte sich dann zu Klara nieder, die auf der Böschung lag, und strich ihre lange gelbe Mähne auf dem Gras zum Trocknen aus. Sie wussten nicht, wie dieses Ritual entstanden war, doch es wurde bald zum notwendigen Luxus, ein entscheidender Bestandteil ihrer unausgesprochenen Regeln.

An einem solchen Tag, als sie in ihrer grünen Wasserlaube stand, beobachtete eine erschrockene Klara, die Arme über dem Kopf, um sich vor dem Getöse zu schützen, zwischen zwei langen Weidenzweigen hindurch, wie Eamon, der in dem Moment in den Teich gestiegen war, den Kopf zurückwarf und zum Himmel hinaufspähte, das Gesicht der vollen Flut des Sonnenlichts ausgesetzt, aber gleich darauf glitt ein flüchtiger, lärmender Schatten darüber hinweg, der für die Dauer eines Atemzugs die Farbe seiner Haut und die Farbe des Tümpels veränderte. Sie starrte weiter, während er rasch ans Ufer kletterte, sich ohne Befangenheit in seine Hose zwängte und Klara damit den ersten Blick auf seinen merkwürdig grazilen nackten Körper bot. Sie verharrte zitternd hinter dem grünen Schirm, die Arme schützend über den Brüsten gekreuzt, nachdem sie die Stelle registriert hatte, wo vor weißer Haut das schwarze Haarbüschel auftauchte und zwischen den Beinen sein Geschlecht schimmerte. Dann kletterte sie rasch aus dem Wasser und zog sich an, während der katastrophale Lärm zu stottern begann und endlich verstummte. Sie wusste, dass ein großes Unglück geschehen war. Etwas Grimmiges und Unheilvolles war vom Himmel gestürzt.

Bis zu diesem Tag hatten den Himmel nur Vögel, Wolken, der aufgehende Mond, die untergehende Sonne, Sternschnuppen und Eamons Drachen bevölkert, und alle bewegten sich mit Würde und Diskretion und einigermaßen leise. Das Getöse hätte von einem brüllenden Luzifer stammen können, der nach seinem Hinauswurf aus dem Himmel zornig auf die Erde zuschoss, oder von dem schwärzlichen fliegenden Ungeheuer aus der Vorgeschichte, das Klara einmal in einem verbotenen Buch über die Evolution von Mensch und Natur gesehen hatte. Zum ersten Mal in ihrem Leben war etwas anderes als die vertrauten, tröstlichen Geräusche in ihre Nachmittage eingedrungen. Und es war das erste Mal, dass Eamon in ihrer Gegenwart seine Aufmerksamkeit nicht ungeteilt ihr zuwandte. Für einen kurzen Moment wurde ihr vor Augen geführt – obwohl sie es kaum zur Kenntnis nahm –, dass es Störungen von außen gab, die ihn von ihr entfernen, ihn ihr erst geistig und seelisch, dann leibhaftig und dauerhaft entziehen konnten.

Als sie verstohlen aus dem Wald und auf die offene Wiese hinaustrat, sah sie nahe dem Zaun am anderen Ende zwei Männer – von denen der eine Eamon war – neben einem Gebilde, das aus Stangen und Leinwand konstruiert zu sein schien. Der Fremde trug einen eng anliegenden Helm und stand mit den Händen in den Taschen seiner Lederjacke da. Eamon hingegen umrundete den inzwischen verstummten Apparat in aufgeregten Kreisen, die er hin und wieder unterbrach, um irgendein Teil anzufassen, als hielte er es für nicht ganz wirklich.

Klara rief seinen Namen; er sollte diese unwillkommene Maschine vergessen, die sich, wie sie ahnte, bereits merkwürdig zwischen sie beide geschoben hatte. Doch Eamon winkte ihr begeistert und rief, als sie näher kam, mit sich überschlagender Stimme: »Klara ... komm, schau ... ein Flugzeug!«

»Ein Flugzeug«, wiederholte sie leise, einfältig. Natürlich wusste sie von Flugzeugen, die sie sich freilich engelhafter, eleganter vorgestellt hatte. In ihrer Fantasie waren sie weiß und schwebten lautlos dahin, ein vom Wind getragenes Wunder. Beim Näherkommen erschien ihr diese Maschine wie irgendein misslungener Apparat, der aus der Mühle oder der Brauerei stammen konnte. Und er roch nach Wagenschmiere und Schmutz.

Der Pilot drehte sich zu ihr um, als sie näher kam, und erklärte, auf dem Weg von Owen Sound zu einem Jahrmarkt in Goderich sei ihm das Benzin ausgegangen. Klara starrte auf seine Lederstiefel, die rissig und voller Ölflecken waren, merkte, dass sie ihre eigenen Stiefel am Tümpel vergessen hatte, und deckte verlegen einen Fuß mit dem anderen zu.

Eamon fuhr zärtlich mit den Händen über den Propeller. »Meine Güte«, sagte er, »das ist wirklich wunderschön.«

»Sie könnte eine kleine Politur gebrauchen«, sagte der Pilot, während er eine Klappe an der Nase öffnete. »Zurzeit sind so viele Jahrmärkte, dass ich kaum Zeit dafür hatte. Bekomme ich Benzin im Dorf?«

»Bei der Mühle gibt es einen Tank«, sagte Eamon, der die Instrumententafel musterte. »Ich zeig's Ihnen.«

»Gut. Dafür nehme ich dich nachher auf eine Runde mit.« Der Pilot besah sich Klara, ihr Haar, ihre Brüste, ihre bloßen Füße. »Und danach dich«, fügte er hinzu.

»Nein«, sagte Klara fest. »Vielen Dank.«

»Sie nehmen mich mit?«, fragte Eamon ungläubig.

»Klar, wieso nicht?«

»Tu's nicht, Eamon«, sagte Klara. Sie wollte nicht, dass er durch die Wolken schwebte, frei von jeder Verbindung zum Dorf, zur Erde. Sie wollte neben dem Tümpel auf dem Rücken liegen, während er ihre langen Haare in der Sonne zum Trocknen ausbreitete, das vertraute Gras rings um sie beide.

»Das ist ein Wunder«, sagte Eamon. »Was, wenn ich jetzt nicht hier gewesen wäre? Wenn ich anderswo gewesen wäre?«

Der Pilot lachte. »Ohne Benzin werden keine Wunder passieren«, sagte er.

»Es ist doch nur eine Maschine!« Klara bückte sich, um Eamon, der sich anschickte, unter einen Flügel zu kriechen, am Ärmel festzuhalten. Nie hatte er irgendetwas, irgendjemandem außer ihr so viel Aufmerksamkeit gewidmet wie jetzt diesem Flugzeug. »Es ist nur eine Maschine, und soweit ich weiß, ist sie gefährlich. Bitte flieg nicht mit.«

Unterdessen waren mehrere kleine Jungen auf dem Schauplatz erschienen, japsend vor Staunen und von der Anstrengung, denn kaum hatten sie die Maschine am Himmel erblickt, waren sie so schnell sie konnten herbeigerannt. Jetzt standen sie keuchend und schwatzend herum, und einer versuchte, sich ins Cockpit zu hieven.

»Komm sofort herunter«, schrie der Pilot, »und ihr da fasst mir ja nichts an!« Er funkelte wild die Kinder an, dann drehte er sich zu Klara um. »Du bleibst hier«, sagte er. »Lass diese kleinen Scheißkerle nicht in die Nähe der Maschine.«

Klara schwieg erschrocken. Noch nie hatte sie von jemandem ein Wort wie »Scheißkerl« gehört. Sie sah Eamon nach, der die lederne Gestalt über den Zaun und die Straße entlangführte. Sie überlegte, woran sie die Kleidung und der kurze, dicke Körper des Piloten erinnerte, und fand eine verdächtige Ähnlichkeit mit einem der Dämonen, die ihr Großvater für sein *Jüngstes Gericht* geschnitzt hatte.

Die Jungen lachten und krochen unter das Fahrgestell.

»Kommt raus da«, fuhr Klara sie an. »Ihr habt gehört, was der Mann gesagt hat. Einen wie den reizt man besser nicht, das kann ich euch gleich sagen.«

Klara konnte Eamon um keinen Preis daran hindern, in dieses Flugzeug zu steigen, und deshalb ging sie davon, während der Pilot das Benzin in den Tank füllte.

»Willst du nicht mal bleiben und zuschauen?«, rief Eamon ihr nach, und seine Stimme war hoch und angespannt vor Enttäuschung.

Sie gab keine Antwort, sondern ging weiter zum Wald, wo sie ihre Stiefel vergessen hatte. Während sie die Schnürsenkel zuband, hörte sie die Maschine starten. Der Lärm ließ die Blätter an allen Bäumen ringsum erbeben und schien sichtbare Risse in der Atmosphäre zu erzeugen, Verletzungen, die auf verstörende Weise Klaras Sicht beeinträchtigten, so dass sie das Gefühl hatte, sie könnte nie mehr irgendetwas unversehrt sehen. Als das Flugzeug über die Baumwipfel hinwegfegte, kauerte sie sich auf dem Boden zusammen und legte beide Arme über den Kopf. Als sie wieder auf die Wiese hinaustrat, beobachtete sie nicht das Flugzeug, sondern die Kinder, die von der im Kreis fliegenden Maschine wie Eisenspäne von einem Magneten immer wieder rund um die Wiese gezogen wurden.

Endlich landete der Apparat und entließ Eamon. Er war in heller Aufregung. »Das war was!«, sagte er immer wieder. »Das war was!«

Nachdem sich das Monster abermals in die Lüfte erhoben hatte und brummend in der Ferne verschwunden war, drehte sich Eamon zu Klara um und begann fieberhaft zu reden. Aus der Höhe, sagte er, sehe alles so klein aus, dass ganz Shoneval in seiner Handfläche Platz gehabt hätte. »So winzig warst du!«, sagte er. »Ich konnte dich kaum entdecken.« Er habe gesehen, dass auf den meisten Hausdächern Schindeln fehlten. Die Schafe seien weiße Punkte, die Kühe schwarzweiß gefleckte Punkte, und das Getreidefeld des alten Hammacher habe krumme Furchen. »Als du gewinkt hast, habe ich zurückgewinkt«, sagte er und legte unbekümmert einen Arm um ihre Schulter. »Aber das konntest du wahrscheinlich nicht sehen.«

Klara hatte nicht gewinkt. Das sagte sie Eamon nicht, aber sie hatte nicht gewinkt. Er hatte sie mit jemandem verwechselt. Sie war austauschbar geworden. Er konnte sie nicht sehen. Dieses Abenteuer schloss sie aus.

Auf dem Weg zurück zur Farm sagte sie kein Wort, entfernte seinen Arm um ihre Taille, ging allein dahin und dachte zum ersten Mal an die getrennten Wege, die hinter ihnen lagen und die Unterschiede zwischen ihnen bestimmten: verschiedene Landschaften und die unterschiedlichen Verhaltensweisen und Gewohnheiten, das jeweilige Familienleben. Sie dachte, es könnte Jahre dauern oder vielleicht überhaupt unmöglich sein, das komplizierte Gefüge ihrer getrennten Vergangenheiten ganz zu begreifen oder zu entflechten. Trotz der Kürze ihres bisherigen Lebens, der Ähnlichkeit der Wege, die sie Tag für Tag gingen, der Wetterveränderungen, die sie gemeinsam erlebten, gingen ihm Gedanken durch den Kopf, die sie nicht einmal ahnen, geschweige denn deuten konnte. Und nun dieser verlockende Flugapparat, dem er rückhaltlos entgegenlief und den sie uneingeschränkt ablehnte. Wenn sie jetzt seine Hand berührte und etwas sagte, dachte sie, wäre Eamon vielleicht gar nicht imstande, sie zu hören, weil der wütende Lärm der fliegenden Maschine in seiner Erinnerung die Wärme ihrer Finger kühlte und jedes Wort, das sie hätte sagen können, übertönte.

Anfang August und nach zahlreichen Anproben hatte Klara das Jackett fertig. Zahlreiche Diskussionen waren darüber geführt worden, ob der Bortenbesatz schwarz oder scharlachrot sein sollte, bis Eamon sie endlich überzeugt hatte, dass er eine *komplett* scharlachrote Jacke wollte. Als er kam, um das fertige Werk zu holen, stürmte er in einen vom Abendrot glühenden Raum und küsste Klara erst auf den Hals, dann auf die weiche Haut in ihrer Armbeuge. Sie hielt ihm die Jacke hin, und er schlüpfte hinein, dann knöpfte er sie feierlich zu. Die untergehende Sonne schien durch das Fenster und färbte sein schwarzes Haar rötlich – selbst seine Wimpern reflektierten das Licht. Klara hatte noch nie einen Menschen gesehen, der so schön war.

Er grinste sie an und breitete die Arme aus, doch sie schüttelte den Kopf. »Ich will dich nur anschauen«, sagte sie.

Er ging durch den Raum hin und her, den Blick unverwandt auf sie geheftet.

Eitelkeit, dachte sie, diesmal aber voller Bewunderung. Während der vergangenen vier Wochen hatte sie Johannes dem Täufer, dem Schutzheiligen der Schneider, täglich eine Kerze angezündet, denn die Jacke sollte makellos werden.

»Sie ist perfekt«, sagte Eamon lachend, und die Sonne beleuchtete sein Gesicht.

Klara war es, als sei der ganze Raum mit kupferrotem Licht erfüllt und sie bade darin, als beginne ihr Blut mit jedem Atemzug zu leuchten. Der strahlende Glanz schnürte ihr fast die Luft ab.

»Eamon«, sagte sie, prüfte seinen Namen, die Form seines Namens in ihrem Mund.

Er gab keine Antwort, sondern kam durch den Raum auf sie zu, zog die Jacke aus, faltete sie sorgfältig zusammen und legte sie auf die Sitzfläche eines Stuhls. Dann sah er sie scheu an, als hätte er ihr etwas sehr Bedeutendes zu sagen, brächte es aber nicht heraus. Er ging noch einen Schritt auf Klara zu, die in seiner Nähe erstarrte, und zum ersten Mal glitt seine warme Hand seitlich an ihrem Hals zögernd abwärts, über ihr Schlüsselbein, unter den Baumwollstoff. Sie konnte sehen, wie sein Gesicht errötete und an seiner Schläfe eine Ader pochte.

Als seine Finger über ihre Brustwarze strichen, schnappte sie nach Luft vor Schreck über die neuen Nervenverbindungen, die wie gezupfte Saiten in ihrem Bauch, an der Innenseite der Schenkel zu schwingen begannen. »Nein«, flüsterte sie, »ich kann nicht ...«

Doch sein Mund brachte jeglichen Einwand zum Schweigen, und sie merkte, dass er die Knöpfe vorn an ihrem Kleid, die Haken ihres Mieders öffnete. Dann hielten sie einander fest, taumelten eng umschlungen gegen den Stuhl, der kippte, so dass die prachtvolle Jacke auf dem Boden lag, wie ein umgestoßener Torso neben ihnen auf den Dielenbrettern, auf die sie selbst niedergestürzt waren. Klara schrie ein Mal auf und versank gleich darauf in einem unbekannten Schmerz der Zärtlichkeit. Daran erinnerte sie sich ihr Leben lang, an dieses Tun, das sündig genannt wurde, das Gefühl, keinen einzigen Knochen mehr im Leib zu haben, sondern irgendeine neuartige Weinranke, die in ihren Adern erblühte. Und dann, als es vorbei war, dachte sie an den Nachmittag, an dem sie Schlittschuh gelaufen waren, und an ihren Sturz aufs Eis.

Sie zogen sich wortlos an, jeder mit sich allein im Nachklang des Erlebten, und vermieden den Blick des anderen. Eamon hob die neue Jacke auf und glättete sie. Dann streckte er die Arme nach ihr aus und ergriff ihre Hände.

»Ist alles gut, Klara?«

»Ja«, sagte sie, dann noch einmal, fester: »Ja.«

»Wir werden heiraten«, sagte er. »Wir heiraten.«

»Mein Vater ...«

»Er wird bei uns leben ... wir werden hier leben.«

Klara blieb stumm.

»Er wird alles wollen, was dich glücklich macht«, sagte Eamon. »Was immer dich glücklich macht.«

Klara dachte an die geschwungene Linie von Eamons Schultern, die zarte weiße Haut dort, an das ungewohnte schwarze Haarbüschel, das sie beim Baden gesehen hatte, bevor er auf das Flugzeug zugelaufen war, und das jetzt, als sie beisammen gelegen hatten, nur ein flüchtiger Eindruck gewesen war, denn sie hatte gleich wieder die Augen geschlossen.

»Willst du mich denn heiraten?«, fragte er.

»Ja«, sagte sie. »Ja, natürlich.« Überrascht erkannte sie jetzt, dass sie nie, nicht ein einziges Mal, an Ehe und an die Zukunft gedacht hatte, so als könnte sie für immer in diesem strahlenden, jugendstrotzenden Sommer ausharren. Ob sie die Sünde beichten sollte? Und wie hielt es Eamon damit? Sie wollte nicht im dunklen Beichtstuhl knien und flüsternd darüber reden, wollte auch nicht, dass Eamon beichtete.

»Wir lieben uns«, sagte er. Zum ersten Mal sprach er von Liebe. Eine Aussage? Eine Ausrede?

»Ja«, sagte Klara und rückte ein wenig von ihm ab, dann stellte sie den Stuhl wieder auf, und das Scharren der Holzbeine auf dem Boden klang aufdringlich laut. Beunruhigt spürte sie eine ungewohnte Flüssigkeit ihren Schenkel entlangrinnen, und beunruhigend war auch, dass der Stuhl und alle anderen vertrauten Gegenstände im Raum verwandelt schienen, beliebig und fehl am Platz, obwohl die materielle Welt nicht anders war als zuvor. Dann hörte sie die Stiefel ihres Vaters im Holzschuppen. Und seine langsamen, gleichmäßigen Schritte durch die Räume im unteren Stock. Er war von einem Nachbarhof zurückgekommen, wo er Eier geholt hatte, und rief nach ihr, als er durch die Stube ging.

»Ich bin oben«, rief sie zurück, und erst in diesem Moment fiel ihr ein, dass er früher hätte zurückkommen können und dass sie dann von seiner Ankunft nichts bemerkt hätten. »Eamon ist hier, um seine Jacke zu holen.«

Eamon und Klara wechselten einen Blick, peinlich berührt von der jähen Erkenntnis, wie leicht sie hätten entdeckt werden können. Auf einmal konnte sich Klara das Geschehene vorstellen, als hätte sie es nicht als Beteiligte erlebt, sondern als Augenzeugin, als hätte sie daneben gestanden und die sinnlose Unbeholfenheit ihres Liebesakts beobachtet. Und sie hatte das Gefühl, dass Eamon sie in eine hitzige Erwachsenenwelt eingeführt hatte, in der Männer und Frauen einander umklammerten, miteinander rangen, zu Boden stürzten. Dann war der Augenblick wieder vorüber, sie umarmten einander, und Eamon schmiegte sein Gesicht an die Wärme ihres Halses.

Doch die Außenwelt ließ sich nicht ausschließen. »Komm runter«, rief Dieter Becker. »Komm runter und bring den Stummen Iren mit. Es gibt Neuigkeiten. Es ist Krieg.«

Im Juni 1869, als die zweite Fronleichnamsprozession über die Strecke von einer Meile rund um das Gelände der Kirche beendet war, stand Pfarrer Archangelus Gstir von der langen improvisierten Tafel auf, an der die Kuchen verspeist wurden, die seine weiblichen Gemeindemitglieder gebacken hatten, und ließ den Blick über die gerodete Lichtung schweifen. Er hob eine Hand, um die Versammlung zum Schweigen zu bringen, die festliche Menge rings um ihn wie auch den Rest seiner Herde, der am Tisch keinen Platz gefunden hatte und deshalb auf den flachen runden Stümpfen saß, die nach dem Bau der Holzkirche von den gefällten Baumstämmen stehen geblieben waren. Als er sicher war, dass ihm die gesamte Gemeinde ihre Aufmerksamkeit schenkte, bückte er sich und hob mit einiger Anstrengung eine Holzkiste vom Boden auf. Er kehrte den Leuten den Rücken, stellte seine Last auf dem Stuhl ab, auf dem er gesessen hatte, und begann, sich hin und her drehend, einen nach dem anderen zwanzig eiserne Schienennägel für Bahnschwellen auf den Tisch zu stellen, die ihm ein Kesselflicker, der von einem Weiler zum nächsten durch die Gegend zog, am Vortag mitgebracht hatte.

»Das«, verkündete Pfarrer Gstir, »ist der Anfang unserer großen Steinkirche.«

Nun erhoben sich auch die Mühlenarbeiter und Bauern

und schritten rund um die kleine Holzkirche den größeren Umkreis des geplanten steinernen Fundaments ab. Pfarrer Gstir ging mit ihnen und blieb alle paar Meter stehen, um mit dem Hammer einen Schienennagel in den Boden zu treiben. Als er damit fertig war, kehrte er zu seiner Kiste zurück und nahm ein zum Strang gewickeltes langes rotes Band heraus, dessen eines Ende er an den Pflock nahe der Stelle band, wo sich eines Tages das Kirchenportal der Gemeinde öffnen würde. Dann ging er die Absteckung entlang, während er das Band durch die Finger gleiten ließ, so dass er aussah, als bereitete er ein Maienfest vor, und knotete es um die Köpfe aller zwanzig Schienennägel.

In diesem Frühjahr waren unter den Pflugscharen der Bauern so viele Feldsteine zum Vorschein gekommen, dass man mit dem Bau des Fundaments beginnen konnte. Der Bischof wurde eingeladen, der Grundstein gelegt und gesegnet, und die Ochsen, Pferde sowie eine Gruppe von dreißig Freiwilligen begannen mit der Arbeit. Im September sah das inzwischen entstandene Rechteck mit einer Wandtiefe von knapp zwei Metern wie eine ungewöhnlich dicke Gartenmauer rund um die hölzerne Kirche aus. Am Fuß der Mauer blühten Goldrute und wilde Mohrrüben, und gelegentlich rannte ein Eichhörnchen den Grat entlang. Im darauf folgenden Frühjahr wuchs die steinerne Mauer so hoch, dass nur noch die mutigsten Kinder in Versuchung gerieten, darauf herumzuklettern.

Eine endlose Bauzeit zeichnete sich ab. Obwohl die umliegenden Betriebe viel Baumaterial spendeten, die neu eröffneten Kalksteinbrüche Steine lieferten, die Brennöfen Säcke voll Kalk und die Kiesgruben den nötigen Sand, obwohl aus den Wäldern der Umgebung viele tausend Fuß Schnittholz kamen, fehlte es an Geld für die Strebepfeiler aus Sandstein und die Hunderte laufender Meter Tür- und Fensterstürze. Irgendwann während des langen elenden Winters, der Jahr für Jahr zwangsläufig auf den arbeitsamen Sommer und Herbst folgte, wenn der Schnee die Kalksteinmauern vollständig unter sich zu begraben drohte, irgendwann im Winter war es so weit, dass Pfarrer Gstir beinahe die Hoffnung verlor. Doch jedes Jahr, an einem klaren Tag im Februar oder März, kam ein Bote die verschneite Straße vom Dorf herauf, in der Hand einen braunen Umschlag, versiegelt mit weinrotem Wachs, und der Fonds für den Kirchenbau war wieder um zwei- oder dreitausend Taler aufgestockt.

Eine der größten Spenden traf während des bitterkalten Winters 1880 ein. Pfarrer Gstir schrieb daraufhin einen überschwänglichen Dankesbrief an den Ludwigs-Missionsverein und seinen königlichen Wohltäter, in dem er schilderte, wie der Schnee gegen Steinwände und durch die leeren Spitzbogenfenster hereinwehte. *Wie Engel,* schrieb er, *diese wehenden weißen Wolken sehen wie Engel aus, die unsere Kirche besuchen.* Ende des kommenden Sommers, sagte er voraus, werden wir ein Dach haben, da jetzt das Geld für Schieferplatten da ist. Er bat um Verzeihung wegen der nicht gesandten Eisbären: Wegen der ständig wachsenden Dorfbevölkerung seien sie in den Norden zurückgewichen.

In jenem Jahr Anfang August versammelten sich Dutzende gesunder junger Männer – Männer, die in Europa gute Soldaten abgegeben hätten – auf der Baustelle und kletterten eine Unmenge Leitern hinauf. Sie arbeiteten nur abends, nach einem ganzen Tag auf den Feldern und im Stall, doch innerhalb eines Monats hatten sie den Dachstuhl der Kirche mit Schindeln gedeckt. Jeden Abend, wenn die Nacht hereinbrach, kamen sie wieder herab, gingen den Hügel hinunter zum Schmiedbach und warfen ihre Kleider ab, um zu baden. Und alle Dorfbewohner konnten durch die sommerlich weit geöffneten Fenster ihr Gelächter hören.

Dieselbe Gruppe junger Männer versammelte sich Ende September, zum Herbstanfang, abermals auf dem Bauplatz. Im Schutz des hoch aufstrebenden, schiefergedeckten Dachgestühls, in dem Licht, das durch die neu eingesetzten Glasfenster schien, begannen sie vorsichtig die kleine hölzerne Kirche zu zerlegen, die bis zu diesem Moment der Gemeinde als Gotteshaus gedient hatte. Dann trugen sie das zerlegte Gebäude Stamm für Stamm durch das Portal der neuen Steinkirche; zurück blieben der Plankenboden, die Kirchenbänke aus Fichtenholz und der von Joseph Becker geschnitzte Altar mit einem hellgrünen Streifen Gras rings herum. Die Arbeit nahm einen ganzen Tag in Anspruch; als der Herbstvollmond am Himmel stand, war sie beendet.

Dieses letzte schwere Werk, das der Bau seiner Kirche erforderte, ging Pfarrer Gstir, der das Projekt leitete, besonders zu Herzen, und er war gerührt von den feierlichen Mienen, mit denen die Männer die Vergangenheit durch die Türen der Zukunft trugen und die Stämme ordentlich in der nordöstlichen Ecke des Bauplatzes aufschichteten, wo sie niemandem die Sicht auf die Gegenwart verstellten. Es war ihm, als sähe er, wie diese jungen Männer die Zeit selbst in den Armen trugen, als wäre der im Mondlicht wachsende Stapel der Baumstämme ein Denkmal, das die zurückweichende Vergangenheit ehrte und zugleich betrauerte.

Kein Mann aus Shoneval wollte freiwillig Soldat werden. Den Kriegsunwillen schob später eine ebenso grob vereinfachende wie wirkungsvolle Propaganda, die darauf abzielte, unter den Bewohnern Kanadas das Bewusstsein für rassische und ethnische Unterschiede zu schärfen, auf die deutsche Herkunft der Dorfbewohner. In Wahrheit rührte diese Abneigung daher, dass jeder kriegstaugliche Mann an jedem Sonntagnachmittag seiner Kindheit seine Großeltern die Vorzüge ihres Daseins hatte aufzählen hören – unter denen an erster Stelle die Freiheit von bewaffneten Auseinandersetzungen aller Art stand. Aus genau diesem Grund hatte ein Großteil der älteren Bevölkerung als junge Leute das kriegsgeplagte Bayern verlassen. Ein noch größerer Teil war wegen der ständigen, tödlichen Konflikte um das Elsass ausgewandert. Sie alle hatten nicht die Heimat ihrer Ahnen hinter sich gelassen, die elende Überfahrt auf einem stampfenden Schiff ertragen, gegen Armeen von Bäumen und Insekten gekämpft, zugesehen, wie ihre Frauen und Kinder erbärmlich und viel zu früh starben, um jetzt erleben zu müssen, wie ihre Enkel auf die Schlachtfelder zurückkehrten, vor denen sie selbst einst geflohen waren. In Shoneval wurde die Nachricht vom Kriegsausbruch einen Tag lang öffentlich diskutiert, und da es ein Sonntag war, hielt Pfarrer Gallagher eine scharfe Predigt über das erste Gebot, »Du sollst nicht töten«. Danach gingen alle wie jeden Sonntag nach der Messe den Hügel hinunter ins Wirtshaus »Zum Erzengel« und zum traditionellen Frühschoppen.

Doch ein junger Mann mit einer für die Jahreszeit viel zu warmen roten Jacke hatte erst einen Monat zuvor auf einer abgelegenen Wiese ein Erlebnis gehabt, das ihn sehr für den Krieg einnahm und in der Tat sein weiteres Schicksal bestimmte. Keine Muttergotteserscheinung, kein Engelschor, keine Vision des Prager Jesulein hätte ihn tiefer beeindrucken können als die vibrierende, lärmende Maschine, die so unsanft in seinem Leben gelandet war.

Ein paar Wochen, nachdem man in Shoneval vom Kriegsausbruch erfahren hatte, sagte Eamon zu Klara, er sehe sich gezwungen, sich zum Wehrdienst zu melden, »und wer weiß«, fügte er hinzu, »wenn ich einrücke, lassen sich mich vielleicht fliegen ... Flugzeuge werden in Zukunft in jedem Krieg entscheidend sein. Wenn ich nach dem Krieg wiederkomme, kann ich dann mein eigenes in der Scheune unterstellen.«

Klaras Reaktion war eine jähe, kalte Furcht. Wie konnte er jetzt von ihr fortgehen, ein ganzes Meer zwischen sie beide bringen, sein Leben und ihre Liebe riskieren, und das alles um eines fliegenden Spielzeugs willen? Seit ihrer ersten Zusammenkunft im Sonnenzimmer hatte Eamon sie jede Nacht besucht, war über die Kastanie neben dem Haus zu ihrem Fenster hinaufgeklettert und von dort in ihr Bett, ihre Arme geschlüpft. Sein Leib war ihr Leib geworden; sie wusste kaum noch, wo sein Körper endete und der ihre begann. Sie kannte die gesamte Geographie seiner Knochen und Gliedmaßen, die gespannten Seile der Sehnen an den Knöcheln und in den Kniekehlen, das Geflecht der Adern, das sich von der Leiste über den Schenkel zog, seine festen, glatten Oberarme und die scharfen Kanten der Beckenknochen und Schienbeine. Sie verstand es, sich in die Mulden seines Körpers dicht neben ihr zu schmiegen und ihre Beine mit den seinen zu verflechten, wenn sie Haut an Haut lagen. Was veranlasste ihn, ihr diese Wärme, diese Wonne, diesen Trost zu entziehen? In den heißen Sommernächten schuf der Schweiß ihrer Körper oft eine so feste Verbindung zwischen ihnen, dass Eamon, wenn er aufstand und ging, erst einmal das Siegel aufbrechen musste, das ihre feuchten Leiber zusammenhielt. War es möglich, dass er, der sie doch in diese Verzückung der Intimität gelockt hatte, jetzt bereit war, das alles zu zerschlagen?

Zu Hause in seiner Küche verkündete Eamons irischer Vater, sein Sohn werde nicht fortgehen und für England kämpfen; und wenn er sich dem Verbot widersetze, sei er nicht länger sein Sohn.

Als Eamon an einem glutheißen Augusttag Klara davon erzählte – voller Empörung, im Brustton der Ungerechtigkeit, um ihr Mitgefühl heischend –, stürmte sie quer durch die Küche und schlug ihm ins Gesicht, so heftig, dass es ihm die Tränen in die Augen trieb. »Du bist ein Narr, Eamon O'Sullivan«, fauchte sie. »Ein Narr und ein Kleinkind. Ich will nichts mehr mit dir zu schaffen haben.«

Sie hatte sich ihm geöffnet, hatte ihm zu viel von sich gegeben. Die Entscheidungen, die er traf, verletzten sie zutiefst. Sie sah, wie auf seinem erschrockenen Gesicht der Abdruck ihrer Hand erschien und seine Miene sich vor Wut verzerrte. Als das Fliegengitter hinter ihm zugefallen war, ging Klara in ihre Werkstatt hinüber, verriegelte die Tür und arbeitete den Rest des Tages an ihrer Äbtissin; sie schärfte ihr Werkzeug, und unter ihren Schlägen wurden die Züge des Gesichts und der Faltenwurf des Gewandes kantig und entschlossen. Sie ignorierte das Klopfen ihres Vaters an der Tür und seine Bitten um ein Abendessen, sie ignorierte die inständigen Appelle ihres Großvaters, der eigens gekommen war. Als sie endlich ins Mondlicht und in die warme Nacht hinaustrat, schienen selbst die Bäume und Gebäude unter dem zornigen Schmerz ihres Blicks zu schrumpfen. Sie ging die Treppe hinauf zu ihrem Zimmer und spürte die Temperatur steigen. Es waren die Hundstage im August, und im oberen Stock des Hauses hielt sich die Hitze des Tages und drängte hartnäckig jede Linderung zurück, die mit der abendlichen Brise durch ein offenes Fenster hereinkommen wollte. Klara zog sich aus und ließ sich bäuchlings aufs Bett fallen, und voller Jammer dachte sie an Eamons schlafendes Gesicht in der Mulde derselben Hand, die ihn jetzt geschlagen hatte.

Doch als sie eine Stunde später vom Geräusch eines vorsichtig aufgeschobenen Fensters erwachte, war das Gefühl, verraten worden zu sein, augenblicklich wieder da, und sie zog rasch das Laken über sich und befahl ihm zu gehen.

»Um Gottes willen, Klara.« In seinem wie immer offenen Gesicht stand jetzt die Angst. Er streckte die Arme nach ihr aus.

»Nicht«, flüsterte sie, zog die Knie an und verbarg ihr Gesicht im Laken, das ihre Arme und Schultern bedeckte.

So viel Entzücken hatten ihr seine nächtlichen Besuche in den vergangenen Wochen bereitet, der Hauch von Gefahr, die dahinschmelzende Lust, die sie nie mit Verworfenheit und Sünde in Verbindung zu bringen vermochte. Nach seiner Abreise, stellte sie sich jetzt vor, würde Scham die entstandene Leere ausfüllen.

»Wir werden heiraten«, sagte er, »bevor ich gehe.« Und dachte, damit sei es getan.

Verblüfft sah sie zu ihm hinauf. Nach dieser Auflehnung, der Gewissheit seiner selbst gewählten Abwesenheit, schien eine Heirat ihr völlig unmöglich. Wieso wusste er das nicht selbst? Das Licht der Lampe lockte die Nachtfalter an. »Mach das Fenster zu, Eamon«, sagte sie.

Er deutete ihre Bemerkung als Aufforderung zu bleiben. Lautlos schob er das Fenster zu, um ihren Vater nicht zu wecken und zu beunruhigen. Dann kam er zu ihr und setzte sich auf das Bett.

Ein Nachtfalter hatte sich auf ihrer Wange niedergelassen, doch da sie vor Eamon nicht ihre nackten Arme entblößen wollte, blieb sie fest in das Laken gewickelt, wie in einen Schal, wie in ein Leichentuch. Er beugte sich vor und fing den Falter vorsichtig in der hohlen Hand, dann öffnete er leise die Tür und ließ ihn in den Flur hinaus. Als er zum Bett zurückkam, hatte sie das Gesicht abgewandt.

Niemals hätte sie ihrer Leidenschaft trauen dürfen, diesem Tier, das am Rand ihres Willens sein Unwesen trieb. Ihre Vorsicht ganz zu Anfang, ihr Argwohn vor dem Geräusch seines ersten, noch fremden Schritts waren berechtigt gewesen. Jetzt war sie überzeugt, sie habe vom ersten Moment an gewusst, dass dieses Tier sie früher oder später verraten würde – auch dann, als es ihr noch wie ein federleichtes, beinahe durchscheinendes Wesen erschienen war, empfänglich für jede Strömung, für die geringste Schwingung in ihrer Verbindung mit Eamon. Dieses feine Wesen hatte sich mit der Zeit in ein mächtiges Scheusal verwandelt, ein düsteres, erbarmungsloses, furchtbeladenes Vieh. Diese grausame Trennung, dieses Abenteuer, das er sich ausgesucht hatte, von dem er sie ausschloss. Das Wissen darum verursachte ihr einen derartigen Schmerz, dass sie ihn beinahe hasste. Sie griff nach der Schachtel, die auf dem Nachttisch neben ihr stand, öffnete sie und nahm die Bernsteinkette heraus, die sie darin verwahrte, und sie zerrte so lange daran, bis der Faden riss und die Perlen über das Bett stoben und über den Boden rollten.

Eamon hatte ihr die Kette geschenkt. »Ich will sie nicht mehr«, sagte sie leise.

Der gekränkte, verletzte Ausdruck, der in sein Gesicht trat, grub sich in ihr Gedächtnis ein und verließ sie viele Jahre nicht mehr. Die Kette aus strahlenden Perlen, hatte er gesagt, solle sie an die zwanzig strahlendsten Tage erinnern, die sie miteinander verbracht hätten, und ihr weitere zwanzig solche Tage verheißen, und noch einmal zwanzig, bis in alle Ewigkeit, unendlich. Noch im hohen Alter konnte sie sich den Klang des Wortes »unendlich« in Erinnerung rufen, seine Melodie wieder hören, gefärbt von dem leichten irischen Akzent aus seinem Mund – ein Wort, das in ihren Ohren stets klang wie ein zärtliches Flüstern, ob gerufen, gesungen oder gesprochen. Mit dem Zerreißen der Kette hatte sie alle strahlenden Tage von sich geworfen.

Jetzt aber, als Klara sich bewegte und eine letzte Bernsteinperle klappernd zu Boden fiel, stand Eamon vor ihr, das Gesicht gerötet, die Schultern nach vorn gekrümmt, wie geduckt nach einem körperlichen Angriff. Dann richtete er sich auf, und einen Augenblick lang stand er mächtig im Raum, hoch über ihr. »Ich kann nur hoffen«, sagte er, während er sich abwandte und aufs Fenster zuging, »dass du mich mehr lieben wirst, wenn ich zurückkomme.«

Als Eamon fort war, ging Klara durch das stille Haus und zündete in der Düsternis der Mitternacht sämtliche Lampen an. Und dann löschte sie die Lampen wieder, eine nach der anderen, konzentrierte sich auf den Mechanismus, der die Leuchtkraft regulierte, das Licht verstärkte oder verringerte, die Flamme zum Lodern brachte oder klein werden ließ, wenn sie den Docht herunterschraubte, den Dämpfer über den Brenner schob oder den Ölzufluss unterbrach, so dass die Flamme nach und nach einfach erstarb. Von ihm verlassen, fühlte sie sich vollkommen wehrlos, für immer angebunden innerhalb der Mauern eines Hauses. Während er einfach nur fortzugehen brauchte. Wozu sie selbst niemals in der Lage wäre.

Nicht lange nach der Kirchweihe wurden mit dem neuen Gotteshaus die ersten Wunder in Verbindung gebracht: zuerst, kurz nach Vollendung des Baus, die Gründung des Klosters der Unbefleckten Empfängnis in Shoneval. Es folgte das Wunder der Gläubigenvermehrung, als von weither die Menschen kamen, um die Kirche zu bestaunen und die heiligen Sakramente zu empfangen. Ein weiteres Wunder war, dass Joseph Becker trotz der Unmenge von Arbeit, die mit der Bewirtschaftung seines neu erworbenen Hofes, seiner Verheiratung und Gründung einer Familie verbunden war, nicht aufhörte zu schnitzen. Und zuletzt, im Jahr 1885, geschah das Wunder, auf das Pfarrer Gstir gewartet hatte.

Seit vier Jahren hatte die große Kirche in Kanada auf ihrem Hügel gestanden, umzäunt von einem Gürtel eigens gepflanzter Fichten, mit ihrem prächtigen Glockenturm, erkennbar schon aus fünf Meilen Entfernung, und dem dunkelblauen Schieferdach, dem das hellere Graublau der steinernen Wände nacheiferte. Bei Sonnenuntergang warf sie ihren mächtigen Schatten den Hügel hinab auf das Wirtshaus »Zum Erzengel« unten im Tal. Bei Sonnenaufgang verdunkelte sie die leuchtend weißen Unterstände, die Joseph Becker für die Feldaltäre gebaut hatte, um sie zu schützen, solange sie nicht bei der Fronleichnamsprozession oder anderen, spontaneren Umzügen benötigt wurden. Die vielfarbigen

Augen der Rosette über dem Portal blickten auf eine wachsende Zahl bestellter Felder hinaus – und mit der Zeit wuchs auch der Friedhof hinter dem Kirchenschiff.

An einem klaren Wochentag im Oktober 1885 saß Pfarrer Archangelus Gstir auf den Stufen vor seiner Kirche und bewunderte die überwältigende Pracht der herbstlich bunten Ahornbäume, die sich über die Hügel rings um das Dorf breitete und die Atmosphäre zum Leuchten brachte. Als er den näher kommenden Wagen bemerkte, fiel ihm auf, dass er eine riesige Kiste transportierte, die ein Melkhaus, einen von Joseph Beckers Altären, eine kleine Kapelle oder sogar einen zweiten Wagen hätte beherbergen können. Zum ersten Mal seit der Kirchweihe vor einigen Jahren verspürte der gute Pfarrer das Prickeln freudiger Erwartung. Vielleicht steuerte der Wagen das gerodete Gelände im Norden an, wo neues Ackerland angelegt wurde, vielleicht brachte er den Beckers einen Küchenherd – und vielleicht war sein Ziel die Kirche. Letzteres war der Fall, wie der Pfarrer bald erkannte, und als der Wagen in die Zufahrt einbog, stand er oben auf der Kirchentreppe, um ihn zu empfangen.

Vier Männer begleiteten die Fuhre, zwei auf dem Kutschbock und zwei weitere, die sich an das helle Holz der Kiste lehnten. Sie standen auf, als der Wagen hielt, und zogen mehrere lange Bretter, die neben der Kiste steckten, hervor: Daraus bildeten sie eine Rampe, auf der sie die schwere Fracht zu Boden gleiten ließen. Tief sank sie in den gepflegten Kiesweg vor der Kirchentreppe ein, den Pfarrer Gstir erst wenige Wochen zuvor angelegt hatte.

»Was ist das?«, fragte er. »Ist es für mich?«

»Ein schweres Trumm ist es, Sakrament«, stieß ein rotgesichtiger Mann hervor. Dann erinnerte er sich, wen er vor sich hatte, und fügte hinzu: »Verzeihung, Hochwürden.«

Als die Kiste mit Brechstangen aufgestemmt und eine erstaunliche Menge Stroh in den Wind geworfen worden war, kam die Glocke zum Vorschein, eine wunderschöne Glocke, deren bronzener Leib matt schimmerte, wie das gegerbte und aufgespannte Fell eines großen Tiers. Sie war so hoch wie die Männer, die sie ausgepackt hatten und jetzt mit den Händen über ihre Oberfläche strichen und Laute der Überraschung ausstießen. »Da steht was«, rief einer von ihnen dem Priester zu.

»Was?«, fragte Pfarrer Gstir, der sehr still auf der oberen Stufe der Treppe stand.

Es trat eine Pause ein, als sich erwies, dass nur einer der Männer lesen konnte. Der gebildete Arbeiter ließ sich auf alle viere nieder und kroch rund um die Glocke, während er langsam und mit einiger Mühe Silbe für Silbe die Inschrift vorlas: *Dulcis instar mellis campana vocor Gabrielis.* Der Mann blickte zu dem Priester hinauf. »Ist das Lateinisch?«, fragte er. »Was heißt es?«

Der Pfarrer bebte am ganzen Leib. »Es heißt ...«, fing er an, doch seine Stimme ließ ihn im Stich. Er fuhr sich über die Stirn. »Es heißt«, begann er noch einmal, »süß wie Honig bin ich und werde Glocke Gabriels genannt.« Dann setzte sich Pfarrer Gstir zur Verblüffung der Männer auf die Treppe vor seiner Kirche, legte die Hände vors Gesicht und fing an zu weinen.

Da stand sie vor ihm, die Glocke, die er stets für seinen größten Wunsch gehalten hatte, und nun ertrug er es kaum, sie anzusehen, konnte kaum über sie sprechen. Da stand sie vor ihm in der Morgensonne, so geheimnisvoll und schön, wie er sie im Geist immer gesehen hatte, ganz sie selbst, und wartete anscheinend nur noch auf die Erhöhung, die zu erfolgen hatte, ehe ihre honigsüße Stimme erklingen konnte.

Der Pfarrer aber konnte diesen Schatz nicht ansehen, sondern verbarg sein Gesicht in den Händen – vielleicht wollte er den Augenblick dieser wundersamen Ankunft nicht vorübergehen lassen, wollte nicht mit ihr in Verbindung treten. Pfarrer Gstir saß auf der Treppe vor seiner Kirche und war stumm vor Erschütterung über die Erfüllung seines uralten Wunsches.

Doch nach der Galgenfrist des abgewandten Blicks folgte die Kapitulation vor der Tyrannei der Wirklichkeit. Als der Pfarrer sich wieder gefasst hatte und den Kopf hob, richtete er den Blick nicht auf die Glocke und nicht auf die Männer, die in verlegenem Schweigen am Fuß der Treppe warteten. Sondern er stand auf, kehrte der Glocke den Rücken und sah zum Kirchturm hinauf, durch dessen leere Fenster eine herbstliche Windbö eine Schar bunter Blätter trieb. Mit einem Schlag kehrte die Welt zurück, und er begriff, dass durchaus prosaische Einzelheiten zu bedenken, Absprachen darüber zu treffen waren, was mit seinem Herzenswunsch weiterhin zu geschehen habe. Man musste den Bischof einladen, damit er die Glocke weihte. Ein Gerüst mit einer Winde bauen, um sie an ihren rechtmäßigen Platz im Turm zu hieven. Und die Glocke musste gepflegt und geläutet, in freudiges Schwingen versetzt oder feierlich angeschlagen werden. Allein die Tatsache ihrer Anwesenheit, ihrer unabweislichen Existenz belastete den älter gewordenen, aber noch lange nicht alten Mann. Die ungeheure Verantwortung, die damit verbunden war. Er musste der Glocke großartige Proklamationen, Vorhersagen, Lobpreisungen, Trauerbekundungen entlocken – schließlich war Gabriel der Engel der Verkündigung, der Überbringer wundersamer Kunde. Über alle Unwägbarkeiten des Wetters während der kommenden Tage, Wochen, Jahre hinweg musste die honigsüße Stimme zu hören sein.

An diesem Abend, als er in seinem behaglichen Pfarrhaus, das erst im Jahr zuvor erbaut worden war, vor dem Feuer saß, spürte Pfarrer Gstir, wie er tief in seinen Sessel einsank, als hätte sich ihm das Gewicht der großen Glocke auf Schultern und Schenkel gelegt. Auf einem kaum noch erkennbaren Pfad versuchte er sich ins Europa seiner Jugend zurückzuversetzen und sich zu erinnern, was alles nötig war, um eine Glocke an ihren Platz im Kirchturm zu befördern, und wie sie, dort angelangt, aufzuhängen war. Verschiedene Begriffe wie »Glockenstuhl«, »Schlagring«, »Klangfarbe«, »Klöppel, Helm und Eisenwerk« kamen ihm in den Sinn. Die Klangfülle, erinnerte er sich, war eine Eigenschaft, die nicht allein vom Guss abhing, sondern auch von der Aufhängung, wie und weshalb aber wusste er nicht mehr. Er erinnerte sich, dass ein Mesner in Bayern einmal von der »günstigsten Tonwirkung« und der Notwendigkeit einer möglichst herabgerückten Aufhängestelle im Turm gesprochen hatte, damit die Schwingungen der Glocke sich nicht auf das Turmmauerwerk übertrügen. Überhaupt die Aufhängung: Außer dem Glockenstuhl waren zylindrische Zapfen und Lager erforderlich, damit die Glocke schwingen konnte. Gab es irgendjemanden in diesem wilden Land, mit dem man solche Probleme besprechen konnte? Mühsam stemmte sich Pfarrer Gstir aus dem Sessel und ging hinaus in die klare Herbstnacht. In der Finsternis war die Glocke kaum zu erkennen, doch als seine Augen sich schließlich an die Dunkelheit gewöhnt hatten, wirkte das Objekt vor ihm massiv und eigensinnig, als wäre die gesamte bronzene Oberfläche nur darauf ausgerichtet, die Kälte der Nacht in sich einzusaugen. Der Pfarrer schüttelte den Kopf, wandte sich ab und ging verzagt davon, durch die Tür des Pfarrhauses, den Korridor entlang und in sein Schlafzimmer, wo er ohne sein gewohntes Abendgebet angekleidet aufs Bett fiel.

Am nächsten Morgen, als eine Schar aufgeregter Dorfbewohner den Hügel heraufkam, fanden die Leute zu ihrer Überraschung ihr geistliches Oberhaupt weder in der Nähe der Glocke noch in seiner Kirche. »Also bestimmten sie mich, im Pfarrhaus nach ihm zu suchen«, erzählte Joseph Becker seiner Enkelin Jahrzehnte später. »Und dort fand ich ihn«, fuhr der alte Mann traurig fort. »Die Augen weit aufgerissen, aber ohne Leben darin.« Ein Hirnschlag? Ein Herzinfarkt? Wer konnte es sagen, es gab niemanden in der Gegend, der sich auf die Medizin verstand. Auf dem Nachttisch lag ein Stück Papier, auf das der Pfarrer mit zitternder Hand geschrieben hatte: *Ich habe die Sünde der Habgier begangen. Betet für mich. Die Glocke ...* Joseph zerknüllte das Papier in der Faust, steckte es in die Tasche und erzählte keinem davon. »Aber ich habe für ihn gebetet«, sagte er viel später zu Klara. »Und ich habe für die Aufhängung der Glocke gesorgt.«

So erfuhr Pfarrer Gstir nicht mehr, dass acht Monate später, als der Bischof die sicher hängende Glocke von Shoneval weihte, ihr königlicher Spender Ludwig II. von Bayern für geisteskrank erklärt, unter Zwang von Neuschwanstein nach Schloss Berg überführt und dort unter Hausarrest gestellt wurde. Der dick und weitgehend zahnlos gewordene Monarch hoffte auf einen Bauernaufstand, der ihn befreite. Doch seine Bauern waren zu pragmatisch und zu aufgerieben von der harten Arbeit, um sich für ihren König gegen die Obrigkeit zu empören. Und so kam es, dass vierundzwanzig Stunden später, während die Gemeinde von Shoneval Kerzen der Dankbarkeit entzündete und für die anhaltende Gesundheit des Herrschers betete, der so großzügig zur Verwirklichung des Traums eines Pfarrers in der Wildnis beigetragen hatte (und anschließend Kerzen der Trauer um ebendiesen Pfarrer anzündete), sich der abgesetzte König Ludwig bei Schloss Berg in den See stürzte und ertrank. Zurück ließ er mehrere märchenhafte Schlösser, eine Reihe fantastischer Prachtbauten, Wagner-Opern, die ohne seine finanzielle und moralische Unterstützung nie entstanden, geschweige denn aufgeführt worden wären, und eine wunderbare Kirche in der kanadischen Wildnis, deren Verbindung mit ihrem königlichen Stifter bald vollständig vergessen war.

Als wäre ihr Leben ein überdimensionales Kleidungsstück, dem sie erlaubt hatte, sich in den Winden der Welt zügellos aufzublähen, zog es Klara jetzt wieder an ihren verlässlichen Körper, Falte um Falte, und zurrte es mit dem starken Gürtel ihres Willens fest. Und sie sagte sich, wenn sie über Eamons Abreise kein Wort verlor und ihrem Vater und Großvater unmissverständlich klarmachte, dass sie keinerlei Nachfragen duldete, werde sie bald genesen von dem überwältigenden Verlustgefühl, das sie spätabends und frühmorgens überfiel, wenn sie unter der Decke in dem Bett lag, in dem sie, bis Eamon in ihr Leben getreten war, stets allein geschlafen hatte.

Sie schaffte alles beiseite, was mit ihm zu tun hatte: die Studiofotografie, die er ihr geschenkt hatte, die Bernsteinperlen, die sie aus allen Ecken ihres Zimmers zusammengefegt hatte, den Verlobungsring mit der Perle, der, wie sie wohl wusste, das Höchste war, das er sich leisten konnte. Sie trennte sich von bestimmten Kleidungsstücken, die sie getragen hatte, wenn sie mit ihm zusammen war: eine Musselinbluse, ein paar bunte Haarbänder – auch das Maßband, mit dem sie seine Maße genommen, und die Schere, mit der sie das rote Tuch zugeschnitten hatte. Sie kämmte ihre gelben Haare so streng aus dem Gesicht, dass es beinahe schmerzte, und steckte sie im Nacken zu einem Knoten fest, weil sie wusste, dass Eamon es geliebt hatte, wenn ihr das Haar offen über den Rücken fiel. Sie verrückte die Möbel in ihrem Zimmer und stellte das Bett so, dass sie das Fenster nicht länger sehen konnte. Und dennoch konnte sie nicht vergessen, wie die junge Frau, die sie vor wenigen Monaten gewesen war, sich immer auf die Seite des Bettes gelegt hatte, die noch warm von Eamons Körper war, nachdem er durch ebenjenes Fenster geklettert und wieder verschwunden war.

Eines Morgens Ende September stöberte Klara auf dem Dachboden, bis sie einen Picknickkorb gefunden hatte, der ihr in einer Phase der Schlaflosigkeit während der vergangenen Nacht in den Sinn gekommen war. Sie hob ihn auf und ging damit aus dem Haus und fort von der Farm, ging hinauf zur Kirche und durch den Friedhof mit seinem Wald von schmiedeeisernen Kreuzen, und genau in diesem Moment schlug die Glocke mit ihrer Honigstimme zehn Uhr. Vorbei am Grab ihrer Mutter, ohne auch nur einen Blick darauf zu werfen, verließ sie den Friedhof durch das rückwärtige Tor und ging den steilen Weg zum Weiher hinunter, auf dem sie und Eamon beim Eislaufen zusammengestoßen waren und sie zum ersten Mal die Wärme seines Handgelenks gespürt hatte. Mehr als ein halbes Jahr später hatten sie an derselben Stelle gepicknickt, obwohl keiner von ihnen je von dem Tag im Winter, dem Eis, dem Sturz sprach. Das Picknickzubehör hatten sie in dem Korb getragen, den Klara jetzt mit beiden Armen vor ihrem Körper hielt, als wäre er eine zentnerschwere Last.

Dies sollte das Letzte von ihm sein.

Sie stellte den Korb auf das Wasser. Er schwamm mühelos am Ufer, auf und nieder schaukelnd und inmitten der funkelnden konzentrischen Wellen, die er selbst durch die Berührung der Oberfläche ausgelöst hatte.

Sie zog eine kleine Streichholzschachtel aus der Tasche. Entschlossen riss sie ein Streichholz an und hielt es an den Korb. Einen Moment lang dachte sie, wie absurd ein Feuer in der vollen Wucht der Sonne war. Kaum sichtbar in dem Gleißen des Wassers, das ihr schmerzhaft in die Augen stach, beleuchtete es nichts und warf keine Schatten. So war auch die Liebe, sagte sie sich, genau so, wenn man sie im banalen Tageslicht betrachtete.

»*Schreib dir das hinter die Ohren, Klara*«, flüsterte sie vor sich hin.

Das trockene alte Weidenrohr entzündete sich sofort, und im Handumdrehen war das kleine Feuer davongetrieben und schwamm auf die Mitte des Weihers zu. Klara beobachtete die Flammen, bis das letzte Züngeln im Wasser verlosch. Dann ging sie davon.

Das Letzte von ihm.

Jetzt, glaubte sie, war sie fertig damit, hatte erledigt, was sie wollte. Was sie wollte, war, nie wieder von der Liebe aus dem Schlaf gerissen, nie mehr vom Kummer geweckt zu werden.

Sie verordnete sich einen strengen Stundenplan, so dass jeder wache Moment mit Tätigkeit ausgefüllt war. Sie stand in der Küche und bestückte eine Legion von Einmachgläsern mit eingekochten Früchten, als müsste sie Vorräte für einen lebenslangen Winter horten. Sie stopfte und verstärkte sämtliche Socken ihres Vaters, ob sie es nötig hatten oder nicht. Als er sie nach dem Grund fragte, erwiderte sie seinen verwunderten Blick mit einer unbeirrten Miene und der Antwort: »Sparsamkeit« – eine Tugend, die er und alle anderen im Dorf durchaus schätzten.

In ihrer Werkstatt hatte sie im Zeitraum einer Woche so konzentriert und so viele Stunden an ihrer Äbtissin gearbeitet, dass sie die Skulptur als beendet ansah und dies ihrem Großvater mit großer Befriedigung mitteilte. Doch als der alte Mann kam, um ihr vermeintlich fertiges Werk zu begutachten, war er nicht zufrieden.

»Zu hart, zu zornig«, sagte er nach einem langen nachdenklichen Schweigen. »Sie kommt mir vor wie ein Fischweib, eine Xanthippe. Kein Priester würde auch nur ein Wort von ihr annehmen, geschweige denn ein Papst.«

Sie dachte an ihren Bruder Tilman, dachte daran, wie sie ihm die Flucht ermöglicht hatte und er nie zurückgekommen war, und zum ersten Mal konnte sie die Beweggründe verstehen, die ihre Mutter dazu getrieben hatten, ihn einzusperren. Nur bei den alten Männern konnte man sicher sein, dass sie blieben, denn sie wollten Wärme und Trost von den Frauen. Die Jungen hingegen waren dazu bestimmt fortzulaufen, allem nachzugehen, was sich nicht auf Anhieb erschloss: der offenen Straße, einem interessanten Mechanismus – zu allem waren sie bereit, nur nicht dazu, sich so zu öffnen, wie die Frauen von ihnen verlangten. Selbst ihr Vater hatte, als er noch jünger gewesen war, bei Einbruch der Dämmerung seine Felder nur widerstrebend verlassen, nur weil ein Hunger mancherlei Art ihn nach Hause zurücktrieb. Dort angelangt, argwöhnte Klara nun, nahm er sich seine Kapitulation gegenüber der Tyrannei des Weiblichen jedoch so übel, dass ihm der neuerliche Pflichtantritt am anderen Morgen wie ein Entrinnen erschien.

Es war alles nur ein einziges endloses, ermüdendes Versteckspiel.

In ganz Ontario wurden junge Männer unter ehrfürchtigen Tränen verabschiedet, als sie sich in Khaki kleideten und zu einer Ansammlung gleichartiger Bahnhofsgebäude aus Backstein marschierten. Es war eine massenhafte Rückwanderung: Wie um sich zu rächen, forderte Europa jetzt von den Enkeln und Urenkeln der verarmten Menschen, die ein paar Generationen früher dem Kontinent den Rücken gekehrt hatten, dass sie den Ozean überquerten, um ihr Fleisch mit dem Staub ihrer Ahnen zu mischen. In einem Meer von Blumen, begleitet von Gesang, Pfeifen und Trommeln, verließen junge Männer Farmen und Fabriken, Büros und Banken, Schulen und Kirchen und machten sich auf den Weg wie verzaubert, mit lächelnden und merkwürdig leeren Mienen. Nie war so viel großartiges Aufheben um sie gemacht worden, diese Bauernburschen und Schuljungen und jugendlichen Arbeiter, und zum ersten Mal fühlten sie sich überlebensgroß – es war eine so mitreißende und elementare Kraft, dass sie darüber beinahe alles vergaßen, sogar ihren eigenen Namen. Das Wort »wir« kam ihnen so leicht und freudig von den Lippen, dass das Wort »sie« nicht lange danach folgen würde.

In dem kleinen, unbedeutenden Dorf Shoneval vollzog sich der Aufbruch ein wenig anders, denn hier nahm nur ein einziger junger Mann daran teil. Gekleidet in eine rote Jacke, die für das schöne Wetter viel zu warm war, verließ er den Ort ohne Fanfaren, in der Hand einen Koffer, den er vom Dachboden seines Vaters hatte entwenden müssen. Seine Mutter hatte ihm zwar Essen eingepackt, doch zum Abschied die Umarmung verweigert, sein Vater sprach ohnehin kein

Wort mehr mit ihm, und sein Mädchen hatte ihn als Narren beschimpft und fortgeschickt. Doch er hielt den Sinn auf den Himmel gerichtet und redete sich ein, wenn er in seinem Flugzeug den Krieg gewonnen hätte, werde sein Vater ihn mit Stolz betrachten und Klara ihn von neuem lieben – mehr als zuvor.

Sein Weg wird wohl staubig und heiß gewesen sein – vielleicht hängte er sich nach einer oder zwei Meilen die Jacke über die Schulter, und mit der Zeit wichen die aus Kindheit und Jugend vertrauten Anblicke den ähnlichen, aber weniger vertrauten Feldern und Waldstücken rings um die benachbarten Städte und Dörfer. Vielleicht nahm ihn jemand, der zum Markt unterwegs war, ein Stück mit, vielleicht teilte er sich ein paar Meilen weit das Stroh mit einem Kalb auf dem Weg zur Schlachtbank.

Gewiss erinnerte er sich, dass ihn die Straße, auf der er jeden Abend in der Dunkelheit von seinem Haus im Tal zu Klaras Haus auf dem Hügel und zurück gegangen war, über zwei provisorische Brücken und scheinbar zwei verschiedene muntere Bäche geführt hatte: in Wahrheit war es ein und derselbe Schmiedbach, der sich zu einer Schleife krümmte, um Anlauf zu nehmen und eilig an der Brauerei vorbeizufließen. Gewiss erinnerte er sich auch, dass sein Vater diese Wasserader – zu ihrem Nachteil – mit dem kleinen Fluss Cummeragh verglichen hatte, an dem das Häuschen der Familie in den Kerry-Bergen gestanden hatte, ein Fluss mit kleinen braunen Forellen, die seine Vorfahren während der Hungersnot vor dem sicheren Tod bewahrt hatten. Arm waren sie gewesen, wenn auch nicht so arm wie andere – ihre Wände waren aus Stein, nicht aus Torf. Dennoch ziemlich arm, denn als

Eamons Vater in die vollkommen veränderte Welt nach der Hungersnot hineingeboren wurde, war erst die Rede davon, dass er bei seinem Großvater leben sollte, einem Stellmacher in Cahirsiveen, um die Zahl der Esser zu verringern. Doch bald war davon nicht mehr die Rede, denn es erwies sich, dass der alte Mann nach Jahren der Entbehrung völlig heruntergekommen war und sie umgekehrt ihn aufnehmen mussten, damit er sein Leben an ihrem Feuer beschloss.

Und so war Eamons Vater am Cummeragh aufgewachsen und den dunklen Seen, die ihn speisten, in einer Landschaft von außergewöhnlicher Schönheit, aber ohne Zukunft, bis er im Alter von achtzehn Jahren nach Tralee gewandert war, auf einem knarzenden, überfüllten Schiff angeheuert hatte und nach Québec gesegelt war; die unglaublichen Wiesen, Seen und Berge nahm er in der Erinnerung mit.

Sein Vater sprach über nichts anderes als diesen schmalen Landstrich, als wäre die Heimat eine Frau, die er hatte heiraten wollen, aber verlassen müssen. Noch immer kamen Briefe von dort, Briefe mit Zeitungsartikeln über die jüngsten politischen Wirren und demütigen Bitten um kleine Geldbeträge. Eamons Mutter ließ sie bisweilen verschwinden, weil sie wusste, dass ihr Mann es nicht ertrug, die Bitten zu ignorieren, und sie hatten ja selber nur sehr wenig. Eamon hatte die Briefe auf dem Dachboden gefunden und heimlich gelesen, und obwohl er damals erst zehn oder elf war, ging ihm das Schicksal ihrer Absender nahe.

Obwohl in Kanada geboren, hatte auch Eamon immerhin noch eine Spur des Akzents, der die Sprache seiner Eltern so sehr prägte. Er wusste wohl, dass die irischen Katholiken in Ontario nicht besonders gut angesehen waren – weder jetzt noch in der Vergangenheit. Als im vorhergehenden Jahrhundert Tausende Iren eingetroffen waren, von denen viele halb verhungert und todkrank waren und keiner mehr besaß als die Lumpen, die er am Leib trug, galten sie als faule, schmutzige Habenichtse, die der Neuen Welt nichts zu bieten hatten als ihre verachtenswerte papistische Religion und ihre entsetzlichen Epidemien. Seither hatte sich ihr Ruf zwar ein wenig gebessert, doch nach wie vor begegnete man ihnen mit leisem Argwohn, und noch immer waren sie Ziel der Kampagne, zu der die mächtige Oranierloge aufgerufen hatte. Die deutschen Einwanderer hingegen, die Söhne und Töchter des Landes, dem Kanada jetzt den Krieg erklärt hatte, standen merkwürdigerweise in höchstem Ansehen; mit ihrer Reinlichkeit, ihren blonden Haaren und blauen Augen galten sie als willkommener Beitrag zu Kanada. War es sein Irentum, fragte Eamon sich jetzt, das Klara gegen ihn eingenommen hatte, dessen unverkennbares Anzeichen in seiner Sprache? Um keinen Preis wollte er sie an seine Herkunft erinnern, und deshalb – zumal er außerdem überaus schüchtern war – hatte er zuerst kaum ein Wort herausgebracht.

Anfangs, wenn er vom Hof der Beckers zurückkam, war sich Eamon bewusst, dass er in eine bittere Trauer und Sprachlosigkeit verfallen war, und zürnte sich selbst wegen seiner Machtlosigkeit gegenüber derart hartnäckigen Gefühlen, die ihn Abend für Abend zu diesen sinnlosen Wanderungen durch Kälte und Dunkelheit zwangen, hin zu den golden leuchtenden Fenstern des geliebten Mädchens. Saß er dann in der Küche, war er, zugegeben, dankbar für die Wärme des Ofens und jedes Mal wie hypnotisiert von der Art, wie sich Klara bewegte, während sie ihre Arbeit tat. Häufig jedoch fühlte er sich so unwohl, dass er nicht wagte, den Blick vom Boden zu heben, und nur ihren Schritten auf dem Holzboden lauschte. Wenn sie ihm den Rücken zukehrte, beobachtete er verstohlen ihre Hände, die saubere Teller in den Schrank stellten, während seine eigenen Hände brannten, weil sie in der Wärme allmählich auftauten. Wie weiße Tauben erschienen ihm ihre Hände. Dabei kannte er diese Vögel gar nicht, er selbst hatte sich nur mit ihren Kusinen, den Brieftauben, beschäftigt; aber in den sentimentalen irischen Liedern seines Vaters war viel von den weißen Tauben die Rede. Einen Augenblick gab es, auf den er jeden Abend wartete: den Moment, wenn Klara den Rücken durchdrückte und nach hinten griff, um den Knoten ihrer Schürze zu lösen. Dann erinnerte ihn alles an ihr an Vögel. Weiße Tauben und Schwäne und Lerchen mit ihrem jubilierenden Gesang hoch am Himmel, hoch über einem unglücklichen, rebellischen Jungen auf dem Weg in die Verbannung oder den Tod.

In der Truppensammelstelle wird der Dienst habende Arzt zügig und gleichgültig den Körper inspiziert haben, den Klara liebkost hatte, und gewiß verschlug es niemandem im Raum den Atem beim Anblick der Schönheit des jungen Mannes, so wie es Klara ergangen war. Mag sein, dass ein Arzt, dem Eamon erzählte, er hoffe, die Armee werde ihn ein Flugzeug fliegen lassen, milde über die Naivität der Jugend lächelte, doch wird sein Lächeln wohl geistesabwesend und ohne echtes Gefühl gewesen sein.

Klara hingegen konnte ihr ganzes langes Leben hindurch kein Flugzeug mehr sehen oder hören, ohne an den Pakt zu denken, den Eamon mit dem Himmel geschlossen hatte.

Als Klara klein war, hatten ihr die Nonnen vom Kloster der Unbefleckten Empfängnis erzählt, Pfarrer Gstir habe mehrere Monate vor der Weihe der großen Kirche seinem königlichen Wohltäter in Bayern geschrieben und seiner Freude Ausdruck verliehen. *Es ist,* schrieb er, *als riefen rings umher die riesigen Bäume der Wildnis in den Wind, wie ein Chor grüner Engel, die zum Himmel singen. Ich bin nur ein Mann an diesem unwegsamen Ort, doch ganz gewiss hätten Ihre Majestät dieselbe Begeisterung empfunden wie ich in der Ferne – und wie die Landschaft ringsum –, als der letzte Stein gesetzt wurde.*

Wie lang, fragte sich Klara jetzt, wie lang nach dem letzten Stein hat die Freude angehalten? Wenn man einen bestimmten Augenblick des Entzückens aus der Vergangenheit wieder hervorzuholen versucht oder einfach nicht gehen lässt, wie kann man verhindern, dass sein Glanz sich trübt und vor Sehnsucht und Kummer grau wird, bis die Magie dieser Erinnerung gänzlich verblasst ist und an ihrer Stelle die Traurigkeit ihren rechtmäßigen Platz im Gedächtnis fordert? Und was erwarten wir uns denn von der sonnendurchfluteten Vergangenheit? Es gibt kein Zauberwort, das uns von neuem Zutritt zu ihr verschafft, nichts, das wir tun könnten, um das Verlorene wiederherzustellen. Die Gesichtszüge eines abwesenden Geliebten verwischen sich mit der Zeit, den Klang seiner Stimme übertönt der Lärm der Welt. Landschaften, die uns in teurer Erinnerung sind, verwandeln sich von Grund auf; wir verlieren sie Baum um Baum. Selbst die Kastanie vor Klaras Fenster war früher oder später zu einem langsamen Tod durch Verrotten verurteilt, bis sie eines Nachts bei einem Sommergewitter umstürzen würde, obwohl sich alles in Klara danach sehnte, sie zu halten, fest verwurzelt im Boden, blühend im Frühling, belaubt im Sommer, der einzige Zugang, glaubte sie insgeheim, zum Fenster ihres früheren Ich.

Als Klara in der Sonntagsmesse das Gerücht hörte, Eamon werde vermisst, begriff sie zuerst nicht, was das bedeuten sollte. Natürlich wird er vermisst, dachte sie. Er ist fort seit ... Mehr als zwei Jahre habe ich ihn nicht gesehen. Das Gerücht verstummte, sie musste es nie wieder hören. Dann, als hätte ein fremder Organismus von ihrem Körper und Geist Besitz ergriffen, konnte sie physisch spüren, wie die Qual übermächtig wurde, die sie vom Augenblick seines Fortgehens an als Verzweiflung über das Verlassenwerden identifiziert hatte und die sie jetzt auf einmal als Furcht erkannte, als panische Angst vor dem Verlust für immer. Auf der Beerdigung ihrer Großmutter ein halbes Jahr vorher hatte sie in die Grube geblickt, in die der Sarg hinabgelassen wurde, ein dunkles, nasses Gemisch aus Steinen und Lehm, und sich elend und entsetzt abgewandt. Natürlich trauerte sie über den Tod der alten Frau, doch beim Anblick dieser sonst verborgenen, nun unversehens aufgerissenen schmutzigen Tiefe des Erdreichs, dieser Erinnerung daran, dass die hübsche Oberfläche nichts als Fassade war, wurde ihr regelrecht übel.

Nach dem Tod seiner Frau gab Klaras Großvater seine Werkstatt und seinen Hof auf und zog ins Haus seines Sohnes. Seine Gnadenreiche Jungfrau hatte endlich den Weg über die Felder und Wiesen in Pfarrer Gstirs wunderbare Kirche gefunden; seitdem er sich auf den Holzschuppen hinter dem Haus beschränken musste, schnitzte er nur noch kleine Reliefszenen. Noch immer tauchte in jedem Werk sein Enkel auf, doch er war geschrumpft und in den Hintergrund gerückt, wo er abseits stand und auf das Geschehen im Zentrum schaute, als wäre er im letzten Moment, als er sich eben anschickte, die Welt zu verlassen, eingefangen worden. Der alte Mann hatte die Hoffnung fast aufgegeben, fand sich zunehmend mit dem Gedanken ab, dass er seinen Enkel im Leben nicht wieder sehen würde. Seine Frau war jüngst verstorben, sein Freund, Pfarrer Gstir, schon seit Jahrzehnten begraben, das Kind seines Herzens und seine Hoffnung verloren – er wusste sehr wohl, was Verlust bedeutet.

An dem Montagmorgen, an dem er vom Besitzer der Eisenwarenhandlung die Nachricht von Eamon hörte, kehrte Joseph Becker nach Hause zurück und ging eine halbe Stunde lang in der Küche auf und ab, verfolgt vom flehentlichen Blick seines Sohnes. Es war schon lang genug Krieg, und beiden Männern war klar, dass einer, der vermisst wurde, nach aller Wahrscheinlichkeit nie wieder auftauchte. Junge Männer aus Goderich und Listowel, die Arme oder Beine verloren hatten und als nicht mehr kampftauglich nach Hause geschickt wurden, berichteten von Schlachten, die derart brutal waren, dass man die gefallenen Kameraden danach nicht einmal mehr identifizieren konnte. Weder ihr Vater noch ihr Großvater brachte es über sich, es Klara zu sagen, doch schließlich überwand sich Joseph und ging mit schwerem Herzen hinüber in ihre Werkstatt.

Seit mehr als zwei Jahren hatte Klara den Namen des Jungen nicht mehr laut ausgesprochen und sprach ihn auch jetzt nicht aus, doch als sie ihren Großvater sah, der mit grimmiger Miene und ohne Jacke durch den verschneiten Hof auf sie zukam, war ihr mit einem Schlag klar, dass das Gerücht stimmte, dass es sich um Schlachten und Blutvergießen drehte, dass ihre Hand nie wieder Eamons warme Wange berühren würde, sie ihn für immer verloren hatte.

Als der alte Mann die Tür öffnete und »Eamon« sagte, ließ sie ihn nicht ausreden.

»Nicht«, flüsterte sie, das Blut wich aus ihrem Gesicht, und das Schnitzeisen fiel ihr aus der Hand.

»Klara«, versuchte er es noch einmal, doch sie war im Nu an ihm vorbei und durch die Tür. Im Haus rannte sie die Stiege zum Sonnenzimmer hinauf, wo sie wild nach irgendwelchen Spuren von Eamon suchte, die sie vielleicht übersehen hatte, und wären sie noch so unbedeutend: Maße, die eine Fotografie – aber sie hatte alles weggeworfen. Doch auf einmal erinnerte sie sich, und sie ging durch den Raum und stand eine Zeit lang reglos vor dem eingegrabenen Umriss des Schnittmusters, das sie gezeichnet hatte – das war alles, was von ihm geblieben war. Und sie erinnerte sich auch, dass ihr Großvater ihr einmal von den Gräbern mittelalterlicher Ritter erzählt hatte, deren steinernes Abbild in voller Rüstung als Relief ihre Grabplatte schmückte. An Eamon würde nichts erinnern als der Abdruck einer Jacke, das einzige Andenken. Sie krümmte sich auf dem Boden zusammen, die Hand nahe der Stelle, wo sein Herz gewesen sein mochte.

Später trat sie in der Küche vor ihren Vater und ihren Großvater hin. Die eine Lampe, die in dem dunkel gewordenen Raum brannte, spiegelte sich in einer Scheibe und warf den

Umriss des Fensters als scharfes gelbes Rechteck auf den Schnee draußen. Das Entsetzen des Falls – sein Sturz aus dem Himmel – war ihr den ganzen Nachmittag nicht aus dem Sinn gegangen. Und ihre Fantasie beharrte jetzt auf den Details. »Ich muss wissen, ob er im Flugzeug umgebracht wurde«, sagte sie, »oder beim Aufprall auf dem Boden.« Sie hatte gehört, dass Männer von diesen Flugzeugen aus aufeinander schossen.

Ihr Vater stand auf und ging zu Klara hinüber, die auf einer Holzbank an der Wand saß. »Klara, dort drüben sind Tausende Soldaten und vielleicht zehn Flugzeuge. Er war bei der Infanterie. Mit Sicherheit ist er nie auch nur in die Nähe eines Flugzeugs gekommen. Sein Vater glaubt anscheinend, er sei von den Engländern umgebracht worden, weil er Ire war. Ach, diese Erklärungen!«, sagte ihr Vater, plötzlich heftig. »Es war der Krieg, der ihn umgebracht hat.«

Was ihr Vater da andeutete, war nicht zu ertragen. In Klaras Erinnerung entstieg Eamon nass glänzend dem Wasser und rannte dem Lärm hinterher durch den Wald, oder er stand mit zurückgelegtem Kopf da, während der Schatten der fliegenden Maschine über sein begeistertes Gesicht hinwegglitt.

»Ein *Flugzeug* hat ihn umgebracht«, sagte sie in einem Ton, der schrecklich und zugleich ruhig war. »Das war der Grund, weshalb er sich überhaupt gemeldet hat.« Dann stand sie auf und ging hinüber in die selten benutzte, ungeheizte Stube und schloss die Tür hinter sich. Als sie eintrat, kränkte sie der Anblick ihres eigenen lebendigen Atems in der eiskalten Luft.

Mit jeder Faser ihres Körpers sehnte sie sich nach ihrer früheren Unwissenheit zurück und wusste doch, dass ihre

Kindheit vorbei war, zu Grabe getragen mit einem jungen Mann, der sie mit seinem Schweigen und seinen Liedern verzaubert hatte – und mit dem Schock seiner Berührung. Wieder und wieder zogen in ihrem Geist alle Einzelheiten der letzten Begegnung mit ihm vorüber. Sie versuchte, die Szene zu rekonstruieren, den Ausgang zu verändern, rückblickend ihre Kälte zu mildern. Sie wollte sich Eamon öffnen, ihn mit ihrer Umarmung wärmen, ihn halten, damit er nicht länger vermisst, zerbrochen wäre. Beim Gedanken an seinen zerfetzten, verstümmelten Körper überkamen sie Wellen der Panik, dann Wellen der Übelkeit, bis sie aus dem Zimmer stürzte und sich in der Küche in den Ausguss erbrach, vor den beiden Männern, die sie beobachteten. Danach wankte sie zurück in die Stube und sperrte die Tür hinter sich zu.

In dem düsteren Raum sah sie zu, wie sich ihr Atem vor dem sinnlosen Krimskrams und den strengen Porträts an der Wand wölkte. Sie lauschte dem langsamen Ticken der Pendeluhr, dem dummen Vorrücken der Zeit.

Am nächsten Morgen, als die beiden Männer zum Frühstück in die Küche kamen, trafen sie Klara mit trockenen Augen und trüber Miene an. Sie sagte nur einen einzigen warnenden Satz.

»Ich will nicht mehr darüber reden.«

Der Großvater und der Vater nickten, setzten sich an ihre gewohnten Plätze am Tisch und ließen sich von ihr bedienen.

Das Schweigen schien allen Sauerstoff im Raum zu verschlingen und die Hitze vom Herd zu steigern, und die Männer standen bald auf und suchten die Kühle und Reinheit des Holzschuppens, der Scheune.

Klara ging dann hinauf ins Sonnenzimmer, wo sie aus einem Regal neben dem Tisch das braune Papier hervorholte, das sie für Schnittmuster verwendete. Flach auf dem Bauch liegend, drückte sie das Papier, das sie von der Rolle abgerissen hatte, auf den Fußboden darunter und schraffierte es mit der flachen Seite des Bleistifts, bis nach und nach eine weiße Linie in der Form eines Schnittmusters zum Vorschein kam. Sie fürchtete eine Unterbrechung, ein fehlendes Stück vom Ärmel oder der Schulter. Doch zu Mittag hatte sie alle Umrisse; wankend, die Augen voller Tränen, stand sie vom Boden auf, unter dem Arm aufgerollt die Vorlage für eine vollständige Jacke. Ihre Hände zitterten, als sie der Firma in Montreal schrieb und einen Ballen bestes rotes Kammgarntuch und genügend rote Borte für den Besatz bestellte. Und Knöpfe mit Harfen darauf, zu Ehren seiner irischen Herkunft. Die unsichere Schrift auf dem Briefpapier sah aus wie von der Hand einer alten Frau.

In den folgenden Wochen versuchte Klara zwar gelegentlich, an der Äbtissin zu arbeiten, doch in Gedanken fieberte sie so sehr der Ankunft des Stoffes entgegen, dass sie das Gefühl hatte, sie könnte jede Meile seiner Reise durch den Osten von Québec, entlang der Krümmung des Ontario-Sees und in ihr eigenes Territorium in allen Einzelheiten schildern. Wenn sie mit der Rekonstruktion erst einmal begonnen hätte und den scharlachroten Faden durch die Wolle zöge, dann, glaubte sie, würden auch ihre Qualen ein wenig nachlassen. Doch es war Winter, und in ihren kurzen lichten Momenten wusste sie, dass es Monate dauern konnte, bis das Paket in braunem Papier einträfe.

Eines Vormittags wurde ihr bewusst, dass sie ihre Äbtissin

lange anstarrte, gekränkt, weil nichts von dem, was sie selbst empfand, in dem hölzernen Gesicht zum Ausdruck kam. Daraufhin begann sie behutsam den Mund und die Augen zu bearbeiten, nahm mit strichdünnen Kerbeisen winzigste Korrekturen vor. Eine Stunde später wandte sie sich den wenigen Haarsträhnen zu, die unter der Haube hervorsahen. Ihr Großvater öffnete die Tür, dann stand er vor dem Fenster, zwischen ihr und dem Licht. Er schwieg lange, sehr lange, bevor er den Mund aufmachte, um etwas zu sagen.

»Ich rede nicht darüber«, kam ihm Klara zuvor.

Der alte Mann setzte sich auf einen Hocker und sah sich die Skulptur genau an.

»Hast du gebeichtet, Klara?«, fragte er.

»Ja«, antwortete sie und wusste, dass er dachte, sie habe im Beichtstuhl darüber gesprochen.

Das hatte sie nicht.

Mit seinen krummen Fingern fuhr Joseph Becker über die Haare auf der Stirn der Äbtissin. »Sie ist zu traurig«, sagte er schließlich. »Ihre Haare, ihre Hände ... sogar ihre Schuhe sind traurig. Eine Frau, die sich derart vor Leid verzehrt, wäre nie imstande, irgendjemandem einen Rat zu geben.« Er deutete auf die hölzerne Wange. »Diese Linie in ihrem Gesicht führt ein Eigenleben, wie eine rinnende Träne. Eine Äbtissin würde nie ein einziges unordentliches Haar an sich dulden, geschweige denn ihr Leben von der Trauer beherrschen lassen. Dagegen musst du etwas unternehmen, bevor du sie der Kirche übergibst. Pfarrer Gstir hätte sie so nie akzeptiert.«

»Der Kirche?«, fragte Klara. Es war das erste Mal, dass ihr Großvater die Kirche als Empfängerin eines ihrer Werke vorschlug.

»Ja«, sagte der alte Mann, »die Kirche ist der richtige Ort für deine Äbtissin, allerdings erst, wenn sie Heiligkeit erlangt hat.«

»Aber ich mache eine Äbtissin, keine Heilige.«

»Jedes Kunstwerk«, antwortete ihr Großvater, »muss Heiligkeit erlangen, bevor wir es in die Welt entlassen.«

Drei Monate später kam der Stoff. Klara stand nun oft starr vor Schmerz neben ihrem Arbeitstisch und blickte auf das rote Material, unfähig, zur Schere zu greifen, unfähig, eine Nadel einzufädeln. Seltsamerweise fiel es ihr leichter, an der Skulptur zu arbeiten, außer Haus zu sein. An einem nassen Tag im Frühling prasselte der Regen auf das Zinndach, mit dem ihr Vater die Werkstatt neu gedeckt hatte, denn die hölzernen Schindeln hatten zu faulen und dann zu lecken begonnen, und der eindringende Regen hatte auf der linken Wange der Statue einen unauslöschlichen Fleck hinterlassen, wie ein Muttermal. Ein elender Wind pfiff durch die Ritzen der Wände herein. Sie hatte an den Fingernägeln der rechten Hand der Äbtissin gearbeitet, doch inzwischen waren ihre eigenen Hände so kalt geworden, dass sie diese feine Arbeit nicht fortsetzen konnte. Und sie war mutlos, denn sie wusste, dass bald Tausende von Männern, die den Krieg überlebt hatten, zurückkehren würden. Sie kamen zurück, und Eamon blieb, wo er war. Verschwunden.

Später, als sie in der Küche zu ihrem Großvater sagte, sie habe ihre Skulptur abgeschrieben, antwortete er nur: »Das ist aber schade, Klara. Jetzt gibt es in der Familie gar keine Bildhauer mehr.«

Josephs erstes Eingeständnis, dass er Tilman aufgegeben

hatte, den Jungen für unwiederbringlich verloren hielt, erschreckte Klara, und obwohl sie keine Erklärung dafür hatte, dachte sie unwillkürlich, wenn ihr Großvater die Hoffnung auf Tilmans Rückkehr hatte fallen lassen, werde er mit Sicherheit sterben, und das schon sehr bald. Sie ging zu ihm hinüber, setzte sich neben ihn und nahm seine Hand, ein warmes, raues, kompaktes Gebilde aus Sehnen, Adern und Knochen, in dem die Geschichte grenzenloser Mühen für die Urbarmachung und Bestellung von Ackerland und alle Werkzeuge des Holzbildhauers enthalten waren. »Wer weiß«, begann sie, »vielleicht ist Tilman inzwischen ja ein berühmter Bildhauer in Europa. Vielleicht macht er so schöne Sachen, dass wir sie uns nicht einmal vorstellen können.«

Sie wollte nicht, dass ihr Großvater den Jungen aufgab, wollte den alten Mann nicht verlieren. Und im Grunde ihres Herzens wünschte sie Tilman, dass er frei bliebe und das Leben führte, das außerhalb der geordneten Wände dieses Bauernhauses stattfand, dieses so vorhersagbaren Ebenbilds anderer Bauernhäuser überall im Land. Auf einmal erkannte sie, dass Seite an Seite mit dem Wunsch ihres Großvaters ihre eigene Not stand ... dieses Bedürfnis, an eine andere Lebenswirklichkeit zu glauben, an eine Realität, die ihr verschlossen war. Als lebte Tilman auf einem unendlich fernen Planeten, der nicht mehr wahrnehmbar war, sich auf einer völlig anderen Umlaufbahn um eine andere Sonne bewegte und ein ungesehenes, vollendetes Licht abstrahlte. Mit seinem Tod aber würden die letzten Spuren dieses zurechtgelegten Mysteriums jäh aus der Welt getilgt. »Ich bin sicher, dass er am Leben ist«, sagte sie. »Ich glaube, er ist derjenige von uns, der die Welt erfährt.«

Der alte Mann sah seine Enkelin an – seine blauen Augen waren noch immer durchdringend, forschend – und fragte, was sie damit meine.

Sie ließ seine Hand los und strich ihm eine lange weiße Haarsträhne aus der Stirn. Dann richtete sie sich auf. »Ich weiß nicht genau, ich weiß nur, dass ich es glaube.«

»Aber nicht genug, um weiterzuschnitzen.«

Klara hörte die Stiefeltritte ihres Vaters im Holzschuppen. Sie ging zum Herd, auf dem die Suppe inzwischen zu brodeln begonnen hatte. »Ich glaube an Tilman«, sagte sie. »Ich glaube nur nicht an mich. Anscheinend verschwinde ich immer, auch wenn ich irgendwo anwesend bin.«

»Eines Tages«, sagte Joseph zu seiner Enkelin, »eines Tages wird etwas geschehen, das dich zum Schnitzen zurückbringt. Du wirst gar nicht anders können; das ist so. Irgendwie führt uns die Welt immer zum Eisen zurück. Irgendetwas passiert, und wir müssen darauf reagieren.«

Ihr Vater, der in dieses merkwürdige Gespräch hineingeplatzt war, sah das blasse, müde Gesicht seiner Tochter an und dachte: Arme Klara, ich fürchte, ihr wird nie irgendetwas passieren. Doch er sagte nichts.

»Ich weiß nicht«, sagte Klara, während sie die Suppe austeilte. »Ich weiß es einfach nicht.«

Ehe sie sich umdrehte und zum letzten Mal ihre Werkstatt verließ, strich Klara noch einmal mit den Fingern der Rechten über das hölzerne Gesicht, das nie so sein würde, wie es sollte, das war ihr jetzt klar, obwohl der Wasserfleck die Äbtissin seltsamerweise menschlicher wirken ließ. Sie sah in die leeren hölzernen Augen und flüsterte: »Es tut mir Leid, dass ich dir nicht zur Heiligkeit verhelfen konnte, dass du jetzt nie in die Kirche kommen wirst.« Während sie sprach, hörte sie es vom Hügel her zwölf Uhr schlagen, hörte die Kirchenglocke mit ihrer wohltönenden Stimme und gleich darauf ein höheres, dünneres Läuten, als die Glocke des Klosters einstimmte. Einen Augenblick lang stellte sie sich die Nonne und den Priester vor, die getrennt voneinander und doch verbunden waren, durch die gemeinsame Aufgabe miteinander sprachen. Sie beneidete sie um die Freude des Glaubens und die Möglichkeit, durch das gemeinsame Mittagsläuten miteinander zu kommunizieren. Klara hatte ihren Glauben vollständig verloren und mit ihm das Bedürfnis zu schnitzen, aus Holz ein spirituelles Werk zu schaffen. Nachdem sie Eamon verloren hatte, fühlte sie sich mit nichts und niemandem mehr verbunden.

Von der Beschaffenheit seiner Haut blieb ihr nur, woran sie sich mit ihren Sinnen erinnern konnte. Doch als die Monate vergingen, hatte sie immer mehr das Gefühl, dass die Vergangenheit sie aussperrte, und schließlich war ihr klar, dass von Eamon nichts bleiben würde als Knochen und Zähne, irgendwo verstreut. Manchmal träumte sie von diesen Überresten, träumte, wie sie über ein namenloses Schlachtfeld ging und seine Knochen einsammelte, die sie in den Armen trug wie ein Bündel Reisig. Doch in ihrem Traum musste sie immer weiter suchen, denn auch wenn sie ihre wunderliche Last fest ans Herz drückte, gab es immer eine Rippe oder einen Schenkelknochen, den sie nicht finden konnte.

Manchmal, wenn sie nähte, kam es vor, dass sie stundenlang von einem Leben jenseits ihrer Wände träumte. In diesen Zeiten war das Gefühl sehr stark, sie sei ein Geist und treibe sich in den Läden und Betrieben der einzigen Gemeinde herum, die sie kannte, unbemerkt von den Darstellern all der kleinen Dramen, die sich hier abspielten. Sie, die die Maße sämtlicher Bewohner des Ortes genommen hatte, die ihre Eitelkeiten kannte, ihre heimlichen Romanzen ahnte, an einer Geste oder Körperhaltung während der Anprobe ihre Stimmungen erriet, hinterließ bei den Menschen, deren Weg sie kreuzte, nicht die geringste Spur. Sie war eine Lieferantin von Kleidung, von Verkleidung, sie fabrizierte Erscheinungsbilder und berührte dabei nur die äußere Schutzhülle, niemals die Haut, niemals das Herz. Die Folge davon war, dass sie beinahe alle, die sie traf, beneidete – um ihre kleinen Sorgen, ihre sorgfältig geführten Rechnungsbücher, die Begegnungen mit Bekannten an Straßenecken, die Gespräche über landwirtschaftliche Maschinen, das Wetter, den Preis für einen Sack Hafer, die Art, wie sie alle mit diesen profanen Dingen verbunden waren, die sie im Moment beschäftigten. Die Fäden, die sie selbst an die Welt knüpften, entglitten ihr zunehmend, schwammen davon, gegen den Strom, der rasch enteilenden Vergangenheit hinterher. Was – abgesehen von der oberflächlichsten, praktischen Kenntnis der jeweiligen Mode – hatte die Gegenwart noch mit ihr zu tun?

TEIL 2

DIE STRASSE

Tilman war nicht in der Kurve stehen geblieben, um einen letzten Blick auf den Hof zu werfen, obwohl er diese vertraute Welt schon immer am liebsten aus der Ferne betrachtet hatte, wenn sich die einzelnen Bestandteile Scheune, Obstgarten, Weide und Haus durch den Abstand zu einem befriedigenden Ganzen zusammenfügten: ein Bild, das er im Geist mitnehmen konnte. Diesmal aber trieben ihn Zorn und Furcht so gnadenlos an, dass er besinnungslos vorwärts stürmte. Er war in rasender Flucht, hetzte durch die morgendlichen Nebelfetzen, die einen warmen Herbsttag ankündigten, keuchend kam und ging der Atem in seinem eingeschirrten Körper, und die Kette scharrte hinter ihm über die Kiesel auf der Straße. Trotz der Kühle des frühen Morgens wurde sein Haar allmählich schweißfeucht und veränderte seine Farbe von Gelb zu Hellbraun. Er war zwölf Jahre alt und klein für sein Alter, doch in seinem jugendlichen Körper lebte ein alter Mann, der das Leben auf der Straße kannte.

So hatte er erfahren, wie nützlich es ist, protestantische Kirchenlieder auswendig singen zu können. Einmal in einem Sommer, bei einer früheren Wanderung, hatte er sich in der Stadt Sebringville unter ein offenes Kirchenfenster gesetzt und sich mit aller Kraft konzentriert, so dass sich ihm die Worte und Melodien unauslöschlich einprägten. Seitdem war er in der Lage, wann immer es die Situation erforderte, sich an irgendeiner Straßenecke irgendeiner Stadt aufzustellen, die Mütze auf dem Gehsteig vor ihm, und mit seiner schönen Knabenstimme »Unto the Hills« oder »Rock of Ages« oder »To Be a Pilgrim« zu singen. Bis zum Mittag hatte er dann erfahrungsgemäß genügend Münzen beisammen, um beim Metzger eine Wurst, beim Bäcker Brot kaufen zu können. Nun war er mächtig in seiner Freiheit und entzückt über die Erkenntnis, dass absolut niemand wusste, wo er war, und jene, denen er für einen flüchtigen Moment begegnete – ein Ladenbesitzer, eine ältere Frau, die ein paar Münzen in seine Mütze warf –, keine Ahnung hatten, wer er war.

Mit der rasselnden Kette im Schlepptau, vermied er allerdings jeden menschlichen Kontakt, denn er wollte den Fragen ausweichen, die dieser unübersehbare Beweis seiner Gefangenschaft zwangsläufig nach sich ziehen musste. Er hielt sich an Landstraßen und lebte von gestohlenen Hühnereiern, die er roh austrank, und nicht identifizierbaren Bestandteilen von Schweinefutter, die er manchmal nachts in einem Stall aus dem Trog fischen konnte. Der eiserne Brustharnisch scheuerte an seiner Haut, er war halb verhungert, und am dritten oder vierten Tag auf der Straße hatte er einen heftigen Husten entwickelt, aber nichts war so schlimm wie an einem Türpfosten angekettet zu sein, an einem Holzschuppen vor einem Haus voller Familienangehöriger, die ihn niemals verstehen konnten.

Doch mit der Zeit und dem Wissen, dass es kein Zurück für ihn gab, begann Tilman, wenn er nachts zitternd vor Kälte unter einem Stapel gestohlener Jutesäcke lag, im Geist das Haus, das er verlassen hatte, Zimmer für Zimmer zu rekonstruieren, dabei auch bestimmte Details eines Sofas oder

Stuhls, die Schrammen und die Maserung eines Tisches nicht zu vergessen. Er hatte das Haus geliebt; niemals – erst am Ende – war es ihm als Gefängnis erschienen. Er fühlte sich ziel- und wurzellos, und da er keine Vorstellungen an eine Ankunft knüpfen konnte, verankerten ihn die konkreten Eigenschaften des Hauses immerhin mit einem fixen Ausgangspunkt.

Anfang Dezember, als er vergessen hatte, wie sich Wärme anfühlt, traf er auf der Straße zwischen Goderich und Clinton mit einer bewegten Gestalt zusammen – eigentlich einem Bündel flatternder Lumpen. Seit mehreren Wochen war er auf sich gestellt, lang genug, um sich an das Rasseln der Kette im Schlepptau derart zu gewöhnen, dass er sofort alarmiert war, wenn das Geräusch einmal verstummte. Er blieb stehen und drehte sich um und erblickte hinter sich ein Wesen, das mit einem gekrümmten Finger das letzte Kettenglied hielt und, als er zu fliehen versuchte, die Kette mit beiden Fäusten packte. Dieser Mensch, oder was er war, holte ihn ein wie einen merkwürdigen Fisch an der Angel.

»Wer bist du?«, fragte das Wesen mit weiblicher Stimme. »Wie heißt du?«

Mittlerweile war er nahe genug, um zwei klare blaue Augen und eine scharfkantige Nase zu erkennen. Der Rest des Gesichts war in Schals gehüllt. Den Kopf bedeckte eine Mütze mit Ohrenklappen.

»Wie heißt du?«, wiederholte die Frau. »Bist du einem Sträflingstrupp entsprungen?«

Tilmans Herz hämmerte so laut, dass er meinte, das Geräusch entstehe außerhalb seines Körpers. Als sie an der gespannten Kette zog, fing er an zu zittern.

»Du bist ja ein Knabe«, sagte die Frau. »Tja, da könnte ich dich zum Beispiel Kettenknabe nennen.« Sie lachte und rasselte mit der Kette. »Gefällt dir das, Kettenknabe?«

Tilman gab keine Antwort.

»Der Name, meine ich.«

Schweigen. Es war mörderisch kalt, und seine Zähne schlugen aufeinander vor Kälte, aber auch vor Angst.

Ohne die Kette loszulassen, wickelte die Frau einen ihrer zahlreichen Schals ab und warf ihn Tilman um die Schultern. »Das hilft. Du bist noch nicht lang auf der Straße, das ist sonnenklar.«

Tilman schüttelte den Kopf. Seine erste Reaktion.

»Na, solange du dieses Ding hinter dir herschleppst wie ein tollwütiger Hund seine Leine, wirst du nicht weit kommen. Außerdem können wir sie als Alteisen verkaufen. Mich nennt man übrigens die verrückte Pheobe«, sagte sie. Mit der Linken hielt sie die Kette fest, während sie ihm die Rechte hinstreckte.

Tilman versteckte seine Hände hinter dem Rücken. Dieser sonderbaren Geste, die Erwachsene miteinander verband, hatte er schon immer misstraut.

»Dann eben nicht«, sagte die Frau. »Statt der Hand kann ich ja deine Kette schütteln.« Das tat sie und lachte und wurde gleich darauf von einem Hustenanfall gepackt, der mehrere Minuten dauerte, während Tilman die Straße entlangblickte. »Na dann los«, sagte die Frau, als sie wieder zu Atem gekommen war. »Gehen wir. Glück für dich, dass ich zweierlei Wohnungen habe. Das eine sind Schrottplätze, und zwar solche ohne Höllenviecher und mit netten Besitzern. Wir werden dir das hier abnehmen«, sagte sie und schüttelte noch einmal die Kette. »Gleich hinter Goderich. Dort gibt es einen guten Schrottplatz. Dort wird dich wer losschneiden.«

Sie setzten sich in Bewegung. Nach langem Schweigen fuhr die Frau fort: »Zweitens wohne ich in Kellern, aber nur auf Bauernhöfen mit Kellertüren.« Sie gingen an einer ausgedehnten, wohlhabend wirkenden Farm entlang. »Und guten Bäuerinnen«, fügte sie hinzu. »Manche sind großartig. Vorräte im Keller, die seit Jahrzehnten da unten liegen und komplett vergessen sind. Irgendwo in der letzten Ecke und von Spinnweben überwuchert, dass man nichts mehr davon sieht. Stammen noch von irgendeiner uralten Oma, die längst auf dem Friedhof ist. Ein Jahr habe ich ausschließlich von Erdbeermarmelade gelebt. War fett wie ein Knödel, als es Frühling wurde.« Sie musterte Tilman genauer. »Dir täte ein bisschen Speck auf den Rippen auch nicht schlecht«, sagte sie. »Was isst du so?«

Tilman schwieg beharrlich. Jeden Abend bei Einbruch der Dunkelheit war er zu Komposthaufen und Abfallkippen geschlichen. An einem Tag hatte er nur Teeblätter und Kartoffelschalen gegessen, an einem anderen eine halbe Flasche Doc Chrightons Grippeelixier ausgetrunken, die er auf einem Müllplatz hinter einem Waldstück unter vorwiegend zerbrochenen und leeren Medizinflaschen gefunden hatte; danach war er zwei Tage lang schläfrig herumgetaumelt. Seither erschien ihm die Welt ein wenig schief, und bestimmte Geräusche – ein vertrocknetes Blatt, das über Kieselsteine strich, eine zuschlagende Tür in der Ferne – erschreckten und verstörten ihn.

»Kettenkind«, sagte Pheobe nach einer langen Pause. »Du bist gar kein Junge, du bist ein Kind. Jungs laufen in Rudeln herum, das wirst du schon sehen, wenn du mal größer bist. Kettenkind. Klingt besser.«

Die Kette hing jetzt lose zwischen ihnen, als wären sie seilgesprungen, wie er es von den kleinen Mädchen kannte, die im Schulhof seilhüpften und dazu in einer bedrohlichen Molltonart leiernde Reime sangen. Es war, als warteten er und die Frau nur darauf, dass ihnen der nächste Reim einfiel.

»Da ist der Schrottplatz«, sagte Pheobe, nachdem sie wieder eine Zeit lang stumm nebeneinanderher gegangen waren. »Dort lebt der alte Ham Bone, und er schneidet dir das Ding ab.«

Tilman sah nur einen scheinbar endlosen, grün gestrichenen Bretterzaun.

»Hab den alten Ham Bone schon in meiner Jugend gekannt, als er noch Schweinezüchter war und ich noch nicht verrückt. Kannte auch seinen Hund.«

»Und wie heißt der Hund?«, fragte Tilman. Seine erste Frage.

»Sägezahn«, antwortete Pheobe. »Den Sägezahn kenne ich, seit er ein Welpe war und ein Kläffer und Ham Bones Ferkel über die Farm gejagt hat. Kannte ihn schon, als ich noch nicht verrückt war. Der alte Ham Bone hat seine Farm aufgegeben, weil er keine Frau mehr bei sich hatte. Und sowieso kriegte er ständig den Moralischen, wenn seine Ferkel groß wurden und schlachtreif. Sägezahn kriegte ebenfalls den Moralischen. Weißt du, was mit einem ausgewachsenen Ferkel passiert, wenn's nicht geschlachtet wird?«

Tilman wusste es nicht.

»Die blöden Viecher werden dermaßen riesig vom vielen Fressen, dass sie nicht mehr auf die Hufe kommen und nicht mehr zum Trog, um weiterzufressen, und deswegen verhungern sie.« Pheobe schüttelte den Kopf. »Blöde Viecher«, wiederholte sie.

Sie gingen jetzt den Zaun entlang, der so lang war, dass es Tilman schien, die Welt würde davon in zwei Teile gespalten, und so hoch, dass es sicher nirgends einen Menschen gab, der darüber schauen konnte.

Aber schließlich stemmte Pheobe ein loses grünes Brett zur Seite und quetschte sich durch die Lücke, Tilman zog sie hinter sich her. Dabei merkte er, dass nur ein paar Meter weiter der reguläre Eingang weit offen stand. »Ich geh immer so rein«, erklärte Pheobe. Sie richtete ihre Schals, die an Brettern und herausstehenden Nägeln hängen geblieben und in noch größere Unordnung geraten waren. »Ich geh auch immer so raus«, fügte sie verschwörerisch flüsternd hinzu.

Tilman sah sich um und erblickte eine Ansammlung verrosteter landwirtschaftlicher Geräte, Dreschmaschinen, Garbenbinder, Hand- und Pferdepflüge, Pumpen, Zahnräder, schmiedeeiserner Geländer, Feuerleitern, Kessel, Radachsen, Holzöfen und Kohleherde und eine Vielzahl unkenntlicher Kleinteile. Hinter zwei oder drei Ballen Eisendraht sah er eine Holzhütte, aus deren Dach ein Ofenrohr ragte.

»Ham Bone«, schrie Pheobe zu der Hütte hinüber. »Ham Bone, komm raus und schau. Pheobe hat einen nagelneuen Hund mitgebracht, ein so feines Kerlchen, dass Sägezahn vor Neid grün pissen wird.«

Die Tür ging auf, und heraus schoss ein mittelgroßer Hund mit schwarz-weißem Fell, das an ein Vogelgefieder in der Mauser erinnerte, ein Bündel aus Lärm und Tatendrang. Tilman verschwand hinter seiner Gefährtin, während ein verschwommener schwarz-weißer Fleck laute, wütende Runden um sie beide drehte.

»Sägezahn!«, rief Pheobe. »Jesusmaria, krieg dich wieder ein. Das war ein Scherz! Das ist nur ein gefesselter Knabe, genannt Kettenkind.«

Sägezahn sprang hinüber zu Pheobe und leckte ihre Hand, dann warf er sich auf den Rücken, während sie seinen fedrigen Bauch streichelte.

Tilman sah, wie ein großer, rotgesichtiger Mann aus der offenen Tür der Hütte trat und auf sie zukam. »Was zum Teufel ...«, sagte der Mann, als er Tilmans Kette erblickte. »Was zum Teufel soll das denn darstellen?«

»Weiß ich doch nicht«, sagte Pheobe und rasselte geistesabwesend mit der Kette. »Meine nur, man sollte sie abmachen.«

»Jesus, Junge«, sagte Ham Bone. »Wie kommst du denn zu der Kette?«

Tilman gab keine Antwort.

»Jesus«, sagte Ham Bone noch einmal. Dann kehrte er in seine Hütte zurück und kam gleich darauf mit einer Bügelsäge zurück. »Halt still, Junge«, befahl er, während er die Kette auf einen Amboss legte und zu sägen anfing.

»Und was willst du mit diesem Panzer machen?«, fragte Pheobe, als die Kette durchgesägt war. »Kannst das Kettenkind doch nicht für den Rest seines Lebens mit diesem Panzer rumlaufen lassen. Sicher wird er mal größer, und dann quetscht ihm das Ding alle Rippen ab.«

Ham Bone seufzte, ging noch einmal in seine Hütte und kam mit einer kleineren Säge zurück. Als er das Schloss aufgesägt und Tilman den Brustharnisch abgenommen hatte, wandte sich der große Mann der Frau zu. »Pheobe«, begann er, und Tilman sah zu seinem Erstaunen, dass sich die Augen des Mannes mit Tränen füllten. »Pheobe«, wiederholte er, »wo warst du die letzten Monate?«

»Nirgendwo in der Nähe eines Schweinestalls«, sagte sie. »Was gibst du dem Kettenkind und mir für dieses gute Alteisen? Außerdem ist uns kalt, und wir müssen uns irgendwo aufwärmen.« Sie deutete auf die Hütte. »Gehen wir rein«, sagte sie.

Ham Bone beugte sich nieder und sah Tilman ins Gesicht. »Du bist kolossal verdreckt, Junge«, sagte er. »Meinst du, du findest hier irgendwo eine Wanne ohne Löcher im Boden? Löcher oben sind in Ordnung, aber Löcher im Boden sind schlecht. Such eine Wanne, und wir machen dir ein Bad.«

Die Andeutung von Häuslichkeit weckte Tilmans Argwohn. »Ich bleibe aber nicht«, sagte er.

»Ich bleibe auch nicht«, verkündete Pheobe.

»Das weiß ich«, sagte Ham Bone leise. »Das weiß ich.«

Tilman wartete, bis die Erwachsenen in der Hütte verschwunden waren. Dann verrenkte er seinen Oberkörper und warf Arme und Beine in alle Richtungen, überglücklich, sein Joch los zu sein.

Es dämmerte schon, als Tilman eine brauchbare Wanne gefunden hatte und an die Tür der Hütte klopfte. Kaum war er eingetreten, traf ihn die Temperatur im Raum mit einer Wucht wie ein Schwall Hitze aus einem Backofen. Ham Bone hatte eine große Dose Bohnen warm gemacht, die sie sich schweigend teilten. Danach ging der Mann hinaus, um das Tor zuzusperren und die Wanne an der Pumpe vor dem Haus mit Wasser zu füllen. Als er wiederkam, stellte er die Wanne auf den Holzofen. Tilman, der zum ersten Mal seit Wochen Wärme erlebte, döste auf seinem Stuhl vor sich hin, bis Ham Bone ihm aus seinem riesigen Mantel auf dem Boden ein Lager machte. Irgendwann später wurde Tilman von Sägezahn geweckt, der ihm das Gesicht leckte. Der Hund drehte sich drei Mal um sich selbst, dann legte er sich neben ihm nieder. Von ihrem Platz im Schatten sahen Kind und Hund den Erwachsenen zu.

Ham Bone hob die Wanne vom Ofen und prüfte die Temperatur mit der Hand. Dann stand er da und sah die Frau an, die am anderen Ende des Raums zusammengesackt auf ihrem Stuhl saß.

»Komm, Pheobe«, sagte er.

»Nein«, sagte sie. »Du fasst mich nicht an.«

»Das hab ich auch gar nicht vor«, sagte Ham Bone leise. »Aber, Pheobe, du riechst nicht sehr gut.«

»Das beschämt mich«, sagte Pheobe mit einer Stimme, die Tilman neu war.

»Ist ja nicht deine Schuld.« Ham Bone ging langsam auf sie zu. »Lass mich dir diese Sachen ausziehen, Pheob.«

»Nein«, antwortete sie, wich ihm aber nicht aus.

Er legte ihr eine große Hand auf den Kopf. »Pheob«, sagte er noch einmal, während er anfing, einen der vielen Schals von ihrem Kopf zu wickeln.

Aus Tilmans Blickwinkel schien alles langsamer zu werden, verzögert von der Wärme und dem orangegelben Licht der Petroleumlampe und dem Hecheln des Hundes, dessen Wärme inzwischen die linke Seite des Jungen erfüllte.

»Ich lass mir gar nichts von dir ausziehen«, sagte Pheobe

mit ihrer neuen Stimme, die Richtung und Bedeutung verloren hatte.

Schicht um Schicht wickelte Ham Bone sie aus ihren Schals. Tilman sah verblüfft zu, wie die Frau, die ihn gerettet hatte, immer schmächtiger wurde. Der Hund seufzte zufrieden und legte die Schnauze zwischen die Vorderpfoten.

Tilman zählte mit, als fünf Röcke nacheinander zu Boden fielen und Pheobe noch immer bekleidet war. Doch ihre überraschend langen, dünnen Arme waren nackt und hingen seitlich herab.

»Was ist mit dem Jungen?«, fragte sie. »Er hat noch nie eine ausgezogene Frau gesehen, soviel ist sicher.«

»Er schläft«, sagte Ham Bone. Er zog ihr einen schmutzigen Unterrock und ein Mieder aus, und Pheobes magerer weißer Körper reflektierte das Licht, und Tilman hatte das Gefühl, als schüttelte diese Weiße die Dunkelheit der Schatten ringsum ab. Endlich wickelte Ham Bone den letzten Schal von ihrem Kopf, und eine rote Lockenmähne fiel auf ihre Schultern herab.

Tilman war noch ein Kind, aber er wusste, dass die Frau, die er vor sich sah, jünger war als seine Mutter. Und er wusste, dass sie schön war.

»Du hast selber nicht sehr gut gerochen«, sagte Pheobe, »wenn du vom Schweinestall gekommen bist. Als ich noch nicht verrückt war.«

»Ja, Pheobe«, sagte Ham Bone, »ja, das stimmt.« Er nahm ihre Hand. »Komm mit«, sagte er sanft, »komm ins Wasser.«

»Ich setz mich aber nicht hin.«

»Nein, musst du nicht, stell dich einfach hinein.« Ham Bone ging durch den Raum und nahm einen Waschlappen von einem Nagel an der Wand, dann kehrte er zu Pheobe zurück, die in der Wanne stand.

Die Szene, die sich vor Tilman abspielte, vergaß er in seinem ganzen Leben nicht mehr. Jahre später, als er endlich selbst jemanden liebte, kam ihm dieser Abend wieder in den Sinn, wie ein Regen, der über seinem Gedächtnis niederging: die sanfte Zärtlichkeit, das Plätschern von rinnendem Wasser. Und er erinnerte sich, wie das Gesäß und die Waden der jungen Frau glänzten, als der Mann Wasser darüber laufen ließ, und an die glitzernden Schneckenspuren an ihrem Bauch – ein Zeichen dafür, dass sie ein Kind geboren hatte, wie Tilman als Erwachsener begriff. Er erinnerte sich an die Tränen auf dem Gesicht des großen Mannes, als er mit dem Lappen unter ihren Brüsten entlang und über die Innenseite der Schenkel fuhr. Und er erinnerte sich an ihre vollkommene Ergebenheit nach all ihren Protesten.

Pheobe legte die Hände auf Ham Bones Schultern, als er vor ihr niederkauerte und erst den einen, dann den anderen Fuß wusch.

»Wie kommt es, dass ich verrückt bin?«, fragte sie mit gesenktem Kopf.

Ham Bone schwieg. Er wrang den Waschlappen aus, und das Wasser, das in die Wanne klatschte, klang wie grenzenloser Kummer.

»Wirst du nach Hause kommen, Pheobe?«, fragte er leise. »Du musst nicht mehr verrückt sein. Wir könnten den Jungen zu uns nehmen.«

Tilman erstarrte, darauf gefasst, die Flucht zu ergreifen, wie immer bei der geringsten Andeutung von Gefangenschaft.

Doch Pheobe lehnte ab. »Zuhause, das halte ich nicht aus«, sagte sie. »Zuhause ist da, wo Leid ist.«

Ham Bone zog sein Hemd aus und streifte es ihr wie ein Nachthemd über, als sie aus der Wanne stieg. Dann trat er hinter sie, umschlang mit den Armen ihre Taille und zog sie abwärts, bis sie beide knieten, sie auf seinem Schoß. Langsam drückte er ihren Oberkörper nach vorn, bis ihr Kinn die Brust berührte, und tauchte ihre roten Haare ins Wasser.

»Das fühlt sich schön an«, sagte Pheobe, »dieses warme Wasser auf meinem Kopf.«

»Ja«, sagte Ham Bone. »Ich wasche deine Sachen, wenn du heute Nacht hier schläfst.«

»Und du fasst mich nicht an?«

»Nein, aber du wirst was essen, und dann übernachtest du heute hier.«

»Wenn ich mich von dir anfassen lasse«, sagte Pheobe, »bekämen wir nur noch ein Baby, das sterben würde.«

Sie fing an zu weinen.

Ham Bone hielt sie umarmt. »Ich fass dich nicht an, Pheob«, sagte er. »Du würdest sowieso nur wieder fortgehen, das weiß ich.«

Am Morgen rüttelte Pheobe Tilman wach, als es noch finster war. Bei ihrer Berührung fuhr der Junge nervös aus dem Schlaf und sprang auf, dann drehte er sich in der Dunkelheit um sich selbst und versuchte sich zurechtzufinden. Als er die Glut im Kanonenofen sah, kam ihm die Zärtlichkeit der Szene in den Sinn, die er am Abend zuvor erlebt hatte, dann die Erkenntnis, dass Kette und Harnisch fehlten, und von dieser neuen körperlichen Freiheit drehte sich ihm der Kopf.

Pheobe hatte sich wieder in die Schichten zerlumpter Kleider gehüllt, die Ham Bone am Abend gewaschen und am Feuer getrocknet hatte. Von der rothaarigen jungen Frau, die Tilman gesehen hatte, war jegliche Spur verschwunden, unter Tüchern begraben. Er konnte Ham Bone in einer Ecke der Hütte schnarchen hören.

»Beeil dich«, sagte Pheobe. »Wir müssen hier raus, bevor er aufwacht.«

Tilman, der nicht wusste, was er sonst tun sollte, steuerte auf die Tür zu, obwohl der Mann freundlich war. Der Hund stand auf und sah ihnen verschlafen zu, doch offensichtlich war er mit Szenen des Aufbruchs vertraut, denn er schnaufte nur, drehte sich ein Mal im Kreis und rollte sich neben dem Bein des großen Mannes zusammen.

»Immer in Bewegung bleiben«, sagte Pheobe, als sie über den Schrottplatz gingen. »Wenn du stehen bleibst, steckt dich gleich jemand in den Käfig, das ist sicher.« Sie blickte auf den Jungen hinunter. »Du weißt das wahrscheinlich, stimmt's, Kettenkind?«

»Ja«, sagte Tilman. »Ja, ich glaub schon.«

Tilman war eine knappe Woche mit Pheobe unterwegs. Da sie beide nicht bereit waren, einem anderen zuliebe ihre Route zu ändern, standen sie erwartungsgemäß bald an einer Wegkreuzung, an der Pheobe sich in den Kopf setzte, nach Osten zu gehen, während Tilman nach Westen strebte.

Der Junge war nicht weiter als fünfzehn Schritte gegangen, als er Pheobe nach ihm rufen hörte. Er machte kehrt und trabte zu ihr zurück. Der Wind war stärker geworden, die Wolken am Himmel sahen nach Schnee aus, und Tilman hoffte, so rasch wie möglich die nächste Stadt zu erreichen.

»Will dir nur noch was geben, bevor du Gott weiß wohin entschwindest.« Pheobe wühlte in den Tiefen ihrer Kleider. »Den verdammten Königsdonnerer will ich dir geben.«

Endlich zog sie eine silbern funkelnde Trillerpfeife hervor. »Kannst du lesen?«, fragte sie.

Tilman nickte.

»Dann lies das.« Pheobe hielt ihm die Pfeife hin. »Lies laut.«

»Königlicher Donnerer.«

»Ham Bone hat ihn mir gegeben, für den Fall, dass mich irgendwer auf der Straße anzufassen versucht.« Sie lachte und schüttelte den Kopf. »Aber ich habe keinem so gut gefallen, dass er's versucht hätte. Also nimm du ihn«, sagte sie und reichte Tilman die Pfeife. Dann wandte sie sich zum Gehen. »Und vergiss nicht: einfach reinblasen.«

Er nickte und machte sich auf den Weg. Dann hörte er Pheobe noch einmal rufen. »Aber nicht dass du denkst, ich käme dann angerannt! Weder jetzt noch sonst wann«, sagte sie.

»Das weiß ich.«

»Versuch's. Zähl bis hundert, dann pfeif.«

Während er Pheobes lumpenbehängter Gestalt nachblickte, die kleiner und kleiner wurde, zählte Tilman langsam bis hundert. Dann steckte er den Königlichen Donnerer in den Mund und blies. Ein gellender Pfiff durchschnitt die Luft.

Pheobe blieb stehen und stand mehrere Sekunden stocksteif, nur ihre Schals und Tücher flatterten im Wind. Ohne sich umzudrehen, hob sie einen Arm in die Höhe, winkte, dann setzte sie sich wieder in Bewegung.

Und so begannen Tilmans kettenlose Abenteuer auf der Straße.

Als er aller Wahrscheinlichkeit nach dreizehn oder vierzehn Jahre alt war, lebte Tilman unter einer Brücke, die über den Fluss Nith im Waterloo County führte. Tagelang war er die staubigen Landstraßen entlanggelaufen und -gerannt und hatte an den schmucken Bauernhäusern der Amischen und Mennoniten, die sich in dieser Gegend angesiedelt hatten, um etwas zu essen gebettelt, ein wenig erschrocken über den recht vertrauten deutschen Dialekt, den die Leute sprachen. Er fürchtete schon, er sei so weit gewandert, dass er die Grenzen seines Landes hinter sich und neues Staatsgebiet betreten hatte, das so fremd war, dass er nie wieder irgendetwas verstehen werde. Einmal hatte ihm eine Frau einen ganzen Apfelkuchen geschenkt, den er auf dem Fensterbrett erspäht hatte, wo er noch in der Form zum Abkühlen stand, und hatte sie gefragt: »Kanada? Ontario?« Die Frau begriff nicht, worum es ihm ging, sondern erkundigte sich stattdessen nach seinem Namen. Da er sie Englisch sprechen hörte, war er beruhigt und rannte ohne zu antworten davon, den Apfelkuchen in beiden Händen.

Um diese Zeit hatte er begonnen, das Laufen zu trainieren, weil es ihm bei seiner Lebensweise eine nützliche Fähigkeit schien. In den letzten Monaten waren seine Beine länger und kräftiger geworden. Natürlich waren sie, neben seinen Händen, der Teil seiner Anatomie, den er am besten kannte, denn Spiegel gehörten selten zu seinen visuellen Erlebnissen, und wenn er doch einmal einem begegnete, erschrak er nur, weil er mit dem Jungen, den er darin erblickte, so wenig vertraut war. Seine Beine aber, die in einer flickenbesetzten Hose steckten, waren vertraut, ein verlässlicher Platz, um Hände oder Ellenbogen darauf zu stützen, und etwas, woran man sich festhalten konnte, wenn man auf einer Türschwelle oder am Straßenrand kauerte. Die Festigkeit seiner Schenkel, die knochige Hagerkeit der Knie, die Zuverlässigkeit seiner Füße – trotz des häufig hoffnungslosen Schuhwerks – gefielen ihm. Und nie würde er vergessen, dass es seine Beine waren, die ihn von dem Ort, an dem er angekettet gewesen war, fortgebracht und ihm seither immer wieder geholfen hatten, Ketten der einen oder anderen Art zu entrinnen.

Er rannte Hügelkämme und Zäune entlang und durch die schmalen grünen Gänge zwischen hohen Maisstängeln. Er rannte auf alten Knüppeldämmen, wo die Rippen der Baumstämme, auf denen sie errichtet waren, wie Wellen unter seinen Füßen hinwegglitten, oder auf Feldwegen mit einem hellgrünen Grasstreifen zwischen den beiden Fahrrinnen aus festgebackenem Lehm. Er rannte über Jochbrücken und auf Eisenbahngleisen und passte seine Schritte den Schwellen so gut an, dass er nie daneben trat, und dabei bewegte er sich so geschwind und sicher, dass er sich weder durch die Höhe noch durch das ferne Pfeifen eines näher kommenden Zuges aus der Fassung bringen ließ. Im Frühsommer rannte er morgens rund um Baseballfelder am Rand eines Dorfes, noch bevor irgendjemand auf den Beinen war, und in Owen Sound oder Goderich rannte er im Mondlicht die Piers an den Großen Seen entlang, vor und zurück. Als er im Waterloo County war, verschlug es ihn einmal in die Stadt Berlin, wo er im Morgengrauen, als er nach einem guten Frühstück aus der Mülltonne hinter dem Walper-Hotel die King Street entlanggerannte, einem Polizisten begegnete. Nachdem er belebte Gegenden meist vermieden hatte, war es Tilman nie in den Sinn gekommen, dass ein Polizist um halb fünf Uhr morgens auf den Beinen sein könnte, doch als er merkte, dass ihn einer verfolgte, rannte er schneller, als er sich je zugetraut hätte, geradewegs aus der Stadt hinaus in Richtung Norden, bis eine Sauerstoffeuphorie jede einzelne Körperzelle erfüllte, und erst als er nichts mehr als Bäume und Felder sah, hielt er an, ohne zu ahnen, dass der Polizist schon nach zwei Straßen aufgegeben hatte.

Ein paar Tage später stieß Tilman auf die Brücke. Verschwitzt, schmutzig und durstig, nachdem er am Vormittag an den Dörfern Bamberg und Wellesley und Nithburg vorbeigerannt war, hatte er den Fluss entdeckt, der wie ein gekrümmter Silberarm eine halbe Meile entfernt in einem Tal lag, und um dorthin zu gelangen, war er in eine Landstraße eingebogen, die ihn einen so steilen Hügel hinabführte, dass er die Brücke erst sah, als er schon halb unten war. Sie ruhte auf Eisenträgern und sah aus wie der Rücken eines mächtigen Tiers, das sein Skelett im Profil präsentierte: Tilman war hingerissen, jeder einzelne eiserne Teil des Bauwerks entzückte ihn. Obwohl er außer Atem und schweißüberströmt war, rannte er mehrmals über den Bohlenbelag und die Schatten der stählernen Träger hin und her. Dann riss er sich seine zerlumpten Kleider vom Leib, kletterte auf das Geländer und sprang ins braungrüne Wasser hinunter, das er dafür tief genug schätzte. Im Fluss ließ er sich auf dem Rücken treiben, blickte in den Himmel hinauf und bewunderte die Brücke von unten, deren Stahlgerüst behäbig auf den zementierten Widerlagern ruhte, während die Sonne durch die Ritzen zwischen den Bohlen schien. Erst jetzt erkannte er, dass das Gestrüpp zu beiden Seiten, die Neigung der Böschung und die Stellung des Widerlagers am Südufer die Brücke zum perfekten Unterschlupf, zum perfekten Versteck machten, und er beschloss, sich hier niederzulassen.

Es war ein guter Sommer. Von der Brücke aus hatte er in allen Richtungen eine weite Aussicht auf Hügel, Felder, Obstgärten, die von den Winkeln der Stahlträger in geometrische Formen zerschnitten wurden, und das Plätschern des Wassers war eine Wohltat. Während der ersten paar Tage an der Brücke war Tilman immer schon vor dem Morgengrauen auf den Beinen, schlich um die Ställe und Abfallhaufen der umliegenden Farmen und besorgte sich Orangenkisten als Möbel, leere Dosen und Flaschen als Geschirr. Einmal nahm er eine Angel mit, die vergessen an einem Verandageländer lehnte. Er behielt sie eine Woche lang; wohlgenährt und schuldbewusst brachte er sie dann ihrem Besitzer zurück, und vor die Tür legte er ihm zwei frisch gefangene Forellen, sozusagen als Bezahlung. Erst in diesem Moment entdeckte er den Collie, der unbestimmt mit dem Schwanz wedelte und dann beiläufig in die Richtung des Fischgeruchs schlenderte.

Danach dauerte es nicht lang, bis der Hund den Jungen gefunden hatte, die Uferböschung hinuntergesprungen und in die Höhle gekrochen war, die Tilman sich gebaut hatte. Der Hund näherte sich mit höflicher Diskretion, angelegten Ohren und kreisförmig ruderndem Schwanz. Tilman dachte daran, ihn Sägezahn zu nennen, doch dann nannte er ihn

Buster und kam davon erst wieder ab, als er eine menschliche Stimme aus großer Entfernung nach Shep rufen hörte und der Hund darauf reagierte. Shep tauchte mindestens ein Mal am Tag auf, manchmal öfter. Außer ihm wusste niemand, dass hier ein Junge lebte, obwohl die amischen Bauern in ihrem Pennsylvania-Deutsch manchmal von dem Betteljungen sprachen, der hin und wieder mit aufgehaltener Hand an ihren Hintertüren stand, und die Frauen wie üblich den Versuch unternahmen, ihn einzufangen und zu zähmen.

Den ganzen Sommer saß Tilman unter der Brücke und sah zu, wie der Widerschein des sonnenhellen Wassers zitternd auf Zement und Holz fiel, prägte sich die Form des gegenüberliegenden Ufers ein und lauschte dem Rattern und Rumpeln von Fuhrwerken und Traktoren, die über die Planken über ihm fuhren. Er folgte dem Fluss stromauf und stromab und begegnete Kühen, gelegentlich einem Pferd, nie einem Menschen. Diese Ausflüge empfand er als Abenteuer, doch er zog die kühle Dunkelheit seiner Höhle vor, die Aussicht auf Wasser und ein Werk der Technik, auf Fragmente eines Waldstücks, den Verlauf eines Zauns. Es gefiel ihm auch, dass der Hund bei ihm blieb, hechelnd und wachsam, und mit einem Zucken der Augen, der Schnauze auf die geringste Veränderung der Atmosphäre reagierte.

Nachdem er so lange den Fluss betrachtet hatte, begann Tilman endlich die Sprache des Wassers zu verstehen und zu unterscheiden, wann es stumm war und wann es sprach. Er vernahm das langsame, beinahe unmerkliche Seufzen während der wochenlangen Dürre und das angriffslustigere Geplapper nach vier oder fünf Tagen Regen. Wenn der Fluss angeschwollen war und sein Bett ganz ausfüllte, war die

Wahrscheinlichkeit überraschender Geschenke am größten: einmal ein ausgezeichnetes und höchst willkommenes Paar Stiefel, an den Schnürsenkeln zusammengebunden, ein andermal ein Spielzeugschiff und, als es schon auf den Spätsommer zuging, Äpfel, die von den Bäumen der umliegenden Obstgärten ins Wasser gefallen waren.

Er liebte die Brücke mit kindlicher Liebe, wie ein Junge ein Baumhaus im Garten oder ein Versteck im Gestrüpp liebt. Er liebte sie aber auch in einer Weise, die typisch für sein Wesen war, denn sie bot ihm Obdach, ohne ihn einzusperren. Hier gab es keine unüberwindlichen Mauern, keine Türen, die abgesperrt werden konnten. Durch ihre Träger und Balken flossen Licht und Luft, und sie bot ihm ungehinderte Aussicht auf das weite Land ringsum. Und immer war unter ihm der Fluss, der feierlich dahinströmte, immer in Bewegung, immer in Veränderung, irgendwohin unterwegs.

Er floss nach Westen. Ende August, nach eineinhalb Wochen sintflutartiger Regenfälle, stürmte er hastig vorwärts. Dann, Mitte September, tauchte in der Krümmung eine Viertelmeile stromaufwärts ein kleiner Stechkahn auf und kam rasch näher. Tilman und der Hund rannten zum Ufer hinunter, dem Kahn entgegen, der an einem umgestürzten Baum etwa fünfzehn Meter vor der Brücke hängen blieb. Der Junge sprang darauf zu und stellte begeistert fest, dass am Bug ein Seil hing. Damit band er das Boot an einem stählernen Ring im ersten Betonsockel fest und verbrachte den restlichen Tag damit, Zweige und Äste zu sammeln, um es vor Dieben zu verbergen. Sein Erscheinen war wie ein Wunder, denn Tilman war sich bewusst, dass es bald wieder Zeit war, den Zugvögeln zu folgen: Jetzt hatte er ein Gefährt für die Reise.

Mitte September trieb er davon und ließ den Hund wild bellend auf der geliebten Brücke zurück, verließ auch das wellige Gelände, das ihm so vertraut geworden war. Ohne es zu wissen, hatte er zum ersten Mal erfahren, wie es ist, etwas zu kennen, so gut und so gründlich zu kennen, dass man es nie wieder vergisst. Er hatte die Brücke in jedem Licht und jeder Dunkelheit des Sommers erlebt, kannte die Laute, die sie von sich gab, wenn sie Fuhrwerke oder Automobile, hin und wieder einen Radfahrer trug. Noch Jahre später konnte er die Augen schließen und die exakten Muster von Rostflecken auf Eisen, die schwarz-weißen Flecken im Fell eines Hundes, die sich im Wind wiegenden Gräser an einem Flussufer sehen, und wenn er sich diese Eindrücke in Erinnerung rief, empfand er zugleich auch den Schmerz des Verlusts. Er hatte dies alles ins Herz geschlossen und aus freiem Entschluss verlassen, nicht anders als Pheobe, stellte er sich vor, Ham Bone verlassen hatte. Nichts hatte ihn zu halten vermocht, und deshalb liebte er den Ort, als er ihn zurückließ, umso mehr. Sein erstes echtes Zuhause wurde kleiner und kleiner, das Eisengerüst schwarz im Gegenlicht, während er in dem Kahn, den der Fluss ihm geschenkt hatte, davontrieb und zurückschaute. Er rief der Brücke Lebwohl zu und dem Hund Worte des Lobes, und Shep stürzte zum Ufer hinunter, um dem Kahn zu folgen. Tilman wusste, dass der Hund darauf trainiert war, das Farmland nie zu verlassen, und musste ihm also das letzte Lebewohl vor der Flussbiegung zurufen, die sie dem Blick aufeinander entziehen würde. Er merkte auf einmal, dass diese Abschiedsworte seit Wochen die ersten Laute waren, die er von sich gab, und seine Stimme war rau und heiser und außerdem voller Tränen.

Jeden Herbst war Tilman den Vögeln ins flache Marschland im Südwesten Ontarios gefolgt. Am nordwestlichen Ufer des Eriesees folgten die schilfbewachsenen Sumpfgebiete der langgestreckten Krümmung von Buchten oder zogen sich bis in den See hinein, wo das Röhricht seine eigenen unsicheren Halbinseln bildete. Oder sie wanderten landeinwärts und nahmen die Uferlinie mit, so dass frühe Siedler manchmal erstaunt in einer neuen feuchten Welt aus eifrigen Rufen, Flügelgeflatter und Froschgequake erwachten, als hätte der See den Entschluss gefasst, sie und ihre neu erbauten Blockhäuser ins Landesinnere zurückzudrängen.

Weiter östlich festigte sich das Land, und hier entwickelten sich florierende Farmen direkt am Wasser. Tilman kannte die Hintertüren sämtlicher Farmhäuser, massiver roter Ziegelbauten an der schmalen Landstraße, die man die alte Talbot Road nannte, kannte auch die Vordertüren mit den schönen Sprossenfenstern, durch die das Sonnenlicht eindrang, doch er hütete sich, dort anzuklopfen. Bestens bekannt war er mit allen Ställen, Getreidespeichern und Heuschobern, und in einigen dieser hölzernen Kathedralen war er so oft gewesen, dass manche Tiere seine Ankunft erfreut zur Kenntnis zu nehmen schienen.

Gelegentlich fand Tilman sogar Eingang in die eine oder andere steinerne Festung. Dies geschah in der Regel dann, wenn ihn eine Hausherrin oder eine Küchenangestellte, die er an dieser Straße traf, adoptieren wollte und mit warmem Essen, einem bequemen Bett und sauberen Kleidern von ihren eigenen oder den Kindern der Herrschaft in den Schoß der Häuslichkeit zu locken versuchte. Viel später erzählte er einem Freund, vor allen Dingen seien ihm die bemalten Hausflure in Erinnerung geblieben, ein Werk der wandernden Maler, die auf dieser wohlhabenden Straße entlangzogen und an den Wänden Gemälde von fernen blauen Gefilden zurückließen, ganz anders als die Landschaften, die man im südwestlichen Ontario erwarten konnte. Nachdem er ein paar Tage an Treppengeländern gelehnt und sich in die schläfrige Behaglichkeit gebirgiger Fantasielandschaften hineingeträumt, ein paar Nächte zwischen gestärkten weißen Leintüchern geschlafen hatte, ergriff ihn immer wieder eine Unruhe, und eines frühen Morgens, an dem er nicht schlafen konnte, lief er unweigerlich in die Dunkelheit davon.

Die Männer nahmen immer an, er sei ein entflohener Bernardo-Junge, einer von den Hunderten Waisenknaben aus England, die als Knechte auf die Farmen in Ontario geschickt wurden. Tilman wusste, dass man der Auffassung eines Erwachsenen von seiner Situation am besten nie widersprach, denn in seinen Jahren auf der Straße hatte er gelernt, dass es immer sicherer war, für sein »chronisches Vagabundieren«, wie ein Polizist einmal gesagt hatte, eine Erklärung parat zu haben. Manchmal beschäftigte ihn ein Farmer bei der Apfelernte oder der Heumahd, und Tilman bewahrte die dabei verdienten Münzen in einem Taschentuch auf, das er vor Jahren aus der Wäschekommode seiner Schwester entwendet hatte, weil es mit fliegenden Vögeln bedruckt war.

Er blieb freilich nie lang – nie länger als eine Woche – und zog lieber von einer Pflanzung zur anderen, und im Sommer und Herbst lehnte er jede Arbeit ab, bei der er nicht den See sehen konnte. Im Hochsommer pflückte er Erdbeeren mit einem ganzen Pulk von Wanderarbeitern, befriedigt über seine Anonymität in der Menge. Er liebte diese Morgen, wenn der Tau die niedrigen Pflanzen versilberte und auf dem See das Sonnenlicht funkelte wie Sterne. Und das Schwimmen im See am Abend wusch ihm den Schweiß von der Haut und all die Sorgen des Winters aus seinen Gedanken. Er wusste, dass er mit nichts und niemandem verbunden war und weder seine Gegenwart noch seine Abwesenheit je so viel Gewicht hatte, dass er oder jemand anderes darauf angewiesen war, und er war sehr zufrieden. Die Tage verstrichen so fließend wie ein Seidenschal, der durch einen Ring gezogen wird. Keine Arbeit auf dem Feld und auf der Weide fiel ihm schwer; nichts ließ sich vergleichen mit der Panik und der Erschöpfung, die ihn befielen, wenn er im Winter um Nahrung, Wärme und Obdach kämpfen musste.

Er war – bisher – ein Landstreicher gewesen, ein Kind der Bauernhöfe und Dörfer. Im Winter hatte er sich zu Adoptionen aller Art freigegeben und sich von Pastoren und Hausfrauen, Küstenfischern und Dieben aufnehmen lassen oder sich in die Obhut einer Reihe erwachsener Landstreicher gestellt, die ihn lehrten, mit hilfloser und verzweifelter Miene zu betteln, und dann mehr als die Hälfte seiner Einnahmen selbst einstrichen.

In seinem sechsten Herbst auf der Straße hatte er sich so lange im Tomatenanbaugebiet von Essex County aufgehalten, dass die meisten Wildgänse bereits von den Ufern des Eriesees aufgebrochen waren und der See zu kalt war, um sich noch hineinzuwagen. An den Backsteinhäusern, wo er sich seine Mahlzeiten zusammenbettelte, trieben Banner aus goldschimmerndem Laub vorüber, und die Scheunen waren bis unters Dach mit überreicher Ernte gefüllt. An einem frischen Morgen fand er bei einem Bauern Arbeit; für fünfundzwanzig Cent, eine Mahlzeit und ein Lager in der Scheune sollte er das Brennholz aufschichten, das ein älterer Landstreicher hackte. Der Bauer zeigte Tilman einen Schubkarren und sagte: »Damit bringst du alles Holz, das der Italiener hackt, in die Scheune. Sieh zu, dass es ordentlich gestapelt wird.« Tilman blickte zu einem olivhäutigen Mann mit graugelockten Haaren hinüber, der auf der anderen Seite des Weges am Wiesenrand stand und arbeitete wie eine aufgezogene Maschine. Seine Axt blitzte in der Sonne, und unter seinen Achseln hatten sich trotz der Kühle dunkle Flecken gebildet.

»Der ist ein komischer Kauz«, sagte der Bauer, »aber er arbeitet wie der Teufel.«

Tilman brachte zwei oder drei Fuhren in die Scheune, ehe der Brennholz hackende Mann das Wort an ihn richtete.

»Ich bin kein Holzhacker«, sagte er. »Sag ja niemandem, dass ich Holz hacke.« Er legte einen großen Klotz Eichenholz auf den Hackstock vor sich, hob die Axt hoch über den Kopf und verharrte eine oder zwei Sekunden in dieser Haltung, ehe er die Klinge in die Mitte des Holzklotzes niedersausen ließ und ihn in zwei gleiche Scheite spaltete. »Ich bin nicht hergekommen, um Italiener zu treffen«, sagte er. »Ich bin kein Italiener. Es gibt keine Italiener in Leamington. Ich habe keine Tomaten gepflückt.«

»Ich habe ganz viele Italiener beim Tomatenpflücken gesehen«, sagte Tilman, »und viele, denen die Farmen gehören, auf denen sie aufgewachsen sind.«

»Das darfst du nie jemandem erzählen«, sagte der Mann und hob einen Klotz wieder auf, der vom Hackstock gefallen war. »Und sag ja keinem, dass ich dir verboten habe, es weiterzusagen.«

Tilman hatte auf der Straße viele Landstreicher getroffen, die vor irgendetwas oder jemandem davonliefen: Ehefrauen, Kindern, dem Gesetz. »Ich werd keinem was sagen«, versicherte er. »Wie heißt du denn? Ich heiße Tilman.«

»Du heißt nicht Tilman«, sagte der Italiener und verwandelte einen weiteren Klotz in Brennholz. »Du heißt genauso wenig Tilman wie ich Rifiuto.«

Tilman dachte darüber nach, während er den beladenen Schubkarren zur Scheune hinüberfuhr. Als er wiederkam, saß der Mann auf dem Hackstock, wischte sich mit einem schmutzigen Tuch das Gesicht ab und trank Wasser aus einem Eimer. Er spülte sich den Mund und spuckte auf den Boden.

Tilman schüttelte den Kopf. »Ich glaube, du heißt Rifiuto, weil ich ganz sicher Tilman heiße.«

»Wer will das wissen?«, fragte der Italiener argwöhnisch. »Und wieso?«

»Das will niemand wissen außer mir.«

»Ich habe nicht gefragt, wer das wissen will. Ich hacke kein Holz mehr.« Auf einmal wurde sein Blick leer wie die Augen der Holzfiguren seines Großvaters, an die sich Tilman noch gut erinnerte. Der Mann saß stocksteif da, ohne zu atmen, zwei oder drei Minuten lang. Dann holte er tief Luft, sein Blick wurde wieder scharf, er sprang auf die Füße, packte die Axt und machte sich über den nächsten Holzklotz her.

»Kein ... einziger ... Italiener, ... der ... hier ... als ... Holzhacker ... arbeitet!«, schrie er. »Kein ... einziger!«

Tilman warf zwei Holzscheite auf den Schubkarren. »Ich finde, du siehst aus wie ein Italiener«, sagte er ruhig.

»Wer hat dir das gesagt?«

»Niemand.«

Der Mann ließ die Axt auf dem Hackstock ruhen und starrte ins Leere. »Dieser Junge«, sagte er, »hat nicht ›niemand‹ gesagt.«

Tilman packte die Griffe des Schubkarrens und marschierte zur Scheune. Als er wiederkam, sprach er den Mann mit Namen an. »Rifiuto«, begann er.

»Nein«, sagte Rifiuto, »ich heiße nicht Rifiuto. Wer hat behauptet, ich hieße Rifiuto?«

»Du selber.«

»Stimmt nicht.«

»Na ja, du hast gesagt, dass du *nicht* Rifiuto heißt, und deswegen glaube ich, dass du wahrscheinlich so heißt.«

Rifiuto suchte sich einen Klotz Zedernholz aus dem Stapel. Aus seiner Argumentation schien alle Energie gewichen zu sein, doch sein Blick fuhr immer noch argwöhnisch hin und her. »Sag es bloß niemandem«, sagte er.

»Rifiuto«, begann Tilman noch einmal.

»Nein«, sagte Rifiuto.

»Rifiuto, bist du verrückt?«

»Ich bin nicht verrückt.«

»Hast du Hunger?« Tilman hatte ältere Vagabunden erlebt, die Halluzinationen hatten oder irreredeten, wenn sie lange Zeit nichts zu essen bekommen hatten ... oder plötzlich ohne Alkohol dastanden.

»Kein Hunger«, sagte Rifiuto.

»Was ist dann mit dir los?«

»Das hast du nicht gefragt.«

»Ach komm, natürlich hab ich.«

Tilman verspürte einen Anflug von Ärger, ein Gefühl, an das er sich kaum noch erinnerte, weil er es auf der Straße bisher nie erlebt hatte. Beinahe alle sonstigen Regungen und Leidenschaften hatten ihn heimgesucht – Angst, Zuneigung, Seligkeit, Unruhe, Aufregung, sehr selten Langeweile –, Ärger jedoch hatte er nie mehr empfunden, seit seine Eltern ihn zur Schule geschickt hatten. Er fuhr den Karren zu dem stetig wachsenden Holzstapel in der Scheune. Wieder und wieder pfiff Rifiutos Axt durch die Luft und zersplitterte Holz, als wäre der Mann ein lebensgroßes mechanisches Spielzeug. Sein Körper, fand Tilman, hatte große Ähnlichkeit mit einem Bären.

»Du kannst wirklich Holz hacken«, sage Tilman. »Mit deinen Armen ist jedenfalls alles in Ordnung.«

»Welchen Armen?«, fragte Rifiuto. »Wer sagt, dass ich Arme habe?«

Tilman seufzte und trottete mit dem beladenen Schubkarren zur Scheune. »Ich fahre kein Holz zur Scheune«, rief er über die Schulter. Dann lachte er und beschleunigte den Schritt. Hinter ihm hörte er Rifiuto ebenfalls lachen. Als der Abend kam, waren sie die besten Freunde.

Der Tag war dem Holz gewidmet gewesen, wie es Tilmans Großvater ein halbes Jahrhundert früher erlebt hatte: Hartholz, Weichholz, Klafterholz, Schürholz. Einmal rief Rifiuto: »Ich zerhacke kein schönes Lindenholz, das irgendein Narr verfeuern will«, und das Wort »Lindenholz« ließ in Tilmans Gedächtnis eine Erinnerung aufzucken.

Die Werkstatt seines Großvaters. Die fernen Landschaften, die er aus einem goldbraunen Klotz Platanenholz hervorgezaubert hatte, indem er die winzigsten Bäume und Hügel und Wiesen schnitzte, die man sich vorstellen konnte. Er erinnerte sich, mit welchem Vergnügen er an seinen Reliefs gearbeitet hatte, mit Vergnügen und Stolz. Er ließ die Griffe des Schubkarrens fallen.

»Hast du Lindenholz gesagt?«

»Nein, ich habe nicht Lindenholz gesagt. Wer will das wissen?«

»Lass sehen«, sagte Tilman.

»Jesus, pass auf die Axt auf!«

Es war tatsächlich Lindenholz. Schwarzlinde – Tilman kannte sie aus seiner Kindheit. Sein Großvater hatte ihm erzählt, dass die großen Holzbildhauer aus der Zeit Riemenschneiders um ihre europäische Kusine, die Steinlinde, eigens hatten ansuchen müssen und aus den Forsten rund um Städte wie Nürnberg und Ulm immer nur einen Baum bekamen; in Zeiten der Knappheit waren sie vor Bürgermeister und Stadtrat auf die Knie gefallen und hatten weinend um Holz gefleht. Steinlinde. Schwarzlinde. Sein Großvater sagte, sie seien einander sehr ähnlich, aber nicht gleich, das Holz der Schwarzlinde sei nicht ganz so gut. Tilman, der eine volle Schubkarrenladung als Brennholz in die Scheune des Bauern fuhr, erinnerte sich, dass sein Großvater Holz regelrecht lesen konnte und imstande war, an der Maserung zu bestimmen, wie ein Werkstück während des Trocknens springen oder sich verziehen würde, wo es blank schimmern würde, sobald es gerundet, geglättet und poliert war, wie es je nach der Form, die man ihm entlockte, das Licht einfangen würde. In einer Winternacht hatte der alte Mann den Jungen hinausgeführt und ihm einen kaum sichtbaren Sternenhaufen an einem ansonsten sternenübersäten Himmel gezeigt. »*Sculptor*«, hatte er gesagt. »Unser Sternbild – die Bildhauerwerkstatt. Nicht das hellste, und trotzdem von Gott an den Himmel gestellt, um einen bescheidenen Berufsstand zu ehren.« Tilman hatte seither nicht mehr danach Ausschau gehalten. Heute Nacht, nahm er sich vor, heute Nacht suche ich es.

Doch am Abend begann der Wind, der den ganzen Tag über die letzten gelben Blätter in den See gefegt hatte, vom Westen große dunkle Wolken herzuschieben, und in einer kleinen Scheune, auf deren Blechdach der Regen prasselte, suchten Tilman und Rifiuto zeitig ihr Lager auf. Während Rifiuto vor sich hin murmelte und all die Pläne aufzählte, die er am nächsten Tag nicht hatte, begann Tilman – mit einem Messer, dessen Griff abgebrochen war – aus einem flachen Stück Lindenholz, das er vor dem Verbrennen gerettet hatte, einen fernen Wald zu schnitzen.

Das Messer, das er in einer Jutetasche durch ganz Ontario getragen hatte, war schon in seiner besten Zeit viel zu stumpf gewesen und für die Aufgabe ungeeignet, doch schließlich brachten seine Anstrengungen ein erkennbares Waldstück hervor. Als Tilman von seinem Zeitvertreib aufblickte, sah er im Licht der Laterne, die der Bauer ihnen für die Nacht geliehen hatte, Rifiutos Schatten riesig an der Wand gegenüber. Tilman, der Tieren viel mehr Zuneigung entgegenbrachte als Menschen, stellte erfreut fest, dass der Schatten aussah wie ein Bär.

»Am Himmel ist ein Bär aus Sternen«, sagte er. »Und eine Bildhauerwerkstatt.«

Rifiuto schüttelte den Kopf, wahrscheinlich verneinend.

»Du hast jeden Klotz Holz auf dem Hof zerhackt«, fuhr Tilman mutig fort, »und deswegen ist morgen nichts mehr für uns zu tun. Sieht so aus, als müssten wir weiterziehen.«

Selten, eigentlich nie hatte er erlebt, dass er sich zu jemandem so hingezogen fühlte wie jetzt unerklärlicherweise zu diesem unmöglichen Mann.

»Nein, müssen wir nicht«, sagte Rifiuto.

»Wo sollen wir hingehen?«, fragte Tilman. »Bald ist Winter. Wir müssen in irgendeine Stadt.«

»Hmpf!«, sagte Rifiuto – bislang seine positivste Äußerung.

»Ich kenne ein paar Städte, die ganz gut sind«, sagte Tilman. »Chatham, Sarnia. Nicht weit weg. Und gut.«

»Es gibt keine Städte«, sagte Rifiuto.

»Überall gibt es Städte mit Frauen, die einem Jungen was zu essen geben. Ich war schon in großen Ziegelhäusern. Einmal habe ich sogar einen ganzen Tag in einem Herrenhaus gewohnt.«

Rifiuto saß stumm auf der Kante seines Feldbetts und starrte Tilman an, während Tilman wild das Holz bearbeitete und sich hin und wieder vorbeugte, um die Späne auf den Boden zu blasen. Einmal schaute er auf und sah, dass der Landstreicher Tränen in den Augen hatte. »Ich habe keinen Sohn in deinem Alter«, sagte Rifiuto. »Und dieser Junge«, fügte er hinzu, so dass Tilman sich fragte, auf welchen Jungen er sich nun bezog, »der ist kein Bildhauer!«

Rifiuto führte Tilman in die Welt der Züge ein. Der ältere Mann, dem immer wohler war, wenn er nicht sprechen musste, erwies sich als hervorragender Lehrer der Fortbewegung. Er führte Tilman den Ablauf der Schritte vor, der nötig ist, um auf einen fahrenden Güterwaggon aufzuspringen, zeigte ihm, wie man es anstellt, auf einer Zugfahrt Bequemlichkeit mit Tarnung und Sicherheit in Einklang zu bringen, und lehrte ihn, die Symbole, die Landstreicher an Wassertürmen in der Nähe von Bahnhöfen zu hinterlassen pflegten, zu lesen und anzuwenden.

Tilman war hingerissen von dieser Kalligrafie aus Bildern. »Du brauchst kein Bild für dich allein«, sagte Rifiuto. Sein persönliches Kennzeichen waren drei Kreise in der Silhouette eines bärenähnlichen Schneemenschen mit dichten Locken auf dem Kopf und zwei gekreuzten Linien mitten durch den Oberkörper, die jedem, der es wissen wollte, kundtaten, dass Rifiuto nie da gewesen war. Tilman entschied sich für ein Zeichen, das eine gewisse Ähnlichkeit mit einem Wimpel im Sturmwind hatte, in Wahrheit aber das Sternbild Sculptor am nächtlichen Himmel darstellte. Rifiuto brachte ihm auch bei, wie man sich dem Lagerfeuer eines anderen Landstreichers auf korrekte Art und Weise näherte, nämlich unter Zurschaustellung einer Miene und Körperhaltung, die eine geschickt ausgewogene Kombination von Ehrerbietung und Selbstvertrauen waren: den Kopf aufgerichtet, die Arme herabhängend, die Schultern vorgeneigt, im Gesicht ein zaghaftes, sehnsüchtiges Lächeln. Viele Tippelbrüder kannten und mochten Rifiuto, den sie mit Sprüchen wie »Kein Rifiuto!« oder »Na, wenn das nicht Rifiuto ist!« begrüßten. Manche nannten ihn auch »Neinsager Nick«.

»Wieso Nick?«, fragte Tilman.

»In Wirklichkeit heiße ich nicht Nicolò Vigamonti. Rifiuto ist nicht der Name, den ich auf der Straße habe.«

Der Mann und der Junge fuhren zwei Mal quer durch das Land und stiegen nach langem, ratterndem Schlaf im Güterwaggon in Städten aus, die nach Tierknochen, Blütenpflanzen, Gletschern, Beeren, griechischen Göttern oder einer Flussbiegung benannt waren. In Saskatchewan wurden sie zwei Mal aus dem Zug geworfen, bei der Hinfahrt in der Nähe von Moosejaw und auf der Rückfahrt bei Touchwood. Die Rocky Mountains ließen Tilman unbeeindruckt, allenfalls ein wenig enttäuscht, weil sie keinerlei Ähnlichkeit mit den Wandgemälden in den Hausfluren aufwiesen, die er von seinen kurzen Zwischenspielen in herrschaftlicher Umgebung in Erinnerung hatte; begeistert war er hingegen von der grenzenlosen Weite der Prärien, wo er Scheunen, Getreidesilos, Bauernhäuser und die Zwiebelkuppeln auf den Türmen einsamer Holzkirchen aus großer Ferne sah – alle so weit fort, dass sie den Genuss des Anblicks niemals zu durchkreuzen vermochten. Hier konnte er Gewitter am Horizont sehen, die nie seine Kleider durchnässen würden. Und als sie wieder auf dem Rückweg nach Osten waren, konnte er in der Sonne stehen und Schneestürme in zwanzig Meilen Entfernung beobachten, denn inzwischen war jede Nacht kälter als die vorhergehende.

Tilman schnitzte weiter an dem Stück Lindenholz, das er aus der Scheune des Bauern mitgenommen hatte; häufig arbeitete er in dem schmalen Streifen Sonnenlicht, der durch die oben offene Tür des Güterwaggons fiel. Rifiuto warf hin und wieder einen Blick auf das Werkstück, sparte sich aber jeden Kommentar. Tilmans ungebrochene Energie schien in dem älteren Mann irgendetwas zu Tage zu fördern, ein schlummerndes Bedürfnis nach harter Arbeit, das vielleicht durch seine gewaltige Kraft und die Erkenntnis geweckt wurde, dass ihm mit dem Winter endlos lange, leere Tage und keine andere Gesellschaft bevorstanden als ein Junge und die Kälte. Eines Tages, als sie auf einer Bank vor einer ländlichen Bahnstation im niedrigen Licht der Novembersonne saßen, begann Rifiuto von Arbeit zu sprechen.

»Ich fange nicht wieder an zu arbeiten«, verkündete er.

Tilman musste einräumen, dass es danach in der Tat nicht den Anschein hatte.

Jenseits der Bahngleise kletterte die Wintersonne Ast um Ast eine Fichte hinauf. Tilman und Rifiuto hatten sich vom Dorfbäcker Brot erbettelt und eine Frau am Bahnhof hatte ihnen ein Stück Käse geschenkt. Rifiuto kaute gedankenverloren eine Weile vor sich hin, ehe er weitersprach.

»Ich werde nicht wieder diese schmiedeeisernen Holzöfen machen, mit denen keiner sein Haus heizen will.«

Tilman horchte auf. Jedes Jahr um diese Zeit erwachte in ihm ein wachsendes Interesse an Öfen.

»Du warst nie in der Stadt.«

»Nein«, räumte Tilman ein. Mit Rifiuto hatte er drei Mal in Toronto von einem Zug in einen anderen umsteigen müssen, und ein Mal hatte er dabei einen kurzen Ausflug in den riesigen Marmorpalast der Union Station unternommen; bis in die Stadt selbst war er allerdings nie gekommen.

»Du weißt nicht, dass es zwei Städte gibt, die ziemlich nahe beieinander liegen.«

Tilman wusste es nicht. Er sah Rifiuto fragend an, überrascht, dass die Negativaussagen seines Gefährten drei Mal hintereinander mit der Wirklichkeit übereingestimmt hatten.

»Toronto und Hamilton«, sagte Rifiuto.

Tilman begann den Bahnsteig auf und ab zu gehen. Er zerbrach sich den Kopf, wie er jemanden finden sollte, der ihn über den Winter aufnahm. Seit fünf Jahren war er nun von zu Hause fort, und auf einmal beäugten ihn die Hausfrauen, wenn er vor ihrer Tür stand, eher argwöhnisch als mitleidig. Ohne es zu wissen, war er zu einem kräftig wirkenden jungen Mann geworden, beinahe erwachsen. Das Datum seines Geburtstags hatte er vergessen, doch aus den vergangenen Sommern schloss er, dass er inzwischen sechzehn oder siebzehn Jahre alt sein musste. Es waren ihm an Stellen Haare gewachsen, die seiner Ansicht nach dort nichts zu suchen hatten, doch was das bedeuten mochte, wagte er nicht zu fragen – nicht einmal Rifiuto.

»Wir fahren nicht nach Hamilton«, rief ihm Rifiuto von der Bank aus zu. »Da kannst du dir sicher sein.«

»Hamilton«, wiederholte Tilman. »Nicht Toronto?«

»Nein. Die andere Stadt. Die in der Nähe.«

Nach Ansicht mancher Augenzeugen war Rifiutos Rückkehr ins italienische Viertel von Hamilton dem Einzug der Medicis in Florenz durchaus ebenbürtig.

Er führte Tilman auf der Guelph Line Road durch die Dörfer Cambellville und Flamborough. Während sie unterwegs waren und sich gelegentlich von einem Lieferwagen oder Bauernfuhrwerk mitnehmen ließen, fegte der Wind die letzten eingerollten gelben Blätter von den Ahornbäumen am Straßenrand; es war ein bitterkalter, schneidender Wind, der einen strengen Winter verhieß. Sie erreichten den langen Kalksteinabbruch, der durch diesen Teil Ontarios verläuft, dann standen sie in der Kleinstadt Ancaster oben an der Steilwand und blickten hinab auf die Industriestadt Hamilton und die verschmutzte, aber immer noch schöne Einkerbung in der Küstenlinie des Ontario-Sees, die man die Burlingtonbucht nennt.

»Das ist kein einziges stinkendes Chaos«, sagte Rifiuto, »dabei war es früher wohl gar nicht hübsch, nehme ich an.«

Wie Tilman sie jetzt sah, aus der Vogelperspektive auf Fabriken, Hafenanlagen, Häuser, fand er die Stadt großartig. Eine ganze Stadt, die in eine Handfläche passte. Er wollte ein Relief davon schnitzen, in dem kein Schornstein und kein Boot im Wasser fehlen durften.

»Riesiges, gewaltiges, stinkendes Chaos!«, schrie Rifiuto,

erstaunlich direkt. Gleich darauf, wie um sich zu korrigieren, warf er Tilman einen seitlichen Blick zu. »Sag keinem dort unten, dass ich das hier oben gesagt habe.« Er schwieg einen Moment. »Wir hier oben und sie dort unten, und sie wissen es noch nicht.«

Er irrte sich, wie sich bald zeigte, denn im dritten Stock eines Hauses, das sich ein Industrieller hoch am Hang hatte bauen lassen, um dem Rauch aus den Fabrikschloten unten in der Stadt zu entgehen, war ein entfernter Vetter von Rifiuto damit beschäftigt, ein Schlafzimmer zu tapezieren, einen überaus luxuriösen Raum, in dem es sogar ein Telefon gab. Im selben Moment, in dem Rifiuto seine Meinung über Hamilton kundtat, schaute dieser Tapezierer verwundert zum Fenster hinaus und kam zu dem Schluss, dies sei tatsächlich sein Vetter Nicolò Vigamonti, und augenblicklich telefonierte er mit einem anderen Vetter, einem Obst- und Gemüsehändler, um ihm die Neuigkeit mitzuteilen. Und da jede Frau im Viertel den Obst- und Gemüsehändler ein Mal am Tag zu Gesicht bekam, war um die Mittagszeit die gesamte Gemeinde auf der Straße und blickte zum Steilhang hinauf.

Tilman und Rifiuto standen fast eine halbe Stunde dort oben am Rand des Abbruchs und schauten auf die Stadt hinunter, und der Junge begriff instinktiv, dass hier die Familie des Mannes lebte. Seine Verwandten mochten froh sein oder nicht, einen Jungen über den Winter bei sich aufzunehmen, mit Sicherheit aber wollten sie Rifiuto für den Rest seines Lebens wieder bei sich haben. Tilman war sich bewusst, dass dies ein Augenblick der Unsicherheit und der Entscheidung war. Statt in Hamilton Einzug zu halten, konnte Rifiuto ebenso gut kehrtmachen, nach Guelph gehen und auf den nächsten Zug aufspringen. Oder er konnte beschließen, diese andere Stadt aufzusuchen, die mit dem marmornen Bahnhof, wo sie beide niemand kannte.

Es war Ende November, und obwohl es noch nicht viel geschneit hatte, war alles gefroren. Tilmans vielfach geflickte Jacke wurde allmählich fadenscheinig. Dies war die einzige Zeit des Jahres, in der geschlossene Gebäude jeder Art einen Reiz für ihn hatten.

»Stahlstadt«, sagte Rifiuto schließlich bitter und spie aus. »Ich habe einen Mann umgebracht«, verkündete er, beinahe wie eine nachträgliche Überlegung.

»Du konntest doch keinen Mann umbringen«, protestierte Tilman.

»Ich hab's getan, und es hat keinen Sinn zu leugnen«, schnaubte Rifiuto zornig. »Dieser Mann war mein Bruder.«

»Das war er nicht!« Tilman merkte auf einmal, dass sie absurderweise die Rollen vertauscht hatten und er nun die Last des Leugnens trug.

»Mit Stahl habe ich ihn umgebracht«, fuhr Rifiuto fort. »Ich war in der Ofenfabrik beschäftigt und machte einen Wohnzimmerofen, den sie den Persischen Krieger nannten. Ich weiß nicht mal, wo Persien ist. Du?«

Tilman wusste es auch nicht.

»Im Stahlwerk gab es Arbeit, bei der mehr zu verdienen war. Und ich habe ihn dazu gedrängt. Er hatte mehr Kinder, und deswegen hab ich ihn gezwungen, die Arbeit, das Geld zu nehmen. Die ganze Nacht haben wir gestritten, und am Ende sagte ich, wenn er die Arbeit nicht annähme, wäre er nicht mehr mein Bruder, und er sagte daraufhin, er würde sie nehmen, wenn ich die nächste freie Stelle annähme. Eine

Woche später kam er nicht nach Hause. Nach drei Tagen ging ich zum Stahlwerk und fragte nach ihm. Sie sagten, er sei von einem Stahlträger erschlagen worden, aber sie hätten nicht gewusst, wem sie Bescheid sagen sollten.« Rifiuto starrte wild auf die rauchenden Schlote der Stadt hinunter. »Weißt du, warum sie nicht wussten, wem sie Bescheid sagen sollten?«, fragte er leise.

Tilman schüttelte den Kopf.

»Sie wussten es nicht, weil der Name meines Bruders nicht auf der Lohnliste stand.«

»Du meinst, sie wollten ihn gar nicht bezahlen?«

»Ach, sie wollten ihn schon bezahlen, aber statt seinem Namen stand das Wort ›Ausländer‹ auf ihrer Lohnliste. Als dann niemand kam, begruben sie ihn auf dem Armenfriedhof. Sie warfen ihn weg wie ein Stück Abfall.«

»Dann wurde bei seiner Beerdigung auch gar keine Messe für ihn gelesen«, sagte Tilman, der sich jetzt an die Kirche und die Gottesdienste erinnerte, die er früher besucht hatte.

»Wer will das wissen?«, fragte Rifiuto argwöhnisch, als wäre er auf einmal erschrocken über seine Mitteilsamkeit.

Tilman hatte schon lange begriffen, dass Rifiuto keine Antwort auf diese Frage erwartete. Ihm fiel auf, dass unten in der Bucht weiße Schaumkronen entstanden und die dem Wetter ausgesetzten Bäume am Hang völlig kahl waren und sich im Wind bogen. Jesus, dachte er, ist das kalt auf diesem Hügel. Er sah den Mann neben sich an, sah den gequälten Ausdruck in seinem wettergegerbten Gesicht, und zum ersten Mal kam ihm in den Sinn, dass Rifiuto Angst hatte, Angst, keine Arbeit mehr zu finden, Angst, von seiner Familie, die er im Stich gelassen hatte, zurückgewiesen zu werden.

»Hör mal«, sagte Tilman freundlich zu seinem Gefährten, »es ist alles möglich, was du willst. Mein Großvater kannte einen Pfarrer, der eine riesige Kirche in der Wildnis gebaut hat, wirklich mitten in einem Wald, eine Steinkirche. Mit Glocke. Und mein Großvater hat aus Holz die Altäre geschnitzt, so wie früher in Europa.«

Der ältere Mann nickte. »Deswegen bin ich fast nicht zurückgekommen«, sagte er.

Tilman sah Rifiuto fragend an.

»Wegen der Schnitzerei bin ich fast nicht zurückgekommen.«

»Der Schnitzerei?«

»Ich habe einen Sohn, der ungefähr so alt ist wie du. Er möchte beim Steinmetz Giuliani, der Grabmäler macht, die Engel meißeln. Er hofft, dass er dort in die Lehre gehen kann.« Rifiuto zog ein schmutziges Taschentuch hervor und schneuzte sich geräuschvoll. »Ich habe auch noch jüngere Töchter«, fügte er hinzu.

»Wieso hast du sie im Stich gelassen?«

»Ich wollte ihnen keinen Mörder als Vater aufbürden. Oder den Körper eines Mörders nachts neben ihre Mutter legen.« Rifiutos Blick trübte sich wieder in der Weise, die Tilman schon am ersten Tag ihrer Bekanntschaft aufgefallen war. »Ausländer«, sagte er. »Auf der Lohnliste stand er als Ausländer. Er hatte nicht mal einen Namen. Ich hatte in der Ofenfabrik auch keinen Namen. Ich war – und er war es auch – kein Mensch.«

Tilman schwieg. Dann sagte er: »Ich hatte eine Mutter und einen Vater. Auch eine Schwester. Aber ich konnte nicht bleiben. Da besorgten meine Eltern einen Brustharnisch und legten ihn mir an, während ich schlief.« Tilman starrte geradeaus, während er sprach, als spräche er zum See, zur Stadt. »Sie hängten mich an eine Kette, damit ich nicht fortlief.«

Rifiuto sah den Jungen von der Seite an, Entsetzen und Mitleid traten in seine Miene. »Ach nein«, sagte er, »das haben sie nicht. Sie konnten dich doch nicht anketten.«

»Doch.« Tilman scharrte mit den Füßen auf dem gefrorenen Boden. Nur selten erlaubte er sich, an seine Gefangenschaft und seine Flucht zu denken. Er trauerte um die Eltern, die er verloren hatte, und empfand jetzt auf einmal eine tiefe Liebe zu dem kleinen Mädchen, das ihn befreit hatte. Wenn er die Augen schloss, konnte er sie im Morgenlicht über den Hof auf ihn zulaufen sehen. Dann dachte er an Pheobe, der er ebenfalls ein Stück seiner Freiheit verdankte. »Ein Mann, der eine Frau liebte, hat mir die Kette abgesägt«, vertraute er seinem Freund an.

Der ältere Mann drehte sich zu dem Jungen um. »Ich sollte nicht dort hinuntergehen«, sagte er leise. »Du solltest niemandem sagen, dass ich dir diese Stadt gezeigt habe, dass wir hier gestanden und hinuntergeschaut haben.«

»Du hast niemanden umgebracht ... nicht deinen Bruder ... gar niemanden. Die Fabrik hat ihn umgebracht.« Tilman marschierte los, geradeaus die Straße entlang, die in die Stadt führte. Sein Blick umfasste mindestens zwanzig Schornsteine. Rifiuto zögerte, dann setzte auch er sich in Bewegung, und mit seinen langen Beinen hatte er Tilman rasch eingeholt. »Deine Leute werden froh sein, dich wiederzuhaben«, sagte Tilman.

»Nein, werden sie nicht«, flüsterte Rifiuto, allerdings ohne rechte Überzeugung.

Tilman geriet in eine derart laute, stürmische Menschenmenge, dass er Rifiutos Rat gefolgt und oben auf dem Hügel geblieben wäre, hätte er im Voraus gewusst, was ihn erwartete. Rifiuto – oder Nicolò Vigamonti – war mit fast allen Italienern des Viertels verwandt oder verschwägert. Sämtliche Familienangehörige und die meisten seiner Freunde hatten sich beim Laden des Obst- und Gemüsehändlers versammelt, in einer Straße voller Reihenhäuser aus Backstein, die alle gleich aussahen, aber eine unendliche Vielfalt bepflanzter und erst kurz zuvor abgeernteter Vorgärten hatten. Die gesamte italienische Gemeinde war zusammengekommen, um Vigamontis wundersame, so inständig herbeigeflehte Rückkehr zu erleben. Die nun folgenden Tränen und Umarmungen zerrten an Tilmans Nerven. Ohne sein Zutun wurde er von der Menge mitgerissen und fand sich in einem überheizten Haus wieder, wo Mrs Vigamonti – die ohnmächtig geworden war, als sie die Nachricht vernahm – von einer Schar schnatternder älterer Frauen und ihren eigenen jungen Töchtern wiederbelebt wurde.

»Ich wollte dich nicht verlassen«, schrie Nicolò über Lärm und Aufruhr hinweg.

Sie fuhr fort zu weinen und klammerte sich an ihren Rosenkranz. Auf einmal wurde es still im Raum, und Tilman sah, wie die schwarz gekleidete verwitwete Schwägerin auf Nicolò zuging und ihm eine Hand auf die Wange legte. »Ich bin sehr froh, dass du heimgekommen bist«, sagte sie.

Daraufhin brach der ganze Raum in Jubelrufe auf Italienisch und Englisch aus, und Nicolò umarmte seine Schwägerin mit tränendurchweichtem Bart. Dann kämpfte er sich durch die Menge zu seiner Frau und seinen Töchtern. »Ich dachte, ich bin ein Mörder und kein Mensch«, sagte er, während das kleinste Mädchen seine Knie umschlang.

Die Witwe umarmte auch Tilman, der zu seiner eigenen Überraschung zu ihr sagte: »Mein Beileid für Ihren Kummer« – auch daran erinnerte er sich: Es war die Formel, die man in den irischen Familien von Shoneval bei Todesfällen zu sagen pflegte. Ein olivhäutiger Junge in Tilmans Alter drückte sich in Rifiutos Nähe herum und berührte schließlich scheu seinen Arm. Rifiuto legte seinen Arm um die Schultern des jungen Mannes und schob ihn durch den Raum. »Das ist Tilman«, sagte er. »Er kann Sachen machen. Er ist ein Freund von mir, Giorgio, und wird bald auch ein Freund von dir sein. Er kann dir zeigen, wie man Holz schnitzt.«

Giorgio konnte den Blick nicht von Rifiutos Gesicht wenden, und Tilman begriff, dass es ihm vor Freude über die Rückkehr seines Vaters fast die Sprache verschlug.

»Ich habe schon etwas gemacht, während du fort warst, aus Marmor gemeißelt ... einen Engel. Der Steinmetz bringt es mir bei.«

»Dieser Junge – nie konnten wir ihn abhalten, Giuliani bei der Arbeit zuzusehen. Also das ist gut. Aber Tilman soll dir das Holzschnitzen beibringen, das ist nicht so teuer.«

Zum ersten Mal wechselten die beiden Jungen einen Blick, schätzten einander ab. Tilman war der Größere von beiden, während Giorgio breitknochiger und muskulöser war. In seinem Blick aber lag keine Feindseligkeit, sondern Neugier, und Tilman erschien es ungefährlich, ihn kennen zu lernen.

An dem Abend aß Tilman mehr, als er je in seinem Leben auf einmal gegessen hatte. Auf eine kräftige dunkle Suppe folgte ein Sortiment Nudeln mit Soße, denen er in solchem

Maß zusprach, dass er das folgende Fleischgericht fast nicht mehr bewältigte. Als schließlich noch ein sirupgetränktes gelbes Kuchenstück vor ihn hingestellt wurde, begann Tilman zu glauben, dass sich die gesamte Gemeinde offenbar einen Winterspeck zulegte und es nun wahrscheinlich wochenlang nichts mehr zu essen gäbe. Er barst vor Wonne und war berauscht vom Essen.

Nachdem die neuen Babys mehrerer Verwandter der jüngeren Generation sowie die Begräbnisfotos der in letzter Zeit Verstorbenen vorgezeigt worden waren, wandte sich die Aufmerksamkeit der Familie dem Jungen zu, der an diesem Tag zu ihnen gestoßen war. Die robuste Mrs Vigamonti, inzwischen vollständig wiederhergestellt, rang die Hände, nachdem sie eine Inspektion von Tilmans äußerer Erscheinung einschließlich seiner Kleidungsstücke vorgenommen hatte.

»Zaundürr und völlig verdreckt«, verkündete sie. »Muss gründlich abgeschrubbt und aufgepäppelt werden.« Sie sah ihm streng ins Gesicht. »Wo ist deine Mama?«, fragte sie.

»Tot«, sagte Tilman und sagte die Wahrheit, ohne es zu ahnen.

»Ich habe ihn unterwegs aufgelesen«, sagte der Mann, der nun Nicolò Vigamonti hieß. »Er hat mich reden lassen.« Nicolò schüttelte den Kopf, dann sah er sich im Zimmer um. »Ich war fort«, gab er zu, »aber Tilman hat mir geraten, zurückzukommen.« Wieder schüttelte er den Kopf. Die versammelte Menge lauschte düster und aufmerksam. Nicolò wandte sich an alle Anwesenden. »Jetzt habe ich das Gefühl, dass mein Kopf sich in allen vier Himmelsrichtungen gleichzeitig klärt.« Er wandte sich seiner Frau zu. »Wie bist du zurechtgekommen, Lucia, als ich fort war?«

»Giorgio hat deine Stelle im Ofenwerk übernommen.« Sie verschränkte die Arme und sah ihren Mann fest an. »Sie stellen weitere Männer ein.«

»Das ist gut, Lucia«, sagte Nicolò, und in seiner Stimme schwang ein Anflug von Scham mit. »Tilman und ich gehen morgen hin.«

»Bin ich alt genug?«, fragte Tilman unvermittelt.

Giorgio musterte Tilmans kurzen blonden Haarschopf, seine Größe, seine jüngst erst breit gewordenen Schultern. »Du bist alt genug«, sagte er.

Obwohl er jeden Morgen um sieben Uhr in der Ofenfabrik antreten und bis zum frühen Abend zwischen ihren Mauern ausharren musste, störte sich Tilman weder an der riesigen, lärmenden Werkhalle noch an der Arbeit als solcher, die ihn – vorläufig jedenfalls – faszinierte. Denn Nicolò hatte gleich zu Anfang verkündet, Tilman könne Holz schnitzen, »Bäume und die winzigsten, fernsten Städte«, schwärmte er, und so erhielt Tilman bald den Auftrag, Szenen für die hölzernen Modelle der Gussformen herzustellen, die nicht nur die Form des Ofens bestimmten, sondern ihn auch verzierten. Während mehrere italienische Heizer hinter ihm standen und in ihrer schönen Sprache in begeistertes Lob ausbrachen, schnitzte Tilman geschickt die winzigsten Äste an den winzigsten Bäumen, und die Ironie seiner Tätigkeit, die der Herstellung eines eisernen Holzofens mit dem Namen »Der Waldfresser« diente, nahm er kaum wahr.

Die Öfen, die er kennen lernte, wurden in allen möglichen Formen und Größen hergestellt und versuchten in ihrer plumpen, schwerfälligen Art Marmorbrunnen, bewegte Figuren, überdimensionale Porzellanvasen, exotische Vierbeiner, Streitwagen, Throne und Himmelbetten nachzuahmen. Der Waldfresser erinnerte an einen Sekretär aus der Frührenaissance, doch im Unterschied zu anderen Öfen und vermutlich zu Ehren seines Namens waren seine Beine rindenbewachsene Baumstümpfe und seine Füße nicht Klauen oder Hufe, sondern Wurzeln. Tilman schnitzte einen Wald für die Seitenplatten und einen zweiten Wald mit einer mittelalterlichen Stadt darin, vor dem Tor einen Anger, für die Ofentür.

Diese Arbeit nahm mehrere Wochen in Anspruch. Als schließlich die Gussstücke hergestellt wurden und der fertige Ofen in mehrfacher Ausfertigung in der Fabrik stand, beging Tilman eine Zeit lang die Sünde des Stolzes, nicht anders als Giorgio, der die Stümpfe und Wurzeln und die riesige Eichel für den Aufsatz entworfen hatte.

»Was wohl mal aus unserem schönen Waldfresser wird«, sagte Giorgio versonnen, während er und Tilman das Mittagessen verspeisten, das ihnen Lucia Vigamonti eingepackt hatte. »Es ist sicher ein Ofen für die gute Stube«, fuhr der dunkelhaarige Junge fort, »und wird also selten geheizt. Deshalb prophezeie ich, dass er nicht viele Häuser niederbrennen wird.«

Das zu wissen sei tröstlich, räumte Tilman ein.

»Dabei sind das eigentliche Problem die Ofenrohre und Kamine«, sagte Giorgio. »Die Öfen selber sollen ja brennen.«

An der Tür des Waldfressers, direkt unterhalb des Angers, befand sich eine Zugklappe, und wenn sie offen war, würde der künftige Ofenbesitzer die rot glühenden Holzscheite im Inneren sehen können. Das hätte Tilman auch gern gesehen. Der letzte Schliff.

Giorgio berichtete von den wenigen niedergebrannten Häusern, die er bisher erlebt hatte und aus deren Asche die Öfen ragten, schuldig und unbeschädigt.

»So stark sind sie, unsere Öfen«, sagte er stolz.

Tilman war selbst überrascht, dass er es knapp vier Jahre inmitten des lautstarken Überschwangs der Familie Vigamonti aushielt. Er liebte das Essen und genoss die unaufdringliche Gesellschaft, verdiente einen akzeptablen Lohn in der Ofenfabrik und trug zur Aufbesserung des Haushaltsetats bei, indem er für Kost und Logis zahlte. Hin und wieder verschwand er, manchmal für zwei oder drei Wochen, doch er kehrte immer wieder zurück und wurde sowohl im Haus als auch in der Fabrik wieder aufgenommen. Mit Giorgio hatte er sich rasch angefreundet, und Tilman vermisste seine tägliche Gesellschaft, als Giorgio nach ein paar Jahren aus der Ofenfabrik ausschied, um beim Bildhauer Giuliani eine Lehre zu beginnen. Als er endlich jeden Tag mit Hammer und Meißel umging, ließ der junge Mann im Handumdrehen seinen Meister hinter sich und schuf bald selbst die kunstvollen Grabdenkmale für die Fabrikbesitzer. Noch heute sind auf den Friedhöfen von Hamilton die strengen Marmorgesichter dieser Männer zu sehen, obwohl der Ruß der Fabriken, mit denen sie reich genug wurden, um sich solche Gräber leisten zu können, ihre Köpfe mit den Jahren geschwärzt hat. Gelegentlich besuchte Tilman seinen Freund in der Steinmetzwerkstatt, und schließlich brachte ihm Giorgio das eine oder andere Geheimnis der Steinbildnerei bei. Obwohl der blonde Junge nach wie vor Holz vorzog, musste er zugeben, dass es etwas durchaus Befriedigendes hatte, aus der Oberfläche eines scheinbar so unnachgiebigen Materials Hügel und Wälder hervorzuzaubern.

Nicolò hatte mit größter Selbstverständlichkeit wieder die Rolle des Familienoberhaupts übernommen, und manchmal nahm er Tilman beiseite und bot ihm eine seiner beiden ältesten Töchter – die zu temperamentvollen und attraktiven jungen Frauen herangewachsen waren – als Ehefrau an. Doch Tilman sah die Mädchen zu sehr als Schwestern und konnte sich nie vorstellen, dass die eine oder andere die Zärtlichkeit und verhaltene Leidenschaft in ihm weckte, die Ham Bone für Pheobe gehegt hatte und die er nie vergessen hatte: seine einzige Vorstellung von wahrer Liebe. Hin und wieder hatte er wohl an Liebe gedacht, doch für sein eigenes Leben konnte er sie nur als ein Phänomen begreifen, das Distanz brauchte, als eine Art höfische Anbetung eines wohlgestalteten, unerreichbaren Objekts. Er zog die Kameradschaft der Männer vor, bei der es weder Neugier noch körperliche Nähe gab.

Nicolò verfiel nur noch selten und nur im Zustand äußerster Erregung in seine paranoide Negativität; solange Tilman bei der Familie lebte, geschah es nur zwei Mal. Als es in der Ofenfabrik zu Massenentlassungen kam und viele der jüngeren Verwandten und Freunde der Vigamontis, darunter auch Tilman, arbeitslos wurden, geriet Nicolò in Rastlosigkeit und Sorge und sprach von der Rückkehr nach Italien, ein warmes Land, in dem keine Öfen gebraucht wurden, wo er das ganze Jahr über seinen Garten bestellen und seine Familie damit ernähren konnte. Es dauerte allerdings nicht lang, bis ein zweiter Anlass zur Aufregung dieses Problem in den Hintergrund treten ließ.

»In Europa ist kein Krieg erklärt worden«, teilte er eines

Abends im August dem blonden und dem schwarzhaarigen jungen Mann mit. »Ihr müsst euch *nicht* freiwillig melden«, sagte er, während ihm die Tränen in die Augen stiegen und die Jungen erregt aufsprangen, »ihr müsst euch *nicht* melden!«

TEIL 3

DAS MONUMENT

Klara war eine von jener besonderen Sorte Frauen geworden, denen man hin und wieder in den kleinen Ortschaften von der Größe Shonevals begegnete, an Kleidung und Körperhaltung auf Anhieb als alte Jungfern erkennbar. Sie bevorzugten klein gemusterte dunkle Baumwollstoffe und vernünftige schwarze Schnürschuhe, und obwohl sie stets schlank waren und sich kerzengerade hielten, wenn sie die Straße entlanggingen, wirkten sie alterslos, geschlechtslos und immer übel gelaunt. Waren sie nicht Lehrerinnen, so lebten sie häufig, wie Klara, am Ortsrand oder außerhalb, auf dem Hof, der einst in Familienbesitz gewesen war; die dazugehörigen Felder hatten sie den benachbarten Bauern als Viehweiden verpachtet. Um dieses magere Einkommen aufzubessern, widmeten sie sich häufig einer Tätigkeit, die in irgendeiner Weise mit Textilien zu tun hatte, arbeiteten als Wäscherinnen und Büglerinnen oder, wie Klara, als Schneiderinnen. Man wusste, dass ihre Wurzeln tief in die Urzeit des Ortes hinabreichten, weshalb ihnen immerhin der Respekt entgegengebracht wurde, den die Nachkommen der Pioniere zu jener Zeit und in solchen Gemeinden nach wie vor einflößten, doch da sie das Ende ihrer Sippe in einer vorwiegend sippenorientierten Gesellschaft darstellten, hatten sie darüber hinaus kein eigentliches Sozialleben. Vielleicht waren sie aus diesem Grund häufig sehr fromm, gingen, falls sie katholisch waren, öfter zur Messe als nötig oder dienten andernfalls der protestantischen Kirche als Küsterinnen und Putzfrauen. Fast immer waren sie auf die eine oder andere Weise exzentrisch. Seit Kriegsende waren nun mehr als fünfzehn Jahre vergangen, und Klaras Vater und Großvater lagen unter den schmiedeeisernen Grabkreuzen auf dem Friedhof hinter der Kirche. Dass sie darauf bestand, den Hof allein weiterzuführen, galt als genau die Art von Verschrobenheit, die man von einer alten Jungfer erwartete – bei einer Witwe wäre es als verrückt empfunden worden.

Jeden Morgen, bei Sommerhitze, Frühlingsregen und winterlichem Schnee, konnte man Klara in den Ort gehen sehen, wo sie mit dem Inhaber von Hafemans Laden ein paar Worte wechselte. Das tat sie ganz bewusst, weil sie fürchtete, früher oder später werde ihre geistige Gesundheit unter ihrer einsamen Lebensweise leiden, wenn sie gar nicht mit anderen Menschen zusammentraf. So besuchte sie jeden dritten Tag auch die Nonnen im Kloster, wo sie ihrem Bedürfnis frönen konnte, Geschichten aus den Gründungstagen von Shoneval zu hören oder zu erzählen. Dann kehrte sie auf den Hof zurück, wo sie die gewohnten Tätigkeiten ihres Daseins verrichtete, ihre drei Katzen fütterte, schneiderte, flickte, ihr altes Pferd versorgte und Vergnügen daran hatte, vom Küchenfenster aus ihre vier Kühe zu betrachten.

Ihr hübsches Aussehen hatte sie nicht eigentlich eingebüßt, sondern vergessen. Und im Ort gab es nur noch wenige, die genügend Interesse aufbrachten, um sie daran zu erinnern, dass sie einst eine Schönheit gewesen war. Morgens stand sie auf, wusch sich, zog eines ihrer dunklen Baumwollkleider und eine Schürze an und schnürte ihre Schuhe zu.

Den Spiegel benutzte sie nur, um sicherzugehen, dass aus dem straffen Knoten, den sie jeden Tag im Nacken feststeckte, keine Haarsträhne heraushing. Oder um sich selbst das Wetter zu verkünden. Ein oder zwei Mal am Tag, wenn die Umstände dazu Anlass gaben, trat sie an das Oval über ihrer Kommode und trug feierlich, wie eine Verlautbarung von großer Bedeutung, Nachrichten vor wie »Der Wind hat nachgelassen« oder »Es regnet schon viel zu lang«. In der Dämmerung sahen die weißen Zaunpfosten am unteren Ende des Wegs manchmal aus wie eine Prozession von Geistern, die sich ihrem Tor näherten.

Nachts versuchte ihr Körper bisweilen ferne Erinnerungen auszugraben, doch ihr Geist ließ es nicht zu. Das sollte ihr Leben sein, diese Routine aus täglichen Pflichten und Aufgaben und Gebeten. Ob sie damit glücklich war, schien unerheblich. Zuneigung brachte sie ihren Katzen entgegen und seit neuestem auch den vier würdevollen Tieren auf der Weide direkt neben dem Haus – dem einen Feld, das sie noch behalten hatte, für sich und für ihre Kühe.

Ihre erste weiße Kuh hatte sie als Gemälde an der Seitenwand von Kiefer Erbs Stall erblickt, den bis dahin das Porträt einer ganz gewöhnlichen Schwarzbunten geschmückt hatte. Im ersten Moment dachte Klara, jemand habe über Nacht die schwarzen Flecken im Kuhfell weiß übermalt. Ein paar Tage später erschien über der Kuh die Aufschrift *Erb und Sohn,* und darunter las Klara *Heim des Wissemburger Weißen.* (Die Vorfahren der Erbs, wusste sie, waren aus der elsässischen Stadt Wissembourg zugewandert, und ihre Nachkommen nannten nun die neuartige Kuh nach der fernen Urheimat, die sie selbst nie gesehen hatten.)

Klara war von dem Gemälde aufgewühlt und fasziniert, und eines Tages, als sie Kiefer Erb im Laden traf, hielt sie nicht länger an sich, sondern sprach ihn darauf an.

»Gibt es das wirklich?«, fragte sie ihn unvermittelt, während der Mann tief in Gedanken vor einer Auswahl von Dachnägeln unterschiedlicher Größe stand.

»Was denn?«, fragte er zurück.

»Die weiße Kuh an Ihrem Stall, ist sie echt?«

Kiefer lächelte, wie immer erfreut über eine Gelegenheit, von seiner preiswürdigen Errungenschaft zu reden. »Oh, ganz und gar echt, Fräulein Becker«, sagte er, hob eine Braue und wechselte einen Blick mit dem Ladenbesitzer. »Aber ich wundere mich, wie Ihnen entgehen konnte, dass es keine Kuh ist, sondern ein Stier. Ein ganz besonderer Stier, ein Charolais, aus Frankreich. Zweifellos der beste Zuchtbulle in ganz Ontario.« Er verstummte, zögerte kurz, konnte dann aber der Versuchung nicht widerstehen: »Braucht etwa jemand einen Deckbullen?«

Witze dieser Sorte auf Kosten unverheirateter und, nach Ansicht der Männer, liebeshungriger Frauen waren häufig; allerdings hinter ihrem Rücken – in ihrer Anwesenheit kamen sie nur selten vor.

Der Ladenbesitzer grinste einfältig und errötete, doch Klara lehnte es ab, sich in Verlegenheit bringen zu lassen. »Wo haben Sie ihn her?«, fragte sie.

»Aus Québec. Hat mich ein Vermögen gekostet. Aber ich bin sicher, er wird sich sein Futter verdienen.«

In diesem Sommer sah Klara auf ihrem Weg in den Ort jeden Tag den strahlenden Stier auf der Weide, und sein weißes Fell war noch sahniger und wärmer als auf seinem Porträt. Anders als seine Geschlechtsgenossen anderer Rassen reagierte er weder neugierig noch feindselig, wenn sie ihn über den Zaun betrachtete. Tatsächlich schien er sich einzig und allein für die Glocke im Turm von Pater Gstirs Kirche zu interessieren. Wenn sie läutete – und besonders beim Mittagsläuten, das lange dauerte –, hob er in königlicher Manier den Kopf, und in seiner Haltung lag etwas, das ein erhaben getragenes Leid vermuten ließ. Klara stellte sich vor, dass ihn das Heimweh nach Québec plagte, wo es, wie sie gehört hatte, viele katholische Kirchen gab und folglich auch viele wunderschöne Glocken geben musste. Die meiste Zeit jedoch wirkte er so entrückt und geistesabwesend, als versuchte er das Rätsel zu lösen, wie es kam, dass er in Ontario auf einer Weide stand, umringt von fremdartigen gefleckten Kühen.

Klara fand ihn wunderschön, liebte sogar den weichen Klang seines Namens, *Charolais* ... Interessant fand sie auch die Gerüchte, die bald im ganzen Ort umgingen, nämlich dass er sich weigere, sich zu paaren. Selbst sein Porträt erwies sich als unzuverlässig, denn nach dem zweiten oder dritten Augustgewitter begann die weiße Farbe abzublättern. Anfang September, als sie am Erb-Hof vorbeikam, fiel ihr auf, dass die rote Farbe, mit der die Wände des Stalls gestrichen waren, allem Anschein nach den Penis des Wissemburger getilgt und auch die Worte unter der gemalten Stierbrust, die einst sein Heim auswiesen, gelöscht hatte. Auf seiner kastrierten Unterseite waren etliche schwarze Flecken aufgetreten, und am Erbschen Briefkasten hing ein demütiges Schild, das einen Bullen zum Verkauf anbot.

Klara war außer sich vor Entzücken, und in ihrem Kopf tönte das Wort »Charolais« wie Pfarrer Gstirs Glocke. Ihr

Großvater hatte ihr eine kleine Erbschaft hinterlassen, und sie war mit Freuden bereit, sich von mehr als einem Viertel des Geldes zu trennen, um den stattlichen weißen Stier zu kaufen. Das restliche Geld wurde nach Québec geschickt, und bald war es mit seiner Einsamkeit vorbei, denn es traf eine hübsche, sanftäugige weiße Charolais-Kuh mit Namen Charlotte ein, die mit ihm die Weide und kurz darauf den Winterstall teilte.

Charlotte kalbte im Frühjahr. Zwillinge. Im Spätwinter des folgenden Jahres fand ein gewisses Ausmaß an Inzest statt, und Klara verkaufte den Nachwuchs zu einem, wie ihr schien, ansehnlichen Preis, bemüht, nicht allzu lange und intensiv darüber nachzudenken, was aus »den Kleinen« werden sollte. Kiefer Erb, neidisch auf ihren Erfolg, streute im ganzen Dorf anspielungsreiche Bemerkungen über Klaras Verhältnis zu dem weißen Stier aus, doch da es niemand fertig brachte, die Zoten in ihrer Gegenwart zu wiederholen, vermochten sie Klaras Stolz auf ihre wachsende Herde und die Tatsache, dass sie ihr Vieh so gut versorgte wie jeder beliebige Mann, in keiner Weise zu beeinträchtigen.

Trotzdem, wenn sie abends mit der Arbeit im Stall fertig war oder die Jacke, die sie für den Ehemann einer anderen Frau nähte, aus der Hand legte, überkam sie ein Gefühl von Distanziertheit, das sie nicht mehr abschütteln konnte; sie fühlte sich getrennt nicht nur von der Gemeinschaft, in der sie lebte, sondern auch merkwürdig losgelöst von dem Inventar des einzigen Zuhauses, das sie je kennen gelernt hatte. Oft empfand sie einen unbestimmten Ärger gegen den einen oder anderen Gegenstand oder eine leise Feindseligkeit gegenüber einem ganzen Raum. Diese Messingleuchter, dachte sie dann, sie stehen einfach nur herum und werden trüb; oder: Ist diese Stube je zu irgendetwas auf der Welt gut gewesen? Jeden Sonntag nach der Messe gönnte sie sich eine Zeitung, *The Goderich Star Sentinel* oder, falls sie zu bekommen war, *The London Free Press*. Die vielfältigen Geschichten, von denen die Zeitungen berichteten, waren anregend und verwirrend zugleich und weckten den Wunsch in ihr, auch in ihrem Leben möge sich etwas ereignen, doch gleich darauf fürchtete sie, dieser Wunsch wäre in der Lage, ihre gegenwärtige Neutralität in Unzufriedenheit zu verwandeln.

Klara konnte nicht mehr als die erste Reihe der Apfelbäume versorgen, die früher, als ihr Vater sich noch um den Hof gekümmert hatte, eine ansehnliche Pflanzung gewesen waren. Trotzdem blühten auch die übrigen Bäume, obwohl sie zusehends verwilderten und knorrig wurden und nur noch kümmerliche, wurmstichige Äpfel trugen, gemeinsam mit ihren beschnittenen und abgeernteten Vettern und bildeten auf der einen Seite des Hauses ein hübsches Gegengewicht zu der Weide mit weißen Kühen, Kälbern und einem Stier auf der anderen. Im Herbst erntete Klara sorgfältig sämtliche Äpfel von ihren vier wohlversorgten Bäumen, schenkte etliche den Tieren als Leckerbissen, lud den Rest auf das Fuhrwerk, vor das sie ihr uraltes Pferd spannte, und fuhr damit zur Apfelpresse bei der Brauerei.

An einem Spätnachmittag im September 1934, als sie auf der Bockleiter stand, gefährlich nahe der obersten Sprosse, und mit einer Hand nach einem vollendet gerundeten Macintosh-Apfel griff, erblickte Klara einen Fremden mit einem Bündel auf dem Rücken, der langsam hinkend den langen Weg zu ihrem Haus heraufkam. Schon früher waren bettelnde Landstreicher zu ihrer Tür gekommen und nie mit leeren Händen fortgegangen; heute würde sie also Äpfel verschenken und was sonst noch an Essbarem herumlag. Sie seufzte, legte den Apfel in ihren Korb und begann die Leiter hinunterzuklettern. Doch auf der dritten Sprosse hielt sie inne. An der Kopfform des Mannes und – das sah sie selbst aus der Ferne – der Stellung seiner Ohren und dem Schwung der Brauen war etwas, das ihr bekannt vorkam. Reglos stand sie da und starrte auf ihre Hände, die um das graue Holz der Leiter lagen, dann hob sie unwillkürlich eine Hand, um sich über das Haar zu streichen, und wurde sich zum ersten Mal seit gut zehn Jahren bewusst, was aus ihr geworden war, welchen Eindruck sie auf den Mann machen würde, falls er sich als Eamon erwies. Er kam quälend langsam vorwärts, denn er musste das rechte Bein steif nach vorn schwingen, ehe das linke folgte; doch in Klaras Bewusstsein fachte jeder Schritt den Funken des Erkennens zur Flamme an, und eine panische Furcht erfasste sie: reines, kaltes, lähmendes Entsetzen. Es kostete sie eine unvorstellbare Willensanstrengung, wieder zwei Sprossen höher zu steigen, um sich im Laub des Apfelbaums zu verbergen – dem Laub, in das jetzt der Wind fuhr, der sich plötzlich gedreht hatte.

Klara stand auf der Leiter und versuchte sich an das Bild der Frau zu erinnern, die sie jeden Tag im Spiegel anredete, doch sie brachte lediglich eine undeutliche Erinnerung an ordentlich frisiertes Haar zu Stande. Der Mann hatte inzwischen den Garten betreten und humpelte auf die Hintertür zu. Ohne einen Moment zu zögern, entriegelte er die Tür, schwang sein krankes Bein über die Schwelle und verschwand im Haus. Klara erinnerte sich an Abende zwei Jahrzehnte früher, als Eamon mürrisch und stumm in der Küche gesessen hatte. Wenn er es war, würde er sich denselben Stuhl aussuchen?

Nach einer Weile kam sie wieder zu sich und stellte fest, dass sie reglos auf einer Leiter stand und sich in einem Baum versteckte, und kam sich kindisch und dumm vor. Ihre Fußsohlen schmerzten, und in einer Handfläche steckte ein Holzsplitter, den sie sich eingezogen hatte, als sie in ihrer Panik zu rasch über die Holme der Leiter gefahren war. Es begann zu dämmern, und sie zitterte ein wenig. Das liegt an der Kälte, sagte sie sich in bewährter pragmatischer Weise. Klara dachte an den Mann, der so selbstverständlich wie ein Haustier durch ihre Tür getreten war. Was konnte das bedeuten, dieses vermeintliche Zugangsrecht? Rasch stieg sie von der Leiter und marschierte auf das Haus zu. Drinnen saß der ihr vage bekannte Fremde am Tisch und aß Brot und Käse.

Es war nicht Eamon.

Es war nicht Eamon. Der Schmerz der Erkenntnis brach wie eine Lawine über sie herein, als hätte sie jemand von hinten gepackt und mit dem Kopf voraus in Kälte und Finsternis gestoßen. Es war wie ein körperlicher Angriff. Es verschlug ihr den Atem, und sie rang nach Luft.

»Keine Angst«, sagte der Mann, dessen Augen das Ebenbild ihrer eigenen waren. »Ist das Klara?«

Ohne den Fremden aus den Augen zu lassen, setzte sie sich langsam nieder, momentan unfähig, selbst die einfachste Frage nach ihrer Identität zu beantworten. Ihr Ich war aus ihrem Körper ausgetreten und schwebte irgendwo draußen über dem hohen Gras, das sie vom Fenster aus sehen konnte. In rascher Folge gingen ihr schwarz-weiße Zeitungsbilder vom Gemetzel des Krieges durch den Kopf, als wäre sie selbst ein blindlings überfallenes Land – gingen ihr durch den Kopf, obwohl sie sich gar nicht erinnerte, solche Bilder je gesehen zu haben. Sie stand auf und setzte sich wieder, spürte den Blick des Fremden, der sie besorgt musterte, und langsam, so wie ins Blut eines Menschen, der dem Ersticken nahe war, der Sauerstoff zurückkehrt, begann sie den Raum wieder zu bewohnen. Doch sie wusste, dass sie sich von dem Schlag nicht erholen würde. Dieser Mann war nicht Eamon. Eamon war tot.

Der Fremde war unterdessen auf sie zugekommen und hatte ihr die Hand auf den Arm gelegt, beugte sich zu ihr hinunter und blickte ihr verwirrt ins Gesicht. »Tut mir Leid, dass ich dich erschreckt habe«, sagte er. Und dann noch einmal: »Du bist doch Klara, oder?« Er war ihr so nahe, dass sie seinen warmen Atem spüren und seinen Schweiß riechen konnte.

Klara gab keine Antwort.

»Oje«, sagte der Mann und wandte sein Gesicht ab, »wieso habe ich erwartet, dass mich irgendjemand erkennt. Ich bin Tilman. Als Kind habe ich hier gelebt. Ist das noch der Becker-Hof?«

Klara starrte ihn an, mit dem Ausdruck eines so tiefen Erschreckens im Gesicht, als hätte der Mann sie geschlagen. Sie sprang auf, packte seine Schultern mit beiden Händen und stieß ihn so grob zurück, dass er unbeholfen gegen den alten Kiefernholztisch taumelte.

Mit beiden Fäusten ging sie auf ihren Bruder los.

Tilman stand still und nahm die Schläge hin. Sie schlug auf seine Arme und seine Brust ein, und erst als sie zu treten anfing, hielt er sie fest, weil er fürchtete, sie werde sich verletzen, wenn ihr Fuß sein Holzbein traf.

Am Abend, als eine erschöpfte Klara ihre wunden Hände in einer Schüssel mit kaltem Wasser badete, saßen die Geschwister am Tisch und redeten. Tilman erzählte nicht viel von der Zeit vorher und nachher, über den Krieg jedoch sprach er viel, berichtete von seinem künstlichen Bein und von der großen Schlacht, an der er teilgenommen hatte, bis er verwundet wurde.

Sie sei auf allen Ebenen ausgetragen worden, sagte er, unterirdisch, auf dem Boden, in der Luft. Völlig irrsinnig, sagte er, die reinste Hölle. Und die Zahl der Gefallenen riesig, unvorstellbar, obwohl die Kanadier die Anhöhe schließlich eingenommen hätten. Danach erinnerte sich kaum einer, der sie erlebt und überlebt hatte, an irgendetwas außer einem grauenhaften Chaos.

»Was war das für eine Schlacht?«, wollte Klara wissen.

»Vimy«, sagte ihr Bruder. »Die Schlacht auf der Vimy-Höhe.«

Als Tilman ohne sein rechtes Bein aus dem Krieg zurückkehrte, war ihm die Kunde von seiner Kunstfertigkeit im Umgang mit Holz schon vorausgeeilt. Sein Sergeant, insgeheim beeindruckt von den kleinen flachen Reliefs, die der junge Mann in schlammigen Schützengräben zu schnitzen pflegte, hatte in irgendwelchen Unterlagen sein Talent erwähnt, und die Notiz war auf verschlungenen Pfaden durch das Netzwerk der militärischen Bürokratie gewandert. Nach Vimy – den Tagen und Nächten in der unterirdischen Tunnelanlage, dem Tumult der Schlacht, der Granate, dem zertrümmerten Bein und der darauf folgenden hastigen, schlampigen Amputation – hatte er im Lazarett, als er endlich wieder imstande war zu sprechen, um ein Stück Lindenholz und ein Messer gebeten. »Ausgezeichneter Schnitzer!« hatte ein Arzt an den Rand eines ansonsten rein medizinischen Berichts gekritzelt, und auch diese Bemerkung war bis zu der Regierungskommission vorgedrungen, die in der Landeshauptstadt eilig gebildet worden war, damit sie sich der versehrten Kriegsheimkehrer annähme.

Denn es kamen Tausende verwundeter Veteranen zurück, viele mit fehlenden Gliedmaßen, und die Regierung befand sich im Zustand gelinder Panik. Es mangelte nicht an Vorschlägen, was mit den verstümmelten jungen Männern anzufangen sei, nahezu einhellig herrschte jedenfalls die Meinung, man dürfe nicht zulassen, dass sie in Müßigkeit, Trägheit und Selbstmitleid versänken. Schließlich machte sich ein im Übrigen schwerfälliger und wenig vielversprechender Beamter unerwartet einen Namen mit dem Vorschlag: Da die meisten ehemaligen Soldaten noch immer mit Krücken gingen und ein Hosenbein leer herabhing, ließe sich zumindest für einige von ihnen eine lohnende Aufgabe finden, wenn sie für sich und ihre Schicksalsgefährten in einer eigens zu diesem Zweck eingerichteten Manufaktur hölzerne Gliedmaßen herstellten. Also wurde in Toronto ein Gebäude, in dem kurz zuvor noch hölzerne Verandapfosten erzeugt worden waren und das infolgedessen mit Sägen und Drehbänken bestens ausgestattet war, ausfindig gemacht, inspiziert, als geeignet beurteilt und von der Regierung erworben. Für den Handwerksbetrieb, den die Kommission im Sinn hatte, war es viel zu groß, doch dieses Problem löste derselbe Beamte im Handumdrehen, als er die Idee hatte, die behinderten Arbeiter in Schlafsälen oberhalb ihres Arbeitsplatzes unterzubringen. (Wie die jungen Männer die Treppen bewältigen sollten, hatte niemand bedacht, doch das war ein Problem für später.) Als Tilmans Fall zur Sprache kam, stießen die beiden Bemerkungen über seine Fähigkeit als Holzschnitzer bei dem Sonderkomitee, das eine Liste geeigneter Kandidaten zu erstellen hatte, auf großes Interesse. Sein Name stand bald an erster Stelle.

Tilman hasste die Fabrik, hasste die steifen Beine und Füße, an denen er den ganzen Tag arbeitete, verachtete zutiefst sein eigenes Kunstbein. In den überfüllten Frontlazaretten, wo schiere Panik herrschte, war jede behelfsmäßige Amputation auf ihre je eigene Weise schlampig vonstatten gegangen. Infolgedessen lag jedem Auftrag, der bei den Prothesenherstellern einging, eine komplizierte, manchmal kaum leserliche Auflistung von Maßangaben bei, die irgendwie in dreidimensionale Formen übertragen werden mussten. Nachdem sie sich den ganzen Tag mit den Problemen der projektiven Geometrie, mit schlechtem Essen in der Kantine nebenan und unzulänglich gewarteten Maschinen herumgeschlagen hatten, stapften die jungen Männer, Tilman eingeschlossen, mühselig die Treppe zum Schlafsaal hinauf. Hier wurde Tilman, der im Traum sein Holzbein verbrannte, von den Schreien der albtraumgeplagten Männer, die das Trauma des Krieges noch nicht einmal annähernd bewältigt hatten, Nacht für Nacht aus dem Schlaf gerissen. Manche von ihnen weinten sich in den Schlaf, wenn die Lichter gelöscht waren.

Tilman war in vielerlei Hinsicht ein beispielhafter Soldat gewesen. Daran gewöhnt, in Schlamm und Regen zu schlafen und sich unter freiem Himmel seine Mahlzeiten zu bereiten, und von Natur aus geneigt, die Welt lieber aus großer Entfernung zu betrachten, schien ihm die Armee lediglich eine neue Variante seines Vagabundenlebens, wenn auch ein wenig gefährlicher. (Vor und während Vimy hatte er sich häufig freiwillig zum Wachdienst gemeldet, weil ihm die gefährliche Exponiertheit immer noch lieber war als die beengte Kameradschaft im Schützengraben.) Selbst schwer wiegende Verstümmelungen und Tod waren ihm nichts Neues, denn viele Landstreicher, denen er im Lauf der Jahre begegnet war, hatten beim freiwilligen oder erzwungenen Sprung aus dem Güterwaggon oder einfach durch Leichtfertigkeit auf der Straße Gliedmaßen oder ihr Leben verloren. Zutiefst verstört war er hingegen von dem Unglück rings um ihn, dem sinnlosen Gemetzel an verwirrten jungen Männern, die in einer Weise unter Heimweh litten, wie er es nie erlebt hatte, und die klaustrophobischen Bedingungen der Schützengräben und Tunnel von Vimy machten ihm schwer zu schaffen. Doch selbst diese düsteren Röhren schienen irgendwohin zu führen, zu einem Zweck und einer Veränderung, so irrig und fehlgeleitet sie auch sein mochten. Die Prothesenfabrik hingegen, dieser armselige Versuch einer Reparatur, die Bemühung, in einem geschlossenen Raum Gliedmaßen und Leben zu rekonstruieren, war seiner Vorstellung von Hölle näher, als er seit seiner Ankettung je empfunden hatte. Hätte er noch beide Beine benutzen können – hätte sein Holzbein ihm zumindest weniger Beschwerden verursacht –, hätte er augenblicklich das Weite gesucht. Doch in seinem Zustand konnte er nicht in sein altes Leben auf der Straße zurückkehren, das war ihm klar; deshalb blieb er, wo er war, ernährt und behaust und beschäftigt, gewann nach und nach seine Körperkraft zurück und fand zögernd, zum ersten Mal seit seinem Aufenthalt bei der Familie Vigamonti (und zweifellos dank der dort erworbenen Fähigkeiten), Eingang in eine Gemeinschaft.

Wie Tilman hatten die meisten Männer keine Alternative zur Fabrik. Frauen, Freundinnen, manchmal sogar Eltern hatten sich beim Anblick der Krüppel entsetzt abgewandt. Hatten sie vor dem Krieg im Büro gearbeitet, behaupteten ihre früheren Arbeitgeber jetzt, sie könnten momentan keine Stelle für sie finden. Körperliche Arbeit kam nicht infrage. Die meisten Männer waren geistig und seelisch ohnehin zu sehr gebrochen, um ihr Leben von vor 1914 wieder aufzunehmen, und konnten sich kaum noch erinnern, wer sie vor der

Katastrophe gewesen waren, als wären sie fortan in einer eigenartigen Atmosphäre aus Stagnation und Wandel gefangen. Ein ehemaliger Landstreicher bezeichnete sein Leben als Fegefeuer und sich selbst als »Landschleicher« – zu mehr tauge er nicht mehr. Der Ausdruck schien auf sie alle zu passen, wie sie so lebten, obdachlos und unbeweglich, und Tilman schnitzte eine kunstvolle Tafel mit der Aufschrift *Die Landschleicher*. So nannten sie sich fortan und hängten die Tafel am einen Ende des Schlafsaals an die Wand, so dass sie das Erste war, was die meisten erblickten, wenn sie morgens erwachten.

Nach etwa zwei Jahren ließ die Aktivität der Fabrik allmählich nach, und nach drei Jahren kamen die Bestellungen für künstliche Gliedmaßen nur noch tröpfchenweise. Anscheinend brauchte nicht jedermann im Land eine Prothese, und die Kriegsversehrten waren inzwischen alle versorgt. So hastig, wie die Regierungskommission die Fabrik ins Leben gerufen hatte, so hastig wurde sie nun geschlossen. Befriedigt, dass man alles Menschenmögliche getan habe, um Tilman und seine Kollegen zu rehabilitieren, setzte dieselbe Regierung, die sie so ernst und feierlich zu den Waffen gerufen hatte, diese jungen Männer umstandslos auf die Straße.

Dies alles erfuhr Klara, als sie nach einer Mahlzeit aus Speck, Kohl, Kartoffeln und Apfelmus mit Tilman am großen Küchentisch saß. Nur ein kleiner dunkelblauer Fleck war auf dem Wangenknochen unter Tilmans linkem Auge erblüht, während Klara, die bei dem sehr einseitigen Kampf das meiste abbekommen hatte, nach wie vor ihre schmerzenden Hände kühlte.

»Morgen ist es wieder gut«, sagte sie, als sich ihr Bruder nun schon zum wiederholten Mal nach ihren Händen erkundigte. Sie und Tilman ließen einander nicht aus den Augen, so groß war das Bedürfnis, alles zu erfahren, zu begreifen. Klara konnte aus Tilmans Gesicht kaum noch den makellosen blonden Jungen herauslesen, der er einst gewesen war, nur an der Klarheit der Augen, die noch immer durchdringend blau waren, und an der Form des Mundes erkannte sie ihn. Das übrige Gesicht war vollkommen verändert, hatte sich zerklüftet, gefurcht und trug an manchen Stellen kleine Narben – ob vom Krieg oder vom rauen Leben auf der Straße, wusste sie nicht. »Was hast du getan«, fragte sie, »als du mit den Holzbeinen aufgehört hast?«

»Ich bin in Toronto geblieben, habe auf der Straße gebettelt und in den Missionen übernachtet, ein paar Jahre lang.« Tilman hob mit beiden Händen sein Holzbein an und rückte es in eine bequemere Lage. »Das ging aber nicht mehr gut, als der Krieg vorbei war. Ich war längst kein Kind mehr, und in den Städten trieben sich so viele Vagabunden herum, dass die Leute allmählich immun wurden. Manche von uns taten, als wären sie krank, oder wurden wirklich krank und gingen ins Veteranenspital. Andere, die vom Land waren, gingen nach Hause – falls ihre Familien sie aufnahmen. Jedenfalls hatten sie damit eine Adresse für die Kriegsrente. Ich hatte nie eine Adresse, deshalb gab es für mich auch keine Rente.«

»Du hättest doch heimkommen können.« Klara versuchte sich die Reaktion ihres Vaters und Großvaters auf einen verwundeten Kriegsheimkehrer vorzustellen. Einen erwachsenen Mann mit verhärtetem Gesicht und struppigem braunem Haar, kein goldenes Kind mehr.

»Ich war noch nicht so weit. Auch nach dem Krieg war ich noch nicht so weit.«

»Was Mutter getan hat ...« Klara berührte den Arm ihres Bruders.

»Nicht, dass ich mich davor gefürchtet hätte – ich konnte es nur einfach nicht vergessen. Ich weiß noch alles aus dieser Zeit, alles, was sie mir angetan haben.« Tilman blickte stumm aus dem Fenster, durch die Spiegelung der Küche in die Septembernacht, und dachte an seine Gefangenschaft zurück. »Warum hat Vater sie nicht daran gehindert? Warum hat er ihr nachgegeben?«

Klara hatte keine Antwort auf seine Frage. »Er hat von dir gesprochen, weißt du, als er im Sterben lag«, sagte sie.

Tilman lehnte sich im Stuhl zurück, seine Miene wurde ein wenig weicher. »Aber er hat mitgemacht ... hat sich jedenfalls nicht dagegen gewehrt. Ich glaube, er hat mir den Harnisch sogar angelegt.«

»Ich weiß nicht«, sagte Klara. »Aber er hat es zutiefst bereut. Das war nicht zu übersehen – er hat es sein Leben lang bereut.«

Eine Weile schwiegen beide. Dann fragte Klara, wie er auf der Straße mit seinem Holzbein überlebt habe.

»Als die Fabrik geschlossen wurde, hatte ich mich schon daran gewöhnt; ich kam ganz gut zurecht. Aber mit den Güterzügen war es aus. Also bin ich getrampt. Die Armeejacke hat dabei geholfen. Und die Orden.«

»Du hast Orden bekommen!«, sagte Klara, schon bereit zum Stolz.

»Nur einen, wegen Aufdeckung angeblicher Feindesaktivität, als ich auf Wache war. Aber einer aus der Fabrik, mit dem ich zusammengearbeitet habe, er war von allem dermaßen angewidert, vom Krieg, von den verdammten Beinen, dass er seinen Orden auf den Müll warf. Ich habe ihn später herausgefischt, weil ich dachte, man kann ihn vielleicht brauchen. Auf der Straße, weißt du, benutzt man alles, was einem in die Finger kommt«, sagte er. »Das gehört zu unserem Berufskodex, wie wir Stromer sagen.«

Klara hob ihre triefenden Hände aus der Schüssel, stand auf und ging durch den Raum zu einem Leinenhandtuch, das neben dem Herd hing.

»Die Küchenkönigin«, sagte Tilman, ohne einen Blick auf den behäbigen eisernen Kochherd.

Klara lachte. »Ach, der Herd«, sagte sie. »Daran hast du dich erinnert?«

»Nicht wirklich.« Tilman drehte sich um und musterte ihn. »Aber ich habe eine Zeit lang in einer Ofenfabrik gearbeitet.«

»Davon wird es jetzt nicht mehr viele geben. Die meisten Leute sind auf Elektroherde umgestiegen.«

»Stimmt«, sagte Tilman. »Ich kenne eine ganze Familie, die deswegen ihre Arbeit verloren hat.«

Sie richtete ihm das Schlafzimmer ihrer Eltern her, weil sie meinte, in seinem eigenen Zimmer spukten zu viele Geister. Sie fragte nicht, wie lange er bleiben wollte, und wusste instinktiv, dass er nicht wegen des Hofes zurückgekommen war, trotz der beim Anblick von Charolais und Charlotte geäußerten – und vielleicht vorgetäuschten – Begeisterung, trotz seines Lobes über ihren Erfolg in der Rinderzucht.

»Erinnerst du dich daran?«, fragte sie im Verlauf des

nächsten Tages immer wieder. »Weißt du das noch?« Sie ging durchs Haus und berührte einzelne Gegenstände, als könnte sie, wenn sie seine Aufmerksamkeit darauf lenkte, ihre gemeinsame Kindheit, wenn schon nicht für ihn, so wenigstens für sich selbst ins Gedächtnis zurückholen.

»Diese Vorhänge!«, rief er aus, als er in den Raum blickte, in dem zuerst er und später sein Großvater geschlafen hatten. »Die Vorhänge kenne ich noch! Ich konnte es nicht ausstehen, wenn sie geschlossen waren, nicht mal nachts.« Er sah Klara an und lächelte. »Ich musste hinausschauen können.«

»Du musstest hinaus*klettern* können, meinst du.«

»Manchmal.«

Folgsam stapfte er hinter ihr her, von einem Zimmer zum nächsten, dann die Treppe hinunter in die Stube. Der Hauptauftraggeber ihres Großvaters war die Kirche gewesen, und jetzt standen seine Werke in verschiedenen kirchlichen Einrichtungen im Süden und Westen von Ontario. Doch ein paar kleinere Figuren, darunter ein Johannes der Täufer und ein heiliger Hieronymus samt Gehäuse und schlafendem Löwen, waren hier geblieben und standen in der Stube.

»Wie ist er gestorben?«, fragte Tilman.

Klara warf einen Blick auf ihren Bruder, dessen Gesicht einen angestrengten Ausdruck trug, wie jemand, der versucht, sich an einen Menschen zu erinnern, den er vor langer Zeit verloren hat. »Im Schlaf«, sagte sie leise. »Er war einfach aufgebraucht.«

»Gut. Gut, dass er so gestorben ist. Ich erinnere mich an ihn ...« Tilman strich über den polierten Faltenwurf, der vom Arm des Täufers herabfiel. »Ich habe ihn in sehr guter Erinnerung. In seiner Werkstatt war ich manchmal glücklich.«

»Nach dem Tod der Großmutter hat er hier gelebt. Und im Holzschuppen gearbeitet.« Klara zögerte kurz. »Das war aber nicht mehr dasselbe. Möchtest du vielleicht sein Werkzeug sehen? Er dachte immer ...«

»Ich weiß nicht.« Tilman runzelte leicht die Stirn. »Werkzeuge sollen immer in einer Hand bleiben ...«

»Hast du denn nie wieder geschnitzt? Er hat immer ein Relief aufgehoben, das du gemacht hast.« Klara sagte nichts von dem kleinen Jungen, den der alte Mann in jeder Figurengruppe auftreten ließ. »Er hat immer darauf gewartet, dass du zurückkommst.«

»Doch«, sagte Tilman, »hier und dort. In der Ofenfabrik habe ich die Modelle für die Verzierungen gemacht.«

Später am Nachmittag führte Klara ihren Bruder nach oben in den Sonnenraum, ihr helles Schneideratelier. Er stand in der Tür. »Mutters Nähzimmer«, sagte er. »Daran erinnere ich mich auch.«

»Seit mehr als zwanzig Jahren ist es meines.«

»So lange ist sie also schon tot.« Die weiche Linie seines Mundes verhärtete sich und veränderte sein ganzes Gesicht.

»Ja.«

»Und es war meinetwegen. Ich dachte immer, dass ich irgendwie an ihrem Tod schuld sein müsste, so oder so.«

»Sie ist an einem Tumor gestorben«, sagte Klara sachlich. »Daran kannst du nicht schuld sein. Aber sie hat unter deinem Verschwinden schrecklich gelitten, und der Vater sagte, dass sie sich nie davon erholt hat.«

»Hat er über mich gesprochen?« Tilman klang erfreut, doch seine Miene war noch immer angespannt.

»Eine Zeit lang. Dann hörte er damit auf. Wie man über einen Toten irgendwann nicht mehr spricht.«

»Ich war nicht tot.«

»Woher hätten wir das denn wissen sollen?« Klara wandte den Blick ab und konnte sich den kurzen Anflug von Ärger nicht verkneifen. »Warum hast du nicht wenigstens irgendjemanden wissen lassen, dass du lebst?«, fragte sie.

Tilman trat in den Raum und setzte sich auf die Kante des Nähtisches, das Holzbein von sich gestreckt. »Es war nicht so, dass sie mir gleichgültig gewesen wären – ebenso wenig wie du –, ich konnte nur nicht zurückkommen; zuerst – später war es schon eine Gewohnheit, nicht zurückzukommen. Nicht zu irgendetwas zurückzukehren ... nie.«

»Und wieso jetzt ... was hat dich jetzt zurückgebracht?« Klara starrte durch das Fenster auf einen Horizont, den sie selten besucht hatte, die Grenze ihres bekannten Territoriums.

Tilman antwortete leise: »In den letzten paar Jahren ging das Geschäft nicht besonders. Und«, fügte er hinzu, und in seiner Stimme schwang ein Anflug von Scham, »ich konnte nirgendwo anders hin.«

Was für ein Geschäft, wollte Klara wissen; von einem Geschäft hatte sie noch nichts gehört.

Schlurfend und hinkend ging Tilman in den Hausflur hinunter und kam mit dem Sack zurück, den er bei seiner Ankunft auf dem Rücken getragen hatte. Daraus zog er eine Holzkiste hervor, rechtwinklig, fünfzehn mal zwanzig Zentimeter groß. Deckel und Seitenwände waren geschnitzte Reliefs, nur die Unterseite war flach.

Klara nahm sie entgegen und drehte sie langsam in den Händen. Sie sah eine Prärie mit Bergen im Hintergrund, sah eine Wasserfläche mit einem winzigen V-förmigen Vogelzug auf der linken Seite und einer Halbinsel rechts, sah eine Industriestadt aus der Vogelperspektive und dann noch einmal eine Ebene mit einem Güterzug und Getreidesilos in der Ferne – alle Ansichten kunstvoll und bis ins feinste Detail herausgearbeitet. »Wunderschön«, sagte sie, »und dabei hattest du nicht mal eine Werkstatt.«

Tilman sah sie überrascht an. »Ich weiß nicht«, sagte er, »ich wäre nie auf die Idee gekommen, ich könnte eine Werkstatt brauchen.« Er verstummte. »Die Leute kaufen die Schachteln … für einen Dollar. Haben sie gekauft. Jetzt, wo die Zeiten schwerer geworden sind, kaufen sie mir kaum noch was ab.«

Klara drehte noch immer die Schachtel in den Händen.

»Ich habe auch mit Stein gearbeitet. Mein Freund Giorgio hat bei einem Steinmetz gelernt, der Grabmäler hergestellt hat, und bei ihm hat er mir Arbeit verschafft. Aber Giorgio ist nicht einfach ein Steinmetz, sondern ein richtiger Bildhauer und hat sämtliche Engel auf dem Friedhof gemacht, und nach dem Krieg fing er an, sich für Inschriften zu interessieren. Er wollte auch mich dazu überreden, aber Buchstaben meißeln, das liegt mir nicht so. Manchmal habe ich Rosen und Weiden gemacht.« Tilman sah nachdenklich drein. »Aber ich konnte sowieso nicht bleiben, und auf der Straße kann man keinen Marmor mitschleppen. Giorgio konnte sich immer auf eine Arbeit einlassen, als wäre sie für die Ewigkeit, aber als die Zeiten schwer wurden, konnte sich niemand mehr Engel leisten. Als ich ihn das letzte Mal sah, lebte er in irgendeiner Hütte im Don Valley in Toronto. Er und hundert andere. Er war ein Landstreicher, wie ich.« Er lächelte. »Ich sagte, ich hätte nie gedacht, dass ich das noch erleben würde …«

Zum ersten Mal hörte Klara ihren Bruder sich als Landstreicher bezeichnen. Ihr Vater hatte das Wort mit einer gewissen Verachtung benutzt, doch wenn einer vor der Tür stand, hatte er ihm immer etwas gegeben, eine Münze oder etwas zu essen.

»Giorgio ist ein italienischer Name, oder?«, fragte sie.

»Ja. Ich war eine Zeit lang mit seinem Vater unterwegs, als ich noch jung war. Aber sein Vater war nur vorübergehend auf der Walze. Giorgio ebenfalls. Nur vorübergehend. Dann fand er Arbeit in Europa, rechnete jedenfalls damit, an irgendeiner gigantischen kanadischen Gedenkstätte, die in Frankreich gebaut wird, ausgerechnet in Vimy, wo ich mein Bein verloren habe. Seit Jahren wird daran gearbeitet. Allward, der Bildhauer, von dem der Entwurf stammt und der den Auftrag bekommen hat – er ist ein solcher Fanatiker, dass er anscheinend ewig gebraucht hat, um den richtigen Stein zu finden. Dann mussten sie erst eine Straße bauen und das Gelände räumen.« Tilman ging zum Fenster. »Das war bestimmt eine tolle Aufgabe«, sagte er bitter, »ungefähr so, wie wenn man ein Leichenhaus ausräumt.«

Klara spürte in der Haut ihres Rückens und Nackens die Nervenenden erwachen. »Hier ist niemand in den Krieg gezogen«, sagte sie. »Sie ließen sich alle freistellen. Unabkömmlich in der Landwirtschaft.« Sie blickte zu Boden, weil sie nicht wollte, dass Tilman ihr Gesicht sah. »Niemand außer einem.«

»Zwei«, sagte Tilman. »Ich war sehr wohl im Krieg.«

»Entschuldige.« In dem folgenden unbehaglichen Schweigen begann Klara ihren Arbeitstisch aufzuräumen. Scheren links, Schnittmuster rechts.

»Kannst du das brauchen?«, fragte Tilman in sanfterem Ton. Er zog eine etwas größere Schachtel aus seinem Sack. »Vielleicht für Fadenspulen oder so was?«

Klara traten die Tränen in die Augen, als sie die Schachtel entgegennahm. Es war Jahre her, seit sie zum letzten Mal ein Geschenk erhalten hatte. »Danke, Tilman«, sagte sie, drehte die Schachtel auf dem Tisch hin und her, ohne den Blick von ihr abzuwenden, verlegen über ihre Rührung. »Warum bist du nicht gefahren?«, fragte sie jetzt leise und sah ihn nicht an, sondern fuhr mit den Fingern über die Höhen und Tiefen der geschnitzten Landschaften. »Um an diesem kanadischen Kriegsdenkmal mitzuarbeiten?« Ihr Blick fiel auf eine winzige Brücke in großer Entfernung. »Ich wäre hingefahren.«

»Wieso um alles in der Welt soll ich noch mal dorthin, Klara? Was für eine Hölle das war, kann ich dir nicht mal annähernd beschreiben. Stell dir nur mal das vor: Giorgio sagte, es hat fünf Jahre gedauert, bis der Boden so weit von Minen befreit war, dass man ohne größere Gefahr mit dem Bau beginnen konnte. Und trotzdem fliegt alle paar Monate jemand in die Luft. Dieser Bildhauer Allward, der die Arbeiten beaufsichtigt, muss als Chef ein Albtraum sein. Seit zehn Jahren hat er den Auftrag, und erst jetzt ist er so weit, dass er Steinmetzen einstellen kann.«

Klara ließ hellbunte Fadenspulen in die Schachtel fallen.

»Es sollen nämlich Namen eingemeißelt werden, deswegen ist Giorgio so interessiert«, fuhr Tilman fort. »Aber nur die Namen der Elftausend, die kein Grab haben, weil sie im Einsatz verschollen sind. Giorgio fand, ich sollte mitmachen, weil auch mein Bein im Einsatz verschollen ist.«

Tilman lachte, aber er sah seine Schwester nicht an und erwartete nicht, dass sie mitlachte.

Klara hielt eine Fadenspule in der Hand. »Im Einsatz verschollen«, wiederholte sie.

»Ja, du weißt schon, die Vermissten, die man nie gefunden hat, wahrscheinlich weil sie in Stücke zerrissen wurden. Ein paar haben wir gefunden – allerdings nur Einzelteile, und niemand konnte sagen, ob sie Briten oder Deutsche waren, nicht mal, was für eine Haarfarbe sie hatten.«

Klara ließ die Spule in die Schachtel fallen und schlug den Deckel zu. Tilman erschrak, sprang auf und trat vor sie hin. Seine Augen verengten sich. »Du hast keine Ahnung, wie schrecklich es war. Niemand hat eine Ahnung.«

»Sag's mir nicht«, sagte Klara. »Bitte, sprich nicht darüber.«

»Nein«, sagte Tilman, »das willst du nicht wissen. Niemand will es.« Er wandte sich ab und humpelte zur Tür. »Niemand hier will irgendwas davon hören.«

Am nächsten Morgen war Tilman früh auf. Klara hörte ihn unten einschüren, hörte die Ofenklappen zuschlagen und Wasser ins Spülbecken laufen. Es war lange her, seit jemand anderes als sie diese Morgengeräusche verursacht hatte, und sie erlaubte sich den Luxus zu lauschen, wie sich jemand anderes auf den Tag vorbereitete.

Sie hatte verschlafen. Stundenlang, bis tief in die Nacht hinein, hatte sie wach gelegen, weil ihr dieser Allward und sein Monument nicht aus dem Sinn gingen, und sie lag auf dem Rücken und flüsterte den Namen immer wieder vor sich hin, voller Furcht, sie könnte ihn vergessen. Sehr früh am Morgen war sie schließlich eingeschlafen und hatte von Eamon geträumt, zum ersten Mal seit Jahren, einen Traum voller Zärtlichkeit, in dem er geflüstert hatte: »Jetzt kannst du mich lieben«, während sie beieinander lagen, Haut an Haut, im selben Bett, in dem sie schlief. »Jetzt kannst du es sagen, Klara«, hauchte er ihr ins Ohr. »Jetzt kannst du sagen, dass du mich liebst.« Im Traum dachte sie, es sei nie anders gewesen, und die Seligkeit übergoss sie wie ein Wolkenbruch. Sie roch seine Haut und spürte seine Lippen über ihr Gesicht streichen. »Du bist voller Freude«, sagte er zu ihr. Sie wachte erfrischt auf, als wäre ihre Seele mit klarem Wasser reingewaschen worden.

In der Küche bot Tilman ihr Tee an, doch sie legte ihm die

Hand auf den Arm und sagte, sie müsse ihm etwas zeigen. Ob das nicht bis nach dem Frühstück Zeit habe, fragte er, und sie sagte, nein, sie habe lange genug gewartet.

Als sie durch den Holzschuppen gingen, legte Tilman die Hand an den Türpfosten, an dem er vor so vielen Jahren angekettet gewesen war. Klara, die vorausging, trat in das hohe Gras im Hof hinaus. »Es mäht niemand mehr«, erklärte sie. »Manchmal lasse ich ein Kalb das Gras hier abweiden.«

Tilman gab keine Antwort.

»Entschuldige«, sagte sie, als sie sich erinnerte.

Mit triefend nassen Schuhen langte sie bei dem Weg an, der zur Werkstatt führte; vor der Tür blieb sie stehen, um auf Tilman zu warten, und als er sein Bein nach vorn schwang, fiel ihr auf, dass von der Feuchtigkeit der Gräser das Hosenbein an der Prothese klebte. Wie wir uns verändert haben, dachte sie, wie anders wir sind. Doch ihr schien diese Veränderung großartig und wunderbar, denn sie wusste nun, dass da etwas war, das jeder im anderen erkannte, etwas Wesentliches, tief innen Verborgenes, das alle Haut und Muskeln ihrer äußeren Person so konstruiert wirken ließ wie Tilmans künstliches Bein.

»Fragst du dich je«, sagte sie leise, »wie es uns heute ginge, wenn alles so gekommen wäre, wie es hätte kommen sollen?«

Tilman hielt inne und richtete den Blick in die Ferne, wo die Kreuzung zweier Landstraßen zu erkennen war. »Es ist doch so gekommen, wie es hat kommen sollen«, sagte er, »für mich jedenfalls.«

Wie war es gewesen für ihn, fragte sie sich, als er aus der vertrauten Umgebung fortgegangen war, mit all den Behinderungen und Erschwernissen, einer Kette zuerst und der schrecklichen Verwundbarkeit eines schutzbedürftigen Kindes in einer Welt voller Fremder. Dann der Krieg und jetzt diese beschwerliche Prothese.

Sie führte Tilman zu der alten Werkstatt hinüber, reichte ihm den Hammer, den sie mitgebracht hatte, und sah zu, wie er sich abmühte, den rostzerfressenen Riegel zu lösen, der an den Querschienen haftete. Eine Reise nach Vimy war undenkbar, jenseits ihrer Vorstellungskraft. Doch seit dem Augenblick, als ihr Bruder das Monument erwähnt hatte, ließ sie das Gefühl nicht los, dieser brennende Wunsch, den Atlantik zu überqueren, sei seit jeher Teil ihres Lebens gewesen, ja, diese Reise sei etwas längst Vertrautes. Vielleicht hatte sie schon immer fortgehen wollen, hatte schon immer das Bedürfnis gehabt, durch die Hintertür davonzugehen und zu wissen, dass sie eine ganze Lebensweise hinter sich ließ, um herauszufinden, ob es nicht noch einen anderen Blickwinkel gab, einen anderen möglichen Lebensentwurf in einer Landschaft, die sie noch nicht ausprobiert hatte. Doch die Abwesenheit ihres Bruders und Eamons Verschwinden hatten anscheinend alle Energie aufgezehrt, die sie gebraucht hätte, um nach vorn zu schauen, in Bewegung zu bleiben, sich nicht mehr umzudrehen. Vielleicht brachte ihr Tilmans Rückkehr die Ermunterung, an der es ihr immer gefehlt hatte. Sie betrachtete den Himmel und die Wiese darunter und fand die weißen Rinder auf der Weide mit einem Mal unwirklich, als wären sie Phantome, Relikte aus einer früheren Zeit, die längst abgeschlossen war. Oder als gehörten sie jemand anderem.

»Was ist da drin?«, fragte Tilman, als er den Riegel endlich zurückgeschoben hatte.

»Warte nur ab«, antwortete sie, weil sie seine unmittelbare Reaktion erleben wollte.

Er gab ihr den Hammer zurück, zog die Tür gegen die dichten Spinnweben, die sie festhielten, zu sich und schnappte vor Überraschung und Schrecken nach Luft.

Im Licht des Ostfensters stand die Äbtissin, ihre glatten, blinden Augen starrten durch einen Schleier aus Spinnweben, auch ihre Hände hielten ein Gespinst, das so dick war, als hätte sie die letzten Jahrzehnte damit zugebracht, aus Gaze eine Landkarte sämtlicher Flusssysteme der Welt zu erschaffen.

»Allmächtiger Gott«, sagte Tilman. »Einen Moment habe ich geglaubt, sie sei echt.«

Klara bahnte sich einen Weg durch die Spinnennetze ins Innere der Werkstatt. Sie ergriff einen alten Besen, der in der Ecke lehnte, und begann die Skulptur zu fegen, legte einen Arm, einen Schuh, den Faltenwurf des Habits frei, fast als bemalte sie eine riesige Leinwand. Staub stieg auf und schwebte flirrend in dem Lichtkegel, der durch die Tür hereinfiel.

»Großvater war wirklich ein fantastischer Bildhauer«, sagte Tilman voller Bewunderung. »Gott sei Dank sind die Holzameisen nicht darüber hergefallen. Wie lange steht sie schon hier?«

»Sie ist nicht von ihm«, sagte Klara. »Ich habe sie gemacht.«

»Du?«, fragte ihr Bruder ungläubig. »Du ganz allein?«

Klara trat von der Skulptur zurück, damit Tilman sie besser sehen konnte. »Großvater hat es mir beigebracht.« Als ihr Bruder nichts sagte, fügte sie hinzu: »Sie ist nicht ganz fertig.«

Ihre Schnitzwerkzeuge auf dem Arbeitstisch waren orange vom Rost und trugen eine dicke Staubschicht. »Ich kann's dir beweisen«, sagte sie, griff nach einem Eisen mittlerer Größe. »Schau.«

Es war, als wäre der ganze Raum von der Verblüffung ihres Bruders erleuchtet. Obwohl sie mit den stumpfen Eisen alle Mühe hatte, obwohl sie nervös und aus der Übung war, entstand unter ihren Händen entlang dem unteren Ende des Nonnenhabits eine neue Falte.

»Jesus!«, sagte Tilman beeindruckt.

»Dieses Eisen taugt nichts«, sagte Klara. »Es ist seit Jahren nicht geschliffen worden. Aber wie du siehst, *kann* ich schnitzen.«

Tilman machte einen Schritt zur Tür zurück, als wären ihm die Größe der Figur und die Enge des Raumes auf einmal zu viel. »Großvater hätte sich gewünscht, dass ich solche großen Skulpturen mache.«

»Ja«, sagte Klara. »Er hat große Hoffnungen in dich gesetzt. Als er alt wurde, stellte er sich gern vor, du seist nach Bayern gegangen und dort in irgendeiner Werkstatt untergekommen, hättest Riemenschneider und die anderen alten Meister studiert.«

»Und währenddessen war ich drüben und habe versucht, die Hunnen umzubringen, ohne auch nur einen Gedanken an ihre Kunstwerke. In den Gräben waren wir uns manchmal so nahe, dass ich die Männer drüben reden hörte, und was sie sagten, verstand ich seinetwegen. Weißt du noch ... wie der Großvater bei der Arbeit mit sich selber gesprochen hat? Er ging mit sich um wie mit einem Lehrling und gab sich dann selber Anweisungen, auf Deutsch natürlich.«

Klara legte stumm das Eisen aus der Hand. »Ich habe fast zwanzig Jahre nichts mehr gemacht«, sagte sie nach einer Weile. »Großvater war noch am Leben, als ich aufgehört habe. Er sagte, ich würde irgendwann wieder anfangen, irgendwas würde passieren, und dann würde ich unbedingt wieder arbeiten wollen, müsste ich unbedingt wieder Bildhauerin werden.«

Ihr Bruder war eine dunkle, stumme Silhouette im hellen Rechteck der Tür.

»Das möchte ich jetzt, Tilman«, fuhr Klara fort. »Ich möchte wieder Bildhauerin sein. Fahren wir doch nach Frankreich, zu dem Kriegerdenkmal dieses Allward, wo dein Freund ist.«

Tilman stand da, mit beiden Händen an den Türstock gestützt. Klara sah, wie sein Körper sich vorbeugte, als er zu lachen begann. Eine oder zwei Minuten lang beobachtete sie seine Erheiterung stumm.

»Es ist mir Ernst«, sagte sie, als er sich wieder beruhigt hatte. »Ich finde ehrlich, dass wir es tun sollten.«

Auf jedes einzelne seiner Argumente wusste sie eine Entgegnung, auch nachdem die Debatte schon tagelang anhielt. *Sein Bein?* Er sei doch schon Jahre damit unterwegs gewesen. *Kein Geld?* Sie werde das Vieh verkaufen; sie könne es ohnehin nicht mehr versorgen, wenn sie fort sei. *Das reiche nicht, und außerdem sei es ihres.* Sie würden meistens auf der Walze sein, und darin kenne er sich bestens aus. *Sie habe keine Ahnung vom Umgang mit Stein.* Sie werde es lernen, sei sicher, dass sie es lernen werde. Außerdem könne er es ihr ja beibringen. *Sie sei eine Frau.* Das spiele keine Rolle.

»Es spielt sehr wohl eine Rolle, Klara«, wandte er ein. »Du hast keine Ahnung, was einer Frau auf der Straße passieren kann.«

»Was immer es ist, mir wird es nicht passieren.«

Tilman schilderte, wie grauenhaft die Atlantiküberquerung gewesen sei: Er habe die Fahrt in den Krieg als beinahe so verheerend erlebt wie den Krieg selbst, so schlimm sei das Gefühl gewesen, in der Falle zu sitzen. Und dazu die dauernde Seekrankheit.

»Du bist aber zurückgekommen ... du musstest doch mit dem Schiff fahren, um zurückzukommen.«

»Mit nur einem Bein und unter Morphium. Ich weiß nicht mehr viel davon.« Weshalb sie nicht verstehen könne, wollte er wissen, dass nahezu jeder Aspekt in dieser Phase seines Lebens ein Albtraum gewesen war. Für ihn war Frankreich Gemetzel, Klaustrophobie und anhaltend schlechtes Wetter. »Und, Klara«, fügte er hinzu, »ich habe jahrelang auf der Straße gelebt, mir hat es weniger ausgemacht als den meisten.«

Tilman ging ein Mal quer durch die Küche im Abendlicht, dann kehrte er an den Tisch zurück, setzte sich und hievte sein hölzernes Bein auf den Stuhl gegenüber. »Jesus, dieses Ding ist eine Last«, sagte er. »Nie habe ich meine Ruhe davon – außer nachts, wenn es auf der einen Seite des Zimmers steht, und ich bin auf der anderen.« Eine Zeit lang schwieg er, dann beugte er sich vor und stützte die Ellenbogen auf den Tisch. Er sah seine Schwester an. »Ich sage das nicht gern, weil ich an die Freiheit glaube und finde, dass jeder zumindest die Chance bekommen müsste, zu tun, was er will – und wenn es die Freiheit ist, gar nichts zu tun.«

Klara wartete.

»Aber, Klara, ich muss es dir sagen. Du wirst nie an diesem Monument mitarbeiten können.«

»Das kann ich wohl. Wenn sie mich nicht meißeln lassen, kann ich irgendwelche anderen Arbeiten machen. Ich möchte dabei sein. Ich bin bereit, alles dafür zu tun.«

»Nein, du kannst nicht.« Er hob die Hände, um sich nicht unterbrechen zu lassen. »Du bist eine Frau, Klara, und alle anderen dort sind Männer. Keiner von ihnen würde je eine Frau einstellen.«

Klara erwiderte seinen Blick. »Ich bin harmlos«, sagte sie – das Letzte, was er erwartet hätte. Sie stand auf und ging aus dem Raum. »Ich würde keinem von ihnen ein Haar krümmen«, setzte sie hinzu, ehe sie durch die Tür verschwand.

»Nicht zu glauben«, sagte Tilman lachend und hielt die Diskussion damit für beendet.

Eine Woche lang hackte Tilman jeden Tag Holz und erzählte seiner gefügig gewordenen Schwester, wie er Giorgios Vater kennen gelernt hatte – der Mann habe Holz gehackt wie eine Maschine, sagte er, und ihm etliche Tricks beigebracht, damit ihm die Arbeit rascher von der Hand ginge. »Wenn ich gehe, bin ich dir zumindest eine kleine Hilfe gewesen, Klara«, sagte er. »Wenn ich fertig bin, kommst du gut über den Winter.«

Klara spülte das Geschirr vom Abendessen und achtete nicht auf ihn. Anschließend wollte sie wieder in die Schneiderwerkstatt hinaufgehen, wo sie während der letzten Tage genäht hatte, still in die Arbeit vertieft und fern von ihrem Bruder. »Und wohin willst du?«, fragte sie schließlich, ohne sich zu ihm umzudrehen.

Tilman gab keine Antwort, sondern stand vom Stuhl auf. »Es wird kalt heute Nacht – vielleicht gibt es Frost«, sagte er. »Ich hole die Tiere herein. Im Stall haben sie's besser.«

»Nicht nötig«, sagte Klara. »Sie können ruhig auf der Weide bleiben.«

»Nein, ich hole sie lieber.« Er humpelte zur Tür. »Das ist besser.«

Durch das Fenster sah Klara ihm nach, wie er auf dem Weg zur Weide ging und bei jedem Schritt sein Bein nachzog.

Laut sagte sie »Vimy« und »Allward« und hoffte, die Worte würden ihm, obwohl er sie nicht hören konnte, ins Gehirn eindringen und sich dort festsetzen. Sie wollte nicht sehen, wie er auf der Landstraße davonhinkte, dem Leben entgegen, und alles Leben mitnahm. Während sie sich nicht vom Fleck rührte, für immer gefangen in ihrem Haus, mit der immer gleichen Aussicht aus dem Fenster – außer wenn es das Bild eines Menschen einrahmte, der von ihr fortging.

Wie jeden Tag während der vergangenen Woche saß Klara im Schneidersitz auf dem breiten Arbeitstisch, umringt von Stecknadeln, Fadenrollen, kleinen Stofffetzen. Es war Mitte Oktober, jeder Tag war ein wenig kürzer als der letzte, und zwischen der Zimmerdecke und dem Dach darüber hörte sie ein Huschen und Trippeln der Eichhörnchen, die ihre Nüsse versteckten; ein Gefühl von Dringlichkeit lag in der Luft. Mit Befriedigung musterte Klara das beinahe fertige Kleidungsstück, das ausgebreitet auf ihrem Schoß lag, während die Ärmel schlaff über die Tischkante herabhingen.

Die Leute sterben viel zu früh, dachte sie, sie sterben und erleben nie die Erfüllung ihrer innigsten, zuletzt für unerfüllbar gehaltenen Wünsche. Ihr Großvater war vor Tilmans lang ersehnter Rückkehr gestorben, Pfarrer Gstir hatte die Weihe der Glocke für seine Traum-Kirche nicht mehr erlebt, Eamon hatte nie in einem Militärflugzeug gesessen. Sie alle waren ungeschützt, schlicht und begeistert ihren Sehnsüchten nachgegangen, ohne List und ohne Verstellung, und ihre weit geöffneten Herzen waren ein leichtes Ziel für Zurückweisungen der einen oder anderen Art gewesen. Verzicht war ein Ausweg, den sie nicht einmal in Erwägung hatten ziehen können, ehe die Erfahrung sie eines Besseren belehrte und das Licht gelöscht wurde.

Ihr sollte es nicht so ergehen. Sie würde das Unmögliche herausfordern, sich dabei aber tarnen, um den Geist der Vernichtung zu verwirren und keine Aufmerksamkeit auf sich und ihr Herzensanliegen zu lenken.

Als sie zum Mittagessen herunterkam, fand sie Tilman in der Speisekammer herumstöbern, wo er Platz für einen großen Mehlsack schaffte, den er aus dem Ort mitgebracht hatte. »Den habe ich gegen eine meiner Schachteln eingetauscht«, sagte er. »Damit müsstest du eine Weile auskommen.«

»Was für eine Wohltat«, setzte er hinzu, als er in die Küche zurückkam, »ein Dorf zu erleben, das nicht voller Witwen und Waisen ist. In ganz Ontario haben die Leute immer nur den Krieg im Kopf, als wüssten sie was darüber, benennen Straßen und Gedenkstätten nach Schlachten, die sie sich nicht mal annähernd vorstellen können. Nur nicht in Shoneval«, bemerkte er sarkastisch. »Die Deutschen hier sehen mich immer noch an, als wäre ich mit meinem Bein eine Missgeburt. Herzerfrischend.«

»Du hast gesagt, dass du manchmal die Deutschen in den Schützengräben hast reden hören.«

Tilman stand eine Weile reglos da, in Erinnerungen versunken. »Weißt du«, sagte er dann, »es war schon komisch, sie redeten über genau dieselben Dinge wie unsere eigenen Leute: Frauen, Heimat, Essen. Manchmal merkte ich gar nicht, dass ich dem Feind zuhörte, weil mir ihre Themen so vertraut waren.«

»Es ist nicht so, wie du denkst«, sagte Klara, »mit Shoneval, meine ich. Manche jungen Leute wollten unbedingt in den Krieg ziehen, aber ihre Eltern und Großeltern ließen sie als unabkömmlich in der Landwirtschaft vom Wehrdienst freistellen.«

»Glück für sie.« Tilman begann durch den Raum auf und ab zu gehen. »Nur dass sie alle immer noch hier sind«, fügte er hinzu, »wo sie immer gewesen sind.« Ein flüchtiger Ausdruck der Verachtung huschte über sein Gesicht.

»Setz dich hin«, sagte Klara, »hör auf herumzulaufen. Du bist noch nicht wieder unterwegs. Setz dich einfach hierher und rühr dich nicht von der Stelle. Ich will dir was zeigen. Eine Überraschung.«

Tilman ließ sich in den Schaukelstuhl fallen. »Was für eine Überraschung?«

»Warte ab«, rief Klara über die Schulter. »Lass dich einfach überraschen.«

Im Mittagslicht, das durch die vielen Fenster des Sonnenzimmers hereinströmte, zog Klara sich aus, von niemandem gesehen. Mehrere Minuten stand sie nackt da und ließ die kühle Luft über ihre Haut streichen, den Schweiß in den Kniekehlen und zwischen ihren Brüsten trocknen, und es kam ihr vor, als verdunstete damit auch alles, was sie bis zu diesem Augenblick gewesen war. Schließlich stieg sie in die Hose, die sie während der vergangenen Woche genäht hatte, und setzte sich, um die im Dorf erstandenen neuen Schuhe zuzuschnüren. Sie stand auf und setzte einen dunklen Hut auf. Dann straffte sie die Schultern, bekleidete ihren Oberkörper und ging die Stiege hinunter.

Als sie in die Küche trat, sprang Tilman aus dem Schaukelstuhl auf und wäre beinahe über sein Holzbein gestolpert.

Klara, in Männerhosen und -schuhen, weißem Hemd und Krawatte mitsamt diamantenbesetzter Krawattennadel, die ihrem Vater gehört hatte, und in einem prachtvollen scharlachroten Jackett, tippte sich an den Hut. Die goldenen Manschettenknöpfe ihres Vaters blitzten im Sonnenlicht.

»Was soll das?« Tilmans Gesichtsausdruck wechselte von Schock zu Argwohn.

»Ich gehe nach Vimy und du ebenfalls«, sagte Klara. »Du hast gesagt, sie würden nie eine Frau einstellen, und darum gehe ich als Mann, als dein Bruder.«

Tilman starrte sie weiter unverwandt an. Er war sich nicht sicher, ob sie wie ein Mann aussah, wie eine Frau wirkte sie allerdings auch nicht mehr. Ihre Haare hatte sie unter dem Hut verborgen.

»Ich schneide sie ab«, sagte Klara, als sie seinen Blick bemerkte. Dann besann sie sich. »Nein, das muss nicht sein. Ich werde die ganze Zeit den Hut aufbehalten.«

»Was ist das denn für eine schwachsinnige Idee?«, fragte ihr Bruder. »Das ist ja wie ein religiöser Wahn bei dir! Wenn du Bildhauerin sein willst, bleib hier und mach Engel für die Kirchen. Du bist gut genug – es war mir völlig Ernst, als ich sagte, ein Mann könnte es nicht besser.«

»Ich will keine Engel machen.« Klara fuhr sich nervös mit beiden Händen über die Jacke. »Ich will an diesem Monument mitarbeiten ... Du weißt, wie man reist.« Sie hielt inne, ließ ihren Stolz fahren und sagte leise: »Allein komme ich nie hin, Tilman, ich glaube nicht, dass ich das schaffe.«

Tilman wandte sich von ihr ab und ging zum Spülbecken. Er beugte sich nieder, um so viel Himmel wie möglich zu sehen. In großer Ferne entdeckte er eine Schar Zugvögel in Formation; sie flogen nach Osten, nicht nach Norden. Sie üben, dachte er, sie brechen noch nicht auf.

Tilman wusste, dass nicht viele Vögel den Ozean überqueren, es sei denn, sie werden von den wilden, unausweichlichen Stürmen getrieben, es sei denn, sie sind gezwungen worden, alle Entscheidungsgewalt über Richtung, Aufbruch, Ankunft aufzugeben. Das Schiff über den Atlantik wäre wie die Eisenkette, im besten Fall wie die Schule oder die Prothesenfabrik. »Ich gehe nicht, Klara«, sagte er mit abgewandtem Blick. »Ich nicht.«

Er konnte sie nicht sehen, doch von der Stelle, wo seine Schwester stand, schien sich auf einmal eine Flut des Jammers auszubreiten, und Tilman fühlte sie über seine Schultern fließen, durch das Fenster und hinaus in den Herbsthimmel.

Und gleich darauf ertönte ein lautes Klirren, als Klara die gute Limoges-Platte ihrer Mutter vom Sims des Porzellanschranks auf den Fußboden fegte. Sekundenlang stand sie reglos da und starrte auf die Scherben, dann sagte sie mit tränenerstickter Stimme: »Ich bleibe nicht länger hier.«

Tilman musterte sie verwundert und beunruhigt von diesem Gefühlsausbruch. In ihren Männerkleidern, mit ihrer schmalen Gestalt, sah Klara aus wie der Junge, der er einst gewesen war, erfüllt von dem dringenden Wunsch, zu entrinnen, und trotz seiner Bedenken erfasste ihn Mitleid.

Sie zuckte zurück, als er die Hand ausstreckte, um ihren Arm zu berühren. »Du kannst gehen, Klara, wohin immer du willst; ich bringe dich hin. Aber warum dieses Monument auf der anderen Seite des Atlantiks, den ich nicht überqueren kann?«

»Ich *will* dorthin«, sagte sie. »Und ich will, dass *du* hingehst.« Jetzt rannen ihr die Tränen übers Gesicht, genauso wie damals, als Tilman sie dreißig Jahre früher zuletzt gesehen hatte.

Tilmans Arm fiel herab, und Klara wich zurück, die Arme verschränkt, das Gesicht gerötet vor Zorn und Kummer.

Ihr Hut saß schief, und ein paar Haarsträhnen hatten sich gelöst. Sie schien ihm so verrückt und schutzbedürftig wie der kleine Landstreicher, der im Kino so beliebt war; sie hingegen ahnte nicht, wie sie aussah oder wie der kleine Landstreicher aussah – in einem Film war sie nie gewesen.

»Aha«, sagte Tilman, »du bist dein Leben hier leid. Das ist es.«

»Ich bin es leid«, sagte Klara leise. »Ich bin es leid, dass mich jeder sitzen lässt, dass jeder fortgeht, auf der Straße davonmarschiert, in Kriege zieht ...«

Tilman kam ein Stück näher. »Wer ist in den Krieg gezogen, Klara? Hast du nicht gesagt, niemand von hier?«

Klara schwieg. Dann flüsterte sie: »Niemand außer einem, habe ich gesagt, niemand außer einem.«

»Und wo ist dieser eine jetzt?«, fragte Tilman.

»Tot.« Klara setzte sich, nahm den Hut ab, legte ihn auf den Tisch. »Er dachte, er könnte im Krieg ein Flugzeug fliegen. Vater sagte, er hat wahrscheinlich nicht mal eines zu sehen bekommen. Ich weiß nicht, wie er gefallen ist. Er war nur vermisst, verschollen.«

»Das tut mir Leid, Klara.«

»Ist schon lange her.« Klara öffnete den obersten Knopf ihrer Jacke. »Sehr lange. Aber ich habe alles falsch gemacht. Ich habe Dinge gesagt, Dinge, die ich nie zurücknehmen konnte. Und jetzt hat er nicht mal ein Grab. Dieses Vimy schien mir so ... Ich war wohl dumm.«

»Nicht dumm«, sagte Tilman. »Du hattest eine Liebe, das ist es. Ich hatte nie eine Liebe ... wahrscheinlich will sowieso keine Frau einen einbeinigen alten Stromer wie mich.«

Klara gab keine Antwort. Nach einer Weile stand sie auf und sagte: »Ich lege mich hin. Auf dem Herd steht Suppe, wenn du was essen möchtest.« Mit einem Mal war alles in ihr merkwürdig taub und leer, als könnte ihr nie wieder irgendetwas wichtig sein. Eine bleierne Schläfrigkeit ergriff sie, und sie war sicher, dass sie soeben die allerletzte Aufwallung von Leidenschaft erlebt, dass sie ihren Willen aufgegeben hatte.

In ihrem Schlafzimmer ließ sie ihre Männerkleider einschließlich der roten Jacke wie welkes Laub auf den Boden fallen, und ohne sich die Mühe zu machen, das Hemd auszuziehen, zumindest die Manschettenknöpfe zu entfernen, zog sie die Vorhänge zu, kroch unter die Decke und versank in Schlaf.

Ein paar Stunden später hämmerte Tilman an ihre Tür.

»Okay«, sagte er. »Zeit zum Aufstehen.«

Klara hob den Kopf, alarmbereit wie ein Tier. Alle Müdigkeit war von ihr abgefallen.

»Wenn ich an dieser Überfahrt sterbe, bist du dran schuld.«

Klara lachte. »Ich werde dich auf See bestatten. Als Landstreicher bekommst du ein Seemannsgrab.« Sie setzte sich im Bett auf. »Tilman«, sagte sie, »Tilman, komm rein.«

Er klinkte die Tür auf, trat in das dunkle Zimmer und erschrak, als seine Schwester jäh die Arme um ihn schlang. »Jetzt sind wir wirklich Geschwister«, sagte sie. »Bis jetzt war ich nie so ganz sicher, ob du's tatsächlich bist.«

»Natürlich war ich's«, sagte Tilman, der sich versteifte. Er trat einen Schritt zurück. Berührung erinnerte ihn noch immer an den kalten Eisenpanzer um seine Rippen, obwohl er die Geste seiner Schwester verstand und gerührt davon war.

»Erstens«, sagte er, und ohne seine Schwester aus den Augen zu lassen, die in einem fast knielangen Hemd dastand, ging er hinüber zur anderen Seite des Zimmers, wo er in Sicherheit war, »erstens musst du deine Aufmachung ändern.« Er deutete auf ihr Handgelenk. »Diese Manschettenknöpfe will sofort irgendwer haben. Du würdest verprügelt und ausgeraubt. Du siehst aus wie ein reicher Knabe, und das ist noch schlimmer, als wenn du als Frau auftrittst. Mach vielleicht ein paar Risse in die Jacke, näh ein paar Flicken drauf.«

»Das geht nicht«, sagte Klara. »Nicht mit dieser Jacke.«

»Dann lass sie zu Hause. Zieh irgendeine andere Jacke an.«

»Das geht auch nicht. Irgendwie nehme ich sie mit.« Die Jacke nicht zu tragen, würde ihr das Herz brechen, und sie zurückzulassen, war undenkbar. »Ich mache was anderes, das geht schnell. Ich bin eine gute, geschwinde Schneiderin«, sagte sie.

»Ja, das bist du sicher«, sagte Tilman, »aber du wirst nicht deine Fähigkeiten als Schneiderin brauchen, sondern deinen Verstand.«

»Den hab ich auch.«

Er lächelte. »Schon möglich.«

Ein paar Tage später fuhren sie mit einem gemächlichen, stotternden Omnibus nach Goderich, der Stadt am See, wo Klara sich um die Schiffspassagen kümmerte, während Tilman, der noch nie in seinem Leben für eine Reise bezahlt hatte, verlegen neben ihr im Schifffahrtsbüro stand. Sie wollten in der folgenden Woche mit einem Dampfer über die Seen nach Montreal fahren und von dort mit einem Linienschiff nach Frankreich übersetzen. Stundenlang hatten sie diskutiert, ob sie als blinde Passagiere reisen oder eine Kabine buchen sollten, und am Ende wurde ein Auktionator beauftragt, die alten Wagen, Schlitten und landwirtschaftlichen Geräte in der Scheune zu versteigern. Kiefer Erb, der ursprüngliche Besitzer, nahm Klaras Angebot, den Charolais zurückzukaufen, nur zu gern an, zahlte auch für Charlotte und die Kälber einen anständigen Preis und erklärte sich bereit, das alte Pferd zu versorgen. Damit wuchs Klaras Bankkonto um einige hundert Dollar. Die Katzen und ihre Jungen, die im Stall lebten, gab sie in die Obhut der guten Schwestern vom Kloster der Unbefleckten Empfängnis.

»Jetzt wird er schon decken«, sagte Erb bei der Übergabe, zeigte mit dem Daumen auf Charolais und blinzelte Klara zu, »nachdem er inzwischen auf den Geschmack gekommen ist.«

Vier Tage, nachdem Klara die Schiffspassagen gekauft hatte, vernagelte Tilman trotz Klaras Angst, als sie ihn auf der Leiter herumklettern sah, die Fenster im oberen Stock und im Erdgeschoss, und während der letzten paar Tage brannten zu jeder Stunde die Lampen im Haus. Tilman verabscheute das Gefühl, eingesperrt zu sein, doch für Klara verstärkten die fehlende Aussicht und das goldene Lampenlicht den Eindruck der Räume, die sie lange Zeit nicht wieder sehen würde und deshalb umso lieber gewann. Wie schön war der Winkel in der Stube, mit den weichen Kissen, dem dunklen Holz des Bücherregals und den satten, warmen Rot- und Brauntönen der Bücher, die dort hinter Glasscheiben standen. Und wie hübsch und still die Kelchgläser aus Pressglas auf einem Tablett oben auf dem Regal standen. Alles schien ihr geheimnisvoller, großartiger und ferner als in ihrer Kindheit, als sie ermahnt worden war, weder Gläser noch Bücher anzufassen, die zu den wenigen Schätzen im Besitz der Familie gehörten. Tilman ging in den Ort hinunter und kam mit einem riesigen Messingschloss zurück, das er an der Tür der Werkstatt festschraubte. Mitten in der Arbeit hielt er inne, sah seine Schwester an und sagte: »Klara, das ist doch verrückt. Ist dir klar, wie verrückt das ist?«

»Das sagst ausgerechnet du! Ist es vielleicht weniger verrückt, dreißig Jahre und mehr auf der Straße zu leben?«

Tilman legte den Hammer auf einem Fenstersims ab. »Und deine Stimme, was ist damit?«

»Was meinst du?«

»Wie wirst du dort drüben reden, auch schon auf dem Schiff, ohne aller Welt zu verraten, dass du eine Frau bist?«

»In Frankreich reden die Leute Französisch – vielleicht muss ich sowieso nicht viel sagen.«

»Klara«, wandte Tilman ein, »im Ernst: Du wirst überhaupt nie den Mund aufmachen können.«

Klara dachte darüber nach. Männlich und stumm.

Sie legte die Hand ans Ohr ihres Bruders und flüsterte hinein: »Wir sagen, ich hatte eine schlimme Kinderkrankheit, die meine Stimmbänder beschädigt hat.«

»Mir fällt nur eines ein«, sagte Tilman und entzog sich der körperlichen Nähe, »nämlich eine Krankheit, von der dir die Eier abgefallen sind. Anders kriegt ein Mann keine Stimme wie du.«

»Na, erlaube mal!«, sagte Klara, bestürzt über die Derbheit ihres Bruders. »Ich hatte die Absicht zu flüstern. Beim Flüstern gibt es keinen Unterschied zwischen männlich und weiblich.«

»Du wirst dich die ganze Zeit dran halten müssen.«

»Ja, die ganze Zeit.«

»Noch etwas«, flüsterte Tilman. »Gewöhn dir lieber gleich ab, entsetzt zu sein, wenn die Leute von ihren Eiern oder sonst was reden. Überhaupt wär's am besten, wenn du selber anfängst, darüber zu reden.«

»Ich rede nicht über solche Sachen.«

»Na, dann flüstere halt darüber«, sagte er.

Zwei Wochen später, als sie langsam vom Hof ins Dorf gingen, von wo aus der Bus sie nach Goderich bringen würde, schien es Klara schrecklich und schön zugleich, dass sie sich nun gemeinsam mit ihrem Bruder auf den Weg machte, als hätte er sie am Ende doch noch aufgefordert, mit ihm in die Welt zu verschwinden, die ihn so oft von zu Hause fortgelockt hatte. Sie trug noch ihre Frauenkleider – der Rock flatterte gegen ihre Schienbeine und behinderte sie, als er sich um ihre Waden wickelte – und freute sich darauf, mit den Kleidern auch die Person zu wechseln. Wie vielen alten Jungfern fiele es auch nur im Traum ein, sich auf ein so verwegenes Unterfangen einzulassen, wie sie es jetzt vorhatte? Sie war über sich selbst erstaunt, dass sie überhaupt auf die Idee hatte kommen können, dass sie fähig gewesen war, sich auf dieses Abenteuer einzulassen und sogar darauf zu bestehen.

»Es ist doch erstaunlich, dass wir uns dazu entschlossen haben«, sagte sie jetzt zu ihrem Bruder, der die Stirn runzelte und in sarkastischem Ton das Wort »wir« wiederholte.

Was sie jedoch verschwieg, war eine Erkenntnis, die sich ihr unabweislich aufdrängte: Wenn sie zuließ, dass ihr Leben zerrann, wenn sie ihr Haar aufsteckte, die Böden fegte, ihr Gesicht wusch und ihre frugalen Mahlzeiten verzehrte, Tag für Tag in derselben vorhersehbaren Weise, wäre es nicht nur so, als hätte Eamon niemals einen Fuß auf die Wiesen von Shoneval gesetzt, wäre niemals in den Krieg gezogen in dem festen Glauben, in ungefährlichen Äther einzutreten, sondern auch, als hätte seine Haut niemals die ihre berührt, als hätte ihre eigene Leidenschaft nie existiert. Als die Zeit verging und aus der jungen Frau eine alte Jungfer wurde, war es, als wären Eamon – ohne irgendein Mahnmal zum Gedenken an seinen Tod und ohne ein Leben als Ersatz für seine Geschichte, die sie sich allen Anstrengungen zum Trotz nicht aus dem Herzen reißen konnte –, seine Liebeslieder, seine Hände auf ihrem jungen Körper nur ein Traum gewesen, eine Fantasie, die sich ein altes Mädchen ausgedacht hatte.

Jahre später, als viel ältere und viel ruhigere Frau, wollte Klara mehr über den Mann wissen, der für die gewaltige kanadische Gedenkstätte in Frankreich verantwortlich war, wollte ihren persönlichen Erinnerungen an ihn eine Art Chronik eines gelebten Lebens, einer abgeleisteten Lehrzeit, erfüllter Aufgaben hinzufügen. Die Gelegenheit ergab sich, als sich der Bildhauer Walter Allward nach einigen Jahrzehnten, in denen es fast ganz still um ihn geworden war, durch den schlichten Umstand seines Todes noch einmal ins Bewusstsein seiner kanadischen Mitbürger schob. Für einen kurzen Moment wurden noch einmal seine Leistungen beleuchtet, sein Leben unter die Lupe genommen. Als Klara in einer kleinen Kolumne der Lokalzeitung von seinem Tod las, begann sie in den Städten, die nicht weiter als eine Tagesreise von ihr entfernt waren, die öffentlichen Bibliotheken abzuklappern, wo sie alte Ausgaben von Zeitschriften und die Veröffentlichungen der Abteilung für Veteranenangelegenheiten las, sich Notizen machte, die undeutlichen grauen Abbildungen in Kunstbänden studierte, die in den ersten Jahrzehnten des Jahrhunderts veröffentlicht worden waren. Genug war es nie. Dennoch halfen ihr die Informationen, die sie bei ihrer sorgfältigen Suche zusammentrug, das Bild des visionären Mannes zu vervollständigen, der nach ihrer Überzeugung ihr Leben von Grund auf verwandelt hatte.

Es erwies sich, dass Walter Allward für einen Mann von derart kompromisslosem Wesen erstaunlicherweise eine zwar bruchstückhafte, doch vom Glück begünstigte und zuzeiten beinahe lyrische Lehrzeit hinter sich hatte. Seine erschöpfte Mutter, die in ein paar erschrockenen Augenblicken in der Lage war, über das Chaos ihrer sieben Kinder hinauszublicken und auf herumfliegenden Papieren die ersten Anzeichen seiner Begabung wahrzunehmen, die selbst sie als frühreif erkannte, schickte ihn in den Zeichen- und Malunterricht, den die Kunstakademie von Toronto am Samstagnachmittag veranstaltete. Dort zeigte er mehr Interesse an der Linie als an der Farbe und, als er Gelegenheit erhielt, mit Farben zu experimentieren, mehr Interesse an Bleistift und Kohle. Von seinem Vater, einem Zimmermann, lernte er die Grundlagen der Holzbearbeitung: Gebrauch und Pflege von Werkzeugen, die Bedeutung der korrekten Maße, den Einsatz von Senkblei und Wasserwaage – tatsächlich betrafen manche seiner frühesten Erinnerungen die in der flüssigkeitsgefüllten Röhre gefangene zitternde Gasblase. Er hätte wie sein Vater Zimmermann werden können, doch sein Bedürfnis, sein Wunsch zu bestimmen, was gebaut werden sollte (und was nicht), brachte ihn dazu, fünf Jahre seiner Jugend in einem Architekturbüro der Ausbildung zum Konstruktionszeichner zu widmen, bis ihm eines Tages klar wurde, dass er, bliebe er für immer hier, nie etwas anderes zeichnen dürfte als Ziegelreihenhäuser – und dieser Preis schien ihm für ein geringes Maß an Sicherheit viel zu hoch.

Durch die Ziegelstadt Toronto, in der er aufwuchs, läuft ein Riss, eine tiefe, klaffende Wunde, verursacht vom Fluss und seinen Nebenflüssen, die sich bemühten, Kanäle zum

Ontario-See zu graben, und nach jahrhundertelanger Anstrengung ein Geflecht miteinander verbundener Schluchten zu Stande gebracht haben, das man das Don Valley nennt. In diesem Tal hatte das neunzehnte Jahrhundert eine Hand voll Mühlen und Fabriken, Brauereien und Gerbereien zurückgelassen, von denen einige zu Beginn des zwanzigsten Jahrhunderts aufgegeben wurden; viel mehr war es nicht, was man der Wildnis sonst hatte ablisten können. Kleinunternehmen hingegen florierten hier zu Allwards Zeit: Gemüsegärtnereien, Obstanbaubetriebe, Imkereien. Hier und dort war wohl auch die Hütte eines einsiedlerischen Naturfreunds zu entdecken, die diesen grünen Tiefen im Sommer das Flair von Plinys Landhaus oder Yeats' erdachtem Innisfree verlieh.

Nachdem er sich von dem Architekten getrennt hatte, stieg der junge Allward jeden Tag in diese unglaublich grüne und summende Welt hinab, um für das Don-Valley-Ziegelwerk zu arbeiten, wo er die Aufgabe hatte, die Terrakotta-Reliefs zu entwerfen und zu gestalten, die an den Häusern der Betuchten die Außenwände zierten. Damit beschäftigte er sich zufrieden ein paar Jahre und wandte sein Gehalt dafür auf, sich in der Innenstadt ein Bildhaueratelier einzurichten, bis ihn schließlich die eingehenden Aufträge für Porträts von toten jungen Frauen und bedeutenden Politikern und für verschiedene allegorische Gestalten von der Ziegelei befreiten. An einem Juniabend stieg er aus der Blütenpracht des grünen Tals empor und blickte nie mehr zurück. Nur manchmal drang es als eine andere Form von Tiefe in seine Träume ein, als ein Raum, in den man hinabschauen konnte wie von einer Felsklippe über dem Wasser, während ringsum die Vögel in einem Meer aus Luft schwammen. Von diesem Tal hatte er eine Menge über Aussichtspunkte, Ränder und Tiefen gelernt und in irgendeinem abgelegenen und noch unerforschten Winkel seines Geistes gespeichert. Er hatte erfahren, dass ein Tal von der Industrie ausgebeutet oder als friedliche Antwort auf die Industrie benutzt werden kann, dass es Zuflucht für verschiedene Pflanzenspezies bieten kann, die in der drangvollen Enge und der exponierten Lage der oberen Welt nicht überlebt hätten, und dass vieles, was in drangvoller Enge und exponierter Lage gedeiht, in der Wildnis dahinsiecht oder überhaupt an der Musik der Natur zu Grunde geht. Und dann stellte sich noch die Frage, ob das alles, ganz oder teilweise, erhaltens- und schützenswert sei und das Engagement lohne. In seinen Träumen verdunkelten unerwartete Armeen die kleinen Obstgärten im Tal, die er bei seinem endgültigen Aufstieg in die obere Welt durchquert hatte.

Während der ersten zwei Kriegsjahre ging Allward Tag für Tag in sein Atelier wie ein Geist aus der Vergangenheit, der von der Gegenwart nichts weiß und kein Interesse an ihr hat, im Kopf nur starre Bilder von Statuen und den Blick verstellt vom technischen Problem des Bronzeabgusses immer größerer Plastiken, so dass er das Gemetzel, von dem die Zeitungen berichteten, die Trauer seiner Nachbarn gar nicht bemerkte. Wie ein Seefahrer in arktischen Gewässern auf der Suche nach der Nordwestpassage, steckte er im Packeis seiner eigenen Entdeckungen fest, dazu verurteilt, auf ewig die vergangene Macht des Empire zu verherrlichen. Seit einiger Zeit trudelten Aufträge ein: ein Standbild von Sir Oliver Mowat, das Denkmal für Alexander Bell, das Monument für den Burenkrieg. Mit Stolz und Tüchtigkeit herrschte seine

Frau über sein häusliches Leben. Er war ein bedeutender Mann, noch jung, aber zu alt, um nach Europa zu gehen. Die Kinder waren zum Glück einfach zu jung, um über den Krieg auch nur nachzudenken.

Wer weiß, wer oder was ihn aus seiner Gleichgültigkeit aufrüttelte und warum; jedenfalls wirkten die letzten zwei Kriegsjahre auf ihn wie ein großes Erwachen, das alles Grauen hereinließ, und lange vor der staatlichen Ausschreibung träumte er schon von der Großen Gedenkstätte. Er sah die riesigen Doppelsäulen zum Gedenken an jene, die Französisch, und jene, die Englisch sprachen, die allegorischen Gestalten mit gesenktem oder erhobenem Kopf und im Tal unterhalb des Monuments Fleisch, Knochen und Blut der Toten im Schlamm. Und dann tauchten die Toten selbst empor wie schreckliche nackte Blumen und baten um ein Denkmal für die Verschwundenen, die Verschollenen … für die Unkenntlichen und Unbesungenen, von der Erde Verschlungenen, als hätte die gütige Natur einen unstillbaren Hunger nach Fleisch entwickelt, einen klaffenden Mund, einen Rachen, der ein Drittel aller Gefallenen für immer verschluckte. Ein schmutziges Begräbnis ohne Trauerfeier, ohne wenigstens ein Innehalten im rasenden Gemetzel.

Wer waren diese Jungen mit ihren hellen Augen und langen Knochen, ihrer glatten Haut und ihren trainierten Muskeln? Wie war es möglich, dass sie bestimmt waren, Soldaten zu werden? In welchen Zimmern hatten sie gestanden? In welchen Sonnenstrahlen? Präriegräser, die hinter wässrigen alten Glasscheiben in den Fenstern der Farmhäuser im Wind wehten. Schnee, der weich auf kleine, verschwommene Städte fiel oder in die dunklen Seen des Nordens. Und all die Fußspuren, die sie im weißen Winter 1914 hinterließen, waren im Frühjahr darauf verschwunden. Die Jungen selbst im folgenden Herbst.

An dem Denkmal war alles unwahrscheinlich, ja unmöglich. Allward wollte es weiß haben, wollte an den Schnee erinnern, der jedes Jahr auf Küsten und Ebenen und Berge fällt, und die Namen der gefallenen Jungen darauf für immer bewahren, auf einer riesigen steinernen Fläche, wo sie nie schmelzen konnten, weiß wie die zugefrorenen Winterseen des Landes, das sie zurückgelassen hatten. Oder Granit, wie der granitene Schild, der vom Norden her abwärts, auf die Großen Seen zuläuft. So traurig und unnachgiebig, so schrecklich und wild für den Bauern.

Die Gedenkstätte sollte in Frankreich entstehen, am Schauplatz der großen Schlacht auf der Vimy-Höhe, die 1917 unter enormen Verlusten von den Kanadiern gewonnen wurde. Wochenlang hatten sie in Tunneln gelebt, die sie selbst in den kalkigen Boden gegraben hatten, ehe sie am 9. April in eine Hölle aus Schlamm und Schrapnellen daraus hervorbrachen. Es sollte nahe dem Ypernbogen auf dem Kamm der Höhe 62 stehen und über die Ebene von Douai zu den begehrten Kohlerevieren im Osten und den ehemals üppigen Feldern und Äckern der Bauern im Westen hinausblicken. Nach dem Krieg hatte Frankreich in großzügiger Dankbarkeit den Kanadiern für alle Zeiten das einhundert Hektar große Schlachtfeld geschenkt, einhundert Hektar Land, das aussah, als wäre es einer schrecklichen Krankheit zum Opfer gefallen, die brodelnd aus dem Inneren der Erde kam und die Oberfläche aufplatzen ließ. Auch fast hundert Jahre später ist dieses Land noch nicht uneingeschränkt zugänglich, denn noch immer explodieren gelegentlich aktive Minen und Granaten. Und in den unterirdischen Tunneln rosten Helme und Geräte der Feldbefestigung in einem langsamen, unerbittlichen Schwelbrand weiter vor sich hin.

Allward hatte die Bürger der Provinzhauptstadt Toronto ohne einen Blick an seinen Standbildern von den kolonialen Gründungsvätern im Queen's Park vorüberschlendern oder -eilen sehen; aber nie hatte er erlebt, wie ein Passant stehen blieb, um die bronzenen Gesichter jener Männer zu betrachten, die höchst erfolgreich dem von ihnen so definierten Chaos die fragwürdige Ordnung Europas auferlegt hatten. Unmittelbar nach ihrer kurzen Einweihungsfeier waren diese Gestalten im Gehrock bereits so leicht zu übersehen wie Bäume, Hydranten oder Laternenpfähle. Mit seinem Denkmal würde – konnte – derlei nicht geschehen: Es sollte so monumental werden, dass es schon aus sechzig, siebzig Kilometern Entfernung, weit über die Douai-Ebene hinweg, die Menschen anrührte, so mächtig, dass es starke Winde von ihrem Kurs abzulenken vermöchte, und so vollendet, dass es von einer ausgestorbenen Spezies kunstfertiger Riesen erbaut zu sein schiene.

Als er den Zuschlag erhalten hatte, zog Allward mit seiner Familie nach England, in ein Atelier in Maida Vale in London, weil er fand, von hier aus könne er mühelos nach Frankreich und zurück reisen, um die Ausführung des Projekts zu leiten. Für die Figuren der Verteidiger, der Trauernden, der Fackelträger, für die Allegorien von Frieden und Gerechtigkeit, Wahrheit und Wissen ließ er sich Modelle vorführen, die er häufig entließ oder ersetzte, noch ehe die Gipsfiguren fertig waren, manchmal auch später, wenn er über Nacht seine Meinung geändert hatte. Hundertfach fertigte er Zeichnungen von Schwertern und Kränzen, von Pylonen und Mauern an, die Bleistiftmine geschärft wie eine Waffe. Am Ende war er besessen von der eindrucksvollen Stirnmauer der Gedenkstätte – der Mauer mit den Namen der Elftausend, die keiner je wieder gesehen hat.

1923 begann er mit der Fahndung nach dem richtigen Stein, der Reise zu sämtlichen großen Steinbrüchen Europas, der Suche nach Makellosigkeit. Es war, als hätte er insgeheim beschlossen, dass der Stein, nach dem er suchte, keine Spuren früheren organischen Lebens aufweisen durfte, kein Fossil in sich bergen und keine Erinnerung an den heißen Mittelpunkt der Erde oder die langen Phasen kalter Erstarrung, die in Form von Eiszeiten oder Fluten über ihre Oberfläche hinweggekrochen waren. Ein seit seiner Entstehung unschuldiges Material, von allen flüchtigen Ereignissen unberührt, so dass der Kontakt mit dem Meißel, der die Namen in den Stein schlüge, die erste Liebkosung wäre.

Nichts sagte ihm zu, weder der warme Stein, den die Baumeister des Mittelalters für die großen Kathedralen verwendet hatten, noch der kalte Stein, aus dem Jahrhunderte später die großen öffentlichen Bauwerke entstanden. Er besichtigte Steinbrüche in Frankreich, Spanien, Italien, England, erforschte das Angebot kanadischer und amerikanischer Steinbrüche, entsandte seine Kundschafter in die fernsten Gegenden der Welt und lehnte ihre Vorschläge immer wieder ab, bis sie ihm verzweifelt die Zusammenarbeit aufkündigten. Zwei Jahre vergingen, die Suche hatte bereits eine beträchtliche Summe Geld verschlungen. *So lange habe ich Stein gegessen und auf Stein geschlafen, dass er mir zur fixen Idee geworden ist,* schrieb er zur Antwort auf die Anfragen der besorgten Kriegsgräberkommission in Kanada, *und nebenbei auch zum Albtraum.*

Schließlich erhielt er Nachricht von einem ausgedehnten Steinbruch bei Split in Jugoslawien, von dem der Kaiser Diokletian den Marmor für seine Bäder und Paläste hatte herbeischaffen lassen. Zum ersten Mal seit Jahrhunderten wurde er wieder geöffnet, damit Allward ihn in Begleitung seiner Ingenieure besichtigen konnte. Wie der Negativabdruck einer riesigen architektonischen Anlage strahlten die freigelegten Kammern des Steinbruchs in gleißender Weiße im Sonnenlicht. Erschöpft nach Monaten auf der Reise und nachdem er einen ganzen Tag lang die Außenfläche des Steins geprüft, einen ganzen Tag lang mit seinen Begleitern kein Wort gewechselt hatte, legte Allward die Hand und dann die Stirn an die Bruchmauer und weinte. »Endlich«, soll er geflüstert haben, »endlich.«

Ehe der Stein nach Frankreich verschifft werden konnte, musste eine Straße von der Route Nationale auf der Ebene von Douai bis zum Baugelände angelegt werden. Während der zwei Jahre in Allwards Dienst wurden chinesische Arbeiter, die jung genug waren, um von dem europäischen Krieg so gut wie nichts zu wissen, von Minen zerfetzt, die noch im Schlamm steckten, und der Lärm der tödlichen Explosion war wie eine Mahnung aus der Vergangenheit. Auf dem Bauplatz musste ein Röhrensystem wie ein Kaninchenbau geschlossen und aufgefüllt und dort, wo das gewaltige Fundament entstehen sollte, ein Rechteck ausgehoben und mit

Zement ausgegossen werden. Jeden Tag kamen Körperteile und Kleidungsstücke, Bibeln, Familienfotos, Briefe, Knöpfe, Knochen und Gürtelschnallen zum Vorschein, und unter dem Platz, auf dem sich eines Tages die Mitteltreppe erheben sollte, wurden die vollständig uniformierten, skelettierten Überreste eines deutschen Generals ausgegraben. In den sieben Jahren seit der Schlacht hatten mehrere Pappeln den tapferen Versuch unternommen, auf dem Schlachtfeld Wurzeln zu schlagen, und manche waren schon größer als ein Mensch. Wenn sie entfernt werden mussten, um Platz für die Straße zu schaffen, fanden sich fast immer fleckige Stofffetzen, menschliche Haare und Knochen im Wurzelgeflecht. Einmal explodierte in sechshundert Metern Entfernung eine Mine, die eine junge Eiche und ein intaktes Pferdegerippe aus dem Boden riss – und anscheinend von der geringfügigen Bewegung des Wurzelwachstums unter der Erde aktiviert worden war.

Unterdessen arbeitete Allward in seinem Londoner Atelier an den Gipsmodellen oder reiste aufs Festland, um italienische Steinmetzen einzustellen, die sich für die Umsetzung der großen Skulpturen an Ort und Stelle beworben hatten: die männlichen und weiblichen Akte, die am Fuß und an der Spitze beider Pylonen ausgeführt werden sollten. Mehrmals reiste er nach Jugoslawien, um den Marmorabbau in Split zu überwachen. Wenn er zu der weißen Marmorinsel Brač hinüberfuhr, betrat er eine Welt aus weißem Stein, wo die Männer den ganzen Tag in weißen Steinbrüchen arbeiteten und die Nacht in Dörfern verbrachten, die so vollständig aus weißem Marmor bestanden, dass sie in ihren eigenen Mausoleen zu leben schienen. Zurück auf dem Festland, verbrachte er Tage damit, den Steinhauern zuzusehen, die so behutsam, als hätten sie es mit Knochenporzellan zu tun, den Kalkstein aus der Erde hoben. Als es Zeit war, die massiven Blöcke für die Pylonen auf die wartenden Schiffe zu verladen, waren die Transportfahrzeuge so schwer, dass die alte Brücke in Trau, über die fast zweitausend Jahre lang der Marmor für Paläste und Parlamente ohne Zwischenfälle befördert worden war, unter ihrem Gewicht einstürzte. Die Arbeit ruhte, bis eine neue Brücke gebaut war. Die Zeit verging.

Und noch mehr Zeit verging. Der Stein wurde aus der Erde hervorgelockt und durfte kontrolliert bergab gleiten. Dann wurde er – mit großer Mühe – über die Adria, quer durch Italien und von Süd- nach Nordfrankreich transportiert. Achtzehntausend Tonnen. Ladung um Ladung. Die letzten Tonnen wurden als Reserve für Reparaturen in der aufgerissenen Erde von Vimy vergraben, denn Allward war in ständiger Angst vor Bruchschäden und Ruin. Und an jedem Tag, in jeder Minute wälzte sich Allwards Ehrgeiz schwer und prall durch sein Bewusstsein, wie ein Wesen, mit dem er zusammenarbeiten musste, denn es ließ sich weder begraben noch beiseite schaffen.

Aus Ottawa trafen zornige Briefe ein, die nach Terminen für die Fertigstellung verlangten, gefolgt von weiteren Briefen mit der Drohung, die Mittel zu streichen. Allward erwiderte ebenso zornig, berief sich darauf, dass keiner außer ihm mit dem Denkmal vertraut sei und wisse, was es bedeute, was es einst sein werde. Ich werde ausgebrannt sein, dachte er, wenn es vorbei ist, jeder einzelne Tropfen meines Blutes wird in diese ohnehin blutgetränkte Erde geflossen sein. Er war besessen von der Anatomie jeder Erscheinung, ob natürlicher Herkunft oder erbaut. Stängel wurden zu Sockeln für alles, was einer Stütze bedurfte, um zu überleben. Flüsse wurden zu Werkzeugen, weil sie Uferkrümmungen aushöhlten und die Erde bearbeiteten, wie der Meißel des Bildhauers den Stein gestaltet. Auch Menschen waren eine Erweiterung, eine Manifestation seiner Fähigkeiten, seine Vision, oder sie existierten nicht. Wenn sie nicht existierten, war er nicht interessiert. Wenn er sie für existent hielt und sie das Gegenteil bewiesen, fühlte er sich erst betrogen, dann geriet er in Wut. Persönliches konnte seine Aufmerksamkeit nicht fesseln, er war allein von der Idee des Monuments angetrieben. Einen Satz, der sich nicht auf den Bau seines Denkmals bezog, konnte er weder hören noch beantworten.

Als über zehn Jahre vergangen waren, sandte eine zunehmend hysterische Regierung in Kanada Boten aus, die ihn nach Hause locken sollten. Die Depression im Land hatte zugenommen, das Steueraufkommen schwand. Allward hielt keine einzige Vereinbarung ein, die er mit der Bürokratie getroffen hatte. Waren sie in Frankreich, hielt er sich in England auf, und umgekehrt. Schließlich kehrten sie nach Kanada zurück, um zu melden, das Monument sei zu weit fortgeschritten, als dass man den Bau jetzt noch stoppen könnte; das Projekt einzustellen wäre ein nicht wieder gutzumachender diplomatischer Fehler.

Aus einer Entfernung von mindestens sechzig Kilometern sichtbar, reckten sich die beiden massiven, unregelmäßigen Pylonen wie zwei weiße Knochennadeln oder außergewöhnliche Stalagmiten dem Himmel entgegen; schon das Skelett des Denkmals war zu einem Bestandteil der französischen Landschaft geworden. Die italienischen Steinmetzen begannen mit der Arbeit an den Figuren, die Allward in seinem Londoner Atelier aus Gips modelliert hatte. Die Namen der über elftausend vermissten Männer wurden ermittelt und aufgelistet, und es begannen die komplizierten Berechnungen, die erforderlich waren, um sämtliche Namen in dem verfügbaren Raum am Sockel unterzubringen. Die jüngsten Zahlen hatten ergeben, dass vier Steinmetzen aller Wahrscheinlichkeit nach zwei Jahre brauchen würden, um die Hunderttausende Buchstaben in den Stein zu meißeln. Linien, Kreise und Kurven zur Wiedergabe eines geliebten, erinnerten Klangs, von einer Hintertür aus an Sommerabenden über die Felder gerufen, vielleicht im Zorn geschrien oder voller Leidenschaft gehaucht, im Gebet geflüstert in der Dunkelheit eines Winters. Alles, was von verzerrten Gesichtern, zertrümmerten Knochen, verstreuten Gliedmaßen noch blieb.

Als Giorgio Vigamonti fünfundzwanzig und aus dem Krieg zurück war, ging er fast sofort zu seinem Freund und früheren Arbeitgeber, dem Steinmetz und Marmorbildhauer Giuliani. Es herrschte noch immer Wohlstand in einer Stadt wie Hamilton, die sich der Herstellung und Bearbeitung verschiedener Sorten von Metall widmete und fast noch mehr als alle anderen Städte des Landes von der Produktionssteigerung infolge des Aufschwungs in der Rüstungsindustrie profitiert hatte.

Giuliani umarmte den heimgekehrten Soldaten und drückte ihm auf der Stelle, ohne Pause für ein Gespräch, einen Meißel in die Hand. Er brauche Hilfe, sagte er. Viele Reiche und auch ein paar weniger Reiche wollten Denkmäler für ihre toten Söhne, Marmortafeln für Kirchen, Porträtbüsten für den Friedhof oder das eigene Heim, falls es protzig genug war. Es gebe eine Menge Arbeit, sagte er, und eine Menge Geld zu verdienen.

»Wie geht es deinem Kumpel Tilman?«, fragte er. »Tot oder lebendig?«

»Ich habe ihn nicht gesehen, aber ich habe gehört, dass er lebt. Er wurde bei Vimy verwundet. Hat ein Bein verloren, heißt es.«

»Armer Kerl.«

»Ja.«

»Er konnte ziemlich gut mit Stein umgehen, aber Holz war ihm lieber, glaube ich mich zu erinnern. Kein schlechter Bildhauer. Ein Glück, dass er nur ein Bein verloren hat. Hätte sein rechter Arm sein können.«

Giorgio wanderte durch einen Raum voller halbfertiger Projekte, aus jeder Ecke starrten ihn die bleichen Gesichter junger Männer an, und seine eigene rechte Hand mit dem Meißel hing müßig herab. »Was soll ich tun?«, fragte er.

»Wörter«, sagte Giuliani. »Du wirst eine Menge Inschriften machen müssen. Anscheinend will sich heutzutage jeder schriftlich verewigen. Früher reichten ein Name und die Daten, aber damit ist es vorbei. Da schlachtet man eine Generation junger Männer ab, und mit einem Schlag interessiert sich alle Welt für Dichtung. Manchmal, Gott bewahre, verfassen sie die Gedichte sogar selber.« Es seien schon hartgesottene Geschäftsleute in seinen Laden gekommen, erzählte er, in der zitternden Hand ein Blatt Papier, und hätten mit Tränen in den Augen ihre trivialen Verse laut vorgelesen. Fast immer seien es die Männer, die zu ihm kämen, sagte er, und eigenartigerweise legten sie stets Wert auf seine Zustimmung zu den elegischen Zeilen, für die sie sich entschieden hatten. Frauen kämen nur, wenn kein Mann da sei, um den Gang zu tun; übrigens seien sie erstaunlich wenig gefühlsselig und gäben sich häufig mit der üblichen Inschrift »für König und Vaterland« zufrieden.

»Ich kann keine Inschriften meißeln«, sagte Giorgio.

»Das lernst du. Ich zeige dir ein paar verschiedene Schriften, und dann hast du's bald.«

Früher hatte Giuliani immer selbst die Namen und Daten gemeißelt, und Giorgio hatte ihm dabei sehr wenig Aufmerksamkeit geschenkt – ihm, der ständig mit Engeln beschäftigt war, erschienen Inschriften als der Inbegriff der Langeweile. Er hatte sich damals nicht dafür interessiert und interessierte sich auch jetzt nicht. Doch lag ihm viel daran, möglichst rasch ins Zivilleben zurückzukehren, und deshalb hielt er es für das Beste, zuzustimmen – jedenfalls vorläufig.

»Mit ein bisschen Glück«, sagte Giuliani, »bekommen wir einen Auftrag für das eine oder andere Kriegerdenkmal in einem Dorf. So was bringt viel Geld.«

»Und eine Menge Wörter.«

»Nun, eine Menge Namen, ja.«

Und so begann für Giorgio, der zuerst sehr widerstrebend war, eine regelrechte Liebe zum Alphabet. Zuerst schloss er mit seinem Arbeitgeber einen Handel: Nach dreiwöchiger Beschäftigung mit Wörtern dürfe er zwei Wochen an einer bildlichen Darstellung arbeiten – einem Engel, einem Lamm, dem Gesicht eines toten oder vermissten Soldaten. Zu seiner großen Überraschung jedoch entwickelte er – aus heiterem Himmel – eine wahre Leidenschaft für die Art und Weise, wie die Worte die steinerne Fläche in Besitz nahmen, wie Platzierung, Tiefe und Lichteinfall sie beeinflussten, und vor allem faszinierte ihn ihre Dauerhaftigkeit. Sogar die mathematischen Berechnungen, die erforderlich waren, um Worte in die Mitte zu rücken, fand er beinahe magisch, weil sie so notwendig waren: Ohne Ordnung, erkannte er, würden die Worte willkürlich und planlos wirken und die Würde einbüßen, nach der alle Dauerhaftigkeit verlangte. Geradezu fanatisch befasste er sich mit Schrägen und Einschnittlinien, und bei einem Fehler, den nicht einmal Giuliani bemerkte, konnte er in eine Wut geraten, die oft tagelang anhielt. Als die

Aufträge für dörfliche Kriegerdenkmäler eintrafen, war er derjenige, der mit den Bürgermeistern und Gemeinderäten verhandelte und gewissenhaft die Zahl der Buchstaben zählte, die nötig waren, um die verlorenen Söhne der Gemeinde zu ehren. Diese Symbole in Stein waren das Letzte, was blieb von dem Bauernburschen, dem Büroangestellten, dem Jungen, der im Stadtorchester gespielt hatte. Immer stand ein Verwandter oder Freund oder eine Liebste stumm und in respektvollem Abstand hinter Giorgio, während er mit einem bestimmten Namen beschäftigt war. Und war er dann fertig, traten sie scheu an den Stein heran und fuhren mit den Fingern über die Zeichen, die er eingemeißelt hatte. Und manchmal weinten sie dabei.

Zehn Jahre lang beschäftigte sich Giorgio Vigamonti mit der Wiedergabe des Alphabets und mit den mächtigen Gefühlen, die seine Buchstaben auf die Männer und Frauen auslösten, wenn sie in bestimmter Weise geordnet waren. In dieser Zeit hätte er beinahe geheiratet, eine Italienerin, die er seit Jahren kannte. Die große Freundschaft zwischen ihrer und seiner Familie und der Umstand, dass er inzwischen anständig und regelmäßig verdiente, ließen Ehe und Familie als den nächsten logischen Schritt erscheinen. Dann brach der Markt zusammen. Das letzte Kriegerdenkmal war fertig, die Reichen hatten ihr Vermögen beim Börsenkrach verloren, und überhaupt herrschte nur noch ein sehr geringes Interesse an Denkmälern aller Art. Der Bedarf an Engeln und Lämmern schien über Nacht getilgt, an die Stelle von Marmor trat Granit, und selbst für Granit hatte kaum noch jemand Geld. Giuliani war gezwungen, Giorgio zu entlassen, und kurz danach musste er auch seine Werkstatt endgültig schließen.

Giorgio, ohne Arbeit, ohne Geld und ohne Glück, sagte seiner Familie und seiner Verlobten Lebewohl und verließ die Stadt Hamilton. Ein oder zwei Jahre zog er durchs Land, war zeitweilig Wanderarbeiter, trieb durch die Welt der Vagabunden und endete schließlich in der großen Hüttensiedlung, die im Don Valley, im Herzen von Toronto, entstand. Hier traf er wieder mit Tilman zusammen, und hier erfuhr er von dem riesigen kanadischen Monument, das in Frankreich gebaut wurde. Ein Kriegsveteran erzählte ihm davon, ein zerzauster, verrückter Bleistiftverkäufer, der – im Unterschied zu Tilman – tatsächlich den rechten Arm verloren hatte. Die Gedenkstätte, sagte er, sei zu Ehren der Tausenden von Männern, die in Frankreich vermisst würden – die Namen der in Belgien Vermissten seien bereits in das Stadttor von Menin eingemeißelt worden. Giorgio vergaß nie mehr, wie die Bleistifte in dem Becher klapperten, als der Mann ihm davon erzählte, als wären sie eine Erweiterung seines ununterbrochen zitternden Körpers. Er konnte kaum glauben, was er hörte. »Und der Staat will das wirklich alles bezahlen?«, fragte Giorgio.

»Hab ich gehört«, sagte der Bleistiftverkäufer und fügte leise hinzu: »Bastarde alle miteinander.«

Eine Woche später, nachdem sein Versuch, Tilman zum Mitkommen zu überreden, gescheitert und er per Anhalter nach Montreal gefahren war, reiste Giorgio als blinder Passagier im Frachtraum eines Dampfers nach Le Havre.

»Wie bringst du's nur fertig, dorthin zurückzukehren?«, hatte Tilman seinen Freund gefragt. »Zum Schauplatz des Gemetzels.«

»Arbeit«, hatte Giorgio geantwortet, »und mein persönliches Gemetzel war sowieso näher an Belgien, nicht in dem Teil von Frankreich.«

»Mich bringen keine zehn Pferde mehr dorthin«, sagte Tilman. Giorgios Anregung, er werde dort vielleicht sein Bein wiederfinden, in Vimy, wo er es verloren hatte, fand er nicht komisch. Doch als Giorgio davonging, rief Tilman ihm nach: »Melde dich irgendwie, wenn du zurückkommst, und dann besuchen wir deinen Vater.«

Giorgio drehte sich um und rief zurück: »Ja, das tun wir. Aber in der Zwischenzeit solltest du dich darum kümmern, deine eigene Familie wiederzufinden.«

Tilman vergaß diese Worte nie mehr, zumal er später wusste, dass letzten Endes sie beide, er und Giorgio, die Familie Becker gefunden hatten, jedenfalls das, was von ihr noch übrig war.

Elftausend Namen an einer riesigen steinernen Wand, überragt von einem großartigen Monument, konnte sich Giorgio kaum vorstellen. Sie würden eine einmalige, unvergleichliche Oberflächenstruktur hervorbringen – das war eine Besonderheit von Worten. Selbst auf unbeständigem, kurzlebigem Papier, selbst in einer fremden Sprache, die er nie verstehen würde, hatten Worte für ihn eine Präsenz wie nichts anderes. Sie waren mit einer Autorität behaftet, wie sie keine andere Kombination von Linien, Kreisen, Kurven, Vierecken je zu Stande brachte. »Alpha und Omega«, murmelte er manchmal bei der Arbeit vor sich hin. »Moses und die Gesetzestafeln.«

Als er im Frühjahr 1934 am Bauplatz eintraf, erfuhr er zu seiner Enttäuschung, dass in den nächsten Monaten kein weiterer Mann für die Inschrift der Namen benötigt würde. Derzeit musste die Liste der Gefallenen, die das Verteidigungsministerium zusammenstellte, täglich gekürzt und wieder verlängert werden, denn immer wieder tauchten vermisst geglaubte Männer in den Wäldern Nordkanadas oder in den Tropen oder in einem Versteck auf dem Dachboden wieder auf. Und fast jede Woche wurden andere Männer als endgültig vermisst gemeldet, nachdem man jahrelang auf sie gewartet hatte. Auch bei den Bauarbeiten, wenn eine Landmine explodierte, eine Straße gebaut werden musste oder eine Grube zu graben war, tauchte gelegentlich eine Leiche mit Erkennungsmarke auf, und dann wurde der Name des Betreffenden von der Liste der Vermissten gestrichen. Die Beisetzung seiner Überreste erfolgte auf dem nahe gelegenen Soldatenfriedhof mit dem üblichen schlichten weißen Grabstein, in den sein Name und ein Ahornblatt eingemeißelt waren. Von Hauptmann Simson, dem Bauleiter, erfuhr Giorgio, er könne vielleicht in der Gruppe der Italiener, die derzeit in Seilen und auf Gerüsten überall an den riesigen Pylonen hingen, als Bildhauer beschäftigt werden.

Er müsse jedoch abwarten, bis dieser Allward nach Vimy zurückgekehrt sei – womit in etwa einer Woche gerechnet würde –, denn jeder Bildhauer und jeder Steinmetz, selbst jeder Steinhauer, müsse sich ihm persönlich vorstellen. Wenn Giorgio glauben konnte, was Simson ihm sagte, war der Meister nicht leicht zufrieden zu stellen. Dennoch war offensichtlich Arbeit zu vergeben, denn jede Woche erlagen ein paar Italiener dem Heimweh, verschärft durch das miserable Wetter, warfen ihre Meißel hin und machten sich auf die Heimreise nach Neapel oder Perugia.

Giorgio verbrachte seine ersten paar Tage in der Picardie damit, durch die Landschaft rund um den Bauplatz zu wandern, und staunte über das Grün und die weißen, rosafarbenen und gelben Blüten in den Obstgärten, die seit dem Krieg angelegt worden waren. Das also war der berühmte französische Frühling, den er während seiner Jahre als Soldat nicht erlebt hatte. Er hatte aus dieser Zeit nur die Farben von blutigem Fleisch und Schlamm in Erinnerung; jetzt wuchsen Tulpen und Narzissen in den Gärten, und die Bäume standen in voller Blüte. Nach einem oder zwei Tagen empfand er ein Unbehagen, als wäre diese Pracht angesichts dessen, was früher hier gewesen war, fehl am Platz und geschmacklos. Manche waren gerührt, wie die Natur Katastrophen zudeckt. Er gehörte nicht zu dieser Sorte. An der Gedenkstätte mitzuarbeiten schien ihm die einzig akzeptable Reaktion auf das Geschehene.

Seine eigenen Schlachten hatten weiter nördlich stattgefunden, in Passchendaele und Ypern, doch er brauchte nicht viel Fantasie, um sich auszumalen, wie es auf diesem Hügelkamm, in den Gräben ringsum und auf dem Hang, der dorthin führte, zugegangen war. Was er hingegen noch nie gesehen hatte, war eine derart ausgedehnte Tunnelanlage unter dem Schlachtfeld: ein Geflecht von Röhren, die sich wie ein unterirdisches Flusssystem dahinschlängelten. Sobald er sich eine Laterne ausleihen konnte, ging er die sechshundert Meter von dem geschäftigen Bauplatz zum Eingang des Grange-Tunnels und begann diese unterirdische Halle und die davon abzweigenden Korridore zu erforschen. Der verrostete Militärschutt unter seinen Füßen und die in die kalkigen Mauern gekratzten Namen und Bilder ließen die menschliche Aktivität, die hier stattgefunden hatte, so anschaulich wiedererstehen, dass es ihm die Kehle zuschnürte.

Obwohl in Kanada geboren, bewegte sich Giorgio mühelos unter den italienischen Steinmetzen, die sich auf dem Bauplatz tummelten, denn er erkannte an ihnen bestimmte Stammesähnlichkeiten mit der vielköpfigen Gemeinschaft seiner Kindheit, ihre Sprache hatte er mit seinen Eltern zu Hause selbst gesprochen. Und die Italiener nahmen ihn auf wie einen verlorenen Bruder, ließen ihn heimlich auf dem Boden einer der Hütten nächtigen, bis er eine Anstellung hätte, und brachten ihm Reste aus der Kantine mit, damit er während der Wartezeit nicht verhungerte. Alle brannten auf Berichte aus der Neuen Welt – manche wollten selbst auswandern – und stellten ihm ununterbrochen Fragen. Ob es unerträglich kalt sei? Ob es viele große Aufträge für Steinmetzen gebe? Marmorbrüche? Giorgio brachte es nicht über sich, ihnen zu sagen, dass in Kanada die meisten bildhauerischen Arbeiten in erbärmlichen Hütten in der Nähe von Friedhöfen stattfanden. Und dass jetzt selbst diese Beschäftigung zusammen mit dem Geld, das sie bislang genährt hatte, versiegte. Stattdessen gab er allen Auswanderungswilligen die Adresse seiner Eltern. Und des Pfarrhauses.

Während des Tages hatte er das teilweise errichtete Monument umrundet und aus jedem möglichen Blickwinkel besichtigt, war er die Treppe in dem massiven Sockel hinaufgestiegen und hatte von dort aus noch einmal auf die merkwürdig harmlose Landschaft hinausgeblickt. Dann drehte er sich um und betrachtete die wenigen allegorischen Figuren, die bereits fertig waren. An der Ostseite des Sockels standen rechts und links zwei niedergedrückte Gestalten, ein Mann und eine Frau mittleren Alters: Kanadas Eltern, die um ihre gefallenen Söhne weinten. Am Fuß der beiden Pylonen waren mehrere Figuren in unterschiedlichen Stadien der Fertigstellung. Giorgio war beeindruckt von der Ungeheuerlichkeit der Arbeit, von der Wucht der überlebensgroßen Figuren, von der schieren Masse des Sockels und der Pylonen. Bald, erfuhr er, komme dieser Allward wieder und mit ihm die größte Skulptur von allen: eine *Trauernde*, die mit gesenktem Kopf zu dem symbolischen Grab hinabblickte, über dem gegenwärtig zwei Steinmetzen ein marmornes Tuch drapierten.

Giorgio freundete sich mit den beiden Männern an, die an einer Gruppe von *Verteidigern* arbeiteten – deren strenge steinerne Mienen und verschränkte Arme fand er beinahe komisch. Die Männer erzählten ihm von dem hellen Kalkstein, der gerade so viel Ocker enthielt, dass er nicht kühl, sondern warm wirkte, von seiner langen Reise über Meer und Gebirge bis hierher. Aphrodisa werde er genannt, sagten sie, nach der Göttin Aphrodite mit ihrem honigfarbenen Haar und der milchweißen Haut.

Giorgio betrachtete die Figur, an der sie arbeiteten, einen kräftigen jungen Mann. Auf der einen Seite zogen sich die Rippen und Muskeln wie die Furchen in einem gepflügten Acker über seinen Oberkörper, während die andere Hälfte noch nahezu unbehauen war und unverkennbar die Spuren der ersten, harten Meißelhiebe trug.

Der ältere Steinmetz reichte dem jungen Kanadier Hammer und Meißel. »Du kannst ein Ohr für uns machen«, sagte er, und seine Anweisung war eine Herausforderung – an die Neue Welt gerichtet.

»Das ist der falsche Meißel«, sagte Giorgio, »außerdem brauche ich mehrere verschiedene. Ferner einen Bohrer und Feilen.« Er dachte an die Ohren der Engel, an die Jahre in der Werkstatt in Hamilton. Giuliani hatte Gräber mit Engeln immer als Grabdenkmäler bezeichnet und weit über den gewöhnlichen Grabstein erhoben. Jetzt war Giorgio aufgefordert, zum größten Grabdenkmal aller Zeiten einen Beitrag zu leisten.

Der zweite Steinmetz öffnete seinen Werkzeugkasten. »Bedien dich«, sagte er.

Seit seiner Kindheit hatte es Giorgio geliebt, die Muschelform eines Ohrs aus dem Stein herauszuarbeiten. Was hörten Engel, hatte er sich immer gefragt? In vielerlei Hinsicht war das Ohr der heikelste Arbeitsgang bei der Wiedergabe des menschlichen Körpers, komplizierter als die Hand, obwohl es, zugegeben, weniger ausdrucksstark war. Lange betrachtete er die Position des Auges, die Neigung des Halses und die Form des Schädels. Dann kletterte er die Leiter hinauf, die an der Schulter der Figur lehnte, und setzte einen kleinen Bohrer an, während seine Gefährten auf der anderen Seite beschäftigt waren, den gebogenen Arm zu glätten, der mit seinem Gegenstück auf der Brust verschränkt war. Als der Schatten des Pylonen auf die unterste Sprosse der Leiter fiel, bearbeitete Giorgio mit einer kleinen Feile den äußeren Wulst des Ohrs, den Teil, der nach seiner Ansicht am ehesten einem eingerollten Blatt ähnelte. Die beiden anderen Steinmetzen sahen ihm jetzt zu und lobten ihn. »*Bellissimo*«, sagten sie, mehr als einmal, und »*bravo!*«. Dann waren sie auf einmal still.

Sie hatten das Geräusch von Schritten in städtischen Schuhen auf dem Steinboden des Sockels gehört. Obwohl die Schritte kein Echo verursachten, klangen sie hallend, und irgendetwas in ihrem Rhythmus ließ einen an eine Erklärung, an ein Urteil denken. Selbst in seiner Konzentration auf die Arbeit des Feilens, die ihn ganz in Anspruch nahm, registrierte Giorgio das Näherkommen eines Mannes, der nicht die üblichen Arbeitsstiefel mit Gummisohlen trug, und er blickte von seiner Leiter hinunter in das Gesicht eines großen Mannes im mittleren Alter, mit dichten Brauen und breiter Stirn. Er trug einen dunklen Wollmantel von der Art, wie ihn die reichen Fabrikbesitzer in Ontario bei ihren Besichtigungsrundgängen getragen hatten.

»Kenne ich Sie?«, fragte der Mann. »*Chi siete?*«

»Ich bin Giorgio Vigamonti. Sie können mich nicht kennen. Ich bin gerade aus Kanada angekommen.«

»Aus Kanada?« Der Mann war überrascht. »So weit. Ich habe Sie offensichtlich nicht eingestellt.«

Das also war Walter Allward. Giorgio schwieg. Vorsichtig legte er die Feile zu den übrigen Werkzeugen, die er auf dem obersten Brett der Leiter aufgereiht hatte.

»Wieso sind Sie hergekommen? Ich erwarte, absolut jeden zu kennen, der an meinem Monument arbeitet. Alle meine Steinmetzen sind Italiener.«

»Ich *bin* Italiener«, sagte Giorgio. »Aber aus Kanada. Ich habe in diesem Krieg gekämpft. Zusammen mit den Männern, die Sie hier ehren.« Er sagte nicht, dass er gekommen war, weil es in dem Land, das er verlassen hatte, keine Arbeit mehr für ihn gab.

Allward drehte sich zu den beiden Steinmetzen um, die ihre Mützen abgenommen hatten. »Und was haltet ihr von diesem Kanadier? Wieso habt ihr ihn an eurem Mann hier arbeiten lassen?«

»Er ist aus der Neuen Welt gekommen«, sagte der ältere Steinmetz, »und wir wollten sehen« – er räusperte sich nervös – »wir wollten sehen, was er kann.«

»Und?« Allward blickte zu Giorgio hinauf. »Was kann er?«

»Er kann meißeln, Sir«, stieß der Jüngere hervor. »Sehen Sie sich das Ohr an. Und wie er es kann.«

Rund um die Gedenkstätte war eine Gemeinschaft mit strenger Aufgabenteilung entstanden: englische Steinhauer, italienische Steinmetzen, französische Arbeiter, jeder ging seiner Beschäftigung nach. Giorgio gefiel das gut, und er fühlte sich wohl inmitten der Betriebsamkeit. Weniger wohl war ihm zu Mute, wenn er unversehens mit einem anderen Menschen in einem geschlossenen Raum allein war, denn er war überzeugt, dass dies die Augenblicke waren, in denen entsetzliche und verborgene Extreme der Liebe oder Gewalt vorkommen konnten. Aber nicht hier, nicht bei dieser mühelosen Zusammenarbeit voll von gegenseitigem Verständnis, dieser Selbstverständlichkeit des Umgangs miteinander, in diesem wunderbar offenen Raum. Die Choreografie, die sich rund um ein Projekt dieses Ausmaßes entfaltete, erregte und rührte ihn, und mit jeder Faser seines Körpers sehnte er sich, daran teilzuhaben.

Allward tauchte am nächsten Tag wieder auf, als Giorgio zusammen mit den beiden Männern, die ihn das Ohr hatten meißeln lassen, beim Mittagessen saß. »He, Kanada«, rief er ihm vom Fuß der Treppe aus zu. »Kommen Sie mit.«

»Sie heißen also Vigamonti«, sagte der Meister zu Giorgio,

während sie zur Hütte des Bauleiters gingen. »Vigamonti«, wiederholte er. »So ... Wussten Sie, Vigamonti, dass die Franzosen Leute wie Sie und Ihre Freunde dort drüben *practiciens* nennen?«

Giorgio wusste es nicht. Zum Schutz vor dem Wind hielt er den Kopf gesenkt. Die Sonne, die dieses Meer von Blüten hervorgezaubert hatte, war unversehens wieder verschwunden, und eine Kaltfront aus dem Norden hatte den Frühling mitten in seiner Entfaltung gestoppt.

»Ich glaube, es ist nicht unbedingt ein schmeichelhafter Ausdruck. ›Steinmetz‹ bedeutet: kein kreatives Denken, keine künstlerische Gestaltung. Macht Ihnen das was aus?«

Giorgio wusste darauf nichts zu erwidern und zuckte die Achseln.

»Ihre italienischen Freunde dort drüben wurden von Geburt an darauf trainiert, an nichts anderes zu denken als an das Handwerk ... nichts als die Perfektionierung des Handwerks ist ihnen wichtig. Wie steht es mit Ihnen, sind Sie auch als Steinmetz ausgebildet worden?«

Das mochte sein, dachte Giorgio, obwohl er nicht den Eindruck hatte. »Ich war bei einem Italiener in der Lehre, der Grabdenkmäler herstellt«, sagte er. »Meistens waren sich die Monumente sehr ähnlich, nur ab und zu, wenn der Kunde nicht genau wusste, was er wollte, machten wir ihm einen Vorschlag ...«

»Sie werden hier gar nichts vorschlagen«, fiel ihm Allward ins Wort. »Sie werden lediglich Anweisungen ausführen. Welchen Dienstgrad hatten Sie im Krieg?«

»Am Anfang war ich einfacher Soldat. Gegen Ende wurde ich zum Unteroffizier befördert.«

»Warum?«

»Sir?« Giorgio bemerkte, dass Allwards graue Haare im Wind senkrecht in die Höhe standen und ihn noch größer wirken ließen, als er war.

»Warum wurden Sie befördert?«

Giorgio dachte einen Moment nach, dann sagte er: »Es hieß, ich würde befördert, weil ich gut gedient hätte, oder irgendwas von der Art. Aber ich glaube« – mit zusammengekniffenen Augen blickte er nach Norden, in Richtung Belgien –, »ich glaube, ich wurde Unteroffizier, weil ich weder vermisst war noch tot, wie fast jeder aus meinem Bataillon. Das war wohl der Grund meiner Beförderung, nehme ich an: Dass ich noch am Leben war.«

»Also keine Heldentaten?«

»Nein.« Giorgio blickte auf den vertrauten Schlamm zu seinen Füßen.

»Gut. Hier sind nämlich auch keine Heldentaten gefragt, keine spontanen Ausbrüche von künstlerischer Freiheit. Die gesamte schöpferische Arbeit habe bereits ich erledigt.«

»Das heißt, Sie sind der General und wir die Truppen.«

»Ungefähr so.« Es hatte zu regnen begonnen, und über Allwards Stirn rannen Wassertropfen, die aussahen wie Schweiß.

»Ich bin hergekommen, um Namen zu meißeln. Buchstaben kann ich besonders gut.«

»Das werden wir sehen, wenn es so weit ist.« Allward bückte sich und hob neben seinen Füßen ein Stück von einem Militärgürtel vom Boden auf. »Als wir zu arbeiten anfingen, stank die ganze Gegend hier immer noch nach Tod.«

»Daran erinnere ich mich. Ich erinnere mich, dass im Krieg selbst die paar Blumen, die wir gesehen haben, nach Verfall rochen, als verfaulten sie.«

Allward hielt die Tür der Hütte auf. »Ah ja«, sagte er, »im Krieg wird das wohl auch so gewesen sein, nehme ich an.«

Sie traten ein, und Hauptmann Simson, der kleine dicke Bauleiter des Projekts, schob einen einseitigen Vertrag über seinen Schreibtisch, den Giorgio unterschreiben sollte. »Willkommen an Bord«, murmelte er. »Haben Sie Höhenangst?«

Giorgio war nie in solcher Höhe herumgeklettert und konnte nichts darüber sagen; vorsichtshalber verneinte er.

»Morgen fangen wir mit den höchsten Figuren an ... das heißt, wenn wir es geschafft haben, das Atelier dort oben zu bauen. Heute Nachmittag fangen wir damit an ... versuchen es jedenfalls.«

Allward blickte durchs Fenster auf sein Monument. Er drehte sich zu Giorgio. »Wissen Sie, was mir an all dem Stein am besten gefällt?«

»*Ich* weiß es«, sagte Simson, der die Frage schon oft gehört hatte.

»Was mir an all dem Stein am besten gefällt, Vigamonti: Dass nichts Faules daran ist.« Allward ging durch die Tür hinaus, während er vor sich hin murmelte: »So sauber, so sauber.«

Und so kam es, dass Giorgios neuer Arbeitsplatz das *studio in cielo* wurde, wie die Italiener bald sagten, das Atelier im Himmel. Mit seinem Esspaket am Gürtel, kletterte er jeden Morgen über Strickleitern und Gerüste zu der Bauhütte in gefährlich lichter Höhe hinauf, immer wieder voller Verwunderung, dass seine neue Beschäftigung tatsächlich in einem Raum stattfinden sollte, der halb Schaukel und halb Baumhaus war. Bei der Arbeit sang er manchmal: »Wenn der Wind weht, schaukelt die Wiege ...« Als seine beiden Kollegen wissen wollten, aus welcher Oper die Melodie stamme, sang er ihnen das ganze Kinderlied vor und übersetzte es anschließend ins Italienische. Die beiden waren entsetzt über diesen englischen Vers, der ihrer Ansicht nach von Kindesmord handelte, und bedrängten Giorgio, ihnen auch den Rest der Geschichte zu erzählen: Wer hatte die Wiege in den Baum gehängt? War die Mutter tot? War das Kind vielleicht das Ergebnis einer leidenschaftlichen und frevelhaften Verbindung, ein kleiner Königssohn, dessen Existenz die Thronfolge störte? So entwickelte sich zu Füßen der stummen Gipsmodelle eine ganze Geschichte, während die Männer damit beschäftigt waren, den Arbeitsplatz vorzubereiten, um dann die Modelle in Stein umzusetzen.

Einer der Männer war ein Genie im Umgang mit dem Pantografen, einer Art Punktiermaschine, mit der die Steinmetzen anhand von Allwards präzisen Berechnungen die übergroßen weiblichen Figuren *Frieden, Wissen, Gerechtigkeit* und *Wahrheit* zuerst grob auf den steinernen Pylon übertrugen, um sie dann im Detail herauszuarbeiten.

Giorgio arbeitete am sinnlichen Steinkörper der Figur *Frieden*, die auf dem höchsten Punkt des Monuments stand und mit vorgebeugtem Rücken und erhobenem Gesicht einen Lorbeerzweig zum Himmel streckte. Er musste sich alles wieder in Erinnerung rufen, was er durch seine Friedhofsengel über den weiblichen Körper gelernt hatte – und woran er sich von ein paar hastigen Begegnungen mit Frauen während des

Krieges erinnerte. Dies war eine stattliche, starke, reife Frau, nichts Mädchenhaftes war an ihr; und während der Arbeit merkte er, dass er im Begriff war, sich in sie zu verlieben, in den Mund, der leicht geöffnet war, als atmete sie ein, und in ihre Haltung, als wäre sie einer Ohnmacht nahe, womit angedeutet war, welche gewaltige Anstrengung sie auf sich genommen hatte, um selbst auf die Spitze des Pylonen zu klettern, wo sie nun für alle Ewigkeit stehen würde, erstarrt im Augenblick der siegreichen Ankunft.

An manchen Tagen fegte der Wind über die Hügelkette und rüttelte an dem Atelier, so dass die Männer unter den regennassen Oberlichtern wie Betrunkene taumelten. An anderen Tagen herrschte ein goldenes Licht, und der Blick fiel über bestellte Felder hinweg auf Dörfer, die nach der Vernichtung durch einen Krieg, seit dem mehr als fünfzehn Jahre vergangen waren, noch immer nur halb wiederaufgebaut waren. Die Italiener knieten auf dem Gerüst, das innerhalb des Ateliers errichtet worden war, und arbeiteten so konzentriert, dass es fast aussah, als verrichteten sie ein Ritual der Anbetung vor dem menschlichen Körper.

Er konnte sie nicht sehen, doch manchmal meinte Giorgio, jenseits der dünnen Atelierwände Lerchen hoch oben in der Luft singen zu hören. Sie lieferten eine hinreißende Begleitung zu den herzerweichenden Liedern der Italiener, während Giorgio den Meißel und dann die Hände über den Bauch der wunderbaren Frau gleiten ließ, über das Tuch, das ihr leicht angewinkeltes Bein verhüllte, oder mit den Fingern über die Knochen ihrer kühlen Hand glitt.

Als sie Mitte November in Montreal das Schiff bestiegen, trug Klara Jackett, Weste und Hose und auf dem Kopf eine Mütze, denn sie hatte ihre Verwandlung in einen Mann gleich hinter der Grenze von Ontario vorgenommen. Am Sankt-Lorenz-Strom war sie mit einem Bündel unter dem Arm bis ans Ende eines Piers gegangen, hatte sich schuldbewusst umgesehen und ihr Päckchen ins Wasser geworfen. Beim Anblick ihrer vertrauten Kleider, die sich wie die Blütenblätter einer dunklen Blume im Fluss entfalteten, weinte sie ein paar Tränen, weil sie auf einmal das Gefühl hatte, dass dort unten ihre junge Weiblichkeit starb, ein abgelegter Körper, der zum Meer davontrieb, die Ärmel der schwarzen Seidenbluse ausgebreitet, als erwartete sie noch immer die Umarmung eines Geliebten.

Auf der Reise von Goderich über den Huron-, Erie- und Ontario-See und schließlich auf dem Sankt-Lorenz-Strom staunte Klara über das hübsche Erscheinungsbild der Städte am Seeufer, die, fand sie, im neunzehnten Jahrhundert anscheinend alle aus der Perspektive eines näher kommenden Schiffs geplant worden waren. Port Stanley, Cobourg, Kingston und die große Stadt Toronto; natürlich wusste sie von der Existenz dieser Orte, doch waren sie ihr immer viel zu fern erschienen, um interessant zu sein. Sogar Tilman, dem Schiffe tatsächlich so unerträglich waren, wie er immer behauptete, behagte die vorüberziehende Landschaft, die nah genug war, dass er notfalls ans Ufer schwimmen konnte, und zugleich fern genug, dass er sich die Hügel und Kirchturmspitzen als Motive für seine Holzschachteln vorstellen konnte. Als sie sich der Stadt Montreal näherten, wurde er recht lebhaft und erzählte Klara, er sei in seinen Wanderjahren schon ein oder zwei Mal dort gewesen; besonders gut habe er die weltoffene Atmosphäre in Erinnerung. Er kenne auch ein paar gute Absteigen, erklärte er, wo sie bis zur Abreise für ein paar Tage unterkämen. Doch Klara, die von Absteigen nichts wissen wollte, überredete ihn schließlich, mit ihr in einem billigen kleinen Hotel am Fluss zu wohnen.

Solange es hell war, trieb sich Tilman in den Straßen und Gassen der Stadt herum und ließ Klara allein in ihrem gemeinsamen Zimmer zurück, wo sie am Fenster saß und den Verkehr auf dem Fluss beobachtete. Am Tag der Abreise, als es Zeit war, an Bord des Schiffes zu gehen, trat eine aufgeregte Klara aus der Tür des Gasthofs und hielt nach ihrem Bruder Ausschau, und zu ihrer Erleichterung entdeckte sie ihn bald unter einer Brücke in der Nähe, wo er mit einer Gruppe von Männern an einem Feuer stand, Vagabunden wie er, die ihn alle auf Anhieb als das erkannt und aufgenommen hatten, was er war: ein auf Widerruf bekehrter Landstreicher. »Die Franzmänner sind die kultivierteren Stromer«, hatte er einmal zu Klara gesagt. »Besseres Essen, besserer Wein und viel interessierter an ihrer Umgebung. Eine schöne Landschaft gefällt ihnen.«

Die Männer schenkten Klara keine Beachtung, als sie ihrem Bruder winkte, und erst in diesem Moment begann sie zu ahnen, welche Freiheit ihre männliche Erscheinung ihr verschaffte – eine Ruhe und Gelassenheit, wie sie vielleicht auch die Männer empfanden, die durch die Welt gehen konnten, ohne zur Kenntnis genommen zu werden.

»Dieses gottverfluchte Meer«, beschwerte sich Tilman, als sie die Kabine bezogen, die sie mit zwei anderen Männern teilten. »Wer hätte gedacht, dass mich je wieder irgendwas auf dieses gottverfluchte Meer zurückbringt.« Schon jetzt war ihm schwindlig und übel, obwohl sie auf dem Fluss fuhren.

»Wir sind doch noch gar nicht *auf* dem Meer«, flüsterte Klara, »und die Seen sind dir doch nicht schlecht bekommen. Es kann nicht sein, dass du jetzt schon seekrank bist.«

»Hock nicht so auf meinem Bett«, zischte Tilman. »Männer hocken nie auf Betten.«

Der Seegang im Atlantik Anfang November erwies sich als Furcht erregend. Kaum hatte sich das Flussdelta zum Meer erweitert, fing Tilman zu stöhnen an, drehte sich zur Wand und weigerte sich, seine Koje zu verlassen. Klara hingegen starrte sprachlos vor Staunen und Jubel auf die riesige auf und nieder wogende Wasserfläche und ließ sich von Windböen und fliegender Gischt peitschen. Sie verbrachte viel Zeit an Deck, beugte sich über die Reling, reckte das Gesicht in den Wind und hielt mit der Hand ihre Mütze fest, damit sie nicht davonwehte und ihre Haarmähne enthüllte. Vor dem Ende der Reise müsse sie ihre Haare abschneiden, schärfte Tilman ihr immer wieder ein, aber vorläufig war noch ein Rest Eitelkeit in ihr. Abends, vor dem Schlafengehen, kroch sie in ihre Koje, zog sich die Decke über den Kopf und schälte sich aus ihren Kleidern. »Mein kleiner Bruder«, hatte Tilman den anderen Männern erklärt, »ist schamhaft. Hatte immer sein eigenes Zimmer. Muttersöhnchen.«

Nach zehn Tagen auf See erblickte Klara früh am Morgen durch das Bullauge der Kabine die Küste Frankreichs und fasste endlich den Entschluss, ihre Haare abzuschneiden, als hätte sie bis zu diesem Augenblick nicht geglaubt, dass sie je einen Fuß auf französischen Boden setzen werde. Die Schere in der Hand, suchte sie die Toiletten auf, sperrte sich in eine Kabine ein und schnitt unter inneren Qualen eine Strähne nach der anderen ab, die sie sich in Hosen- und Jackentaschen stopfte: Stränge goldener Haare mit vereinzelten Silberfäden darin. Als sie fertig war, rieb sie sich kräftig über den Kopf und spürte überrascht einen Ansatz von Locken, die das Gewicht ihrer langen Mähne bisher verhindert hatte. Dann setzte sie die Mütze wieder auf und ging an Deck. Zu dieser frühen Stunde fand sie bald einen Ort, wo sie ungestört war, und warf mit beiden Händen ihr abgeschnittenes Haar in den Wind. Manches wehte auf das Deck zurück, das meiste aber wurde ihr so rasch entrissen, als wären die Elemente gierig danach und gern bereit, ihr in die neue Rolle zu verhelfen. Klara sah keine einzige Strähne ins Kielwasser des Schiffs eintauchen. Aber noch Wochen später zupfte sie lange goldene Haare aus ihren Taschen und von den Ärmeln.

Als das Schiff in Le Havre anlegte, kroch Tilman aus seiner Koje, sammelte rasch ihre wenigen Habseligkeiten ein und führte Klara aus der Kabine auf das Deck. Mit festem Griff um ihren Arm schob er sie durch die Menge, eilte unbeholfen die Landungsbrücke hinunter und blieb nur ein einziges Mal stehen, um auf Klara zu warten, die im Wind ihre

Mütze verloren hatte und ihr nachlief. Er grinste flüchtig. »Endlich hast du auf meinen Rat gehört«, sagte er, »und dir die Haare abgeschnitten.«

Kaum standen sie am Kai, begann er vom Essen zu reden. »Keine Angst, ich weiß, wie man auf Französisch bettelt«, teilte er seiner Schwester mit. »Als Allererstes besorgen wir uns was zu essen.«

Sie standen zwischen den Schuppen und Lagerhäusern des Hafens, die im grauen Morgennebel und dem trüben Novemberlicht seltsam unwirklich aussahen, und es fiel ihnen schwer, sich hinter den Kränen und Hebemaschinen der Werften eine florierende Stadt vorzustellen. Mit festem Boden unter den Füßen, war Klara auf einmal verwirrt und unsicher.

Und sie bezweifelte, dass Tilman wirklich Französisch sprach; das sagte sie ihm.

»Doch, selbstverständlich. *Messieurs, mesdames, je suis pauvre, mais mon cœur est plein de la joie de Dieu. Dieu* heißt Gott. Die Franzmänner sind alle katholisch. In Québec waren alle Landstreicher mit einem Rosenkranz unterwegs.«

Klara zog ihren eigenen Rosenkranz aus der Hosentasche und zeigte ihn ihrem Bruder: Der käme ihnen beim Betteln sehr gelegen, sagte Tilman darauf.

»Gebettelt wird nicht«, sagte Klara. »Wenn du Hunger hast, gehen wir in ein Restaurant.«

»Auch gut, da findet man hinten im Hof immer eine Menge Abfall.«

»Nein, Tilman, wir gehen *in* das Restaurant.«

Tilman blieb stehen und sah sie verwundert an. »Ich war *nie* in einem Restaurant.«

»Ich auch nicht«, sagte Klara. »Aber das wollte ich schon immer.«

»Ich nicht. Nicht einmal im Krieg, mit den anderen, wenn wir Urlaub hatten. Ich war nicht mal im Café. Da waren mir immer zu viele Leute.«

»Na, dann werden wir jetzt gemeinsam was Neues erleben.« Klara blickte die enge, unbekannte Straße entlang, ein wenig entmutigt von der Fremdartigkeit der Architektur, den Fensterläden, die ihr wie eine Verbarrikadierung erschienen, den mächtigen verriegelten Türen. Zugleich aber war ihr bewusst, dass sie nicht halb so verängstigt war, wie sie es in Frauenkleidern gewesen wäre. Als sie tiefer in die Stadt eindrangen, schienen die Straßen älter und düsterer zu werden. Im Rinnstein floss braunes Wasser, und das Kopfsteinpflaster unter ihren Füßen war schwarz von einem beharrlichen kalten Regen. Endlich entdeckte Klara ein schlichtes gemaltes Schild mit der Aufschrift »Hôtel Restaurant Richelieu«.

»Da gehen wir hin«, sagte sie, auf das Haus deutend.

»Nein«, sagte Tilman, allerdings schon weniger bestimmt, und Klara argwöhnte insgeheim, dass er es zu genießen begann, wenn jemand anderes für ihn entschied.

Jahre später pflegte Klara zu erzählen, ihr Bruder Tilman, der eingefleischte Nomade, habe wegen eines bescheidenen französischen Lokals in Le Havre in Hafennähe das Leben auf der Straße aufgegeben, wegen eines Lokals, in dem er zum ersten Mal Bekanntschaft mit *coquilles Saint-Jacques à la meunière* und *jambon d'Alsace à la crème* machte. »Ein einziger Bissen«, behauptete sie, »und er war im Nu von eineinhalb Wochen Seekrankheit genesen. Am liebsten wäre er gleich im ›Richelieu‹ eingezogen, weil er nicht glauben konnte, dass es im restlichen Land noch mehr von diesen großartigen Einrichtungen gäbe. Am Ende verprasste er das meiste Geld, das er am Monument verdiente, im Restaurant, weil er bei jeder Gelegenheit in die Stadt rannte. Und als er nach Kanada zurückkehrte, musste er unbedingt nach Montreal ziehen«, teilte Klara jedem mit, der ihr zuhörte, »wurde ein echter Snob und dachte nur noch Frische und Biss. Und *schließlich*«, fügte sie hinzu, »schließlich lernte er sogar Französisch.«

Sie übernachteten in einem Zimmer über dem Restaurant, und zum Frühstück am nächsten Morgen gab es eine große Schale Milchkaffee, die mit Brot, Butter und Stachelbeermarmelade serviert wurde. Der Wirt, der zugleich der Koch war, hatte sie beide feierlich umarmt, als er erfuhr, dass sie Kanadier waren. Wenn er vom Krieg sprach, stiegen ihm die Tränen in die Augen; zwei Söhne gefallen und jede Schönheit der Landschaft, jedes Wahrzeichen, das ihm am Herzen lag, in Schutt und Asche. Alle, sagte er, alle hätten von dem großen Monument gehört, das in Vimy gebaut werde, und von dem perfekten jugoslawischen Marmor. Es gebe einen Zug nach Amiens und einen anderen Zug nach Arras. Dort angelangt, brauchten sie nur irgendeinen Fuhrwerker anzuhalten und ihm zu sagen, sie seien Kanadier und hergekommen, um an dem großen Monument mitzuarbeiten: Der Mann werde sie mit Freuden hinbringen, versicherte er. Dann packte er ihnen zwei *grandes baguettes* ein, dazu einen Ziegenkäse und ein großes Stück Wurst, schickte sie auf den Weg und weigerte sich strikt, für Kost und Logis Geld anzunehmen.

»Wollen wir nicht noch ein paar Tage hier bleiben?«, fragte

Tilman, und als Klara ablehnte: »Wie bringst du es fertig, dich von dieser Fischsuppe zu trennen? Wir hätten sie heute Abend noch einmal essen können.« Den Weg zum Bahnhof legte er in verdrossenem Schweigen zurück.

Als sie im Zug saßen, grübelte Klara besorgt darüber nach, wie sie die Maske ihrer neuen Identität beeinflussen sollte. Was ging in den Köpfen der Männer vor? – das Mienenspiel, in dem sich ihre Gedanken äußerten, war ihrem eigenen Gesicht fremd, das wusste sie. Ihr Leben lang war sie immer wieder mit Männern zusammen gewesen: mit ihrem Vater, ihrem Großvater. Sie hatte Zorn erlebt, die kurze Freude der jungen Liebe, dann die Trauer über Eamons Tod. Und schließlich hatte sie ihren Bruder kennen gelernt. Doch sie wusste, dass sie nie imstande gewesen war, in den Teil der Männer vorzudringen, der ihre Haltung und Gemütslage bestimmte. Eamons Gefühle hatten sich ihr durch kleine Veränderungen in seinen Augen, der Linie seines Mundes mitgeteilt. Doch die Gesichter der reifen Männer, die sie gut gekannt hatte, waren gegen die Welt verschlossen, waren undurchdringlich geworden und gaben nichts davon preis, was sich im Inneren abspielte. Wäre sie imstande, eine ungerührte Miene zu bewahren, falls die Situation es erforderte? Sie musterte das Profil ihres Bruders, der neben ihr saß. Sein unbestimmter Blick, der ausdruckslose Mund verrieten nichts, und sie konnte sich nicht vorstellen, was in einem Mann vorging, der im Zustand der Ruhe war. Dachte er immer noch an das französische Essen? Schaute er zurück oder nach vorn, erinnerte er sich, keimte der Gedanke an eine neue Zukunft in ihm? »An einen Sitz im Zug habe ich mich nie gewöhnt«, hatte er gesagt. »Die Planken in einem Güterwaggon waren bequemer. Sogar die Kupplung zwischen den Wagen! Das eine Mal, als ich einen Sitz hatte, war ich auf dem Weg zur Schlachtbank, mit einer ganzen Gruppe von Männern, die alle gleich gekleidet waren. Vielleicht deswegen ...« Vielleicht, dachte Klara, erinnerte er sich, seiner friedlichen Miene zum Trotz, an Grauen und Blut; wer würde das je wissen? Die Gedanken trieben durch ihren Kopf, bis das gleichförmige Rattern des Zuges sie schläfrig werden ließ und ihr Kopf vornübersank.

Irgendwann später rüttelte Tilman sie wach. »Leg nicht deinen Kopf auf meine Schulter«, sagte er. »Männer legen sich nie gegenseitig den Kopf auf die Schulter.«

Wie in Le Havre prophezeit, hatte Tilman auf dem Markt von Arras rasch einen Bauern mit einem Gespann gefunden, dem es eine Ehre war, zwei neue Mitarbeiter an der riesigen Skulptur die neun Kilometer nach Vimy zu bringen. Als sie sich der Gedenkstätte näherten, wurde das Gelände, durch das sie fuhren, zunehmend verstörend in seiner Unordnung, und der Bauer deutete auf schlammige Krater, aufgerissene Gräben, Stacheldraht und Granattrichter. Viele Quadratkilometer waren abgezäunt, den Menschen unzugänglich, denn noch immer übersäten scharfe Minen und Granaten den Boden oder lauerten in der Tiefe der Erde. An jeder Straßenkreuzung, die sie querten, erhob sich ein Schuttberg, wo einst ein Weiler gestanden hatte, und fast immer mühten sich neben und hinter den Trümmern Männer mit dem Wiederaufbau. Dies alles mehr als sechzehn Jahre nach dem Abzug der Truppen, die eine zermarterte, unkenntliche Landschaft, einen Wind voller Asche und den Geruch von verwesendem Fleisch zurückgelassen hatten. Die ordentlichsten, gepflegtesten Orte waren die Gemüsegärten, in denen jetzt, Anfang Dezember, nur Kohl und Endivien wuchsen, und die Soldatenfriedhöfe – obwohl auch hier die Gestaltung verschiedene Phasen der Fertigstellung aufwies. Doch das Gras über den Gräbern war fast überall grün und, wie zum Hohn, ohne Narben. Tilman warf keinen Blick auf den Friedhof, sondern starrte stur geradeaus, als sie rumpelnd an dieser unpassend makellosen Erinnerung an die Tragödie entlangfuhren, diesen Gärten der Toten. »Ich kann sie noch nicht ansehen«, sagte er zu Klara, die auf die endlosen Reihen der Grabsteine und Kreuze mit Entsetzen reagierte. »Und ich möchte bitte nicht darüber reden.«

Über alldem, am Horizont, ragten die weißen Doppeltürme des Monuments empor, die Form verzerrt von fünf Stockwerke hohen Gerüsten und Bahnen aus Leinwand. Klara griff nach Tilmans Arm, als das Bauwerk in Sicht kam, doch er entzog sich: Männer hielten einander nicht am Arm, schärfte er ihr ein.

Der Wagen bog in eine prachtvolle neue Straße ein, gesäumt von jungen kanadischen Ahornbäumen, an deren dünnen Zweigen noch ein paar spätherbstlich braune Blätter hingen. Obwohl das Monument noch fast zwei Kilometer entfernt war, beherrschte der Bau bereits die gesamte Landschaft. Ferne graue Wälder, diese wundersame Straße, die Anhöhe selbst, sogar die Schichtwolken am Himmel strebten ihm zu, als könnte ein Bauwerk dieser Größe und Bedeutung nicht ignoriert werden, weder von der aufgewühlten Umgebung noch von der Natur.

Als sie das Gelände betraten, staunten sie über die gewaltige Zahl der Pferde und Esel, plumpen Kräne und Lastwagen. »Genau wie im Krieg«, bemerkte Tilman. Mehrere Dutzend Männer, gekleidet in die traditionelle französische Arbeitertracht aus Overall, Jacke und Mütze, kletterten wie leuchtend blaue Käfer auf den Gerüsten herum oder eilten geschäftig auf dem froststarren Schlamm hin und her. Neben dem Monument war ein Schmalspurgleis verlegt worden, um den Pferdewagen mit den Steinen, aus denen der Sockel und die Pylonen errichtet waren, die Fortbewegung zu erleichtern. Das Fuhrwerk hielt an, und der Bauer drehte sich zu ihnen um, nickend und lächelnd. »Viel Arbeit!«, sagte er.

Tilman erwiderte sein Lächeln, kletterte unbeholfen von dem Gefährt, langte hinauf und schüttelte dem Mann die Hand, ganz untypisch für ihn. Dann warf er Klara einen raschen Blick zu. »Lass mich reden«, sagte er mit einer Handbewegung zu der Nissenhütte, an die der Bauer sie verwiesen hatte. »Ich besorge uns im Handumdrehen einen Job.«

»Wir haben noch einen Kanadier hier, nur einen«, teilte Simson mit. »Einen italienischen Kanadier. Giorgio Vigamonti.«

Klara musterte den Bauleiter aufmerksam. Er hatte eine abweisende, beinahe wichtigtuerische Sachlichkeit an sich, um die sie froh war. Er hob den Blick nicht von seinem Schreibtisch.

»Den kenne ich«, sagte Tilman. »Deswegen bin ich hier. Deswegen sind wir hier, mein Bruder und ich.«

»Allward muss erst sehen, was ihr könnt, bevor ihr eingestellt werdet. Was für Erfahrungen habt ihr?«

»Ich habe mit Giorgio zusammengearbeitet ... aber ich bin nicht so erfahren wie er.« Er klopfte mit den Fingerknöcheln auf sein Holzbein. »Ich kann nicht klettern«, sagte er.

»Das sehe ich«, sagte Simson. »Sie werden Feinarbeiten unten am Sockel machen müssen – das heißt, falls wir Sie nehmen. Dort könnten wir Hilfe brauchen. Was ist mit Ihrem Bruder, hat es ihm die Sprache verschlagen?«

»Seine Stimmbänder sind kaputt«, sagte Tilman und zögerte kurz. »Eine verpfuschte Mandeloperation als Kind.«

Klara spürte, wie ihr Gesicht heiß wurde. Simson sah sie jetzt an, als hätte er bemerkt, dass mit ihr etwas nicht stimmte, und wüsste nur noch nicht, was. Er hob die Brauen. »Was für ein Gespann – der eine lahm, der andere stumm. Was für Erfahrungen hat er?«

»Vor allem Holzschnitzerei. Er wäre gern ein Gehilfe oder so etwas. Er ist für alle manuellen Arbeiten gut.«

Simson musterte Klara verstörend lange. »Na ja, klein genug, um zu klettern, ist er ja. Er könnte oben arbeiten, dort ist alles Mögliche zu tun. Übrigens ist Vigamonti dort oben beschäftigt.« Er winkte die beiden zum Fenster und zeigte auf einen hölzernen Verschlag an der Spitze des linken Pfeilers. Eine lange Strickleiter hing daran und schwang im Wind hin und her. »Als Gehilfe oder Polierer braucht er sich nicht vorzustellen.« Er drehte sich zu Klara um. »Was sagen Sie dazu?«

Sie nickte, dann flüsterte sie: »Ich bin zu allem bereit.«

»Ist Giorgio jetzt oben?«, fragte Tilman.

»Ja, aber wie Sie schon sagten, Sie können nicht klettern, und er kommt erst herunter, wenn es dunkel wird.« Simson musterte immer noch Klaras Gesicht. Vollständig bartlos. Vielleicht, dachte er, hatte der miserable Chirurg außer den Stimmbändern auch noch etwas anderes durchtrennt. »Vielleicht kann ja Ihr Bruder hinaufklettern, mit einer Nachricht oder so?«

»Nein …«, flüsterte Klara, die nicht von der Seite ihres Bruders weichen wollte.

»Wir warten bis zum Abend«, sagte Tilman.

Simson wandte sich einem Papierstapel auf seinem Schreibtisch zu. »Wie ihr meint«, sagte er.

Drei Tage später verbreitete sich über den Bauplatz (wo, wie vor ihnen Giorgio, Tilman und der kleine Mann namens Karl bei ein paar Steinmetzen Unterkunft und Nahrung gefunden hatten) die Kunde, Allward werde noch an diesem Tag aus London eintreffen, um die Ankunft zweier neuer Gipsfiguren zu beaufsichtigen, die als Modelle für die Skulpturen an der Innenseite beider Pylonen dienten. Den ganzen vorhergehenden Tag hatten Klara und Tilman zugesehen, wie die Männer an der vorgesehenen Stelle ein neues Atelier errichteten. Manche hingen an Seilen wie Kletterer in der Steilwand, stießen sich mit den Füßen von Stein und Holz ab und schwangen weit hinaus in die Luft und hinüber zu einem anderen Teil des Gerüsts. Andere lagen bäuchlings auf dem Atelierboden, streckten die Arme durch die leinwandverhängte Türöffnung und hantierten mit Hämmern und Schraubenziehern, während unter ihnen ein Flaschenzug an der Unterseite des Atelierbodens befestigt wurde. Klara beobachtete die Akrobatik fasziniert, Tilman hingegen war entsetzt. Als Giorgio mittags zu ihnen stieß, bemerkte Tilman, zum ersten Mal seit dem Krieg sei er tatsächlich froh um seine Amputation. »Gott sei Dank«, sagte er, »habe ich nur ein Bein. Sonst müsste ich auch dort oben am Seil hängen wie ein lebensmüder Affe.«

Giorgio lachte. »Und das aus deinem Mund«, sagte er, »nachdem du so oft herumgeprotzt hast, wie du jahrelang schwarzgefahren und auf fahrende Züge auf- und wieder abgesprungen bist.«

Klara gefiel das Lachen dieses großen Mannes, die Wärme, die seine Stimme in der kalten Dezemberluft verbreitete.

An dem Nachmittag standen Tilman und Klara mit Giorgio in einer schweigenden Menge von Arbeitern und sahen zu, wie der Mann, der Allward hieß, seine jüngsten Schöpfungen auspackte. »Wenn irgendwas kaputt ist«, sagte Giorgio, »ist die Hölle los. Bei einem der *Verteidiger* war nach der Überfahrt über den Kanal die Nase ab. Allward hat es fast nicht überlebt.«

Allward wischte Stroh vom Flügel eines Gipsengels. Hinter ihm ragte das Monument wie eine bleiche, halb fertige Kathedrale in den Himmel.

»*Nächstenliebe*«, sagte Giorgio und schob den Kopf seitwärts, um besser sehen zu können, »oder *Hoffnung*. Ich bin einer der Engelsmänner«, setzte er hinzu. »Also werde ich daran arbeiten. Da!« Er deutete auf Allward, der eine zweite geflügelte Frauengestalt aus ihrer Kiste befreit hatte. Rings um ihn stob das Stroh auf, als stünde er im Zentrum eines kleinen Wirbelsturms.

Es gibt bestimmte visuelle Eindrücke, dachte Klara später, die sich unauslöschlich einprägen, Bilder, die unversehens wieder auftauchen, während man in einem Wartezimmer sitzt oder aus einem Zugfenster starrt; und wenn sie stark genug sind, erblühen sie vielleicht während eines Liebesakts oder vielleicht auch – obwohl das natürlich keiner wissen kann – wenige Augenblicke vor dem Tod.

Als die weißen Gipsengel am Seil zu dem Atelier in der

Höhe emporgezogen wurden, das bis zu ihrer Nachbildung aus Marmor ihr Zuhause sein sollte, empfand Klara den Anblick als ein Meisterwerk aus Form und Bewegung, das sich, ohne dass sie es ahnte, tief in ihr Gedächtnis eingrub. Das gedrehte Seil zwischen den Brüsten, der entlang den marmornen Pylonen aufwärts schwebende Schatten der Flügel, die atemlose Stille ringsum – nichts davon konnte sie je wieder vergessen. Sie hatte eine Himmelfahrt erlebt, eine Apotheose – und einen derart fragilen Vorgang, dass die winzigste Änderung in der Windrichtung die Perfektion hätte zertrümmern können. Und als es vorbei war und sie einen Blick zu Giorgio hinüberwarf, sah sie, dass auch er Tränen in den Augen hatte.

Allward hatte sich unterdessen in der Hütte des Bauleiters verkrochen, mit heruntergelassenen Jalousien und den Kopf in den Händen verborgen, und der ganze Raum knisterte von seiner panischen Angst vor der Zerstörung seines Werks. Klara jedoch hatte sein Verschwinden gar nicht bemerkt. Sie war hingerissen. Und sie war sicher, dass sie gesehen hatte, wie sich der Ausdruck auf dem Gesicht des Engels veränderte und schmerzlich zum Leben erwachte, als für einen kurzen Augenblick eine Wolke die Sonne verdunkelte.

»Ich stelle nur Italiener ein«, sagte Allward zu Simson und einem schweigenden Tilman, »und ich stelle sie ein, weil sie die Besten sind, die meiste Kraft und die beste Ausbildung haben.«

Am Morgen nach der Himmelfahrt der Engel standen Klara und Tilman in der Hütte des Bauleiters. Die niedrige Wintersonne fiel durch das Fenster, vor dem Allward stand und seinen Schatten bis ans andere Ende des Raums warf. Während Klara nervös von einem Fuß auf den anderen trat, hielt sich Tilman neben ihr vollkommen reglos und dachte daran, dass er wahrhaftig nicht den Wunsch hatte, überhaupt hier zu sein, geschweige denn, sich eine Predigt anzuhören.

Tags zuvor, am späten Nachmittag, war er mit Giorgio eine Zeit lang auf dem sehr veränderten Schlachtfeld umhergewandert und hatte versucht, die Lage zu beschreiben, wie sie im April 1917 gewesen war. »Es war grauenhaft«, sagte er immer wieder. »Eine einzige Katastrophe.«

»Und dabei heißt es, Vimy sei unser großer Sieg gewesen.« Giorgio sah Tilman an, der im Gegenwind die Augen zusammenkniff.

»Mag sein«, sagte Tilman und wandte sich ab, um aus dem Krater, in dem sie standen, wieder hinauszuklettern. »Aber ich glaube nicht, dass auch nur ein Einziger von uns, der dort war, irgendetwas von einem Sieg wusste. Als es vorbei war, wussten wir kaum noch, wo wir waren. Und vergessen wir eines nicht: Dreieinhalbtausend sind gefallen, drei Mal so viele wurden verwundet. Von dem angeblich so großartigen Sieg habe ich überhaupt erst nach dem Krieg erfahren, und damals, als mir einer davon erzählte, dachte ich, das kann nur ein kompletter Irrtum sein.« Tilmans Miene spannte sich. »Jedenfalls wäre es mir nie auch nur im Traum eingefallen, dass ich je wieder hierher käme, soviel steht fest.«

»Aber jetzt bist du hier.« Giorgio legte seinen starken Arm um die Schulter seines Freundes.

Nur wegen seiner großen Zuneigung zu Giorgio ertrug Tilman die Wärme des anderen Körpers länger als sonst, bevor er sich entzog. »Nur meinem Bruder zuliebe«, sagte er. »Ich bin nur hier, weil er unbedingt herkommen wollte.«

»Ich habe nicht gewusst, dass du einen Bruder hast.«

»Nein, ich auch nicht.«

»Hören Sie«, sagte Simson jetzt, und trotz seines gesunden Respekts vor Allward kam nun seine militärische Seite zum Vorschein. »Dieser Mann hat in der Schlacht von Vimy sein Bein verloren, im Kampf für sein Land. Und er ist den ganzen weiten Weg hergekommen. Geben Sie ihm doch eine Chance.«

Allward seufzte, reichte Tilman einen Meißel, ging mit ihm hinaus zu ein paar übrig gebliebenen Marmorblöcken und ließ Klara allein und beklommen beim Bauleiter zurück. »Na gut«, sagte er, »lassen Sie mich sehen, ob Sie ein Gesicht machen können.«

Gesichtszüge zu meißeln war Tilman schon immer zuwider gewesen, doch er hatte es mehr schlecht als recht bei Giuliani gelernt. »Fernansichten kann ich besser. Reliefs und solche Sachen.«

»Das ist nicht drin in diesem Steinblock. Fernansichten sind alle dort draußen.« Allward zeigte mit dem Daumen über seine Schulter auf die französische Landschaft. »Wären Sie nicht den weiten Weg von Kanada gekommen, würde ich Sie sowieso nicht einstellen. Aber vielleicht können Sie an den Ornamenten am Sockel mitarbeiten: Lilien und Schilde und so was.« Er steckte die Hände in die Taschen und sah Tilman bei der Arbeit zu, die alles andere als beeindruckend war. »Irgendwelche kreativen Anwandlungen muss man bei Ihnen nicht fürchten, so gut sind Sie nicht.«

Tilman war leicht gekränkt, obwohl er wusste, dass der Mann die Wahrheit sagte. Jedenfalls wenn es um Stein ging. »Können *Sie* mit Holz umgehen?«, fragte Tilman den hoch gewachsenen Mann, was ihm Allward zu Recht als Frechheit auslegte.

Aber Frechheit gefiel ihm. »Ich hatte nie den Wunsch danach«, sagte er. Während er davonging, umflattert von seinen langen dunklen Mantelschößen, deutete er auf eine dreieckige Mauerfläche neben einer Treppe auf der Ostseite des Sockels.

»Dort drüben«, rief er, ohne sich umzudrehen. »Die Italiener zeigen Ihnen, was Sie tun müssen.«

Als Tilman langsam zur Hütte zurückkehrte, um Klara zu erlösen, überkam ihn das heftige Bedürfnis, die Flucht zu ergreifen. Wappenschilde und Kreuze. Die Arbeit würde eine Menge Zeit verschlingen und ihm am Ende wenig bedeuten. Außerdem war er beunruhigt wegen der Tarnung seiner Schwester, die sie wohl kaum für immer aufrechterhalten konnte. Noch schwieriger aufrechtzuerhalten wäre freilich seine eigene Maskerade als zuverlässiger Arbeiter. Überall gab es Straßen – manche konnte er von hier oben aus sehen – und ringsum eine verlockende Anzahl von Pferden, hätte er nur zu reiten verstanden. Auch Fahrzeuge standen bereit, Lastwagen, Lieferwagen, häufig sogar mit laufendem Motor, weil die Fahrer nur kurz ausgestiegen waren, um etwas zu erledigen. Es wäre ganz einfach, einzusteigen und davonzufahren. Doch als er die Ostseite des Monuments umrundete, sah er, wie seine Schwester aus der Hütte kam, ein paar Schritte ging und den Kopf in den Nacken legte, um die Pylonen zu betrachten. Ihren Gesichtsausdruck konnte er aus dieser Entfernung nicht erkennen, doch alles an ihrer Haltung drückte Ehrfurcht aus, als wäre ihr kleiner Körper bereits verwandelt, erlöst durch die Überzeugung, dass sie am Ziel angekommen war. Er war davon eigenartig und zärtlich berührt und wusste auf einmal, dass er bleiben würde, so lange, wie es ihm möglich war.

Klara schlief in einer Sammelbaracke auf einem Feldbett neben Tilman. Sie teilten sich die Unterkunft mit fünfzehn weiteren Arbeitern, die nachts den Raum mit Murmeln und Schnarchen erfüllten und die wachen Stunden mit einem Stimmengewirr aus italienischen Brocken, die Klara nicht verstand. Oft sangen sie, wenn sie von der Kantine oder den Duschen zurückkamen, und viele standen schamlos nackt neben dem Bett, wenn sie morgens das Durcheinander ihrer Kleider sortierten. Alle ihre bisherigen Kenntnisse vom männlichen Körper hatte Klara von Eamon, einem hellhäutigen, wohlgeformten Jungen mit haarloser Brust und flachem Bauch. Jetzt sah sie alles, was sie früher als Schneiderin von Anzugjacken lediglich ausgemessen hatte, und noch einiges mehr: Männer mit gewaltigen Schmerbäuchen und Haaren am ganzen Körper und jüngere Männer, kräftig gebaut, aber untersetzt. Alle bewegten sich wunderbar selbstvergessen, wie große freundliche Tiere, und hielten dem Mann, als den sie Klara ansahen, häufig längere Reden auf Italienisch. Zwar wussten sie, dass er nichts verstand und stimmlos, wie er war, ohnehin nicht hätte antworten können, doch wahrscheinlich war das ihre Art, sie – oder ihn – wissen zu lassen, dass sie den Mann Karl, der in vielerlei Hinsicht völlig anders war, in seinem Anderssein akzeptiert hatten. Ihre Freundschaft miteinander drückten sie auf eine körperliche Weise aus, wie sie

Frauen wohl niemals möglich war, und das bewunderte Klara. Auch herrschte in der gemeinsamen Unterkunft ein ganz besonderer Geruch, den sie nach einer Weile sogar zu schätzen lernte, eine Mischung, in der Schweiß und schmutzige Socken mitspielten und dazu eine Art saure Süße, die sie von Charolais kannte.

Tilmans Freund Giorgio wohnte mit den beiden Steinmetzen, mit denen er in dem oberen Atelier zusammenarbeitete, in einer viel kleineren Hütte nebenan. Klara war froh darum, denn um ihre Maskerade beizubehalten, wollte sie keine weiteren Vertraulichkeiten mit diesem Freund von Tilman. Manchmal während der Arbeit war sie überzeugt, dass der eine oder andere Mann ihre zarten, unbehaarten Hände allzu neugierig betrachtete, allzu oft auf ihre Brust starrte. Und ein oder zwei Mal war sie nahe daran, irgendetwas laut zu sagen, und konnte sich nur im letzten Moment noch zurückhalten. Nachts im Traum erlebte sie sich immer wieder völlig nackt in einem Atelier voller Männer. Tilman, der ihre Beklommenheit spürte und sich noch viel mehr seiner eigenen bewusst war, hatte sie zu überreden versucht, Giorgio die Wahrheit zu gestehen, sich als Frau zu erkennen zu geben: Er sei absolut vertrauenswürdig und werde sich ihrer annehmen, wenn er es wisse, werde ihnen helfen, das Geheimnis zu bewahren. Doch der Gedanke behagte ihr nicht, und sie hatte gesagt, sie wolle genauso behandelt werden wie jeder andere.

»Wie kannst du wie jeder andere sein«, wandte Tilman ein, »wenn du die ganze Zeit flüstern musst?«

Sie war aber nicht zu überzeugen und blieb darum bei der Arbeit stets stumm und zurückhaltend, gab lediglich eine knappe, geflüsterte Antwort, wenn sie direkt gefragt wurde, und hielt so oft wie möglich den Kopf gesenkt oder wandte den anderen den Rücken zu. Sprachlos, wie sie war, öffnete sie sich seltsamerweise in umso stärkerem Maß der Welt der Sinne. Als hätten die Poren ihrer Haut sich erweitert, um Licht einzusaugen, begann sie in erschreckenden Einzelheiten die visuellen Eindrücke ihrer Umgebung aufzunehmen: die Bewegung der Sehnen an den Händen der Männer, die einen Meißel hielten, die konzentrierten Fältchen, wenn sie mit zusammengekniffenen Augen die sich entwickelnde Form im Stein prüften. Das lange Zögern vor einem Sortiment Meißel, die nach der Größe ordentlich aufgereiht auf einem Tisch lagen: Hatten sie sich einmal entschieden, blieben sie dabei, immer. Sandro, Alfredo und Giorgio, der musikalische Klang ihrer Namen in einem Raum, der im Wind schaukelte.

Sie waren im letzten Stadium der Arbeit an der Figur auf der Spitze des Monuments, einer weiblichen Allegorie des Friedens, die den Rücken gegen den Pfeiler krümmte und den Kopf in den Nacken geworfen hatte, als gäbe sie sich einer unsichtbaren Umarmung hin, den Lorbeerzweig wie eine steinerne Fontäne in der erhobenen Hand. Sie war nur von den Hüften abwärts bekleidet, aus dem Faltenwurf ragte ein Bein hervor; der Oberkörper war nackt. Volle Brüste, die horizontale Leiter ihrer Rippen, die vollendet geformten Schultern und Arme.

La bella donna nannten sie die Männer, die sie geradezu anbeteten. Jeden Morgen nahm Sandro die Mütze ab und begrüßte die steinerne Frau, die er sehr gut kenne, behauptete er – schließlich habe er ihre Züge und ihre Miene gemeißelt. Doch auch die anderen sprachen leise mit ihr, warfen hin und wieder einen raschen Blick auf ihr weißes Gesicht, während sie mit ihrem Körper beschäftigt waren. Den ganzen Tag hindurch wurde sie immer wieder neu erfunden, veränderte sich unter der Berührung der Meißel, die Klara den Männern hinaufreichte, und unter dem wechselnden Einfall des Lichts.

Im Verlauf der Wochen nahm Giorgio seinen Gehilfen in die Lehre, erklärte den Umgang mit Spitzeisen, Schlägeln und Feilen, so dass Klara schließlich schon von selbst wusste, welches Werkzeug die Männer benötigten, und an ihrer Haltung und ihren Gebärden erkannte, wenn ein Meißel anderer Größe erforderlich war. Er brachte ihr bei, fertige Gliedmaßen mit Bimsstein zu polieren, und immer sprach er langsam und geduldig.

Eines Tages, nicht lang nachdem die Steinmetzen mit der Arbeit an den jüngst eingetroffenen Engeln begonnen hatten, vertraute sie Giorgio flüsternd an, von der Holzbildhauerei her kenne sie sich ein bisschen mit Eisen und Raspeln aus.

»Wie Tilman«, sagte er. »Er hat mir von eurem Großvater erzählt, der ein großartiger Mann gewesen sein muss.«

»Ja«, flüsterte sie. »Er hat uns das Schnitzen beigebracht, als wir noch ziemlich klein waren. Tilman war seine ganze Hoffnung. Aber als er dann fort war ...«

»Deinem Bruder fällt es eben schwer, längere Zeit am selben Ort zu bleiben«, sagte Giorgio. Sie hatten die Leinwand zurückgeschlagen, saßen in der Türöffnung des Ateliers, kauten nachdenklich die Baguettes, die sie zum Mittagessen bekamen, und ließen die Beine ins Leere baumeln. Es war ein kalter, klarer Tag Anfang März, der Blick reichte bis nach

Arras. »Manchmal ist er auch von uns, seiner Adoptivfamilie, davongelaufen. Aber wir wussten alle, dass er zurückkommen würde. Und er war immer ein sehr guter Arbeiter, in der Ofenfabrik sowieso, aber auch, als wir zusammen bei Giuliani waren.« Giorgio winkte jemandem unten am Boden zu, dann wandte er sich wieder der Person zu, die er als Karl kannte. »Was meinst du, wie lang wird er es hier aushalten?«, fragte er.

»Ich hoffe, er bleibt«, flüsterte Klara, was eigentlich nicht die richtige Antwort auf seine Frage war. »Ich hoffe es so sehr.«

»Na ja, ich bin ja auch noch da«, sagte Giorgio, der die Art, wie dieser kleine Mann sein Gesicht fast immer im Schatten der Mütze verbarg, als Scheu und Zurückhaltung deutete. Dann lachte er laut und antwortete seinem Freund dort unten mit einer unmissverständlich männlichen Geste.

Klara drehte sich zu ihm und sah ihn an, studierte sein rechtwinkliges Gesicht im Profil, die hervorspringende Nase und den großzügigen Mund, den mächtigen Arm, der sich auf einen starken Schenkel stützte. Sie konnte sich nicht erinnern, dass sie je in ihrem Leben jemanden so rasch, so vorbehaltlos ins Herz geschlossen hatte. Beinahe hätte sie seinen Ärmel berührt, den weichen karierten Flanellstoff, der unter der blauen Jacke hervorstand, doch sie besann sich rechtzeitig und wich zurück.

Er sah sie plötzlich an, dann grinste er und sprang auf die Beine, erstaunlich leichtfüßig und beweglich für einen so großen und schweren Mann. »An die Arbeit«, sagte er.

»Ja«, flüsterte Klara, »an die Arbeit.«

Im Verlauf des Nachmittags forderte Giorgio sie auf, mit ihm in die andere Ecke des Ateliers zu kommen, wo er damit begonnen hatte, den linken Flügel eines Engels grob auszuhauen: Klara erhielt die Aufgabe, die abgeschlagenen Steinbrocken einzusammeln, in einem Eimer zur Tür zu tragen und an einem Seil hinunterzulassen. Einmal, als sie mit einem vollen Eimer wieder zur Tür gehen wollte, fragte sie Giorgio zu ihrer eigenen Überraschung, ob er verheiratet sei.

Er drehte ihr von oben herab sein verblüfftes Gesicht zu. Dann wandte er den Blick wieder ab und begann mit dem Hammer auf den Meißel zu schlagen.

»Sag, hast du eine Frau?«, flüsterte sie noch einmal. Giorgio stand auf der vierten Sprosse der Leiter und bearbeitete die Schulter des Engels. Von ihrem Platz aus konnte Klara die glatte Linie seiner Kehle sehen.

»Ich war einmal nahe daran, aber es kam nicht so weit. Die Umstände«, sagte er langsam. »Erst der Krieg, dann die Wirtschaftskrise ... Und wie steht's mit dir?«

»Nein«, flüsterte sie. »Nein, nie.« Klara wandte sich von ihm ab – wandte sich von der Leiter ab –, um Schaufel und Besen zu holen.

»Tilman hat mir nie erzählt, dass er einen Bruder hat. Wie alt bist du eigentlich?« Er sah sie nicht an, sondern konzentrierte sich auf die Fläche des Halses, der sich am Ansatz zu einem Schlüsselbein, einer Brust erweiterte.

»Neununddreißig.« Klara starrte auf den Boden, auf Marmorbrocken und Staub.

Giorgio warf den Kopf zurück und lachte. »Ich bin einundvierzig«, sagte er. »Da haben wir noch jede Menge Zeit für die Frauen, wir beide.«

Klara lachte laut auf.

Giorgio starrte sie überrascht an. Er hatte noch nie so recht gewusst, was er von diesem Bruder halten sollte.

Klara schwankte ein wenig, als das Atelier unter einem Windstoß erbebte. Vor Schreck, sie habe für einen kurzen Moment ihre verborgene Weiblichkeit verraten, einfach weil sie ihrer Erheiterung über den Ausspruch eines anderen freien Lauf gelassen hatte, nahm sie diese Frau augenblicklich wieder an die Kandare, doch das Szenario, das sich nun in ihrer Fantasie entspann, konnte sie nicht zurücknehmen. Sie sah ihre kleinen Hände an, die in ihrer Vorstellung und zu ihrer Verlegenheit damit beschäftigt waren, in Gegenwart dieses Mannes ihr Hemd aufzuknöpfen – dabei konnte sie sich nicht einmal mehr an Form und Gewicht ihrer Brüste erinnern.

Giorgio wandte sich wieder der Skulptur zu. Klara spürte, wie ein gespanntes Schweigen zwischen ihnen eintrat, und nahm sich vor, von nun an in seiner Gegenwart so still wie möglich zu sein. Doch nach diesem Vorfall, während Giorgio und die anderen Männer auf Italienisch miteinander schwatzten, fuhr Klaras innere Stimme den ganzen Tag über fort, mit dem Freund ihres Bruders zu reden. Siehst du?, fragte sie ihn im Geist, und diese Innenschau war seltsam und fremd in dem Verschlag aus Holz und Leinwand, Verstehst du?

Sie hatte sehr lange nicht mehr von Eamon geträumt, doch seit einigen Nächten zog er wieder durch ihre Träume, mit finsterer und abweisender Miene, als wollte er sie nicht mehr kennen. Früher hatte sie öfter solche Träume gehabt, die sie auf die unglücklichen Umstände ihrer Trennung schob. Jetzt, seitdem sie auf dem Boden des Landes stand, dessen Luft er zuletzt geatmet hatte, neben einem Denkmal, auf dem auch sein Name stehen würde, erwachte die Erinnerung an Eamon häufig und schmerzhaft. Wie hatte er am Ende an sie gedacht – mit Sehnsucht, Gleichgültigkeit oder Hass? Oder hatte vor seinem Tod eine Französin oder Engländerin seine Gedanken beschäftigt, ein Mädchen, das freundlich zu ihm gewesen war? Sie hatte sich im Stich gelassen gefühlt, doch in Wahrheit war sie es gewesen, die sich ihm verschloss, die ihn gehen ließ, ohne wenigstens seine Hand zu berühren.

Eines Morgens, nach einem Traum, in dem sich Eamon verhalten hatte, als wüsste er nicht einmal mehr, dass er sie überhaupt je gekannt hatte, erhielt Klara von Simson den Auftrag, bei der Politur des steinernen Fackelträgers mitzuhelfen, der zwischen den Pylonen auf dem Sockel stand, direkt hinter der Figur, die den Opfergeist darstellte.

Sie war nie in der unteren Bauhütte gewesen und hatte keine Vorstellung davon, wie die Arbeit dort voranging. Doch sie erinnerte sich genau an den Morgen, an dem die Gipsmodelle für die untere Figurengruppe eingetroffen waren. Sie und die Männer, denen sie zur Hand ging, waren von ihrem Horst heruntergeklettert, während sich die anderen unten schon um die erste Kiste versammelt hatten. Es war ein unwirtlicher Wintertag gewesen, zwar ohne Regen, aber bewölkt, mit einem schneidenden Wind, der eisig unter die blaue Baumwolle ihrer Jacken und Overalls fuhr. Etwa hundert Meter von der Stelle entfernt, wo der Lastwagen stand, hatten mehrere Männer eine riesige Grube ausgehoben – für Klara sah sie aus wie ein Grab –, in der die überzähligen Marmorblöcke untergebracht werden sollten. Allward, der stets Beschädigungen irgendwelcher Art fürchtete, bestand darauf, für künftige Reparaturen in der Nähe einen Vorrat von seinen kostbaren Steinen anzulegen. Das wusste Klara; dennoch hatte sie für einen kurzen, irrationalen Moment geglaubt, die Figuren in den Kisten würden nicht zum Monument emporgehievt, sondern im Boden versenkt. Sie erinnerte sich an einen vorzüglich gestalteten, von einem Geflecht aus Adern und Sehnen überzogenen Gipsarm, der eine Fackel zum Himmel streckte, und dachte daran, wie sie behutsam die Hand über den Hals des Fackelträgers hatte gleiten lassen, weil sie sich unbeobachtet glaubte, aber gleich darauf von Allward persönlich zur Rede gestellt worden war. Die Modelle dürften nicht öfter als nötig angefasst werden, hatte er sie ermahnt, während Klara mit flammendem Gesicht auf die Anweisungen und mathematischen Berechnungen starrte, die Allward eigenhändig mit Bleistift auf den weißen Gipsarm geschrieben hatte.

»Alle werden versetzt«, sagte Tilman nun zu ihr, »nur ich nicht. Ich soll weiter an der Rückseite des Sockels arbeiten.« Obgleich sich seine bildhauerischen Fähigkeiten inzwischen als weniger zweifelhaft erwiesen hatten, als Allward ursprünglich befürchtet hatte, erhielt Tilman nach wie vor ausschließlich ornamentale Aufgaben: Kreuze und Wappenschilde und in letzter Zeit auch Kränze. Tilman war das recht. Ohnehin vertrieb er sich in erster Linie nur die Zeit, und außerdem war er zum ersten Mal in seinem Leben an einem regelmäßigen Lohn interessiert: Denn in den Restaurants der Stadt Arras hatte Tilman eine Entdeckung gemacht, die er für die Liebe seines weiteren Lebens hielt.

Abend für Abend, wenn sie auf dem Feldbett neben ihm lag, schlief Klara zur Stimme ihres Bruders ein, der ihr von den Wonnen der französischen Küche vorschwärmte. Mit wahrer Zärtlichkeit beschrieb er seine Erlebnisse im Restaurant des Hôtel Picardie, wo er zum ersten Mal *gratin de homard au porto* und *truffes St.-Hubert* gegessen hatte, oder von jenem besonders denkwürdigen Abend, an dem er, rein zufällig, *caneton à la belle époque* in Begleitung eines *flan de langoustines Georges V* kennen gelernt hatte. Außerdem schilderte er ihr Tischtuch, Servietten, die tiefen Silberlöffel und das elegante Porzellan mit Goldrand – Dinge, von denen Klara nie und nimmer gedacht hätte, dass sie je sein Interesse wecken könnten. Wie dem wohltuendsten Schlaflied lauschte Klara seinen Erzählungen, den weichen Rhythmen der französischen Bezeichnungen: *écrevisses à la crème, bouillabaisse marseillaise, grillades aux pommes soufflées, poulet à la crème et à l'estragon* ...

»Es werden alle versetzt«, sagte er, »weil irgendein hohes Tier aus Ottawa kommt und Simson will, dass bis dahin wenigstens die unteren Figuren endlich fertig sind. Giorgio sagt, zu Hause verlieren sie allmählich die Geduld. Es dauert alles viel zu lang und kostet viel zu viel.«

Klara legte keinen Wert darauf, anderswo auf der Baustelle zu arbeiten. Inzwischen fühlte sie sich wohl mit ihren Kollegen, und ihre Umgebung behagte ihr.

»Giorgio kommt zu den Namen ... das wollte er ja von Anfang an.« Tilman mühte sich mit seiner Prothese ab. »Sie sind erst bei H. Aber er soll nur den halben Tag dort arbeiten und die andere Hälfte weiter oben bei den Engeln.« Er stand jetzt auf und glättete den Hosenstoff über dem Holzbein. »Ich gehe nach Arras zum Abendessen. Kommst du mit? Ich lade dich ein.«

»Nein, nein, vielen Dank«, sagte Klara. Nach den seltenen

Malen, die sie mit Tilman gegessen hatte, war sie es bald leid geworden: Sie konnte ohnehin nicht mit seinem räuberischen Appetit Schritt halten.

Eines Morgens Ende April trat Klara, die dem unteren Atelier zugewiesen worden war, durch die Tür aus Leinwand und stand unvermittelt vor den wunderschönen Steinskulpturen der beiden jungen Männer: die eine, genannt *Der Opfergeist*, an eine Säulenplatte gelehnt und im Begriff, sich Ohnmacht, Tod oder vollständiger Entmaterialisierung zu ergeben; die andere stark und lebendig, eine Fackel zum Himmel reckend. Das Licht, das zwischen den Pylonen und durch das Oberlicht des Ateliers hereinfiel, lag auf den Armen, Schultern und der Brust des Fackelträgers, während sein ermatteter Gefährte eine Stufe unter ihm im Schatten versank und beinahe selbst zur Schattengestalt wurde. Ein Gewirr von Leitern und Gerüstbrettern verhüllte die Unterleiber der beiden, doch darüber erhob sich der Torso der oberen Figur, und durch das Oberlicht rann ihm die Sonne wie Honig über Brust und Bauch.

Klara stockte der Atem. Die Leinwand fiel ihr aus der Hand, und sie wich zurück, hinaus auf den Marmorsockel des Monuments, wo sie in sich zusammensank, den Kopf auf den Armen. Sie fürchtete fast, vor diesem strahlenden Glanz ohnmächtig zu werden. Mehrere Minuten saß sie so da, rang nach Luft und versuchte zur Besinnung zu kommen. Dann nahm sie sich zusammen und trat wieder ins Atelier, stellte sich hinter das Gerüst, griff nach dem Bimsstein und begann wie in Trance, den Arm durch die Gerüststangen gestreckt, die Füße des Fackelträgers zu polieren. Als sie schließlich die

Leiter hinaufstieg und sich einen genaueren Blick auf das halb vollendete Gesicht erlaubte, berührte sie noch einmal den Hals, ließ ihre Finger darüber streichen wie an jenem Morgen drei Monate zuvor, als das Gipsmodell eingetroffen war. Sie musste warten, bis der Bildhauer die Skulptur fertig gestellt hatte, ehe sie die Gesichtszüge polieren konnte.

Am Ende des Arbeitstags verließ sie das Atelier in Begleitung einer Idee. Keiner konnte sie darin stören, keiner in ihren Plan eindringen. Als sie allein mit Tilman vor der Kantine stand, hörte sie ihn mit ihr sprechen und hörte den Klang ihrer eigenen Stimme, doch in Gedanken war sie anderswo und antwortete rein mechanisch. Sie hatte ein inneres Klassenzimmer betreten, eine dunkle Schule, in der sie sich zu einer Form von Diebstahl anschickte und, zum eigenen Nutzen, alles einsammelte, was sie bei den Steinmetzen beobachtet hatte, wenn sie mit Meißel und Hammer bei der Arbeit waren, und dazu alles, was ihr vom Kopf ihres toten Geliebten, den Zügen seines so lang verschollenen Gesichts noch in Erinnerung war.

»Was macht ihr eigentlich mit den Steinbrocken, die abgeschlagen werden?«, fragte sie Tilman und dachte an die negativen Räume in der Skulptur, den Stein, der beseitigt wird; auch daran, wie sie selbst große Brocken ihres frühen Lebens weggeworfen hatte, wie sie versucht hatte, sich der Erinnerung an Eamon zu entledigen.

Tilman kramte in seinen Taschen und zog zwei Marmorsplitter hervor, der Form nach den Pfeilspitzen der Eingeborenen ähnlich, die er manchmal in der aufgebrochenen Erde gefunden hatte, wenn sein Vater im Frühjahr die Äcker pflügte. »Manche Touristen, auch solche, die Angehörige und

Freunde verloren haben, nehmen gern Helme und Kugeln mit«, sagte er. »Von dem Gemetzel will ich bestimmt kein Souvenir haben: lieber ein Stück von dem Monument. Du kannst eines haben, wenn du willst.«

»Danke«, sagte Klara und hielt die Hand auf, in die er den Steinsplitter legte. Dann ging sie davon, während in ihrem Geist ihre Idee zu ihr sprach und das scharfe Stück Marmor sich in ihre Handfläche grub.

Seine Schwester hatte keine Ahnung, was die Rückkehr nach Vimy für Tilman in Wahrheit bedeutete. In der Menge derer, die sich versammelt hatten, um an dem Monument mitzuarbeiten, war er wohl der Einzige, in dessen Geist die Schlacht immer präsent war, der ihre Narben am Leib trug, dem die Schlacht Fleisch und Blut geraubt hatte. Der untere Teil seines Beins lag irgendwo in dieser Landschaft herum, der Schenkel war später amputiert worden. Jetzt, da er wieder hier war, dachte Tilman, werde er in der Lage sein, den Granattrichter zu identifizieren, irgendwie werde es ihn genau zu der Stelle hinziehen, wo sein Bein im Schlamm versunken war. Doch als er mit Klara hier eingetroffen war, war das Gelände derart verändert – Allward hatte sogar die Anhöhe umgebaut, um die Form des Denkmals besser zur Geltung zu bringen –, und zwischen Gras und Baumschösslingen, Straßen und ordentlichen Soldatenfriedhöfen verlor er die Orientierung. Trotz der stummen Zeugen des Grauens überall ringsum konnte er kaum glauben, dass er sich tatsächlich am selben Ort befand. Doch obwohl er nicht imstande war, das Schlachtfeld im Geist zu rekonstruieren, lag eine grausame Mahnung in der Atmosphäre, im Lichteinfall und in der Richtung des Windes. Eine bittere Erinnerung – *souvenir*: das französische Wort, das immer und überall auftauchte und auf den zivilen Friedhöfen von Amiens und Arras in Marmor gehauen war; seltsamerweise nicht auf den Soldatenfriedhöfen. Mit dem Klang des Wortes, das von herzzerreißendem Kummer und Verlust sprach, fiel ihm auch der Klang dieses Windes wieder ein – ein Geräusch wie ein Bajonett, das Fleisch aufschlitzt.

Während seine Kompanie sich auf die Schlacht von Vimy vorbereitete, hatte sich Tilman mit seiner klaustrophobischen Angst vor den Tunneln eifrig zu jedem Dienst gemeldet, der ihm erlaubte, sich im Freien aufzuhalten. Da ihm Heckenschützen im Vergleich zur Gefangenschaft als das geringere Übel erschienen und er sich auf das Lauftraining besann, das er als Junge während des Sommers an der Brücke begonnen hatte, stellte er sich als Meldegänger zur Verfügung und genoss seine Freiheit, wenn er über den schlammigen Boden rannte und dann in einen Graben hinuntersprang; seine Nachrichten übergab er stets mit ruhiger Hand. Er fühlte sich flink und lebendig, gefeit gegen feindliche Kugeln, beinahe unsichtbar, weil er in Bewegung war; unterwegs zu sein, egal auf welche Weise, war ihm immer eine Erholung gewesen. Doch während der zwei Tage vor der Schlacht hatten die Tunnels ihn erneut verschlungen, und er war gezwungen gewesen, vierundzwanzig Stunden lang im trüben, immer wieder unterbrochenen elektrischen Licht aufrecht zu stehen, gemeinsam mit einer Vielzahl anderer düsterer Männer, von denen manche im Stehen schliefen, andere vor sich hin oder mit einem Kameraden flüsterten, alle in Gedanken bei dem bevorstehenden Sperrfeuer und ihrer eigenen Rolle dabei.

Wer waren diese jungen Männer, mit denen er an jenem Aprilmorgen auf das Kommando gewartet hatte. *Joey, Jimmy.* Er wusste es nicht mehr, erinnerte sich nur noch an das

Fleisch des dunkelhaarigen Jungen, das unter dem Hagel der Kugeln und Granatsplitter zerfetzt wurde. Und an den anderen, der sich anscheinend unverletzt zu ihm umdrehte, den Kopf zur Seite gelegt, einen verwunderten Ausdruck in den Augen und auf den Lippen den Beginn einer Frage. Ein Wort, das mit einem W anfing, Wer? oder Was? Dann der undurchsichtige Schleier, der sich über seine Augen legte, und die Knie gaben unter ihm nach.

Tilman packte ihn an den Armen, als er zu Boden sank, und bemerkte erst jetzt das kleine, kreisrunde dunkle Loch in der Schläfe. Als er ihn losließ, fiel der Junge rücklings in den Graben, aus dem sie gerade erst hervorgekommen waren. Während der nächsten zwanzig Minuten der Hölle erstarrte Tilman in kauernder Stellung, mit dem Rücken zu den Deutschen. Aus dem Schmutz dieses lehmigen Grabes heraus starrte ihn das bleiche, tote Gesicht des Jungen an, die unausgesprochene Frage noch immer auf den Lippen, das Gesicht selbst erleuchtet von den prächtigen Farben, die den ohrenbetäubenden Geschützhagel der bald darauf berühmt gewordenen »Feuerwalze« begleiteten. Ein solches Getöse, hieß es später, habe die Welt nie erlebt, ein Höllenspektakel, das sich über den Ärmelkanal ausbreitete und noch in London zu hören war. Schöner als jedes Feuerwerk, das je am Himmel explodiert war.

Eine unvorstellbare Reihe von Toten war während der vergangenen drei Jahre durch Tilmans Blickfeld gezogen, doch der Tod dieses einen Jungen ließ ihn nicht mehr los – vielleicht, weil er das letzte klare Bild war, das ihm von der großen Schlacht blieb, in der er verwundet wurde. Von da an war er untauglich. *Untauglich.* Der Begriff schien auf sein ganzes

Dasein zu passen. Schon als Kind war er untauglich für das Leben in der Familie gewesen, weil seine Eltern mit seiner Veranlagung nicht fertig wurden. Zuzeiten hatte er den Eindruck, als wäre er überhaupt untauglich zum Leben und gezwungen, in einer eigenen Welt zu existieren. Selbst in Vimy war er der Kameradschaft in den Tunneln, dem Geist der Kooperation aus dem Weg gegangen. Freiwillig hatte er sich zu gefährlichen Aufgaben gemeldet, zu nächtlichen Aufklärungs- oder Botengängen vor der Schlacht, nur um der Erleichterung willen, die ihm die exponierte Lage bedeutete. Und deshalb hatte er den Wind dieser Gegend so gut kennen gelernt und erkannte ihn sogar jetzt wieder, da sich alles andere mit einem wohlgeordneten Anschein tarnte. Der Wind blieb unvorhersehbar, unbezähmbar, häufig tückisch.

Gespenster und Marmor und Erinnerungen auf der Anhöhe, und unten in der Ebene Wärme und Nahrung und Leben. Sooft er konnte, ging Tilman – zu Fuß, wenn ihn niemand mitnahm – durch den Wind, bis er die Windstille von Arras erreichte, wo er in seiner neuen Rolle als Kenner der Haute Cuisine die Bekanntschaft von Monsieur Recouvrir gemacht hatte, dem Küchenchef im Hôtel Picardie: ein riesiger Mann, umgeben von einer gewaltigen Fettschicht und darüber der weißen Kochuniform. Es war ihm nicht entgangen, mit welcher Anhänglichkeit dieser sonderbare Kanadier in sein Restaurant kam und mit welcher Hingabe er noch die ungewöhnlichsten Gerichte kostete, die seinen sonstigen englischsprachigen Gästen fast immer absonderlich und widerwärtig erschienen; und er war beeindruckt. Schließlich trat er selbst an Tilmans Tisch, und ein paar Tage später lud er den kanadischen Steinmetz zu einer Führung durch seine Küche ein.

Tilman fühlte sich in dieser duftenden Werkstatt augenblicklich zu Hause. Der Suppenkessel, der auf dem Gasherd murmelte, die Girlanden aus Zwiebeln und Knoblauch, der zweite Koch, Recouvrirs hysterischer und zaundürrer Untergebener, der mit rasender Eile Gemüse hackte, und mitten darin das strahlende runde rote Gesicht des Chefs. Monsieur Recouvrir war wie ein gelassener, wohlwollender Gott, der hochgemut im Zentrum seiner Schöpfung stand, sieben perfekt geschärfte und blank polierte Messer neben dem prallen Fleisch seiner rechten Hand, unter einem Halbkreis aus Schöpfkellen unterschiedlicher Größe, die von der Decke herabhingen und seine Kochmütze mit einem metallenen Heiligenschein umgaben. In den folgenden Wochen hielt sich Tilman an seinen freien Tagen und an den langen Abenden in dieser Küche auf, und während der Chef eine Soße rührte oder sich vorbeugte, um Teig auszurollen, und sein dicker Leib sich wiegte, saß Tilman auf einem Hocker in der Nähe, ein Glas Rotwein in der Hand, und begann vom Krieg zu reden.

Monsieur Recouvrir verstand sehr wenig von dem, was dieser englischsprachige Kanadier ihm erzählte, und war darum in mancherlei Hinsicht der perfekte Zuhörer. Ernst und mitfühlend, reagierte er selten und nur auf die Namen von Schlachten, die er erkannte. »*Ah, oui*«, pflegte er traurig zu sagen, und sein hölzerner Kochlöffel verharrte mitten in der Bewegung, »*la Somme*«. Und einmal wiederholte er den Namen »Verdun« mit Tränen in den Augen.

Eines Nachmittags empfing er Tilman an der Tür und führte ihn in das leere Restaurant. Er stellte einen Krug Weißwein auf den Tisch, setzte sich ihm gegenüber und begann seinen weißen Ärmel aufzurollen. Unmittelbar über dem gepolsterten Ellenbogen sah Tilman einen runden roten Fleck mit einer dunklen scharfen Spitze in der Mitte. Recouvrir ergriff ein Küchenmesser, setzte es an und operierte sich ächzend einen flachen, blutigen Metallsplitter aus dem Arm, den er mit einem Klirren auf den Teller zwischen ihnen fallen ließ. »Schrapnell«, sagte er und klopfte zwei Mal gegen Tilmans Holzbein. »Verdun«, fügte er hinzu. Der Kanadier begriff, dass dieser freundliche Mann in seinem Körper Fragmente der katastrophalen Schlacht von Verdun herumtrug, und gelegentlich arbeitete sich das eine oder andere an die Oberfläche empor, wie Tilmans Erinnerungen. Er berührte den Rand des Tellers, auf dem das Blut trocknete, dann legte er die geballte Faust auf sein künstliches Bein. »Vimy«, sagte er. »Die Vimy-Höhe.«

Recouvrir begann Tilmans zwanglose kulinarische Ausbildung mit einer *Omelette aux fines herbes.* Ein Landstreicher aus Québec hatte ihm einmal, als er noch ein Junge war, die Zubereitung eines Omeletts auf offenem Feuer vorgeführt, doch Tilman ließ sich gern noch einmal unterweisen.

»*Regardez*«, sagte Recouvrir, der die Stahlschüssel an seinen runden Bauch gedrückt hielt, während seine Rechte den Schneebesen in rhythmischer Bewegung kreisen ließ. Dann forderte er Tilman auf, den Vorgang zu wiederholen, was der auch mehr oder minder elegant bewältigte. Das Ergebnis, die Eimasse in der Pfanne, erinnerte Tilman an eine kleine plastische Landschaft in Gelb: Darüber war er so erfreut, dass er das Omelett lieber gerahmt hätte, statt es aufzuessen. Doch Recouvrir forderte ihn mit seiner dröhnenden Stimme freundlich auf: »*Mangez, mangez.*«

Durch die Laubengänge in der Altstadt von Arras schlenderten sie gemeinsam zum Markt, wo der Küchenchef sich die rundesten Tomaten, die dicksten Knoblauchknollen, die schönsten und aromatischsten Käse, die fleischigsten Hühner aussuchte, glänzende Forellen und kleine gekringelte Crevetten. Sie besuchten auch noch die *boulangerie* und die *pâtisserie* und machten sich dann auf den Heimweg, die Arme voll goldenem Stangenweißbrot, gekrönt von einer kleinen runden Torte, prachtvoll verziert mit Viertelmonden aus Pfirsich- und Birnenscheiben und bunten Beeren darauf und darüber eine Glasur, die glänzte wie frisch lackiert.

Als sie spätnachmittags ins Hotel zurückgekehrt waren, legte Recouvrir den Arm um Tilmans Schultern und führte ihn in seine Wohnung im rückwärtigen Teil des Hauses. In dem kleinen Salon saß Tilman in einem weinroten Sessel am Kamin, während sein neuer Freund sich in der angrenzenden Küche zu schaffen machte, Freundlichkeiten auf Französisch herüberrief, die Tilman manchmal sogar verstand, und endlich mit einem silbernen Tablett erschien, auf dem er die Torte, verschiedene Früchte, Dessertteller, Silbergabeln und eine Flasche Veuve Cliquot kunstvoll arrangiert hatte. Einen Augenblick stand er auf der Türschwelle, seitlich beleuchtet vom Licht des Fensters, das auf einen kleinen Garten hinausging, das Gesicht weich und ungeschützt, in den Händen das blitzende, üppig beladene Tablett, wie ein herrlicher Dionysos, dachte Tilman, mit perlendem Wein und Trauben und funkelndem Glas. Und während ihm dieses Bild durch den Kopf ging, wurde ihm bewusst, dass er nicht zurückgezuckt war, als der runde Arm seine Schulter berührt hatte.

Eines Morgens nicht lange danach fuhr Recouvrir mit seinem arg zerbeulten Renault durch die Allee der jungen kanadischen Ahornbäume, parkte vor dem Soldatenfriedhof an der Givenchy-Straße und ging zu Fuß zum Baugelände, in der Hand einen Teller unter einem blauen Leinentuch. Hin und wieder blieb er stehen, um ein paar Worte mit französischen Arbeitern zu wechseln, die er kannte, denn viele von ihnen stammten aus Arras oder der Umgebung. Einer von ihnen schickte ihn zur anderen Seite des Monuments hinüber, von wo aus die Industriestadt Lens zu sehen war, und so stieg Recouvrir die Treppe im Südwesten hinauf, umrundete den linken Pfeiler und stieg die nordöstliche Treppe wieder hinunter, wo mehrere Männer auf dreibeinigen Hockern saßen und die Namen der Verschollenen in den Stein meißelten. Dahinter, an der Vorderseite des Monuments, fand er Tilman mit einer Falte der Fahne beschäftigt, die den leeren steinernen Katafalk umhüllte, das Grab des unbekannten kanadischen Soldaten. Der Lärm der Maschinen in der Umgebung übertönte Recouvrirs Schritte, und Tilman hörte ihn nicht kommen.

Vorsichtig stellte Recouvrir den Teller auf einem Steinsims ab, dann kauerte er sich neben dem Hocker nieder, auf dem Tilman saß – einbeinig, denn sein Holzbein hatte er abgenommen und an den Katafalk gelehnt. Recouvrir lächelte über die verblüffte Miene des Kanadiers und spürte, dass der ihn ohne die gewohnte weiße Tracht im ersten Moment nicht erkannte. Er berührte die Falte, die Tilman meißelte. »*Merveilleux*«, sagte er. »*T'es vraiment un artiste.*«

»Und damit bin ich gerade fertig geworden«, sagte Tilman und deutete auf den Schild an der rechten Seite der Draperie, ein wenig scheu, aber nicht verstört durch die Nähe des dicken Mannes. Einen Moment lang sahen sie einander unverwandt an.

Recouvrir fuhr mit der Hand auf dem nicht weiter bemerkenswerten Schild hin und her. »*Merveilleux*«, sagte er noch einmal, dann nahm er die Hand vom Stein, legte sie auf Tilmans Rücken und fuhr dort mit derselben Geste, mit der er den Schild berührt hatte, auf und ab.

Eine ganze Weile sagten beide kein Wort.

Dann richtete Recouvrir sich auf, ging hinüber zu dem Sims und kam mit dem Teller in der Hand zurück, den er auf dem Katafalk abstellte. »*Pâté de campagne*«, sagte er. »*Un cadeau.*« Er zögerte. »*Pour toi*«, setzte er hinzu.

In dieser Nacht träumte Tilman, der nie die Liebe kennen gelernt hatte, dass er von Recouvrir geliebt wurde. Sie waren beide bekleidet, Tilman trug seinen blauen Arbeitsoverall mit der Jacke, Recouvrir seine Kochuniform, allerdings ohne Mütze. Sie waren allein in der Schlafbaracke, doch wegen der Geschäftigkeit draußen fürchtete Tilman zunächst, sie könnten entdeckt werden. »Warum?«, fragte er seinen Freund. Vor dem offenen Fenster am Fuß des Bettes, auf dem Tilman lag, zeichnete sich Recouvrirs massige Gestalt ab. Der Küchenchef trat zur Seite, um Tilman die Sicht auf eine Welt voller Vogelgezwitscher und üppig belaubter Bäume freizugeben. Er deutete auf die tönende grüne Landschaft draußen, die keine Spuren der Schlacht oder des Monuments trug.

»Weil ich dich liebe«, sagte er auf Englisch, »und weil« – wieder deutete er zu dem offenen Fenster und der Welt dahinter – »ich auch das liebe.«

In seinem Traum wurde Tilman mit einem Mal von einer unbändigen Freude ergriffen, während ein Fluss aus Blättern und Gras durch das Fenster in den Raum strömte, in dem er schlief.

Als sie am folgenden Montagabend in Recouvrirs Wohnung hinter dem Restaurant einander entkleideten, entdeckte Tilman zu seiner Überraschung Schönheit an dem gewaltigen Leib seines Freundes, der fest und rund und rein war; überrascht war er auch von der Landkarte aus Narben, die Recouvrirs Haut aussehen ließ, als trüge sie zeremonielle Muster, wie die Gravuren an den Körpern der Südseekrieger, die Tilman als Kind einmal in einem Buch gesehen hatte. Wie winzige Blüten oder Sterne bedeckten die weißen Spuren, die Hunderte von Schrapnellsplittern beim Ein- und Austreten aus dem Körper hinterlassen hatten, Arme, Brust und Bauch. »Wie Sternbilder«, sagte Tilman, Monate später, fuhr mit dem Finger über manche Konstellationen und benannte sie, suchte auch nach seinem persönlichen Sternbild, der Bildhauerwerkstatt, und meinte den *Sculptor* auf der Haut unter Recouvrirs linkem Arm gefunden zu haben. Doch an diesem ersten Abend, als die beiden Männer sich nackt gegenüberstanden und einander zögernd am Kopf, an den Haaren, den Schultern berührt hatten, ließ Recouvrir die Hand zu Tilmans Hüfte gleiten. »*Explique-moi*«, sagte er und fügte hinzu: »*S'il te plaît.*«

Tilman zeigte ihm, wie das Holzbein abzunehmen war, und als Recouvrir neben ihm niederkniete, um die Aufgabe zu erledigen, erinnerte sich Tilman auf einmal an Ham Bone und Pheobe, erinnerte sich an die Zärtlichkeit, unter der sich die verrückte, zerlumpte Landstreicherin in ein schönes junges Mädchen verwandelt hatte, erhöht durch die Liebe. Und er begriff, dass die Liebe, die er damals beobachtet hatte, hier in diesem französischen Zimmer einen Widerhall fand, als zwei versehrte, beschädigte Männer mittleren Alters einander wieder frisch und schön und heil werden ließen.

Da er jeder Form von Nähe stets aus dem Weg gegangen war und folglich auch keine Erfahrungen sexueller Natur hatte, verblüffte Tilman die Erkenntnis, dass eine solche Freude, eine solche wunderbare Lust ein Bestandteil des menschlichen Erlebens war, dass sie in ihm den Aspekt seines Wesens zum Vorschein bringen konnte, der von Kette und Krieg ganz unberührt war. Als er die Augen schloss, sah er die ziehenden Vögel, die ihn als Kind so ergriffen hatten. Und als er sie wieder aufschlug, sah er Recouvrir näher als irgendjemanden seither und näher, als ihm irgendein anderer als dieser sanfte Mann je kommen würde.

An einem Tag im Frühling erwachte Klara im Morgengrauen. Halb sechs Uhr, und vor den Augen das unvollendete Gesicht des Fackelträgers, das ihr nicht aus dem Sinn ging. Ihr, die wieder mit Bimssteinstaub seine Beine und Füße schmirgeln, die lange Fläche seiner Flanke polieren würde. Mit seinem unvollendeten Gesicht vor den Augen, die eine Seite unbehauen, die andere falsch.

Die anderen würden alle noch gut zwei Stunden schlafen und auch dann nur unwillig aufwachen, denn die Wiederkehr des Lichts bedeutete nur einen weiteren langen, ausgefüllten Arbeitstag. In Hemd und Hose verließ Klara die Hütte, ohne Mütze, ohne groß an ihre Verkleidung zu denken; mit ihrem wahren Ich ging sie an die Arbeit.

Barfuß trat sie auf die kühlen Kieselsteine vor der Hütte; dann setzte sie sich auf einen Stein, um die Stiefel anzuziehen, und zog sie wieder aus, als sie bei der Rampe angelangt war, die zum unteren Atelier führte. Das Gefühl der rauen Planken unter den Fußsohlen verlieh dem Gang dort hinauf eine Bedeutung, einen Zweck. Als sie die Leinwandtür zur Seite schlug, sah sie, dass das Morgenlicht gerade erst die Fenster und Oberlichter erreichte, den lebenshungrigen Leib des Fackelträgers und seinen sterbenden steinernen Zwilling wärmte und einen Ausschnitt des Holzbodens mit tiefem Blutrot und Rosa übergoss; doch in den Ecken des Raums war noch so viel Schatten, dass sie es vorzog, die elektrischen Lampen einzuschalten. Sie trat an den Tisch, auf dem die Männer ihr Werkzeug abgelegt hatten, suchte sich einen Hammer, einen mittleren und einen kleinen Meißel sowie Feilen unterschiedlicher Größe aus, dann stellte sie sich vor den steinernen jungen Mann und betrachtete ihn ausgiebig. Später musste sie noch zwei Mal auf die Leiter klettern, bis sie das Werkzeug auf die Plattform neben dem Gesicht des Fackelträgers hinaufgeschafft hatte; sobald sie erst einmal angefangen hatte, müsste sie vielleicht noch mehr holen. Doch nichts davon interessierte sie jetzt, während sie die Schichten abschälte, die sich mit der Zeit um ihr visuelles Gedächtnis gelegt hatten, und über die unbestimmten Landschaften der dazwischenliegenden Jahre hinweg die Vergangenheit zu sich herzog.

Aber wie sich erinnern an das Gesicht eines Menschen, der gestorben ist, ein Gesicht, das der innere Blick bewahrt hat, bis der Bewahrer vom Schmerz derart zermürbt ist, dass er es ganz und gar aus seinem Sinn verbannt. Gleich, wie sehr es geliebt wird – ein abwesendes Gesicht, das ein fester Bezugspunkt ist, wird zum Tyrannen, und Tyrannei fordert irgendwann Auflehnung und Flucht heraus. Immer wieder war Klara geflohen vor der Erinnerung an Eamons Gesicht, an seine hellen Augen, seine makellose Haut, nun fast zwei Jahrzehnte jünger und makelloser als ihre eigene. Sie hatte die Zeit, während der sie sich an ihn zu denken erlaubte, streng rationiert, und mit eisernem Willen war es ihr beinahe gelungen, ihn in einen gesichtslosen Geist zu verwandeln, bis von ihm nichts mehr übrig war als die unbestimmt menschliche, dunkle Gestalt seiner Abwesenheit. Ein Schatten an einer unversöhnlichen Mauer.

Jetzt musste sie alles wieder hervorholen, sich an die Knochen unter der Haut erinnern, die Narbe an der linken Schläfe, den schönen vollen Mund, den aufwärts gewandten Blick und den strahlenden Ausdruck, wenn er den Himmel nach einem Drachen, nach einem Flugzeug absuchte. An jedes Detail. Die beiden anmutigen Flügel der Brauen. Wie sein Haar fiel, wenn er den Kopf zurückwarf, die weichen, ein wenig schrägen Konturen der Augen. Er war noch ein Junge gewesen, das wissbegierige Kind, das er gewesen war, hatte sein Gesicht nie verlassen. Er musste die Fackel in die Höhe recken, ja, doch weil die Figur Eamon werden und zu Eamons geliebtem Äther hinaufblicken sollte, musste sein Gesicht das Erstaunen und die Freude darüber ausdrücken, dass er sich jetzt endlich, für immer zum Himmel streckte, sein Arm die Wolken beleuchtete. Sie stand auf der Leiter, die Augen fest geschlossen, und schabte diese Bilder aus den entlegensten Winkeln ihrer Erinnerung hervor, als kratzte sie mit einem Spachtel die Innenseite ihres Schädels aus. Dann fing sie an.

Sie musste sich über das emporgewandte Gesicht beugen, damit sie auf ihn hinunterblickte, wie sie es als Mädchen so oft getan hatte, auf Heuböden, in Obstgärten, im Sonnenzimmer. Diese Szenen fielen ihr während der Arbeit wieder ein, und manchmal hatte sie das Gefühl, als fiele sie in eine geisterhafte Umarmung, als spukte er oder sie selbst im Stein. Sie war unerfahren im Umgang mit Marmor; das wusste sie. Die Notwendigkeit, keinen Moment in ihrer Konzentration nachzulassen und zugleich sich aufzuspalten zwischen den erinnerten Zügen ihres so lang verlorenen Geliebten und allem, was sie insgeheim über die Arbeit des Marmorbildhauers gelernt hatte, war eine fast aussichtslose Aufgabe. Und während sie aus dem hellen Stein die Augen, den Mund, die Sehnen an seinem schönen Hals heraufbeschwor, wurde ihr auf einmal klar, dass sie diese eine Hälfte von Eamons Gesicht mit dem Werkzeug meißelte, das Giorgio sie zu halten und zu gebrauchen gelehrt hatte. Sie verschwendete keinen Gedanken daran, wie das Gesicht zu erklären sei, sobald die anderen das Atelier betraten, sondern konzentrierte sich ausschließlich auf das *ping-ping* des Meißels. Vielleicht würden sie es für höhere Gewalt halten, für ein Wunder.

Sie begann mit den Haaren auf der fertig gestellten Seite des Kopfes, die zu lang und gerade für Eamon waren. Sie kürzte die Mähne mit dem Schlägel, dann wählte sie einen kleinen Meißel und fügte etliche Locken hinzu, wissend, dass sie mit der Beschaffenheit auch die Farbe veränderte und aus dem marmornen jungen Mann einen dunkleren Typ machte, als er zuvor gewesen war. Sie dachte an Tilman Riemenschneider, den Namenspatron ihres Bruders, der, wie sie von ihrem Großvater wusste, behauptet hatte, Farbe lasse sich ohne jede Bemalung andeuten, und das Holz oder der Stein, mit dem er arbeitete, müsse Gerüche, Körpertemperatur, Färbung, Geschichte und Gefühle ebenso ausdrücken wie Form. Sie korrigierte den Umriss des Wangenknochens, machte die Linie des Unterkiefers weicher, nahm die Ausprägung der Brauenbogen und der Nasenwurzel ein wenig zurück. Dann führte sie ihre Hand vom Mund, der sinnlich und beweglich sein musste, sicher in das unerschlossene Gelände der noch unbehauenen Seite hinüber.

Ihre Handschrift.

Kaum hatte sie mit der Arbeit an der unberührten Gesichtshälfte begonnen, erwachte die ungetrübte Freude des Schaffens wieder in ihr, wenn das Wesen des Künstlers mit der entstehenden Form verschmilzt. Sie begann leise zu summen, und der Klang ihrer Stimme war wie Wasser, das über den Stein rann.

Sie hörte nicht das Knarzen der Rampe unter den Schuhen der Person, die heraufkam. Sie hörte nicht die Schritte auf dem Bretterboden. Erst nachdem sie die flache Senke der Schläfe geglättet hatte, nahm sie die Stimme wahr. Eine schreiende Stimme. Sie erstarrte. Der Meißel in ihrer Hand war auf eine steinerne Braue der linken Gesichtshälfte gerichtet. Langsam ließ sie den Arm sinken und drehte sich um. Und fiel.

Allward stand da und starrte auf Klara hinab, die auf dem Boden lag und nach Luft rang. »Wer sind Sie?«, wollte er wissen. »Haben Sie sich verletzt?«

Klara hatte sich etliche Prellungen zugezogen, der Sturz schnürte ihr die Luft ab, doch ansonsten schien nichts beschädigt. »Alles in Ordnung«, japste sie. »Ich kriege nur keine Luft mehr«, setzte sie flüsternd hinzu.

»Hören Sie«, sagte Allward, »jeden Morgen, bevor die Leute auf sind, inspiziere ich den Fortgang der Arbeit. *Niemand* ist um diese Zeit hier. Wer sind Sie und was haben Sie da oben verloren?«

»Ich heiße Karl Becker«, flüsterte sie und rappelte sich auf, da sie wusste, wen sie vor sich hatte. »Ich bin einer von Ihren Steinmetzen«, log sie. »Ich wollte eigentlich«, flüsterte sie, »am Fackelträger weitermachen, damit es mit der Arbeit vorangeht.«

Allward stieg die Leiter hinauf, von der Klara gestürzt war. Er musterte die marmornen Züge, dann kam er langsam wieder herab, weiß vor Wut. »Das ist nicht mein Fackelträger«, sagte er. »Sie haben das Gipsmodell vollkommen ignoriert. Sie missachten die Punkte.«

Klara konnte den Tonfall des Mannes nicht deuten, wusste nicht, wie viel Zorn darin mitschwang. Sie sagte nichts, merkte aber auf einmal, dass sie ihre Mütze nicht trug und ihre blonden Locken peinlich sichtbar waren. Sie fühlte sich verraten und war entsetzt über die Bloßstellung.

»Versuchen Sie nicht, mich zum Narren zu halten«, sagte Allward. »Ich sage jedem, *jedem*, der für mich arbeitet, dass ich keine Eigenmächtigkeiten dulde, keine theatralischen Originalitätsbeweise.«

Klara starrte auf ihre Füße und schwieg; in ihren Ohren hämmerte das Blut.

»Sie sind keiner von meinen Steinmetzen. Sie sind ein Vandale!« Allward hatte begonnen, auf und ab zu marschieren. »Und Sie haben meinen Fackelträger ruiniert.« Er blickte zu der Skulptur hinauf. »Jetzt muss ich den Kopf ersetzen«, sagte er, »aber verdammt, er wird immer beschädigt aussehen. Woher zum Teufel kommen Sie?«

»Sie wissen doch, dass ich Kanadier bin«, flüsterte Klara. »Mein Bruder und ich. Giorgio Vigamonti hat Ihnen gesagt, dass wir gekommen sind.«

»Und, Kanadier, haben Sie keine Stimme?«

»Nein«, flüsterte Klara. »Die habe ich als Kind verloren.«

»Sie lügen. Ich habe Sie singen hören, mit einer Frauenstimme.« Allward starrte sie zornig an. »Laufen Sie gelegentlich auch in Frauenkleidern herum?«, fragte er sarkastisch.

Klara ging auf ihn zu und griff nach seinem Jackenärmel. »Bitte«, sagte sie, »es tut mir Leid.« Dann schlug sie sich entsetzt mit der Hand auf den Mund, als sie begriff, dass sie ihre Stimme benutzt, das Flüstern vergessen und sich damit verraten hatte.

Allward rückte von ihr ab. »Sie sind also eine Frau.«

»Werfen Sie mich hinaus«, sagte sie, »aber lassen Sie das Gesicht, wie es ist.« Schamerfüllt stellte sie fest, dass sie zu flehen begonnen hatte.

Allward ließ sich schwer auf einen der hohen Hocker sinken, die im Atelier herumstanden. Seitdem die Sonne aufgegangen war, wehte ein Wind von der belgischen Küste landeinwärts, und die Leinwandtür schabte bedächtig über den Boden, wie ein Tier, das sich im Schlaf umdreht. Draußen waren die Männer zu hören, die auf dem Weg zum Frühstück in der Kantine einander zuriefen, während er hier drin in dem provisorischen Atelier saß, mit einer zerstörten Skulptur und einer Frau in Verkleidung. Er blickte auf den Körper des Fackelträgers und wieder auf das Gesicht, die vorgenommenen Veränderungen. Nach seinem Entwurf sollte dieser steinerne junge Mann allegorisch und universell sein, stellvertretend für jeden verlorenen Sohn und jeden verlorenen Freund: eine Steinfigur für die sechsundsechzigtausend Gefallenen, die durch seine Träume gewandert waren, als er die Gedenkstätte entworfen hatte. Doch jetzt hatte sein Gesicht schon im unfertigen Stadium einen persönlichen Ausdruck angenommen, einen Standpunkt entwickelt: Das war nie seine Absicht gewesen. Gleichwohl musste er zugeben, dass diese Frau hier in den frühen Morgenstunden eine sorgfältige und kenntnisreiche Arbeit verrichtet hatte.

»Ich finde«, sagte er zu der Jammergestalt vor ihm, »Sie sollten mir einiges erklären.« Sein Ton war noch immer zornig, doch er zog einen zweiten Hocker zu sich her, berührte Klaras Ellenbogen und forderte sie auf, sich zu setzen. »Also«, sagte er mit leiserer Stimme, »was soll das bedeuten?«

Selbst in Klaras Ohren klang ihre Stimme in diesem Atelier seltsam hoch und dünn, und zugleich rau und heiser vom mangelnden Gebrauch – ein Teil von ihr, den sie beiseite geschoben hatte, eine merkwürdige wiedergefundene Sprechweise, die nicht auf Anhieb funktionieren wollte. »Ich kann nicht ...«, fing sie an. Sie setzte sich nicht.

Allward stellte die Füße auf die unterste Quersprosse des Hockers und stützte die Unterarme auf die Oberschenkel. »Vielleicht verraten Sie mir wenigstens, wo Sie das gelernt haben?«

»Mein Großvater hat mir die Holzbildhauerei beigebracht, schon als Kind. Das«, sagte sie mit einer Kopfbewegung zum Fackelträger, »habe ich durch Beobachtung gelernt, als ich den Männern, Ihren Steinmetzen, bei der Arbeit zugesehen habe.« Sie ging auf die Tür zu.

»Kommen Sie zurück und setzen Sie sich«, sagte Allward. »Bitte!«

Klara drehte sich um, kam aber keinen Schritt näher. Selbst im Sitzen wirkte Allward riesig auf sie. Vor der Autorität, die er ausstrahlte, fühlte sie sich wie ein ewiges Kind, als könnte sie in seiner Gegenwart niemals erwachsen werden.

»Es muss Ihnen doch klar gewesen sein, dass Sie früher oder später auffliegen würden. Ich wundere mich bloß, dass es nicht schon längst passiert ist.« Er steckte die Hände in die Taschen seines langen Mantels.

»Ich weiß nicht«, sagte Klara in verzweifeltem Ton. »Ich weiß es wirklich nicht. Aber ich werde jetzt gehen, ich kehre nach Kanada zurück. Es tut mir Leid, ich habe nicht ...«

»Sie müssen nicht gehen.« Allward musterte sie scharf. In der blauen Hose, mit dem Männerhemd und ihren kurzen Haaren wirkte sie alters- und geschlechtslos. Es fiel ihm schwer, sie in einer der üblichen, den Frauen vorbehaltenen Kategorien unterzubringen. »Sie können so lange hier arbeiten, wie Sie wollen«, fuhr er fort, selbst erstaunt über seine Entscheidung. »Dass Sie solche Mühen auf sich nehmen, die weite Reise, diese Verkleidung – das macht mich neugierig.« Er drehte sich nach links und musterte wieder die Skulptur. »Ich will über das Gesicht Bescheid wissen, an dem Sie da oben gearbeitet haben, das werden Sie ja wohl einsehen. Mein Entwurf sollte für jedermann stehen, für alle Gefallenen.« Allward verstummte, über sein Gesicht huschte wieder ein Anflug von Zorn. »Das haben Sie jetzt zunichte gemacht.«

Das Atelier war inzwischen von Sonnenlicht erfüllt. Allward stand auf und ging durch den Raum, um die elektrischen Lampen auszuschalten.

»Es ist ein Junge, den ich gekannt habe ...«, begann Klara und brach ab, weil ihr die Stimme versagte.

»Aha ... natürlich.« Allward setzte sich wieder und schob den zweiten Hocker mit einem Fuß zu ihr hinüber.

Schwindlig vom Sturz, von der Angst und dem Schock über ihre Demaskierung lehnte sich Klara mit der Hüfte gegen den Hocker und stützte sich mit dem linken Arm darauf. »Es ist schon lang her«, sagte sie.

»Aber nie lang genug, oder? Wo ist er gefallen? Hier etwa?«

»Nein, nicht hier.« Sie war auf einmal erschöpft und nicht länger imstande, die Worte aufzuhalten, die aus ihr hervorströmten. »Damals war noch keine allgemeine Wehrpflicht«, sagte sie. »Er hat sich freiwillig gemeldet. Ich habe ihn eine Zeit lang gehasst, weil er mir so wehgetan hat. Auch als er tot war, konnte ich ihm nicht verzeihen: dass er sich für den Krieg und den Tod entschieden hat. Und nicht für mich.«

Allward schüttelte den Kopf. »Sie alle, jeder Einzelne von ihnen hat geglaubt, es wäre was Romantisches dabei, eine Art Abenteuer. Sie stellten sich etwas Schönes vor, etwas Erhabenes, nehme ich an. Stattdessen sind sie direkt zur Hölle gefahren, und daran war nichts, was auch nur halbwegs schön oder erhaben gewesen wäre.«

Klara schwieg und blickte zu Boden. Dann sagte sie: »Ich weiß nicht, wie er gestorben ist. Er ist einfach verschwunden.«

Unterdessen begann draußen die Vormittagsschicht. Einer der Steinmetzen schlug die Leinwand zurück und war im Begriff einzutreten, als er Allward erblickte und vor Überraschung wie angewurzelt stehen blieb.

»Noch nicht«, rief Allward. »Kommen Sie in einer halben Stunde wieder. Und sagen Sie auch Ihren Freunden, sie sollen erst später kommen.« Der Steinmetz sah verwirrt drein, doch er ließ die Leinwand fallen. Einen Augenblick lang lauschten Klara und Allward den sich entfernenden Schritten, dann stand Allward auf und ging noch einmal zur Leiter hinüber. Er stieg drei Sprossen hinauf und musterte das Gesicht des Fackelträgers.

Eine saubere Arbeit, die eine sichere Hand verriet. »Meißeln können Sie«, sagte Allward, ohne sich umzudrehen und ohne den Blick von der Skulptur zu wenden. Das archetypische Gesicht war im Begriff, sich in ein Porträt zu verwandeln, unverkennbar, doch es lag noch etwas anderes in dem Ausdruck: das Vertrauen eines Menschen, der nicht ahnte, dass er je vermisst, von der Erde verschwunden wäre. Diese Frau hatte eine persönliche Erinnerung in sein Monument eingefügt und hatte damit das Leben hereingelassen. Sie hatte das unkomplizierte Gesicht der Vorkriegsjugend abgebildet, der ahnungslosen Kinder, die nicht wussten, dass der Krieg sie vernichten würde. Keine spätere Generation, erkannte Allward, würde je wieder diese Unschuld erlangen. Menschen ihrer Art würde es nie mehr geben.

Er seufzte und stieg von der Leiter. »Wir lassen das Gesicht«, sagte er, »aber wenn Sie hier weiterarbeiten wollen, dann tun Sie's als Frau. Vergessen Sie die Maskerade, das ist viel zu viel Aufwand. Er war schließlich noch ein Kind. Sie sind eine Frau. Und Sie können das Gesicht fertig machen.«

»Danke.«

»Dass ich Sie hier bleiben lasse? Das ist nicht viel.«

»Dass Sie mich bleiben lassen, ja, und auch dafür, dass Sie mir meine Stimme zurückgeben.«

Fast mit Überschallgeschwindigkeit, schien es, lief die Neuigkeit von Karls wahrem Geschlecht rund um das Baugelände. Und als zudem bekannt wurde, dass Klara tatsächlich eine von Allwards Figuren verändert und ihr Tun sogar überlebt hatte, umgab sie bald die Aura eines übermenschlichen Wesens, und sie brachte die Männer zum Verstummen, wo immer sie auftauchte. Sie lächelte darüber, dann schüttelte sie feierlich jedem Steinmetz die Hand in der Hoffnung, mit dieser neutralen Geste des Entgegenkommens die Spannung abzubauen und wenigstens hin und wieder als normale Kollegin behandelt zu werden.

Ihr Bruder schien sich entgegen allen Erwartungen in der Picardie zunehmend zu Hause zu fühlen. Der Arbeitsrhythmus, die Ausflüge in die Stadt, die Steinfiguren, die über ihm entstanden, das alles behagte ihm sehr. Dass Klara enttarnt worden war, die gefürchteten Konsequenzen jedoch ausgeblieben waren, schien ihm den letzten Rest Anspannung genommen zu haben. Eines Tages nahm er sie beiseite und sagte, dieses Abenteuer, die Arbeit an dem Monument, sei in jeder Hinsicht ganz wunderbar, und letztlich sei es doch Schicksal gewesen, was sie zusammen hierher geführt habe.

»Und dabei hast du Schiffe gehasst«, sagte sie, um ihn zu necken. »Und ich dachte, du könntest es nicht ertragen, Schilde und Kränze und Kreuze zu machen.«

Am Morgen nach Klaras Zusammentreffen mit Allward kam Simson in die Schlafbaracke und starrte sie eine ganze Minute lang stumm an, dann sagte er: »Allward will, dass Sie ins Büro umziehen. Jedenfalls müssen Sie hier raus.«

Klara sah Tilman an. »Ich kann doch«, sagte sie, »bei meinem Bruder bleiben.«

»Allward ist da anderer Ansicht. Er will Sie nicht mehr hier drin haben.« Simson räusperte sich. »Seitdem Sie eine Frau sind.« Er schüttelte den Kopf. »Ich dachte, ich hätte schon alles erlebt, aber das war anscheinend ein Irrtum.« Er konnte ihr nicht ins Gesicht sehen – ob aus Verlegenheit oder Irritation, wusste Klara nicht. »Also packen Sie Ihre Sachen«, sagte er schließlich, drehte sich um und ging.

Am Nachmittag betrat Giorgio leise das untere Atelier, während sie arbeitete. Als Klara sich auf der Leiter umwandte, um nachzusehen, wer gekommen sei, schaute er grinsend zu ihr hinauf. »Jesus, wirklich erstaunlich ... deine Verkleidung«, sagte er. »Wie hast du das nur die ganze Zeit durchgehalten?«

Eine heiße Röte stieg in Klaras Wangen, und sie wusste nicht, was sie sagen sollte.

»Ich wollte sehen, was du machst«, sagte er und ging auf den Fackelträger zu.

Klara sagte noch immer nichts, stieg aber von der Leiter herunter und trat zur Seite; dann stand Giorgio, wie Allward vor ihm, auf der dritten Sprosse und sah sich ihre Arbeit an, stieg wieder von der Leiter und ging vor der Statue auf und ab. »Du hast ein Porträt gemacht«, bemerkte er schließlich. »Das ist jetzt viel mehr als eine allegorische Figur. Ein empfindsames Gesicht. Das Gesicht von jemandem, den du kennst.«

Sie schwieg noch immer, dann fasste sie sich ein Herz. »Den ich kannte«, sagte sie.

»Tot?«

Sie nickte.

»Tut mir Leid.« Giorgio überbrückte mit dem Arm den Raum zwischen ihnen und legte ihr die Hand auf die Schulter. »Tilman hat mir vor Jahren erzählt, wie du ihm bei der Flucht geholfen hast, als ihr beide Kinder wart. Er hat dich dafür immer geliebt, und irgendwie habe ich dich dadurch wohl auch lieb gewonnen ... diese ferne kleine Schwester, von der ich dachte, ich würde sie sowieso nie zu Gesicht bekommen.« Er sah ihr in die Augen. »Tut mir Leid, dass du jemanden verloren hast, der so wichtig für dich war.«

Klara spürte die Hitze seiner Hand durch den Flanellstoff ihres Hemds. Ohne Mütze machten die kurzen blonden Locken auf ihrem Kopf sie verlegen, sie fühlte sich geschlechtslos und schämte sich.

Giorgio wandte sich zum Gehen, doch an der Tür drehte er sich noch einmal um. »Eine sehr gute Arbeit«, sagte er.

»Danke.«

»Weißt du, du bist mir schon immer ein bisschen seltsam vorgekommen ... obwohl ich nicht genau wusste, wieso. Tilman hatte nie einen Bruder erwähnt ...« Die Hammerschläge in der Ferne füllten das Schweigen zwischen ihnen. Dann streckte Giorgio plötzlich die Hand aus und fuhr über die kurzen Locken auf ihrem Kopf.

Klara erstarrte.

»Das mache ich für alle Italiener«, erklärte er, »sie wären dafür viel zu schüchtern. Aber sie sind überzeugt, dass es Glück bringt, über blonde Haare zu streichen.«

»Ach«, sagte Klara und errötete wieder.

»Na ja, wie auch immer, es ist jedenfalls gut«, fügte Giorgio hinzu, ehe er das Studio verließ, »sehr gut, deine Stimme zu hören.«

An diesem Abend saß Klara in der Hütte des Bauleiters lange Zeit auf ihrem Bett, noch nicht bereit, sich zu entkleiden und zu schlafen. Stattdessen ließ sie die Einzelheiten der letzten zwei Tage an sich vorüberziehen und versuchte sich darüber klar zu werden, wer sie jetzt war. Sie blickte zu Simsons Schreibtisch hinüber, auf dem dicke Aktenbündel zu einem ordentlichen Stapel geordnet waren. Irgendwo in diesem Stapel musste Eamons Name stehen. Sie dachte daran, was alles nach der ersten Blüte ihres frühen Erwachsenenlebens in ihr verkümmert war und seither brachgelegen hatte. Ihr Körper, einmal erweckt, war wieder eingeschlafen und hatte sich eingerollt, die Haut nahm nur noch Veränderungen der Außentemperatur oder die Berührung von Stoff wahr, hin und wieder auch einen Anfall von Fieber oder Schmerz. Alles andere hatte sie einfach verdrängt, ihm den Zugang in ihr Bewusstsein, ja in ihre Träume verweigert. Ein oder zwei Mal hatte sie an ihre ungeborenen Kinder gedacht, doch auch sie waren Geister und wieder verschwunden, ehe sie beschworen werden konnten. In früheren Jahren hatte sich wohl hin und wieder ein Mann für sie interessiert, doch obwohl sie sich nicht bewusst entschieden hatte, Eamons Erinnerung treu zu bleiben, sondern im Gegenteil versucht hatte, diese Erinnerung so weit wie möglich von sich zu schieben, hatte er, als er gegangen war, offensichtlich all ihre Sehnsucht, alles Begehren mitgenommen.

Jetzt beobachtete sie besorgt, welche Wirkung Giorgios Gegenwart auf sie ausübte: als hätte dieses verlorene Begehren die wehende Leinwand des Ateliers zurückgeschlagen und stünde nun grinsend neben dem Tisch mit den Werkzeugen. Nachdem sie den ganzen Tag in der Gesellschaft von Männern und Statuen verbracht hatte, träumte sie jetzt öfter von diesem Freund ihres Bruders; manchmal träumte sie, er sei eine Figur, an der sie arbeitete, deren marmorne Stiefel und Arbeitskleider sie polierte, und einmal nahm sie im Traum seine Maße für ein Jackett. Morgens wachte sie verwirrt und desorientiert auf. Und dann dauerte es immer eine ganze Weile, bis sie wieder wusste, wer sie war, sich erinnerte, wer sie sein sollte. Drei Monate lang hatte sie neben ihm auf dem wankenden Boden gestanden, eine Frau, die als schmächtiger Mann auftrat, mit Bimsstein in der Hand und Marmorstaub auf den Kleidern. Seitdem er wusste, dass sie eine Frau war, fühlte sie sich alt und reizlos. Sie stellte fest, dass sie sich zu erinnern versuchte, wie ihr Frauenkörper aussah, sich überlegte, ob er noch etwas zu bieten hatte, das ein Mann wie Giorgio als Geschenk empfinden könnte, und gleich darauf schämte sie sich solcher Ideen, schon der Gedanke, sich ihm zu zeigen, erschien ihr überheblich, vermessen, irgendwie unanständig. Begehren war ein Wort, das im Vokabular einer alten Jungfer nicht vorkam.

Klara brauchte drei Tage, bis sie das Gesicht beendet hatte: Die wesentliche Arbeit hatte sie bereits an dem Morgen erledigt, als im Bewusstsein der Heimlichkeit ihres Tuns jeder Ansatz des Meißels eine private Geste gewesen war. Allward kam jeden Tag, um nachzusehen, wie Klara vorankam, und den fertigen Kopf zu begutachten, und er nickte, um sie wissen zu lassen, dass er zufrieden war. Doch er machte ihr auch unmissverständlich klar, dass er ihr keinen weiteren Auftrag erteilen werde.

»An meinem Monument arbeiten Sie jetzt nur noch als Gehilfin«, sagte er. »Mit einem Meißel in der Hand sind Sie mir zu gefährlich. Wie wir beide wissen, leiden Sie unter einem Übermaß an Originalität. Und Ihre Botschaft, wie man so schön sagt, sind Sie ja losgeworden.«

Deshalb verbrachte sie den Vormittag wieder damit, Wasser zu holen, Brennholz zu stapeln und abgeschlagene Steinsplitter und Staub zusammenzufegen. Und nachmittags kletterte sie zum oberen Atelier hinauf, um Giorgio das Werkzeug zu reichen und die Teile des Engels zu polieren, die er für beendet erklärte.

Während der Arbeit fiel ihnen das Reden leicht. Er erzählte ihr von der Stadt, in der er den größten Teil seines Lebens verbracht hatte, von seiner riesigen, lärmenden Familie, der Ofenfabrik, den Grabsteinen, vergaß auch die junge Italienerin nicht, mit der er kurze Zeit verlobt war.

»Du hast sie sicher geliebt«, sagte Klara leise.

»Ich glaube nicht – nicht wirklich. Aber ich hatte sie sehr gern. Sie ist jetzt mit einem anderen Mann verheiratet.« Sie lachten, als ihnen das Gespräch über die Ehe wieder einfiel, Giorgios Frage, ob sie je eine Frau gehabt habe.

Sie erzählte ihm von Pfarrer Gstirs Kirche und der Werkstatt des Großvaters, von ihren Kühen und ihren Freundinnen, den Nonnen im Kloster der Unbefleckten Empfängnis. Eamon zu erwähnen brachte sie nicht übers Herz – es wäre ihr vorgekommen, als gäbe sie sich einerseits als geschlechtliches Wesen preis, wenn sie seinen Namen in Gegenwart dieses Mannes laut aussprach, und erwiese sich andererseits als treulos. Sie wollte Eamon, seinen leuchtenden Geist, an der dunkelsten Stelle in ihrer Mitte einschließen wie eine geheime Laterne. Auch ihr eigenes junges Ich wollte sie dort aufbewahren und ihn damit festhalten, denn sie fürchtete, dass sein Leuchten in alle Winde der realen Welt versprengt würde, wenn er freikäme, nicht länger ihr Geheimnis wäre oder etwas anderes als ihr Geheimnis.

Giorgio warf den Kopf zurück und lachte, als er die Geschichte von den Kühen hörte. Seine weißen Zähne, sein braunes Gesicht. »Gut für dich«, sagte er, und wieder lag seine Hand auf ihrer Schulter. Dann wurde er ernst. »Aber es geht nichts, absolut nichts«, sagte er, »über das Meißeln von Namen. Die Erinnerung eines für immer verlorenen Menschen in Stein einmeißeln.« Und er erzählte ihr von den Reaktionen der Leute, die ihm in Kanada dabei zugesehen hatten.

Sie saßen wieder im Eingang des Ateliers und blickten auf die schönen Felder hinaus, deren Muster vor gut tausend Jahren festgelegt, dann vom Krieg zerstückelt und in jüngster Zeit wieder zusammengesetzt worden war. Wer aus dieser erhöhten Position über die inzwischen grün überwachsenen Senken der Krater hinwegblickte, konnte sich leicht weismachen, diese friedliche Landschaft habe nie eine Schlacht erlebt. Doch Jahr für Jahr förderten die Pflugscharen massenweise den Schutt des Krieges zu Tage. Ein Bauer hatte Giorgio erzählt, er habe in dem Acker, in dem er seine Rüben zog, seit Kriegsende mindestens fünfzig kleine Bibeln gefunden, französische, englische und deutsche. Und häufig steckten sie in der zerrissenen und halb verrotteten Tasche einer Uniform, neben einer schlammverkrusteten Fotografie oder einem fleckigen, nicht mehr lesbaren Brief aus der Heimat.

An einem Spätnachmittag ließ Klara Giorgio allein an dem Faltenwurf über dem rechten Bein des Engels weiterarbeiten und kletterte die Leiter hinunter, bis sie auf dem Sockel des Monuments stand. Es war ein Samstag, und der Bauplatz war menschenleer, denn die Männer hatten um vier Uhr die Arbeit beendet und waren mit ihren Lohntüten in die Stadt gegangen. Tilman freute sich gewiss schon auf ein lukullisches Essen in der Gesellschaft seines neuen Freunds. Eine Weile stand sie so da und ließ den Blick über die Spuren eingestellter Arbeit gleiten, Schaufeln in Erdhügeln, einen vergessenen Essenseimer, einen Karren, der auf dem Schmalspurgleis stehen geblieben war. Dann drehte sie sich um, ging zur Leiter zurück und kletterte langsam wieder hinauf zum Atelier. Giorgio rückte ein Stück von der Skulptur ab, als sie hereinkam, und drehte sich mit fragendem Blick zu ihr um.

Sie stand vor ihm mit heftig klopfendem Herzen, die Hände nervös vor dem Körper verkrampft und den Blick gesenkt; sie konnte ihn nicht ansehen. Eine ganze Weile sagte keiner ein Wort. Er oben auf dem Gerüst, sie unten am Boden. »Verstehst du?«, flüsterte sie schließlich und hob das Gesicht zu ihm. »*Verstehst* du?«

Daraufhin kletterte er von dem Engel herab und kam durch den Raum auf sie zu, der unter seinen Füßen ein wenig schwankte. »Ja«, sagte er, berührte ihr Haar und ihren Hals, ihr Gesicht, dann strichen die Finger seiner Rechten über ihr Schlüsselbein. Seine Hände waren rau und schwielig, seine Gesten sanft und entschlossen zugleich. Sie dehnte sich unter dieser ersten, wunderbaren Fremdheit der Finger eines anderen Menschen auf ihrer Haut.

»Ich verstehe«, sagte er jetzt. »Ich verstehe.«

In seinem Londoner Studio in Maida Vale hatte Allward die Gipsmodelle geschaffen und dabei ein Vorgehen angewandt, das einerseits im Umgang mit dem Raum byzantinisch war und andererseits größten Wert auf wissenschaftliche und mathematische Exaktheit legte. Zuerst fertigte er in Anwesenheit des Modells einfache Zeichnungen von Gebärden und Haltungen an, um die Pose zu finden, die am überzeugendsten die *Hoffnung* oder die *Ehre*, den *Frieden* oder den *Opfergeist* ausdrückte. Er experimentierte mit winzigen Veränderungen in der Linie eines Kiefers, der Position einer Schulter, der Krümmung eines Arms. Er hob einen Wangenknochen um einen halben Zentimeter an, verkleinerte oder vergrößerte um einen Bruchteil den Umfang eines Schenkels, verlagerte das Körpergewicht vom linken auf den rechten Fuß und wieder zurück.

Wenn er die Haltung einer Figur für richtig befand, fertigte er eine formelle Zeichnung von ihr an, die von Maßangaben überquoll, und machte sich daran, die Skulptur aus Ton zu bauen. Bei diesem Vorgang kam er sich vor wie ein Kind, das mit Lehm spielt, und gleichzeitig wie Gottvater bei der Erschaffung Adams. War der dunkelgraue, ein wenig unheimliche Tonmensch fertig, rückte ihm Allward mit nassem Gips zu Leibe, dann mit Lumpen und Rupfen und noch mehr nassem Gips, bis ihn eine rasch trocknende weiße Ummantelung einhüllte, die, sobald sie abgenommen wurde, die exakte Form für den letzten Gipsabguss der Figur ergab.

Die meisten Skulpturen sollten aus verschiedenen Wänden des Monuments herauswachsen und wurden daher nicht als Vollplastik ausgeführt. Bevor sie trockneten, musste man sie an der Rückseite mit überkreuzten Brettern und Draht abstützen und ständig mehr Gips und weitere Lumpen hinzufügen. Allward liebte diese unvollständige, zerfetzte Rückseite beinahe ebenso wie das polierte Fleisch der Vorderseite, und ihm gefielen die Abdrücke seiner Handflächen und Daumen, diese wilden Signaturen hinter der gelassenen Glätte der makellosen fragilen Figuren.

Sobald dieser theatralische Vorgang jedoch abgeschlossen war und die Figuren sauber und rein im Licht des Ateliers vor ihm standen, begann Allward schon zu bangen, wie die Steinmetzen mit Hilfe des Pantographen, der Punktiermaschine die Gipsfiguren in Stein umsetzen würden. Wie ein Wissenschaftler, der eine neue Formel entwickelt hat, stellte er endlose Berechnungen an, die er zusammen mit ausführlichen verbalen Anweisungen mit Bleistift auf die weißen Schenkel und Arme der Männer- und Frauengestalten schrieb. Wie die Landkarte einer Halbinsel, zeichnete er die Position der Gliedmaßen einer Figur dort auf, wo sie den Körper ihres Nachbarn berührte, und schrieb dazu Erläuterungen wie: »Arm von *Hoffnung* kreuzt hier« oder »Knie von *Frieden* in diesem Winkel«. Seine Handschrift auf den glatten weißen Flächen gefiel ihm: Wie die Abdrücke seiner Hände an der Rückseite sorgten auch die Aufschriften dafür, dass etwas von ihm persönlich in den Kisten enthalten war, in denen die Werke schließlich über den Ärmelkanal und über Land zum Bauplatz befördert wurden, dem windgefegten, stummen Schlachtfeld, das ihm nicht, nie aus dem Sinn ging. Tatsächlich stand London niemals im Zentrum seiner Aufmerksamkeit – von der Stadt kannte er nur die unterschiedliche Intensität des Lichts im Atelier und das Trommeln des Regens auf dem Oberlicht.

Wieder und wieder verliebte er sich in die tönernen und später gipsenen Figuren der jungen Frauen, die er schuf, niemals jedoch in die leibhaftigen Modelle, die ihm zu real, zu spezifisch menschlich waren, um wahrhaft interessant zu sein. Mit den jungen Männern – hatten sie als Gipsmodelle das letzte Stadium der Vollendung erreicht – empfand er überwältigendes Mitleid, denn er wusste, dass er sie in dem Augenblick festgehalten hatte, in dem sie ihre individuelle Persönlichkeit aufgaben und zu begreifen begannen, dass sie Teil eines Kollektivs waren, angetrieben vom Wahnsinn des Kriegs.

Als die Jahre vergingen und das Monument sich der Fertigstellung näherte, begann die Welt jenseits der Mauern seines Ateliers die Tragödie eines weit zurückliegenden Gemetzels zu vergessen. Die Trauer verlor ihre Schärfe, konnte die meisten Herzen wohl noch beschweren, aber nicht mehr zerreißen. Es kam nicht mehr oft vor, dass eine Frau nachts im Bett um einen Mann weinte, dessen Gesicht und Körper sie in den Jugendjahren des Jahrhunderts gekannt hatte, oder um ein Kind, das die Erde zu früh zurückgenommen hatte. Allward fühlte sich wie ein Gefäß, das den nachlassenden Kummer der Welt aufnahm, um ihn zu bewahren, und das Gewicht lastete schwer auf seinen Knochen. Ebenso viel von dieser angespannten Verantwortlichkeit legte er in die nachdenkliche und zutiefst betrübte Figur des älteren trauernden Mannes, die Krümmung seines Rückens und die einwärts gewandte Verzweiflung seines gesenkten Gesichts; sein eigener

Kummer jedoch war weniger gesammelt und enthielt mehr Zorn. Es gab keine Worte, die dem Gefühl Ausdruck verleihen konnten, nur die Spuren seiner Hände im Gewirr aus Tuch und Gips hinter seinen schönen Gipsfiguren, in den exakten Maßangaben auf den Muskeln ihrer Arme, und die Bleistiftzeichnungen von den Gebärden der einen Figur auf den Gliedmaßen einer anderen.

Als sie an diesem Nachmittag vom oberen Atelier herunterkamen, führte Giorgio Klara in die untere Werkstatt und zeigte ihr die zarten Bleistiftstriche auf den Gipsmodellen der beiden jungen Männer, die zusammen den *Opfergeist* darstellten.

»Es ist, als hätte Allward eine Beziehung zwischen seinen Skulpturen herstellen wollen«, sagte er, »als wollte er ihnen eine Möglichkeit eröffnen, Zuneigung auszudrücken, als gäbe er ihnen Anweisungen, wie man sich berührt.«

Sie umarmten einander noch einmal zu Füßen des Fackelträgers. Eamons Gesicht war zum Himmel gewandt und sah sie nicht.

Selbst im Frühsommer, vor allem bei klarem, sonnigem Wetter, konnten die Nächte in diesem Teil Frankreichs so kalt sein, dass die Kombination aus nächtlicher Kühle und der Wärme der Erde, die den ganzen Tag über die Sonne aufgesogen hatte, am Morgen eine dichte Nebeldecke erzeugte. An solchen Tagen bestand Giorgio darauf, dass Klara ihn für die ersten Augenblicke des Morgens ins obere Atelier begleitete. Sie kletterten eine Leiter hinauf, die erst im weißen Dunst verschwand und dann in das intensive Sonnenlicht hineinragte, das den Boden des Ateliers überflutete. Giorgio füllte zwei Becher mit Kaffee aus der Thermoskanne, und sie setzten sich in die Türöffnung und ließen die Beine baumeln, fünfzehn Meter über dem brodelnden Gewölk, während die Pylonen wie Strebepfeiler des Himmels ihre marmornen Arme durch den Nebel reckten. Aus der Tiefe der Welt, die sie nicht sehen konnten, drangen merkwürdige Geräusche zu ihnen herauf, ein Pfiff oder das Knirschen von Schritten auf Kies. Wenn der Nebel sich unter dem Angriff der Sonne zu lichten begann, tauchten als Erstes die Kirchtürme auf, und Klara und Giorgio versuchten, die Namen der Dörfer zu erraten ... Souchez, Thélus, Neuville St. Vaast. Als Nächstes erschienen die Wipfel der Wälder, als wären sie Schösslinge im Schnee, gefolgt von Ziegeldächern und Schornsteinkappen, die erst in jüngster Zeit wiederhergestellt worden waren.

An einem Morgen wie diesem blickten Giorgio und Klara über die Ebene hinweg auf ferne Bruchstücke eines Stadtbilds, die der Nebel eben erst freigegeben hatte. »In dieser Reihenfolge gehen wir vor«, sagte Klara, nachdem sie festgestellt hatte, die Kirche sei immer das erste Gebäude, das repariert würde. »Prozession, Kirche, Brauerei.«

»Wie bitte?« Giorgio sah sie erstaunt an.

»Eine der ersten Bemerkungen von Pfarrer Gstir über mein Dorf. Kirche und Bierbrauerei waren beide das Ergebnis einer Fronleichnamsprozession.«

»Bei einem so viel versprechenden Beginn sind sie beide hoffentlich immer noch da.«

»Ja. Vielleicht zeige ich sie dir eines Tages.«

Sie sahen jetzt das mittelalterliche Dachgestühl einiger Häuser in der Ferne, die noch nicht repariert waren und vielleicht auch nie wieder aufgebaut würden. »Wie die braunen Knochen eines uralten Skeletts«, sagte Klara. »Wenn man die Balken aus der Nähe sieht, erkennt man sofort, dass sie von Hand behauen wurden. Die Unregelmäßigkeit, die Spuren von Messern und Hobeln. Die Hand, von der dieses Werk stammt, ist schon seit sechshundert Jahren Staub, aber das Großartige an Holz und Stein ist, dass sie immer die Spuren der Menschen tragen, die sie geformt haben.«

Eines Abends nach dem Essen in der Kantine trafen sich Klara und Giorgio draußen zwischen dem Marmorschutt am Fuß des Monuments und gingen dann die neue Straße entlang, vorbei an den gereinigten, hygienisch rekonstruierten Gräben, auf den Grange-Tunnel zu.

Sie warteten vor dem Eingang, bis sie sicher sein konnten,

dass nirgendwo in der Umgebung Zeugen waren. Dann stiegen sie in das unterirdische Labyrinth hinab, Giorgio voraus, mit einer Decke über dem einen Arm, in der anderen Hand eine Laterne, deren Licht wahllos über Wandkritzeleien, Zeichnungen und Inschriften, den Griff einer Trage, Helme, Konservendosen, alte Rohre, Elektrokabel fiel. An den Wänden sahen sie überraschend saubere weiße Wegweiser zum Hauptquartier der zweiundvierzigsten Brigade, zur Offiziersmesse, zum Telegrafenraum und auf der linken Seite des Gangs schließlich den Hinweis auf die Abzweigung zur ehemaligen Schlafunterkunft der Brigade. Die Feldbetten waren hier noch intakt, und auf einem behelfsmäßigen Tisch in der Ecke stand sogar noch ein Lavoir mit Krug, in dem kein Wasser war, sondern der Staub von neunzehn stummen Jahren.

»Ich habe diesen Raum letzte Woche entdeckt«, sagte Giorgio, »bei einem Erkundungsgang. Ich wollte Tilman überreden, mitzukommen und mich durch das Tunnelsystem zu führen, aber er hat sich kategorisch geweigert.«

»Er hasst diese geschlossenen Räume«, sagte Klara, die nicht wusste, dass ihr Bruder hier eingesperrt gewesen war, ehe er sein Bein verloren hatte.

Giorgio stellte die Kerze auf ein Regal neben dem Feldbett, das den vertrauenswürdigsten Eindruck machte, und breitete die mitgebrachte saubere Decke über die schmutzige Fläche. Dann drehte er sich zu Klara um, die im trüben Zwielicht hinter ihm stand. »Tut mir Leid«, sagte er, »dass wir keinen freundlicheren und wärmeren Ort haben. Aber zumindest sind wir hier ungestört.«

Klara gab keine Antwort. Sie hatte Angst vor der Enthüllung, die ihr bevorstand, Angst vor der bloßen Tatsache ihres

Körpers, war dankbar für die Dunkelheit. Was, wenn er sich enttäuscht abwandte?

Doch als sie inmitten der Trümmer, die eine Armee von Männern an der Schwelle des Todes zurückgelassen hatten, einander zu entkleiden begannen, schien ihre Nacktheit vor der halb zerfallenen Einrichtung und den schwitzenden Felswänden und allem anderen unter dem der Schlick der dazwischenliegenden Jahre frisch und neu.

Sie waren nicht mehr jung. Sie wussten beide, dass sie einen Körper entblößten, der Monate und Jahre der Askese hinter sich hatte, einen Körper, der alle Hoffnung auf Vereinigung hatte fahren lassen. Sie legten einander die Hand an den Hals, wie um den Puls des Lebens zu spüren. Dann zog Giorgio Klaras Kopf an seine Brust, und sie hörte sein Herz schlagen. Sie liebten sich rasch; Klara keuchte unter diesem neuen, kräftigen Gewicht auf ihren Rippen und der Innenseite ihrer Schenkel, alle ihre Sinne waren mit einem Schlag wachgerüttelt. Und dann, später, noch einmal behutsamer, bis sie fast glaubte, ihr Körper, das Kerzenlicht und die Wände der Tunnel hätten sich alle in Wasser verwandelt, und sie in sich selbst, in ihm zu ertrinken meinte. Und überall ringsum die dunklen Röhren, die sich bis zum Markt Arras zogen, wie Gräber, aus denen Tausende junger Männer in die schweflige Luft hinausgestürmt waren.

»Liebe an einem solchen Ort«, sagte Giorgio schließlich.

Klara schwieg, rollte sich neben ihm zusammen, so gut es auf dem schmalen Lager ging, und spürte die alten Sprungfedern, die sich ihr in die Hüfte und die Schultern bohrten.

Die Tunnel waren selbst eine Art Gedenkstätte. Manchmal,

nach der Liebe, folgten Giorgio und Klara den Hauptkorridoren und abzweigenden Nebengängen, als wären sie Forscher, die in einen unbekannten Kontinent vordrangen und ein noch namenloses Flusssystem befuhren. Sie ließen den Lichtstrahl über die Mauern wandern, entzifferten die in den Stein geritzten Inschriften, die sie entdeckten, trugen sie oft auch in ein Notizbuch ein. *R.I.P. Zum Gedenken an die in Vimy gefallenen Sappeure* stand an einer Wand – ob es im Gefecht oder später geschrieben worden war, konnte niemand mehr sagen. Ein gemeißeltes Wappenschild hing über den Worten *Zu Ehren der Toten des 42. R.H.C.* Einmal atmete Giorgio scharf ein und zeigte Klara eine Inschrift an der Wand: Dort hatte ein Junge seinen Namen eingeritzt und dahinter die Worte *immer noch gesund und munter*, so forsch, als hätte er sich in einem Schülerpult im einzigen Klassenzimmer der Dorfschule verewigt. Ein zweiter Name stand daneben, mit dem Zusatz *noch von keinem Heuler erwischt*, und Giorgio griff nach Klaras Arm und flüsterte, auf diese zweite Inschrift deutend: »Das ist der Name, den ich gestern gemeißelt habe.« Er schüttelte den Kopf. »Und der andere Junge … diesen anderen haben sie bei der Freilegung des Eingangs zum Grange-Tunnel unter dem Steinschutt gefunden und von meiner Liste gestrichen.«

Schließlich begann Klara, die ganze Landschaft, das gesamte Terrain, das Frankreich Kanada überlassen hatte, den Himmel darüber und die Höhlen in der kalkigen Erde darunter als Teil eines zusammenhängenden Systems zu sehen, dessen Einzelteile ohne einander nicht bestehen konnten. Die Tunnel waren wie ein ausgedehntes Wurzelgeflecht, das bis zum Monument hinaufreichte und sein Wachstum nährte und stützte, einfach durch seine Existenz. Und wenn der Mittelpunkt dieses Netzwerks ihr Porträt von Eamon war – der dieses Schlachtfeld nie zu Gesicht bekommen hatte –, war sein Herzschlag sicher ihre geheime Liebe mit Giorgio: ein pulsierender Lebensquell tief unter der Erde.

Nachts lag Klara auf ihrem Feldbett im Büro des Bauleiters, dachte an Giorgio, der zwei Hütten weiter schlief, und ließ ihre Zuneigung zu ihm wie warmes Wasser über sich hinwegrinnen. In ihrer Jugend hatte sie in ihrem Geliebten leben wollen, hatte sich gewünscht, durch seine Augen in die Welt hinauszublicken, für immer an seiner Seite zu liegen. Damals hatte sie sich diesen störenden Gedanken unbewusst übel genommen, hatte sich geärgert, dass sie so vollständig in ihm aufging. Die Frau, die sie jetzt war, konnte hingegen im Schatten des Monuments glücklich in den hellen Morgen hinaustreten, mit Giorgio einen Blick wechseln, während sie sich getrennt an ihre jeweilige Arbeit machten, und sich die Freude über diesen Blick und die Stimmung, in die er sie versetzte, über den ganzen Tag hin bewahren. Und dann das Entzücken über die Erkenntnis, dass eine Frau ihres Alters noch immer der Hitze der Leidenschaft erliegen konnte und imstande war, dieses mühelose, fügsame Verlangen zu empfinden und in ihr Leben eindringen zu lassen.

Die meisten Abende verbrachte Klara nun mit Giorgio. Von der Arbeit eilte sie zu der Baracke mit den Duschen, die, wie sie schon während der Zeit ihrer Verkleidung herausgefunden hatte, um diese Zeit immer leer waren. Nach der Dusche zog sie manchmal den Rock und eine der Blusen an, die sie in Arras erstanden hatte, doch häufig wartete sie damit bis nach dem Abendessen, denn die Männer fühlten sich sichtlich unbehaglich, wenn sie in weiblicher Aufmachung in der Kantine erschien. Dass sie an einem Sommerabend über die grüne Wiese auf eine selbst gewählte Unterwelt zusteuerte, gekleidet, als ginge sie zum Tanz oder ins Kino, kam ihr schon nicht mehr merkwürdig vor. Sie sehnte sich geradezu nach der Abgeschlossenheit hinter Mauern, nach dem Gefühl von Weltabgeschiedenheit, das ihr die Tunnel vermittelten, nach der Dunkelheit und dem geheimen Lichtkreis von Giorgios Laterne.

»Ich muss dir was Wichtiges zeigen«, sagte Giorgio eines Abends, als sie auf dem durchhängenden Feldbett lagen. »Überall gibt es Künstler, die keiner kennt. Uns beide zum Beispiel. Aber auch hier unten, sogar damals, zwischen Ratten und Blut, gab es Menschen, die Erfahrungen festhalten mussten. Komm, ziehen wir uns an, ich möchte es dir zeigen.«

Klara war schon beinahe überzeugt, dass sein Körper den ihren formte, so wie eine Flusskrümmung mit der Liebkosung aus Wasser und Strömung das Ufer formt.

»Ich will nicht aufhören, dich zu berühren«, sagte sie. »Ich will nicht, dass du aufhörst, mich zu berühren.« Sie liebte die Rundung und die Wärme seines Bauchs, seine Arme, gehärtet von der Bildhauerei, und die straffe Haut über den Muskeln. Sie wollte ihre Haut nicht von der seinen lösen. Einmal hatten sie ihre Arme Seite an Seite in die Höhe gereckt, seine dunkel und voll, ihre blass und dünn, aber stark von der Arbeit. Sie dachte gern an die Kleidungsstücke, die sie ihm nähen könnte, hätte sie ihr Schneiderwerkzeug bei sich. Sie malte sich die Nähte aus, die den Umrissen seines Körpers folgen würden.

Oft hatte sie das Gefühl, sie könnte in Tränen ausbrechen.

»Nein«, sagte er, »komm.«

Sie zogen sich an und gingen mit der Laterne durch das Gewirr der Tunnel und betraten endlich einen Raum, den jemand die Place de la Concorde genannt hatte – überhaupt schien das ganze Labyrinth wie eine Parodie der Oberwelt, denn die Soldaten hatten in die Wände der Korridore und unterirdischen Zimmer Ortsnamen gemeißelt, Plätze, die ihnen am Herzen lagen, oder die sie erfunden hatten. Einen ovalen Raum hatten sie Centreton Ball Park genannt, einen anderen die Convocation Hall. Was war diesen Männern durch den Sinn gegangen? Waren ihnen solche Anspielungen auf die Schönheiten des zurückgelassenen Lebens angesichts der Feuchtigkeit und der Läuse und der Gewissheit des Todes ein Trost gewesen?

Sie kreuzten einen Tunnel, der nach links abzweigte und dann schräg aufwärts zur Oberfläche führte. »Wahrscheinlich hat Tilman diesen Ausgang benutzt«, sagte Giorgio, »wenn er Meldegänger war. Die Boten sollten nämlich im gestreckten Galopp aus dem Tunnel hervorbrechen, wie ein Pfeil, ungehindert von Treppenstufen. Ich weiß noch, dass er vor dem Krieg ein phänomenaler Sprinter war ... hat seine Fähigkeit auch immer trainiert – zu Fluchtzwecken, nehme ich an.«

»Dann verlor er sein Bein«, sagte Klara, »und verlor auch alles andere. Armer Tilman, kein Wunder, dass er alle Reminiszenzen an die Schlacht aus tiefstem Herzen hasst – diese Gräben zum Beispiel, die mit Sandsäcken aus Beton ausgelegt sind. Er sagt, sie hätten mit der Wirklichkeit nicht das Geringste zu tun, das seien Spielzeuggräben für Touristen.«

»Er hat Recht. Würden sie auf Echtheit Wert legen, müssten sie die Gräben mit Schlamm und Ratten und Eiter und Blut anfüllen. Aber hier unten ist immer noch ein Stück Echtheit übrig, zumindest ein Rest davon.« Er nahm Klaras Hand und ging mit ihr in die Dunkelheit.

Sie drangen tiefer in das Tunnelsystem ein, bogen nach links und wieder nach rechts, und die kalkigen Wände hinterließen weiße Spuren an ihren Ärmeln. Einmal stolperte Klara und fiel beinahe über die hölzernen Griffe einer liegen gebliebenen, kaum noch kenntlichen Tragbahre aus Leinwand. Häufig knirschte rostiges Blech unter ihren Füßen.

»Bist du sicher, dass du die Richtung weißt?«, fragte sie. »Finden wir wieder zurück?«

»Wir sind schon da. Schau.« Giorgio hielt die Laterne an das Relief eines jungen Gesichts mit Soldatenkragen, der fest um den Hals geschlossen war. »Was meinst du, wer war das?«

Klara trat an die Wand und betrachtete das Relief eingehend. »Wie sollen wir das wissen?«, fragte sie.

»Ich meine den Künstler.« Giorgio hustete, über die Faust gebeugt; die Mischung aus klammer Luft und Kalkstaub in den Tunneln reizte seine Kehle. Dann richtete er sich wieder auf und räusperte sich. »Sieh dir den Ausdruck der Augen an ... Das ist ein Gesicht, das der Künstler geliebt hat. Was, meinst du, hat er sich gedacht?«

Giorgio beugte sich näher zu dem Relief in der weißen Kalkmauer und bewegte langsam die Laterne davor hin und her. »Er hatte Mitleid mit dem Schmerz in diesem Gesicht.«

»Ja«, sagte Klara.

Sie wandte sich zum Gehen, als Giorgio sie sanft am Arm festhielt. »Wie hieß er, Klara?«, fragte er leise. »Wer war der Junge, dessen Gesicht du gemeißelt hast?«

»Ich kann nicht ...«, fing Klara an.

»Klara«, sagte Giorgio, »ich will dich kennen lernen ... ich will alles von dir wissen ...«

»Nein, ich kann nicht. Bitte versteh mich. Das ist etwas, worüber ich mit niemandem reden kann.« Als sie das sagte, erinnerte sie sich an das Gespräch mit Allward, aber um keinen Preis wollte sie Eamon in ihre Verbindung mit Giorgio einlassen.

Giorgio wich ihrem Blick aus, doch selbst im matten Lampenlicht erkannte Klara, dass er verletzt war.

»Gehen wir zurück«, sagte er und wandte sich dem Tunnel zu, der aus dem Raum fortführte. »Raus hier.« Er ging davon; die Lampe nahm er mit.

Rund um Klara wurde es finster. Sie wusste, dass er verletzt und zornig war, und doch hielt sie an ihrem ausschließlichen Besitzanspruch auf ihre Vergangenheit fest. Seit dem Tag, an dem er in den Krieg gezogen war, hatte Klara den Namen ihres jugendlichen Geliebten nicht mehr laut ausgesprochen, kein einziges Mal. Ihn jetzt preiszugeben, so viele Jahre später, hätte sie wie eine Amputation empfunden, die gewaltsame Entfernung eines Teils von ihr. Ihn dem Mann zu verraten, den sie kurz zuvor umarmt hatte, hieße Eamons strahlende, stürmische Leidenschaft zu verraten, sie zum zweiten Mal für nichtig zu erklären. Sie wollte jetzt davonkriechen, fort von Giorgio, sich irgendwo in der Dunkelheit zusammenrollen, allein. Aber nicht hier, nicht wenn die Tunnel nicht von Liebe erhellt waren. Sie stand vor zwei Möglichkeiten: in der feuchen Finsternis des unterirdischen Labyrinths zurückzubleiben oder Giorgio und seinem Licht zu folgen.

Am Eingang des Grange-Tunnels trennten sie sich in verkrampfter Stimmung: Giorgio mit einem forschenden Blick in Klaras Gesicht, während sie eingehend den unebenen und immer noch tödlichen Boden des umliegenden Geländes studierte. Die Unschuldigen, dachte sie unvermittelt, ahnen nicht, dass sie eine Mine aus der Vergangenheit aktivieren können, wenn sie nur durch das Gras streifen. Erst letzte Woche war ein Pferd umgekommen, das auf einer scheinbar harmlosen Wiese geweidet hatte.

Auf dem Rückweg zur Hütte des Bauleiters und noch lange Zeit danach, während sie reglos auf ihrem Feldbett vor dem Fenster lag, dachte Klara, wie töricht es sei, wenn eine Frau ihres Alters sich auf eine Liebesaffäre einließ, als wäre es das Natürlichste der Welt. Sie stellte sich vor, was die Leute aus Shoneval sagen würden, falls sie davon erführen, wie schockiert sie wären, wüssten sie von der überwältigenden Reaktion ihres Körpers in derart peinlichen und erregenden Positionen, von den Lauten, die sie von sich gab, sobald Giorgio in sie eingedrungen war. Für derlei waren sie beide zu alt; es konnte nur ein schlimmes Ende nehmen. Und jetzt dieser leere Raum zwischen ihnen, dieser unausgesprochene Name. Ein Pferd, das voller Vertrauen in eine grüne Wiese trottet, weil ihm Wiesen nach seiner Kenntnis nie ein Leid zugefügt haben. Die ungetrübte Liebe, die ein junger Mann ihr entgegenbrachte und die erst kompliziert wurde, als sie sich am Ende weigerte, seine Liebe anzunehmen. Sie hatte nie zu den Unschuldigen gehört, hatte den Verlust immer vorausgesehen. »Eamon«, flüsterte sie jetzt in die Dunkelheit, »Eamon O'Sullivan.«

Nach seiner Kindheit und Jugend in einem Haushalt, der sich an Sonntagen auf gut hundert Menschen ausdehnte und an Werktagen nie weniger als zehn beherbergte, war Giorgio ein Mann, der seine Zuneigung nach allen Seiten hin verteilte. Niemand war ihm je zu jung, zu alt, zu reserviert oder zu überschwänglich, um interessant zu sein. Mit großer Zärtlichkeit entsann er sich all der weiß gekleideten kleinen Mädchen, deren Erstkommunion er miterlebt hatte, und all der alten Männer, auf deren Beerdigung er geweint hatte. Dieselbe Liebe hatte er den Landstreichern im Don Valley entgegengebracht und den Soldaten, mit denen er gekämpft hatte, dieselbe Liebe hegte er jetzt zu den Arbeitern und Handwerkern, mit denen er an der Gedenkstätte zusammenarbeitete. Nie war ihm in den Sinn gekommen, man sollte – oder *könnte* – seine gesamte Aufmerksamkeit auf eine einzige Person richten, obgleich ihm Treue in der Liebe ein Wert war, an den er glaubte. Immer war er davon ausgegangen, dass er der Frau, die er gern genug hatte, treu sein würde, und war in seinem bisherigen Leben immerhin bis zu einem Jahr mit der einen oder anderen jungen Frau zusammen gewesen. Doch mit der Zeit waren aus Liebesbeziehungen Freundschaften geworden, und es hatte sich gezeigt, dass weder er noch die junge Frau die tiefe Innigkeit empfunden hatten, die ein Paar auch in der Trennung zusammenhält.

Er wusste, dass Klara anders war, dass sie lange Phasen der Einsamkeit aushalten konnte und eher zu seltenen, aber leidenschaftlichen Bindungen neigte. Das bewunderte er an ihr, diese Ausschließlichkeit, die sie über einen ganzen Ozean getrieben und das Gesicht eines seit langem toten Geliebten in den Stein eines Denkmals hatte meißeln lassen. Gewiss war sie so lang allein gewesen, dass sie vergessen hatte, was es bedeutete, gekannt zu werden, erkennbar zu sein, und das verstand er. Dennoch tat es ihm weh, dass sie sich weigerte, ihm diese wichtige Episode der Zärtlichkeit ihrer Vergangenheit anzuvertrauen. Er wollte sie ganz, interessierte sich für jede Einzelheit, die zur Entstehung ihres Charakters beigetragen hatte, und es war dieses Bedürfnis, vereint mit dem körperlichen Begehren, das ihn zum ersten Mal – und in der Mitte des Lebens – erkennen ließ, dass er sich wahrhaftig verliebt hatte.

Jeden Tag meißelte er die Buchstaben, die Namen im Stein verewigten. Hatte er schon, ohne es zu ahnen, den Namen von Klaras jungem Freund gemeißelt, während er in Gedanken anderswo war? Oft war er so intensiv auf die exakte Abschrägung einer Linie konzentriert, dass alle Wünsche und Erinnerungen aus seinem Bewusstsein verschwanden und seine Gedanken ausschließlich um die Ähnlichkeit beispielsweise des Buchstabens M mit zwei aneinander stoßenden Häusern oder des Buchstabens Y mit einem Champagnerglas kreisten. War Klara an einem Abend, wenn er sein Tagwerk beendet hatte, an die Mauer getreten und hatte traurig mit den Fingern über die Form der geliebten Worte gestrichen?

In den Wochen, seitdem sie ein Liebespaar geworden waren, hatten sich Klara und er mittags getroffen und auf die

Stufen der Westtreppe gesetzt, um ihre Baguettes zu essen. Doch an den letzten Tagen war sie nicht erschienen, weder mittags noch abends nach dem Essen am Eingang des Grange-Tunnels, wie er es nun schon gar nicht anders erwartete. In der Kantine starrte er sie über die Tischreihen hinweg an und versuchte, aus ihrer Miene irgendetwas, irgendein Zeichen herauszulesen. Mittags ging er an dem Atelier vorbei, in dem sie arbeitete, und sah sie in sich zusammengesunken und schweigend vor einer halb verzehrten Mahlzeit sitzen. Sie warf ihm einen flüchtigen Blick zu, dann wandte sie sich ab. Als er auf sie zuging und zu sprechen begann, sagte sie: »Nicht!«, dann sprang sie auf und kehrte hastig ins Atelier zurück.

Er war am Boden zerstört und dann wieder bestürzt über seine eigene Reaktion auf ihre Kälte. Während der folgenden Tage trug er den Schmerz mit sich herum wie ein infiziertes Organ, das weder dem Körper noch der Seele irgendwie nützte. Alles an ihm litt darunter; er wurde in sich gekehrt und schweigsam, sogar in der heiteren Gesellschaft seiner Kollegen. Seit vier Jahrzehnten war er auf der Welt und hatte nicht gewusst, dass Zuneigung in ihrem warmen Herzen den Keim derart bestürzender Qualen bergen konnte. Selbst als sein Vater die Familie verlassen hatte und ein ganzes Jahr lang fortgeblieben war, hatte Giorgio mit dem Vertrauen eines Kindes fest daran geglaubt, dass der abwesende Vater, dessen Liebe, wie er ganz richtig ahnte, sich auch aus unermesslichen Fernen übertrug, eines Tages durch die Tür hereinkommen und wieder seinen Platz im Kreis der Familie einnehmen werde. Vielleicht sollte er einfach festhalten an diesem Glauben, an der Hoffnung, dass ihm Klara von neuem ihr Herz öffnete.

Eines Tages konnte er nicht mehr an sich halten und vertraute sich Tilman an. »Was habe ich falsch gemacht?«, fragte er in klagendem, mürrischem Ton. »Ich wollte nur, dass sie mir von ihm erzählt.« Mit den Händen in der Tasche, die Schultern nach vorn gebeugt, stand er da. »Was ist dem armen Kerl überhaupt passiert?«

»Der Krieg, wie üblich«, antwortete sein Freund und deutete auf die Stelle fünfhundert Meter im Süden, wo Männer den ganzen Tag lang Schösslinge verschiedener Baumarten gepflanzt hatten. »Ist es nicht eigentlich wunderbar, dass sie alle diese Bäume aus Kanada hergebracht haben, was meinst du? Einen von jeder Spezies, heißt es. Alle Provinzen durcheinander gemischt. Ob sie wohl alle anwachsen? Ich würde sie gern als große Bäume erleben.«

Giorgio war nicht daran interessiert, ein Gespräch über Bäume zu führen. Wie kamen sie überhaupt auf die Idee, mitten im Sommer Bäume zu pflanzen, dachte er irritiert: Sollte man das nicht im Frühjahr tun?

»Weißt du, Giorgio«, sagte Tilman, um das unbehagliche Schweigen zu beenden, das sich zwischen ihnen ausgebreitet hatte, »ich war ja nicht da, als sie diese Liebesgeschichte hatte. Es ist sehr lang her ... vielleicht war es, als wir beide Öfen gemacht haben. Weißt du noch den Waldfresser?« Er lächelte Giorgio an, kopfschüttelnd. »So viel Zeit ist vergangen.«

Giorgio fühlte sich von der bemerkenswerten Vergnügtheit seines Freundes, der Milde, die er seit Wochen verbreitete, regelrecht abgestoßen. »Dieser Junge«, fragte er leise, »war er aus eurem Dorf?«

Tilman nickte. »Klara hat mir nicht viel von ihm erzählt, aber sie hat immerhin erwähnt, dass er in der Nähe von

Shoneval wohnte.« Er hielt im Gehen inne und schwang sein künstliches Bein vor und zurück, als trainierte er. »Eines weiß ich: dass sie ihm eine Jacke oder einen Mantel genäht hat, aus rotem Stoff.«

Giorgio wartete. Er war erschreckend gierig nach jeder Information über Klaras Vergangenheit. Eindringlich sah er Tilman an und hoffte auf mehr.

»Tut mir Leid, Giorgio, mehr weiß ich nicht. Nur dass sie ihm eine Jacke genäht hat ... Klara ist nämlich eine ziemlich gute Schneiderin ... und dass er aus Shoneval war.« Tilman setzte sich wieder in Bewegung, drehte sich um und forderte seinen Freund auf, ihm zu folgen. »Komm doch mit in die Stadt«, sagte er. »Dann kann ich dir Recouvrir vorstellen. Wir essen was Gutes, trinken eine Flasche Rotwein dazu ...«

Giorgio begriff, dass Tilman es eilig hatte, ins Hôtel Picardie zu kommen. »Lieber nicht. Geh du nur allein.«

»Ach, komm schon«, beharrte Tilman. »*Canard à l'orange* mit einem feinen roten Bordeaux ... das wird dir gut tun, lässt dich die Vergangenheit vergessen. Ohnehin hatte ich den Eindruck, als wärt ihr beide, Klara und du, im Begriff, euch gegenseitig von alldem zu heilen.«

Vier Abende später stand Giorgio vor dem Grange-Tunnel und wartete bis lang nach Einbruch der Nacht. Hinter dem Monument begannen die Sterne zu leuchten, aber ein großer Teil der Milchstraße wurde durch die dunkle Masse des Steins ausgeblendet. Durch sein Hemd drang die nächtliche Kälte. Es war immer kalt in den Tunneln, aber bisher hatte ihn die Nähe einer Frau gewärmt. Klaras Wärme. Wie um alles in der Welt war es so weit gekommen? In seiner Familie hatte man

Leid immer geteilt, beinahe begrüßt, denn Erfahrungen jeglicher Art galten als Geschenk, als eine Erzählung, die an die Gemeinschaft weitergegeben werden konnte wie Szenen aus einer Oper. *Ich habe gelebt, ich habe dieses Leid erlebt. Nun werdet ihr es erleben und mitfühlen mit mir.* Als er sich des sanften Gewichts der Decke über seinem Arm bewusst wurde, schalt er sich selbst einen Narren, weil er da in der Dunkelheit stand und die Erinnerung an seine kurze, sterbende Liebesgeschichte wie ein graues Leichentuch an sich gedrückt hielt.

Auf dem Rückweg zu den Schlafbaracken entdeckte er Licht in der Hütte des Bauleiters; vor dem Fenster war der Vorhang zurückgezogen. Als er durch die Glasscheibe im oberen Türfach spähte, sah er Klaras Feldbett leer. Wahrscheinlich war sie mit Tilman in Arras. Vielleicht hatte dieser Recouvrir, wer immer das war, mit seinem extravaganten französischen Essen, seinem bourgeoisen Restaurant ihr Interesse geweckt. Dass sich Klara einem anderen Mann hingeben könnte, hätte er bis vor kurzem völlig ausgeschlossen, doch inzwischen war er so müde und mutlos geworden, so verwirrt und verletzlich, dass er alles für möglich hielt. Er starrte angestrengt in den schlichten Raum, in dem Klara schlief, auf den blanken Linoleumboden und das eiserne Feldbett, als fände er dort irgendeinen Hinweis auf diesen dunklen Betrug, der ihm durch den Kopf geisterte. Dann fiel sein Blick auf den Schreibtisch des Bauaufsehers, und dort lag, nur ein paar Schritte von ihm entfernt, eine Mappe mit der Aufschrift *Hauptakten.*

Im Handumdrehen hatte er die unverriegelte Tür geöffnet und war an den Schreibtisch getreten. Einen Moment lang kam er sich vor wie ein Dieb oder als verriete er Klaras

Wunsch, den Namen ihres jungen Freundes für sich zu behalten. Sicher wusste er nur eines: dass der Junge tot war. Vielleicht stand sein Name auf einem Grabstein irgendwo auf einem Soldatenfriedhof. Oder – und er berührte den Pappdeckel der Mappe – er stand in diesen Akten.

Die Vermissten waren, wie erwartet, alphabetisch aufgelistet, so dass er in der Spalte rechts neben den Namen sämtliche Ortsnamen prüfen musste. Grimsby, Maple Creek, Ferney, Clinton, Levis, Vernonville, Rimouski, Colborne, Truro, Humbolt, Walkerton, Party Sound, Lilac, Medicine Hat, Moosejaw. Wer waren die Siedler, die diese Orte benannt hatten? Hätten sie sich je vorgestellt, dass die Namen, die sie sich ausgedacht hatten, infolge eines unaussprechlichen Gemetzels einst auf einem ausländischen Schreibtisch liegen würden, als Bestandteil eines offiziellen Dokuments? Vernon, Collingwood, Val d'Or, Nanaimo, Lunenburg, Kingsville, Swift Current, Trois Rivières, Hull, Winnipeg, Alderville. Endlich verharrte sein Finger auf dem Namen Shoneval. Dennoch musste er weiterlesen, denn er konnte ja nicht wissen, dass nur ein einziger junger Mann aus diesem unbeachteten Dörfchen in den Krieg gezogen war. Als er beim letzten Namen angelangt war, waren jedes Dorf, jeder Marktflecken, jede Stadt, jedes Indianerreservat und beinahe jede Konzessionsstraße Kanadas in seinem Geist präsent gewesen.

Es gab nur einen Namen mit dem Herkunftsort Shoneval, und das war Eamon O'Sullivan. Giorgio empfand erst Erleichterung, dann Freude. Er und die anderen, die mit ihm Namen meißelten, waren erst beim Buchstaben K angelangt, der Name O'Sullivan stand noch nicht an der Mauer. Behutsam klappte er die Aktenmappe zu. Eine oder zwei Sekunden lang ruhte seine Hand darauf, wie um sie zu segnen. Als er sich zur Tür wandte, sah er Klara auf die Hütte zukommen. Sie blieb stehen, als wäre sie erschrocken über den Anblick seines Kopfes und seiner Schultern im Ausschnitt des kleinen Fensters in der Tür, wie ein Porträt hinter Glas; der Rest der Welt eine dunkle Nacht rings um ihn.

Mit ausgebreiteten Armen, die Handflächen aufwärts gewandt, trat er aus der Hütte. Ich bin schuldig, aber ich bereue, besagte die Gebärde. Sie hatte die Hände in den Taschen ihrer Arbeitsjacke vergraben und stand völlig reglos, mit gesenktem Kopf. Über und neben ihr schienen Sterne vom Himmel zu regnen.

Giorgio blieb stehen. Dann stand er vor ihr, eine Hand auf ihrem Ärmel. Obwohl seine Geste zaghaft war und nicht mehr berührte als den Stoff der Jacke, spürte er, dass sie zitterte. Er strich ihr über die Haare, und zu seiner großen Erleichterung wich sie ihm nicht aus. »Ich dachte, für mich ist das alles vorbei, schon seit Jahren, seit Jahrzehnten«, sagte sie.

»Es ist nicht vorbei«, sagte er.

»Ich bin kompliziert.«

»Ja«, pflichtete er ihr bei, »das stimmt. Aber ich werde nie mehr versuchen, dich zu irgendetwas zu zwingen. Deine Seele gehört allein dir. Ich hätte mich da nicht einmischen dürfen. Wenn wir uns nur weitersehen.«

Klara zog eine Hand aus der Tasche und legte sie auf die seine. »Willst du denn nicht eine jüngere Frau? Was ist mit Kindern?«

»Ich will dich.«

Eine Zeit lang standen sie stumm beieinander, die unbeleuchteten Tunnel unter ihnen, das Monument, geisterhaft, immer noch eingerüstet und mit Leinwand verhängt, sechshundert Meter entfernt.

»Also gute Nacht«, sagte Klara.

»Dann warte ich auf dich, morgen Abend?« Ein wenig verlegen wurde sich Giorgio der Decke bewusst, die noch immer über seinem Arm hing.

Statt einer Antwort schlang Klara beide Arme um seinen breiten Brustkorb, ehe sie die Tür öffnete. Dann drehte sie sich um und flüsterte, ohne Giorgio anzusehen, in die Richtung des Monuments die beiden Wörter, die sie immer nur zu sich selbst gesagt hatte. »Eamon«, sagte sie. »Eamon O'Sullivan.«

Giorgio hätte ihr beinahe verraten, dass er es schon wusste, doch er besann sich – so unverstellt kam dieses Geschenk von ihr.

»Armer Junge«, fügte sie hinzu. »Er war noch so jung.« Sie zögerte. »Und so viel Zeit ist vergangen.«

Manche Luftströme überqueren den Atlantik, geraten über der verschlungenen Küstenlinie Cornwalls in kurzfristige Verwirrung und lassen sich dann von der salzigen Feuchtigkeit des Ärmelkanals wieder besänftigen und beruhigen. Wenn diese Luftströme dann über der Landmasse Frankreichs ankommen, reagieren sie auf das unvertraute Gelände mit der Bildung mächtiger, turmhoher Haufenwolken, die manchmal wie Monumente, Schlösser oder Kathedralen aussehen. Wären nicht das Schneeweiß und die völlige Lautlosigkeit, könnte man sie für Gewitterwolken halten. Aber es sind Schönwetterwolken. Sie treten paarweise auf, die eine Hälfte des Himmels spiegelt die andere: eine himmlische Kundgebung von Zwillingsdasein und Zusammenarbeit.

Allward hatte diese Wolkenformationen studiert und beobachtet, wie sie sich an sonnigen Nachmittagen hinter der Anhöhe zusammenbrauten. Schon ehe das Gelände geräumt und planiert, die Straße gebaut war, hatte er sie als Bestandteil seines Monuments betrachtet: zwei weiche Gärten aus Nebel als Gegensatz zur Härte des Marmors, zur Bitterkeit der Trauer. Nach Monaten der Wachsamkeit, in denen ihn die Vorhersehbarkeit dieser Wunder der Lüfte immer wieder in Erstaunen versetzte, wusste er genau, wo das Monument zu stehen hatte: auf dem sauberen Ausschnitt der Anhöhe, eingefasst von der theatralischen Gegenwart der Skulpturen aus Wasserdampf.

Natürlich gibt es Tage, an denen die wunderbaren Wolken sich nicht blicken lassen – obwohl Allward, wäre er dazu in der Lage gewesen, ihre ständige Anwesenheit gefordert hätte. Im Winter lässt sich manchmal für endlose Wochen ein schwerer grauer Himmel über der Picardie nieder. Und im Sommer und Herbst gibt es Tage, freilich sehr seltene, an denen der Himmel eine Kuppel aus makellosem Blau ist, so rein, als müssten Wolken erst noch erfunden werden. Tage, an denen das Monument selbst am Rand der Welt zu stehen scheint, solide, verlässlich, das Licht reflektierend.

Und so kam es, dass Giorgio eines Sommermorgens sehr früh erwachte, als die Sonne noch ein erster falber Streif am Horizont war. Die anderen Männer in seiner Baracke schnarchten; einer murmelte im Schlaf den Namen einer Frau, und einen Moment lang empfand Giorgio eine tiefe Verbundenheit mit diesem Italiener namens Carlo, der, wie er wusste, aus der Stadt Orvieto stammte – ein Schicksalsgefährte in der Liebe. Rasch zog er seinen Overall und die blaue Arbeitsjacke an und ging auf Socken, die Stiefel in der Hand, über die Holzplanken zur Tür und hinaus in eine Welt, in der das Licht eben erst die höchsten Wipfel der kürzlich gepflanzten Bäume aus kanadischen Wäldern beleuchtete. Noch alle so jung und klein, kaum mehr als Schulterhöhe, doch er hoffte, sie würden wachsen und gedeihen in diesem Land, in dem sie fremd waren, so wie seine eigene Familie – wenn auch mit einigen Schwierigkeiten – gewachsen war und in einem Land, das von ihrer Heimaterde sehr weit entfernt war, endlich Wurzeln geschlagen hatte. Er erinnerte sich an den Kampf seiner Mutter mit der kümmerlichen Glyzinie, die ihr jemand aus der Heimat mitgebracht hatte, dachte daran, wie sie matt und lustlos von dem Spalier hing, das sein Vater neben der Hintertür gebaut hatte, und im Frühling kaum ausschlug, bis sie in einem Jahr Anfang Juni mit einem Schlag in eine grandiose Blütenpracht ausbrach und die Dolden schwer herabdrückten, wie eine übertriebene Opfergabe blassblauer Trauben beim Festmahl des Kaisers. Und wie seine Mutter vor Freude geweint und der ganzen Familie erzählt hatte, nun sei sie sicher, dass sie sich in dem neuen Land wahrhaft eingelebt hätten.

Als er durch das Fenster über Klaras Bett in die morgendlich graue Reglosigkeit der Hütte spähte, sah er sie im Schlaf auf dem Bauch liegen. Sie bewegte sich ein wenig, als er anklopfte, hob den Kopf und strich sich die blonden Haare aus den Augen, verwirrt über die Unterbrechung ihrer Träume. Dann lächelte sie ihn fragend an. Mit Gesten forderte er sie auf, herauszukommen, und sie schlug widerstrebend die Decken zurück und kleidete sich an, in Overall und blaue Jacke wie er.

»Was ist los?«, fragte sie, als sie aus der Tür trat. »Ist etwas passiert?«

Giorgio legte den Finger an die Lippen, dann umarmte er sie. Er wollte jetzt nichts reden, wollte nur Arm in Arm mit ihr zum Monument hinübergehen, auf der einen Seite die steinerne Treppe hinauf und auf der anderen wieder hinunter, dorthin, wo an der Mauer die Namen nach und nach den unberührten Stein eroberten. Wollte mit ihr erst zur Westseite gehen, wo der Fackelträger stand, und dann um die

Ecke zur Südseite des Sockels, wo Giorgio am Vortag mit der Arbeit aufgehört hatte. Es herrschte eine so tiefe Stille, dass selbst die am Abend zuvor aus der Hand gelegten Werkzeuge, die Schubkarren und Schaufeln, die Wagen auf dem Schmalspurgleis, ja selbst die Schienen zu schlafen schienen. Erst als sie auf der Plattform des Monuments angelangt waren, begann der erste Vogel zu singen.

Sie hielten kurz inne und betrachteten die nordöstliche Fassade, von der die Gerüste erst jüngst entfernt worden waren. Ein zartes Morgenrot warf von hinten einen schwachen Lichtschimmer auf das Monument, während der Stein sich vorn, vor einem nur sehr allmählich heller werdenden Himmel, noch in kühle blaue Schatten hüllte. Unterdessen hatten weitere Vögel in den Gesang des ersten eingestimmt. Mit hochgezogenen Schultern und schaudernd in der Morgenkälte stand Klara neben Giorgio. Beide blickten entlang den Pylonen zu Allwards fernen Engeln empor, deren Gesichter und Mienen auf dieser dunklen Seite der Skulptur kaum zu erkennen waren. Um ihre Flügel war nichts als Himmel.

»Ungefähr so muss es sein, wenn es im Himmel Nacht ist«, sagte Klara.

»Nacht kurz vor dem Morgen«, sagte Giorgio, nahm sie am Arm und führte sie rund um den Pylonen zur anderen Seite hinüber.

Im selben Augenblick, als sie auf die südwestliche Seite hinaustraten, stieg die Sonne über den Horizont. Noch nie hatten sie die Skulpturen in so dramatischer Beleuchtung erlebt. Klara konnte kaum die Augen von dem emporgehobenen Gesicht wenden, das sie unerlaubt gemeißelt hatte, von den Rippen, dem starken, sehnigen Hals, dem Oberkörper.

»So hat er ausgesehen, ja?«, fragte Giorgio leise.

»Ja, manchmal hat er so ausgesehen.« Klara schmiegte sich enger an Giorgio, um sich zu wärmen. »Aber er konnte auch trübsinnig sein. In den ersten paar Monaten kam er jeden Tag und sagte kein einziges Wort. Ich dachte, ich würde wahnsinnig, wenn er nicht endlich den Mund aufmacht.«

»Jung«, sagte Giorgio. »Schüchtern.«

»Ja, wahrscheinlich.«

»Aber unbeirrbar.«

»Ja.« Klara lächelte. »Unbeirrbar und stur.«

»Komm«, sagte Giorgio. »Komm und sieh dir an, woran ich gearbeitet habe.«

Wie er gehofft hatte, schob sich die aufgehende Sonne langsam über die Buchstaben, die er gemeißelt hatte. Zu ihren Füßen blitzte seine metallene Werkzeugkiste im Licht. Er deutete auf den letzten Namen, den er tags zuvor beendet hatte. *T O'Rourke.*

Klaras Augen füllten sich mit Tränen, und ihre Stimme versagte fast, als sie fragte: »Also wirst du als Nächstes seinen Namen meißeln?«

»Nein«, sagte Giorgio, »werde ich nicht.«

»Aber er muss bald kommen. Hier ist schon irgendein unglücklicher Junge namens O'Rourke.« Ihre Hand berührte kurz den Stein.

Giorgio beugte sich über die Werkzeugkiste, klappte den Deckel auf und nahm aus dem obersten Fach drei feine Meißel und einen kleinen Hammer heraus. Dann richtete er sich auf und sah sie an. »*Du* wirst seinen Namen meißeln, Klara«, sagte er, »und ich werde dir dabei helfen, ich zeige dir, wie es geht.«

Klara spürte die sanfte Wärme der Morgensonne über ihren Hinterkopf streifen, oder bildete es sich jedenfalls ein. Reglos stand sie da, zutiefst gerührt von der Zärtlichkeit des Angebots, das er ihr machte.

Giorgio zog den Hocker eines Kollegen zu sich, und sie setzten sich nebeneinander, während die Sonne auf ihre blauen Rücken schien. Giorgio drückte Klara den Meißel in die eine zitternde Hand, den Hammer in die andere und schlang seine eigenen, breiteren Hände um die ihren.

»Für den Vornamen können wir nur den Anfangsbuchstaben verwenden«, sagte er, »weil der Platz sonst nicht reicht: Es ist alles bis auf den letzten Buchstaben, den letzten Millimeter ausgerechnet.«

Klara schwieg. Dann sagte sie: »Ich weiß nicht, ob ich das kann. Was ist, wenn ich es nicht kann?«

»Wir gehen es langsam an«, sagte Giorgio. »Die gekrümmten Linien sind das Schwierigste, aber davon gibt es in dem Namen ja nur drei. Wir machen immer eine Kerbung nach der anderen. Fang hier an.« Sehr sanft schlug er mit dem Hammer auf den Meißel in ihren vereinigten Händen, und auf dem Stein begann sich die gerade Linie auf der linken Seite des Buchstabens E abzuzeichnen.

Klara begriff auf einmal, dass dies das letzte Mal war, dass sie Eamon berührte, dass mit der Fertigstellung seines Namens alle Verwirrung und alle Trauer um seinen Verlust sich lösen und von ihr abfallen würden, so gewiss, als hätte sie ihn mit verzeihenden Armen umfangen.

Ein Schatten fiel über die beschriftete Wand vor ihnen. »Sie können nichts falsch machen«, sagte Allward, der dieses kleine Drama vom Fuß der Treppe aus stumm beobachtet hatte und nun zu ihnen herüberkam, »solange Sie sich nicht wieder irgendwelche schöpferischen Heldentaten einfallen lassen.«

Turmhoch ragte der Künstler über den beiden Steinmetzen auf, die sich auf ihren Hockern umdrehten, um zu ihm hinaufzublicken. Sie dachten nicht daran, aufzustehen. Giorgio hatte seine Mütze nicht abgenommen.

»Wir wussten nicht, dass Sie hier sind«, sagte Klara.

»Ich bin auch dann hier, wenn ich nicht hier bin«, sagte Allward und lachte. »So lange habe ich Stein gegessen und auf Stein geschlafen, dass er mir zur fixen Idee geworden ist. Und nebenbei auch zum Albtraum. Aber keine Albträume heute Morgen. Haben Sie je ein Licht wie dieses gesehen?«

»Ich will sie den Namen meißeln lassen«, sagte Giorgio.

Allward schwieg eine Weile nachdenklich und betrachtete Klaras Hände, um die sich nach wie vor Giorgios Hände schlossen. Der Meißel lehnte an dem makellosen Stein.

Dann trat er näher und legte eine Hand auf Klaras Arm. »Das ist er also?«

»Das ist er«, sagte Klara, ohne aufzublicken. Giorgio ließ ihre Hand nicht los, sein Unterarm ruhte auf ihrem Schenkel, der Meißel ragte aus ihren ineinander gelegten Händen.

Allward sah sich dies alles an, die beiden versehrten Menschen, die zurückliegende Trauer über schmerzlichen Verlust und geraubte Jugend, die Wärme der Zuneigung, die das Paar ausstrahlte, eine Wärme, die in mancherlei Hinsicht die Folge nicht nur der endlosen, blutigen Tragödie des Krieges war, sondern auch dieses riesigen weißen Bauwerks, das eine Gedenkstätte der Trauer sein sollte, aber auch ein Gebet um Frieden. Dies alles sah er sich an. Das Projekt stand vor seinem Abschluss – nach fünfzehn Jahren voller Zwischenfälle, Verzögerungen, Probleme mit Arbeitern, Schikanen in mehreren Ländern von Seiten staatlicher Stellen auf unterschiedlichen Ebenen. Er dachte an die Wolken und ihre Formen, die er vor all den Jahren studiert hatte, noch vor der Entdeckung des Marmors, der Anfertigung der Gipsmodelle, der Einstellung der Steinmetzen, dachte daran, wie zuverlässig die Wolkenskulpturen immer wieder zur Gedenkstätte trieben, wie sie auf so natürliche Weise die vollendete Begleitung, das vollendete Gleichgewicht bildeten. Gleichgewicht. Für einen kurzen Moment und in der Gegenwart von Giorgio und Klara meinte der Künstler in Allward, ein Gleichgewicht gefunden zu haben.

Die Last der Sorgen, die er fünfzehn Jahre getragen hatte, fiel allmählich von ihm ab. Alle Emotionen flossen durch die Arme dieser Menschen, die für ihn arbeiteten – nein: dieser Freunde, die mit ihm zusammenarbeiteten –, und er spürte, dass die Leidenschaft in das Monument selbst eindrang, diese riesige Urne, die er als Gefäß für die Trauer entworfen hatte.

»Dann meißeln Sie ihn mit dem Herzen«, sagte er und sprach zu ihnen ebenso wie zu sich selbst. »Lassen Sie ihn aus Ihrem Herzen heraus in den Stein.«

Je größer, je beeindruckender das Monument, je wunderbarer sein Bau, desto mehr scheint es seinen eigenen Sturz in die Ungnade vorherzusagen. Exponiert und strahlend auf erhöhtem Grund, von allen Betrachtern eine gewaltige Erinnerungsleistung fordernd, scheint es so verletzlich wie eine Blume und ebenso kurzlebig in seiner Blüte. Und wer unter uns stellt sich nicht vor, wie der Stein in Trümmer zerfällt, die Altäre ins Museum getragen, die zurückweichende Vergangenheit mutwillig zerstört wird. Es kommt der Tag, an dem niemand mehr da ist, der auf den Turm klettert, am Seil zieht und die Glocke der großartigen, unwahrscheinlichen Kirche läutet. Unter dem Angriff von saurem Regen weichen in Stein gehauene Namen auf und werden unleserlich. Niemand weiß mehr, was die allegorischen Figuren darstellen.

Niemanden kümmert es.

Mit großem Pomp wurde der Welt im Jahr 1936 die Fertigstellung der Gedenkstätte bekannt gegeben. Ein König, dessen Regierung nicht minder kurzlebig war, durchschnitt das Band, während Zehntausende Pilger, Veteranen und ihre Angehörigen, Witwen und Waisen, französische und kanadische Regierungsvertreter das inzwischen geglättete, manikürte Schlachtfeld füllten. Reden wurden gehalten, Kanonen abgefeuert, Fanfaren geblasen, und am Himmel dröhnten Flugzeuge. Die Hinterbliebenen suchten die weiße Wand nach den Namen ihrer geliebten Toten ab, die nun schon fast zwei Jahrzehnte von der Erde verschwunden waren. Von neuem wurden Meere der Trauer besucht, vor allem von Frauen. Man erzählte sich Geschichten aus dem kurzen Leben junger Soldaten, schilderte erwachsenen Kindern gefallene Väter und beschrieb überlebenden Geschwistern, die damals so jung gewesen waren, dass sie sich kaum noch erinnerten, ihre verlorenen Brüder.

Allward kehrte in ein Land zurück, das er kaum wieder erkannte. Der Krieg war seit mehr als zwanzig Jahren vorbei, das Interesse an seinem Monument gering. Jeden Tag wanderte er durch die hellen Räume seines Hauses in Toronto und trug die Gedenkstätte unauslöschlich in seinem Geist: Im Winter war es der Schnee, in dem der weiße Stein seinen Widerhall fand, im Sommer eine Kumuluswolke mit flachem Sockel. Er kam nicht davon los.

Er versuchte weitere Monumente zu entwerfen – er wollte sich fortbewegen, sein Leben wieder in Besitz nehmen. Doch wie eine lange Liebesgeschichte, die schmerzlich zu Ende gegangen ist, wollte die Gedenkstätte von Vimy den gewaltigen Raum, den sie in seinem Herzen erobert hatte, nicht wieder hergeben. Er kam nicht davon los, und die Spuren dieser unterschwelligen Präsenz drangen in jede Zeichnung ein, die er anfertigte. Letztlich war die Regierung nicht interessiert an seinen Entwürfen, seinen Bemühungen um eine Dokumentation der Vergangenheit. Und es eilte ihm ein Ruf voraus: Seine Gedenkstätten verschlängen zu viel Zeit und zu viel Geld. Die Militärbürokratie wollte nichts mehr mit ihm zu tun haben. Abgesehen davon war sie von den Vorbereitungen auf eine kriegerische Zukunft zu sehr in Anspruch genommen und nicht gewillt, sich in der Nostalgie nach einer kriegerischen Vergangenheit zu suhlen.

Als im Jahr 1939, nicht einmal drei Jahre nach seiner Rückkehr nach Kanada, der Zweite Weltkrieg ausbrach, reagierte Allward panisch und wütend. Er überschwemmte das kanadische Verteidigungsministerium mit Telegrammen, in denen er um Berichte flehte und forderte, die Gedenkstätte mit Sandsäcken vor Bombardierungen aus der Luft zu schützen. Als die Wochen vergingen und er keine Antwort erhielt, zog er sich in eine innere Landschaft von trostloser Öde zurück, lief mitten in der Nacht rastlos durchs Haus und malte sich das Schlimmste aus. Er schlug jede Einladung aus, schottete sich gegen seine Familie ab, saß stundenlang am Fenster und starrte in den fallenden Schnee oder auf einen Wintermond, der die Farbe von weißem Marmor hatte. Manchmal weinte er stumm, und die Tränen rannen über die faltig und runzlig gewordene Haut seines großen Gesichts.

Mit grellbunten Farbstiften begann er eine Serie von kleinen, heimlichen Zeichnungen, jede gewalttätiger und zorniger als die letzte. Zerrissene Landschaften, übersät von ineinander verschlungenen Körpern, ein wilder Himmel, aus dem es brennende Schwefelklumpen regnete. Und im Hintergrund, winzig, geradezu unbedeutend angesichts der Dramatik ringsum, die Trümmer des Monuments. Diese Arbeiten zeigte er niemandem, sondern trug sie in seinen Taschen mit sich herum, manchmal auch zerknittert und zerknüllt unter seinem Hut. Er wusste, dass er diese Zeugen der Qual niemals ausstellen würde, und wollte seine Verzweiflung geheim halten, nahe dem Herzen, nahe dem Kopf.

Die Zeichnungen schienen seine Überzeugung von der Katastrophe zu nähren, seine Gewissheit, dass absolut nichts auf Erden gegen bösartige Angriffe gefeit war. In seiner Vorstellung – und auf dem Reispapier, das er benutzte – traten die allegorischen Figuren aus ihren festen Positionen in seiner Skulptur heraus und ließen sich in entsetzliche und erschütternde Ereignisse verwickeln. Immer mit den rauchenden Ruinen seiner Gedenkstätte im Hintergrund, zeichnete er umschlungene Liebende, durchbohrt von ein und demselben Schwert, Leichenberge, einen nackten Mann, mit gespreizten Beinen über dem aufgeschlitzten, bäuchlings hingeworfenen Oberkörper einer Frau, der er das blutende Herz aus der Brust gerissen hatte. Für Allward war es sein eigenes Herz, das der Mann da in die Höhe hielt, eine dampfende Trophäe in seinen verzweifelten Händen.

Fünfzehn Jahre seines Lebens war er besessen gewesen von Perfektion und Permanenz und hatte zur Beschreibung seines Monuments Formulierungen benutzt wie »die uneinnehmbare Verteidigungsmauer auf dem sauberen Ausschnitt der Anhöhe«. Er hatte geglaubt, mit seiner Gedenkstätte werde die Erinnerung dauerhaft, unzerstörbar, sein vollendeter Stein werde für immer in den Himmel ragen. Als diese Überzeugung in Gefahr war, brach seine Welt zusammen.

Ironischerweise überlebte die Gedenkstätte den Zweiten Weltkrieg unbeschadet, nicht jedoch die Psyche ihres Schöpfers. Allward blieb ein freundlicher, höflicher Mann, der in einem grauen Mantel langsam durch die Straßen der Stadt wanderte. Manchmal, vor allem im Winter, wenn er öfter allein war, besuchte er die Bronzefiguren, die er vor vielen Jahren für den Park vor der Provinzlegislatur geschaffen hatte, und freute sich, wie die Weiße des Schnees ringsumher die Gesten der dunklen Statuen hervorhob. Doch in dem Land, das so berühmt ist für seine Winter, geriet das Wissen um Allwards Genialität rasch in Vergessenheit: Es vergaß ihn dasselbe Volk, das die Gedenkstätte in Auftrag gegeben hatte, mit der er sein Genie am deutlichsten unter Beweis gestellt hatte. Selbst jene Kanadier, die später die Reise nach Frankreich unternahmen und das Monument bewunderten, machten sich selten die Mühe, nach dem Namen seines Schöpfers zu fragen.

Klara kehrte nach Shoneval zurück und ging den Pfad zum Haus entlang, Giorgio an ihrer Seite. Mehrere Tage hintereinander nötigte sie ihn, sich in verschiedene Räume zu stellen, während sie am Türstock lehnte und allein über die Tatsache, dass er da war und die leeren Flure ihres Lebens füllte, selig lächelte. Noch Jahre später bat sie ihn hin und wieder, ihr zuliebe dieses Ritual zu vollziehen – etwa wenn sie auf einmal meinte, sie könne sich nicht mehr vorstellen, wie er beispielsweise im Holzschuppen aussah oder in der Speisekammer: Dann zog sie ihn am Ärmel zu dem betreffenden Ort und stellte ihn ins Licht oder in den Schatten, bis sich sein Anblick an der betreffenden Stelle für immer ihrem Gedächtnis eingeprägt hatte.

Ein paar Tage nach ihrer Ankunft nahm sie ihn bei der Hand und führte ihn in ihren Sonnenraum, wo sie ihm die abgedrückten Markierungen zeigte, die das Schnittmuster für Eamon im Fußboden hinterlassen hatte.

»Eine Zeit lang«, sagte sie, »war es das einzige Andenken, das ich hatte.«

»Es ist wie eine Inschrift«, sagte Giorgio, »eine Inschrift ohne Worte.« Und Klara stimmte dem geliebten Mann zu, der Tausende von Namen gemeißelt hatte: genauso war es.

Später führte sie ihn zu der alten Werkstatt hinüber und entriegelte die Tür.

Wieder war der Faltenwurf im Gewand der Äbtissin von einer feinen Staubschicht bedeckt, und sie war eingehüllt in die Netze der Spinnen, die nach dem Wunsch von Klaras Großvater nicht getötet werden durften. »Ich mag es gar nicht, Spinnweben zu entfernen«, sagte Klara. »Ich weiß, was es bedeutet, mit Faden zu arbeiten. Alles Gewebte ist so fragil, seine Überlebenschancen sind sehr gering.« Sie dachte an die erste rote Jacke, inzwischen zwanzig Jahre alt, und fragte sich, was aus ihr geworden sein mochte. War sie im Schlamm versunken, hatte sie ein deutscher Soldat mitgenommen, oder lag sie verstaubt auf dem Dachboden des Hauses der Familie O'Sullivan, die schon vor Jahren aus dem Dorf fortgegangen war? Sie hatte nie erfahren – niemand hatte es ihr erzählt –, dass Eamon sie an dem Tag, an dem er in den Krieg gezogen war, getragen hatte.

Giorgio umrundete die hölzerne Äbtissin. »Großartig«, sagte er.

»Vielleicht nicht ganz fertig, obwohl ich jahrelang daran gearbeitet habe.«

»Du solltest sie jetzt fertig machen.«

Klara wischte den Staub von einem spinnwebfreien Stück Fenster, um mehr Licht hereinzulassen. »Das mache ich«, sagte sie.

Einen Monat später, als die Skulptur beendet war, überreichte

Klara ihre Heilige der Kirche von Pfarrer Gstir als Geschenk. Sie widmete sie dem Andenken ihres Großvaters, dessen Schnitzarbeiten den Hauptaltar und mehrere Seitenkapellen zierten. Eine Woche später wurden Klara und Giorgio in einer Seitenkapelle in aller Stille getraut, vor einem Altar von Joseph Becker – einem Altar, auf dem die kleinen europäischen Städte, ähnlich jenen, die der Krieg in Schutt und Asche gelegt hatte, noch intakt waren und ein kindlicher Ausreißer verstohlen in der Menge der Zuschauer stand, die einer Kreuzigung, einer Geburt in einem Stall, einem Martyrium, einem Einzug in eine Stadt beiwohnten.

Sie hatten sich gegen eine viertägige italienische Hochzeit entschieden und den Eltern Vigamonti samt Familienclan ihre Trauung verschwiegen. Bei der Hochzeit waren jedoch einige der erstaunten Nonnen anwesend sowie Tilman und sein lieber Freund Recouvrir, die wegen der Feier per Anhalter von Montreal hergekommen waren: Unterwegs hatte Tilman seinen Gefährten in ein paar Tricks der Straße eingeweiht – das Absingen presbyterianischer Kirchenlieder zum Beispiel oder die korrekte Annäherung an das Lagerfeuer eines Kollegen auf der Straße. Das geschah jedoch lediglich zum Vergnügen und nicht mehr aus Notwendigkeit, denn als die Arbeit an dem Monument beendet war, hatte Tilman seinen Freund überredet, mit ihm nach Montreal auszuwandern, wo sie ein Restaurant mit Namen *Monument de l'archange* eröffneten, das bald schon florierte. »Mir hat die Geschichte immer sehr gefallen«, sagte Tilman, als Klara ihn nach dem Namen des Lokals fragte, »der Pfarrer, der sich diese riesige Kirche in den Kopf gesetzt hat, obwohl sie für den Ort viel zu groß ist.«

Sie waren von der bescheidenen Trauung zurück und saßen auf der ausgetretenen Veranda des alten Bauernhauses. Giorgio hatte erklärt, er wolle Gemüsegärtner werden und nebenbei Grabmäler meißeln, während Klara, die sich ebenfalls der Bildhauerei widmen wollte, bestrebt war, möglichst bald wieder Charolais-Rinder auf ihre Weide zu führen.

Tilman griff in die Tasche und zog ein kleines Päckchen heraus, das in braunes Metzgerpapier gewickelt und mit Bindfaden verschnürt war. »Ich habe ein Hochzeitsgeschenk für euch«, sagte er, zuerst an seine Schwester, dann an Giorgio gewandt. Er zögerte. »Ich weiß nicht, wer von euch es auspacken soll.«

Recouvrir, der unterdessen Englisch gelernt hatte, mischte sich ein. »Giorgio muss die Schnur aufmachen«, sagte er, »und Klara das Papier.«

Also entfernte Giorgio die Schnur und Klara zog eine silbern funkelnde Trillerpfeife aus dem Nest aus braunem Papier. Sie lächelte ihren Bruder fragend an. »Danke, Tilman«, sagte sie, betrachtete den kleinen Gegenstand genauer und lachte. »Da steht ›Königlicher Donnerer‹.«

Tilman sah seine Schwester lächelnd an. »Die Pfeife hat mir eine Frau geschenkt, als ich ein Junge war ... dieselbe Frau, die mir geholfen hat, meine Kette loszuwerden. Jahrelang war sie mein einziger Besitz. Manchmal, wenn es auf der Straße wirklich schlimm war, zog ich sie aus der Tasche und blies hinein. Zuerst bedeutete der Klang für mich Freiheit, aber nach einer Weile fing ich an, die Pfeife als eine Art Aufruf zu benutzen, fing an zu hoffen, dass jemand kommen würde.« Er verstummte kurz, räusperte sich. »Es kam natürlich nie jemand«, fügte er hinzu.

Einen Moment lang herrschte Schweigen auf der Veranda. Dann sagte Recouvrir leise: »Jemand hat geantwortet, aber lange Zeit später. Es ist unmöglich, ich weiß, aber jemand hat geantwortet.«

»Wir haben alle in der einen oder anderen Weise Unmögliches erlebt«, sagte Giorgio, dem der warme weiße Marmor des Monuments in den Sinn kam, bei dem er Klara gefunden hatte. Als er die Augen schloss, sah er die Tausende von Namen vor sich, die er in den Stein gemeißelt hatte, sah sie in schräg einfallendem Licht.

»Stimmt«, sagte Tilman und beugte sich vor, um Recouvrirs Arm zu berühren.

Klara drehte die funkelnde Pfeife in den Händen und dachte daran, wie die Gipsengel mit Seilen in einen Himmel gehoben worden waren, den Walter Allward nach langer Suche ausgewählt hatte. Wie ihre Schatten entlang den marmornen Pylonen aufwärts geschwebt waren. Wie dieser schwierige, erstaunliche Mann den Neigungswinkel der Vimy-Höhe verändert hatte, um den Wolken entgegenzukommen, wie er ihr Werk in Stein geduldet, wie er ihr eine Stimme gegeben hatte.

Sie dachte an Eamons Gesicht und seinen Namen, von ihr gemeißelt mit dem Werkzeug, dessen Gebrauch sie von Giorgio gelernt hatte. Und daran, wie sie in den vergangenen Wochen mehrmals ihre neue Liebe gebeten hatte, sich reglos in den einen oder anderen Raum ihres Hauses zu stellen, damit sie an seine Existenz glauben konnte, während die Seligkeit über seine Anwesenheit sich mit der honigsüßen Stimme der wunderbaren Glocke von Pfarrer Archangelus Gstir verband, deren Klang zur vollen Stunde durch die halb geöffneten Fenster strömte.

König Ludwig, hieß es, habe zwei Mal seinen Leibdiener nach Capri gesandt, damit er sich die exakte Nuance von Türkis in der berühmten Blauen Grotte einpräge, die im Königsschloss Linderhof nachgebaut wurde. Es war die Zeit vor der Erfindung der Farbfotografie, als das Gedächtnis an die naturgetreuen Farben und Schattierungen in der Natur im menschlichen Geist noch präsent war. Maler strebten selten danach, die wahre Farbe zu imitieren, sondern interessierten sich, schon damals, mehr für die Verwandlungen, die ihre Kunst verlangte. Die neue Technik der Fotografie reduzierte alle Ansichten auf verschiedene Abstufungen von Schwarz und Grau und ließ die Bilder seltsamerweise eher wie gedruckte Darstellungen ihrer selbst aussehen.

Wie beschreibt man mit Worten die Farbe Türkis? Wahrscheinlich wurde der zurückkehrende Diener, noch ehe er sich den Staub von der Reise aus den Kleidern geklopft hatte, in die künstliche Grotte gerufen, wo der König in einem goldenen Boot auf dem Wasser trieb, in banger Erwartung, ob seine sorgfältig konstruierte Fantasiewelt von der Beschreibung bestätigt würde, die ein einzelner Mann von der Farbe der Realität lieferte. Doch Farbe sollte man besser zeigen, statt sie zu beschreiben. Zumindest erfordert eine Beschreibung Vergleich. »Es ist so blau wie der Hals des Pfaus, der durch Ihren Garten stolziert«, mag der Diener gesagt haben.

»Wie der Sommerhimmel eine Minute nach Sonnenuntergang.«

Natürlich kann nichts davon den König wirklich beruhigt haben, wie der Diener sicherlich wusste. Immerfort hin und her gerissen einerseits zwischen dem Wunsch, sich in die Theaterwelt seiner Fantasie einzuschließen, und andererseits dem Bedürfnis, vor der erhabenen Gebirgslandschaft rund um den Alpsee zu stehen, war der König wie ein Mann mit zwei Geliebten, deren Schönheit er sich fortwährend versichern musste, um die Flamme am Lodern zu halten. Und dem Diener wird schließlich nichts anderes übrig geblieben sein, als zu versichern: »Es ist genau so, Majestät«, mit vielsagend ausgebreiteten Händen in der Szenerie aus Pappmaché mit ihren Regenbogenmaschinen und den hässlichen, verborgenen Rohrleitungen. »Das Bild, das ich Ihnen im Geist mitgebracht habe, ist genau so.«

Auch Ende der sechziger Jahre des neunzehnten Jahrhunderts unterstützte der Prinz, der nun König war, die kleine bayrische Siedlung in der kanadischen Wildnis; in Raten verteilt auf mehrere Jahre traf das Geld ein. Pfarrer Gstir, der die Gefühle des Monarchen im Hinblick auf abgelegene, fantastische Landschaften richtig einschätzte, schickte dem Ludwigs-Missionsverein immer höchst erfindungsreiche Briefe in der Hoffnung, seine Schilderungen von mächtigen, vom Eis versilberten Bäumen und gehörnten Tieren, deren Geweihe dem großartigen Maßwerk der hängenden hölzernen Skulpturen von Veit Stoß ähnelten, kämen Ludwigs Vorstellungswelt in einer Weise entgegen, die seine Fantasie anregte und in ihm den Wunsch weckte, dieser ungezähmten Landschaft ein

Werk der Architektur hinzuzufügen. Er erhielt etliche Anfragen seitens der Mission, die nur der König persönlich formuliert haben konnte. Ob die Umgebung sich für eine Oper eigne, zum Beispiel. Eine Oper, sann Pfarrer Gstir, natürlich, wieso nicht? Zumal im Winter, wenn Schlamm und Ödnis unter einer gnädigen Schneeschicht verschwanden. *Wagner würde diese Wälder lieben,* antwortete Pfarrer Gstir der Generaldirektion des Ludwigs-Missionsvereins in München, *hier gedeihen arktische Schwäne.*

Tief im Landesinneren folgte, auf beiden Seiten des Atlantiks, eine Phase intensiver Bautätigkeit. Während Ludwig sich über die ersten Pläne für das neue märchenhafte Schloss Neuschwanstein beugte und seine Meinung zur exakten Position des Schlosses im Verhältnis zum Wasserfall der Pöllat immer wieder änderte, brachen die Gemeindemitglieder in der Holzkapelle von Pfarrer Gstir in Hurrarufe aus, als wenige Schritte vor der Tür der Grundstein für die neue große Kirche gelegt wurde. Während siebzehn Holzschnitzer viereinhalb Jahre an den Täfelungen des königlichen Schlafzimmers arbeiteten, stand Joseph Becker in der alten Scheune eines nahe gelegenen Bauernhofs, die er von seinem Lohn aus der Kornmühle hatte erstehen können, und arbeitete am Hochaltar für die Kirche. Während im Wintergarten auf Neuschwanstein Dutzende von Kolibris freigelassen wurden, wo sie für alle Zeiten umherfliegen sollten, trieben Pfarrer Gstir und seine Gemeinde dieselbe traurige Schar geschmückter Tiere wie im Vorjahr zusammen und veranstalteten eine weitere Fronleichnamsprozession in Shoneval, die darauf hinauslief, dass die Männer der Pfarrgemeinde sich verpflichteten, ein weiteres Jahr um Gotteslohn hoch oben auf den Granitmauern zu arbeiten. Und während in Schloss Linderhof, wo die Deckengemälde von Göttern und Göttinnen, Rheintöchtern und Schwanenkönigen noch kaum getrocknet waren, die prachtvollen Lüster aufgehängt wurden, zündete Pfarrer Gstir in der Holzkapelle vierzig Kerzen an, weil die wachsenden Steinmauern den kleinen Bau inzwischen vollständig umschlossen und ihm das Licht nahmen. Und schließlich, mehrere Jahre später, während Ludwig im Schwanenboot einen Weiher befuhr, der zum Bühnenbild für eine seiner Separatvorstellungen von Wagners *Lohengrin* gehörte, wurde in Shoneval, Kanada, ein anderes Theater aufgeführt, als ein paar Dutzend junge Bauern, die den ganzen Tag gearbeitet hatten, um die Holzkapelle zu zerlegen, die Baumstämme einzeln durch die wunderschönen Eichentüren ihrer riesigen, prachtvollen neuen Steinkirche trugen.

Und so geschieht das Unmögliche als Ergebnis von Einfällen, aus denen fixe Ideen werden. Einem Priester kommt in einem unerwarteten Tal eine Erleuchtung, ein König braucht einerseits Regenbogenmaschinen und andererseits den Glauben an die Magie ferner Landschaften. Ein Kanadier träumt von dem Stein, der zusammengesetzt und behauen wird, um das Leid des einen Landes auf dem Boden eines anderen zu sühnen. Die Männer in den Finanzabteilungen der Regierung wettern gegen die Kosten, weil sie es vorziehen, ihr Geld für die Kriegsmaschinerie zu horten. Und dennoch wachsen an kaum zugänglichen, erhöhten Orten die schönen Steinmauern empor. Herzzerreißende Opern werden geschrieben und an verschiedenen privaten und öffentlichen Stätten aufgeführt. Messen werden gefeiert. Und die Fenster und Statuen und Türme halten länger, als man angesichts der scharfen Herbstwinde und wilden Winterstürme annehmen möchte. Von manchen Punkten im Tal aus kann man sie leuchten sehen. Als strahlendes Aufblitzen von Silber oder Alabaster bei Tag, erhellt von einem mächtigen inneren Feuer, oder als Widerschein des Mondlichts bei Nacht, spenden sie Licht und Kraft und Trost, lange nachdem der Gefechtslärm verstummt und alle Krieger nach Hause zurückgekehrt sind.

DANK

Walter Allward war ein ungemein talentierter kanadischer Bildhauer, der in der ersten Hälfte des zwanzigsten Jahrhunderts wirkte. Sein wichtigstes und bekanntestes Werk ist das beeindruckende Vimy Memorial, errichtet in Frankreich, nahe der Stadt Arras, zum Gedenken an die im Ersten Weltkrieg gefallenen kanadischen Soldaten. Als Figur in diesem Buch tritt Allward rein fiktiv auf: Die wahrheitsgemäße Biografie zu schreiben, die sein Leben und sein Werk so sehr verdient hätten, überlasse ich anderen.

In manchen Teilen des Buches ließ ich mich von einer Vielzahl wissenschaftlicher Werke anregen und informieren, von denen mir die wichtigsten *The Rites of Spring* von Modris Eksteins, *Vimy* von Pierre Berton sowie zwei Dissertationen waren: *The Idea of Vimy Ridge* von John Pierce und *A Catalogue Raisonee of the Work of Walter Allward* von Lane Borstadt. Außerdem möchte ich auf die großartige Arbeit hinweisen, die Christine Boyanoski während ihres Aufenthalts an der Art Gallery von Ontario über die Kunst von Walter Allward geleistet hat. Ich bin ihr zu allergrößtem Dank verpflichtet.

Viele weitere Personen haben mich bei der Arbeit an diesem Buch ermutigt und mir bei den Recherchen geholfen. Mein besonderer Dank gilt Peter Allward, Mieke Bevelander, Laura Brandon, Pat Bremner, Natalie Bull, Virgil Burnett, Jane Buyers, Terry Copp, Joan Couteau, Dennis Duffy, Sandra

Gwyn, Ellen Levine, Stuart Mackinnon, Manfred Meurer, Anne Newlands, Louise Quayle, Roseanne (Buttons) Quinn, Peter (Tom) Sawyer, Sebastian Siebel-Achenbach und Rosemary Tovell.

Dank auch der kanadischen Abteilung für Veteranenangelegenheiten, dem von Public Works and Government Services Canada ins Leben gerufenen Programm für die Erhaltung des kulturellen Erbes, dem Archiv der Queen's University, den Archiven der National Gallery of Canada und der Art Gallery of Ontario sowie den grafischen Sammlungen der beiden Einrichtungen. In Vimy möchte ich den begeisterten Studenten danken, die im Frühjahr 2000 dort meine Fremdenführer waren.

Meine stete Dankbarkeit gilt meinem langjährigen kanadischen Verlag McClelland & Stewart, Avie Bennett und allen Mitarbeitern, mit denen ich unter der Leitung von Mr Bennett dort zusammenarbeiten durfte. Besonders danke ich der Werbeleiterin Kelly Hechler für ihr Feingefühl, ihr Wohlwollen und ihre Freundschaft und der Lektorin Heather Sangster für ihre gewissenhafte Bemühung um das Manuskript – und dass sie mir »die Pfeife« in Erinnerung gerufen hat.

Ein besonderer Dank, wie immer, meiner lieben Freundin und besten Ratgeberin Ellen Seligman.